हिन्द पॉकेट बुक्स

खेल गया खेल

10 जून, 1955 को मेरठ में जन्मे वेद प्रकाश शर्मा हिंदी के लोकप्रिय उपन्यासकार थे। उनके पिता पं. मिश्रीलाल शर्मा मूलत: बुलंदशहर के रहने वाले थे। वेद प्रकाश एक बहन और सात भाइयों में सबसे छोटे हैं। एक भाई और बहन को छोड़कर सबकी मृत्यु हो गई। 1962 में बड़े भाई की मौत हुई और उसी साल इतनी बारिश हुई कि किराए का मकान टूट गया। फिर एक बीमारी की वजह से पिता ने खाट पकड़ ली। घर में कोई कमाने वाला नहीं था, इसलिए सारी ज़िम्मेदारी मां पर आ गई। मां के संघर्ष से इन्हें लेखन की प्रेरणा मिली और फिर देखते ही देखते एक से बढ़कर एक उपन्यास लिखते चले गए।

वेद प्रकाश शर्मा के 176 उपन्यास प्रकाशित हुए। इसके अतिरिक्त इन्होंने खिलाड़ी श्रृंखला की फिल्मों की पटकथाएं भी लिखी। *वर्दी वाला गुंडा* वेद प्रकाश शर्मा का सफलतम थ्रिलर उपन्यास है। इस उपन्यास की आजतक करोड़ों प्रतियाँ बिक चुकी हैं। भारत में जनसाधारण में लोकप्रिय थ्रिलर उपन्यासों की दुनिया में यह उपन्यास सुपर स्टार का दर्जा रखता है।

हिन्द पॉकेट बुक्स से प्रकाशित

लेखक की अन्य पुस्तकें

वर्दी वाला गुण्डा

सुहाग से बड़ा

सुपरस्टार

चक्रव्यूह

सभी दीवाने दौलत के

खेल गया खेल

वेद प्रकाश शर्मा

हिन्द पॉकेट बुक्स
पेंगुइन रैंडम हाउस इम्प्रिंट

हिन्द पॉकेट बुक्स

यूएसए। कनाडा। यूके। आयरलैंड। ऑस्ट्रेलिया। सिंगापुर
न्यू ज़ीलैंड। भारत। दक्षिण अफ्रीका। चीन

हिन्द पॉकेट बुक्स, पेंगुइन रैंडम हाउस ग्रुप ऑफ़ कम्पनीज़ का हिस्सा है, जिसका पता www.hindpocketbooks.com पर मिलेगा

पेंगुइन रैंडम हाउस इंडिया प्रा. लि.,
चौथी मंजिल, कैपिटल टावर -1, एम जी रोड,
गुड़गांव 122 002, हरियाणा, भारत

पेंगुइन
रैंडम हाउस
इंडिया

प्रथम संस्करण: तुलसी पेपर बुक्स द्वारा 2011 में प्रकाशित
प्रथम हिन्दी संस्करण हिन्द पॉकेट बुक्स द्वारा 2019 में प्रकाशित

10 9 8 7 6 5 4 3 2

इस पुस्तक में व्यक्त विचार लेखक के अपने हैं, जिनका यथासंभव तथात्मक सत्यापन किया गया है, और इस सम्बन्ध में प्रकाशक एवं सहयोगी प्रकाशक किसी भी रूप में उत्तरदायी नहीं हैं।

ISBN 9789353493516
मुद्रकः रेप्रो इंडिया लिमिटेड

खेल गया खेल

''यह अंशुमन सिन्हा का पहला उपन्यास है।'' शगुन ने अपने दाएं हाथ में मौजूद एक उपन्यास की प्रति बड़े से हॉल में कतारबद्ध सोफों पर बैठे करीब पचास लोगों को दिखाते हुए माइक पर कहा था–''नाम है, 'बस–अब विदा'। विमोचन समारोह में अंशुमन ने मुझे प्रकाशक होने के नाते मुंबई बुलाया है। अंशुमन की इच्छा थी इसका विमोचन मेरे पापा यानी वेदप्रकाश शर्मा करें। इसलिए वे भी आए हैं।'' कहने के साथ शगुन ने मेरी तरफ इशारा किया।

''डायस के पीछे, कुर्सी पर बैठे मैंने हाथ जोड़कर हॉल में मौजूद स्त्री-पुरुषों का अभिवादन किया।

लोगों ने ताली बजाकर मेरा स्वागत।

शगुन ने कहना जारी रखा–''हमारे पास अनेक नए लेखक उपन्यास छपवाने आते रहते हैं–इतने ज्यादा कि हम उन्हें पढ़ने तक का टाइम नहीं निकाल पाते और जब अंशुमन स्क्रिप्ट लेकर आया तो मैं तो इसका नाम देखकर ही बिदक गया–'बस–अब विदा'। भला ये भी कोई नाम हुआ! मैं इसका एक पेज भी पढ़ने को तैयार नहीं था मगर अंशुमन की जिद के सामने मजबूर होकर पढ़ा और जो स्टोरी मजबूर होकर पढ़नी शुरू की थी, उसने मेरी पूरी रात काली कर दी। शुरू किया तो बस पढ़ता ही चला गया। खासतौर पर अंत पढ़ने के बाद मैंने निश्चय किया कि इस उपन्यास को जरूर छापूंगा। फिर अंशुमन से कवर पेज पर चर्चा हुई। आप देख रहे हैं–कवर पेज पर एक नौजवान को अपनी कनपटी पर गोली मारते हुए दिखाया गया है। यह भी केवल और केवल अंशुमन की जिद के कारण है। अंशुमन ऐसा क्यों चाहता था, यह वही आपको बता सकता है। मैं केवल इतना कह सकता हूं कि 'बस–अब विदा' हरेक को पढ़ना चाहिए। इसमें आपको भरपूर थ्रिल, सस्पेंस और सेंटीमेंट्स के अलावा अंत में एक शिक्षा भी मिलेगी। इस उपन्यास में

लिखे कथानक को पढ़ने के बाद मैं अपने पापा से क्षमा मांगता हुआ इससे ज्यादा और कुछ नहीं कह सकता कि 'बस–अब विदा' हिंदुस्तान के सबसे ज्यादा बिकने वाले लेखक श्री वेदप्रकाश शर्मा के अब तक लिखे गए सभी उपन्यासों पर भारी है।''

हॉल तालियों की गड़गड़ाहट से गूंज उठा।

मेरे होठों पर मुस्कान उभर आई। शगुन माइक के सामने से हट चुका था। उसके बाद मैंने 'बस–अब विदा' की प्रति पर बंधे लाल रंग के रिबन को काटकर उसका विमोचन किया।

अंशुमन ने मुझसे 'दो शब्द' कहने के लिए कहा।

मैं माइक पर पहुंचा और बोला–''दुर्भाग्य की बात ये है कि मैं अभी तक अंशुमन के उपन्यास को नहीं पढ़ पाया हूं इसलिए उस पर दो शब्द तो क्या, एक शब्द भी नहीं बोल सकूंगा। मैंने यह बात अंशुमन को बता दी थी, इसके बाद भी इसने जिद की कि विमोचन मुझे ही करना होगा। इसने ऐसी जिद क्यों की, ये जाने। मगर मुझे शगुन पर पूरा भरोसा है। वो जो छापेगा, छपने लायक ही होगा। जितनी बड़ी बात उसने इस उपन्यास के कथानक के बारे में कही है, अगर वह सच है तो मैं अंशुमन को बधाई देता हूं और वादा करता हूं इस उपन्यास को पढ़ने और इसके बारे में अंशुमन को अपनी राय देने के बाद ही मुंबई से जाऊंगा।''

एक बार फिर हॉल तालियों की गड़गड़ाहट से गूंज उठा।

मैं यह कहने के बाद माइक से हट गया कि–''अब मैं चाहूंगा अपने उपन्यास के बारे में खुद अंशुमन कुछ बताए।''

अंशुमन माइक पर पहुंचा और बोला–''सबसे पहले मैं शगुन की तारीफ करूंगा। बहुत बड़ा दिल है उसका जो उसने अपने पापा की मौजूदगी में मेरे उपन्यास के बारे में इतनी बड़ी बात कही। दूसरी बात–इस उपन्यास का विमोचन वेदप्रकाश शर्मा करें, ऐसा इसलिए चाहता था क्योंकि इसका विमोचन सिर्फ और सिर्फ वे ही कर सकते थे क्योंकि वे ही मेरे प्रेरणास्रोत हैं। मैं उनका वैसा ही शिष्य हूं जैसा द्रोणाचार्य का एकलव्य था। अफसोस की बात ये है कि उन्हें इसके कथानक के बारे में मुझे अपनी राय देने का मौका नहीं मिलेगा और न ही मैं भविष्य में और कोई उपन्यास लिखने वाला हूं। ये मेरा पहला और अंतिम उपन्यास है क्योंकि असल में यह उपन्यास है ही नहीं–ये मेरी जिंदगी का निचोड़ है। या यूं भी कहा जा सकता है कि मैं जिंदा ही इस स्टोरी को लिखने के लिए था। इसके प्रकाशन के साथ ही मेरी जिंदगी का लक्ष्य पूरा हो गया है। अपने इस संबोधन का अंत मैं एक छोटे-से कारनामे के साथ करने वाला हूं। यहां बैठे कुछ लोग जानते हैं मैं वैसा क्यों

करूंगा। जो नहीं जानते, वे इस उपन्यास को पढ़कर जान सकते हैं।'' कहने के साथ उसने अपनी पैंट की जेब से एक रिवाल्वर निकाल लिया था।

एकाएक सारे हॉल में सनसनी-सी दौड़ गई। चीखें निकल गईं लोगों के मुंह से। किसी की समझ में कुछ नहीं आया।

मैं भी उन्हीं में से था।

''न ... नहीं अंशु।'' अगली पंक्ति के सोफे से उछलकर खड़ी होती हुई एक औरत चिल्लाई–''य ... ये क्या कर रहे हो तुम!''

''ये उपन्यास नहीं, सुसाइड नोट है मेरा। बस–अब विदा।'' कहने के साथ उसने ट्रेगर दबा दिया।

धांय ... ! हॉल जोरदार आवाज से दहल उठा।

मुझ सहित हॉल के हर तरफ से लोग अंशुमन की तरफ लपके मगर किसी के भी पहुंचने से पहले उसकी लाश गिर चुकी थी।

बेचैनी इतनी बढ़ गई थी कि होटल के कमरे में पहुंचते ही मैंने 'बस–अब विदा' पढ़ना शुरू कर दिया था।

मेरे साथ आप भी पढ़ें।

लिखा था–

मेरा नाम अंशुमन है–अंशुमन सिन्हा।

उम्र पच्चीस साल।

एक मल्टीनेशनल कंपनी में साफ्टवेयर इंजीनियर हूं।

पैकेज है–चौबीस लाख रुपए सालाना।

मल्टीनेशनल कंपनी वाले पैकेज तो काफी तगड़े देते हैं लेकिन मेरे जैसों का जूस भी मिक्सी में डालकर निकाल लेते हैं। सोलह सोलह घंटे काम कराना तो जैसे उनका जन्मसिद्ध अधिकार है। जरूरत पड़ने पर चौबीस के चौबीस घंटे के लिए भी रगड़ देते हैं।

मेरी मां मेरी नौकरी लगने से पहले ही स्वर्ग सिधार गई थी मगर हार्ट फेल हो जाने के कारण जाते-जाते पिता को जरूर यह सुकून मिल गया था कि उनका बेटा साफ्टवेयर इंजीनियर बन गया है, किसी न किसी तरह अपनी जिंदगी गुजार ही लेगा।

उनके जाने के बाद मेरे जीवन में बस एक ही गम था। यह कि भरी-पूरी दुनिया में कोई ऐसा नहीं रहा था जिसे अपना कह सकता।

यूं तो हरेक की जिंदगी में अनेक परिचित चेहरे होते हैं, यार दोस्त और

कुलीग्स आदि। उनके साथ हंसी-ठट्ठा करके आप अपना समय गुजार सकते हैं मगर 'अपना' उसे कहा जाता है जिसे आपकी फिक्र हो, जो आपसे प्यार करता हो, जिसे आपके पैर में कांटा चुभने पर आपसे भी ज्यादा दर्द होता हो।

ऐसे दौर में एक लड़की से मुलाकात हुई।

बड़ी अजीब मुलाकात थी वह।

ध्यान से पढ़ें, यह मेरी स्टोरी की बहुत ही अहम् किरदार है।

रात के दो बजे थे।

मैं अपनी नई-नवेली होंडा सिटी को खाली सड़क पर उड़ाता-सा आफिस से फ्लैट की तरफ जा रहा था कि सिटी हास्पिटल के बाहर एक लड़की नजर आई।

वह मुझे रुकने का इशारा कर रही थी।

पैर ब्रेक पैडल की तरफ बढ़ा।

फिर, जेहन में विचार उभरा कि रात के इस वक्त किसी लड़की के इशारे पर यूं रुकना समझदारी नहीं होगी।

पता नहीं क्या लफड़ा है ... या पता नहीं किस लफड़े में जा फंसूं!

आजकल की लड़कियां लड़कों से ज्यादा खतरनाक हो गई हैं।

आए दिन अखबारों में छपता रहता है कि फलां लड़की ने फलां लड़के पर गैंगरेप का आरोप जड़ दिया और लड़का बेचारा रिश्तेदारों, परिचितों से लेकर समाज और कानून तक को यह समझाने के लिए दौड़ा फिर रहा है कि उसने कुछ नहीं किया।

किया हो या न किया हो, टीवी वाले बार-बार चेहरा दिखाकर हमेशा के लिए चेहरा बिगाड़ देते हैं सो अलग।

लड़की से कोई नहीं पूछता कि वह रात के दो बजे सड़क पर क्या कर रही थी। न पुलिस, न मीडिया, न आम लोग।

ये सब विचार मेरे पैर को फिर एक्सीलेटर पर ले गए और होंडा सिटी 'सर्र ... र्' की आवाज के साथ 'मुसीबत' के नजदीक से गुजर गई। लेकिन जवान लड़की हर उम्र के मर्द की कमजोरी होती है। इसी सिद्धांत के तहत न चाहने के बावजूद मेरी आंखों ने उसे गहरी नजरों से देखा था।

वह लंबी थी।

करीब पांच फुट छः इंच।

गोल, गोरे चेहरे और छरहरे बदन वाली। जिस्म पर स्काई कलर की जींस और सुर्ख रंग का टॉप।

पीछे छूटने के बाद भी मैं बैक-व्यू-मिरर में उसे देखता रहा था। पैर स्वतः एक्सीलेटर से उठकर ब्रेक पैडल पर जा पड़ा।

परिणामस्वरूप, सड़क पर घिसटने के कारण टायरों ने दूर तक छाई नीरवता को चीर दिया था।

दिमाग में विचार उभरा–'हास्पिटल के सामने खड़ी है। शायद कोई मजबूरी हो।' इसी विचार का प्रभाव था कि हाथ ने बैक गेयर डाला और एक्सीलेटर पर पहुंच चुके पैर ने अपना काम किया।

बैक-व्यू-मिरर में मैंने लड़की को होंडा सिटी की तरफ दौड़कर आते देखा तो जेहन में फिर विचार उभरा–'ऐसी-वैसी लड़कियां ऐसे ही किसी स्थान पर खड़ी होकर लिफ्ट मांगती हैं ताकि मुझ जैसे लोग वही सोचकर लिफ्ट दे दें जो इस वक्त मैं सोच रहा था।'

कहने का मतलब यह कि पूरी तरफ डबल मांइड हुआ मैं गाड़ी को बैक करता रहा और वह गाड़ी की तरफ दौड़ती रही।

इन हालात में एक अवस्था तो ऐसी आनी ही थी कि लड़की गाड़ी के और गाड़ी लड़की के नजदीक पहुंच गई।

उसने ड्राइविंग विंडो के बंद कांच को इतनी बुरी तरह पीटा जैसे तोड़ डालना चाहती हो। साथ ही चीखी–''प्लीज, खोलिए।''

नई-नवेली होंडा सिटी के कांच को खतरे में देखकर मेरे रोंगटे खड़े हो गए। फिर भी, कांच को पूरी तरह नीचे नहीं किया मैंने।

थोड़ा-सा नीचे करके रूखे लहजे में पूछा–''कहिए, क्या बात है? आप मेरी गाड़ी को तोड़ने पर क्यों आमादा हैं?''

''स...सॉरी।'' वह हड़बड़ाकर बोली–''पर प्लीज, मेरी मदद कीजिए। मैं मुसीबत में हूं।''

मैंने गौर से उसकी तरफ देखा–उसके बेइंतहा खूबसूरत चेहरे पर हड़बड़ाहट के भाव थे। हिरनी जैसी बड़ी-बड़ी आंखों में याचना। बाल बिखरे हुए। यानी वह सचमुच किसी मुसीबत में नजर आ रही थी। परंतु जेहन में कोई फुसफुसाया–'वे' लड़कियां ऐसे ही नाटक करती हैं अंशुमन बेटा ... सावधान!'

अंदर ही अंदर पूरी तरह सावधान की मुद्रा में आ चुके मैंने उसे गौर से देखते हुए पूछा–''क्या मदद चाहिए?''

''मेरी मां बीमार है।'' हांफते-से लहजे में उसने कहा–''डाक्टर ने कुछ दवाएं लिखी हैं जिनकी उसे फौरन जरूरत है।''

मेरे दिमाग में फटाक-से विचार उभरा–'वैसी ही है प्यारे, वैसी ही लड़की है ये।' तभी तो मुंह से निकला–''मेडिकल स्टोर तो हास्पिटल के अंदर ही है।''

''वो आज बंद है। डाक्टर ने बताया कि उसके परिवार में किसी की

डैथ हो गई है।'' बुरी तरह बेचैन वह कहती चली गई–''यहां से करीब एक किलोमीटर दूर अगले चौराहे पर एक मेडिकल स्टोर है जो सारी रात खुलता है। वहां ये दवाएं मिल जाएंगी।'' उसने हाथ में मौजूद सिटी हास्पिटल का पर्चा कांच के पार से ही मुझे दिखाया।

मैं समझता था कि 'वैसी' लड़कियां ऐसे पर्चे भी रख सकती हैं मगर, इंसानी कमजोरियां अक्सर दिमागी घंटियां नहीं सुनने देतीं।

मैं दावे से कह सकता हूं कि मैंने उसकी खूबसूरती से प्रभावित होकर, अपनी शराफत का सिक्का जमाने हेतु कहा था–''बैठो।''

वह इस तरह दौड़ती हुई होंडा सिटी के सामने से गुजरी जैसे मैराथन दौड़ जीतने की ख्वाहिशमंद हो और ... यह सच है कि मैं खुद यह नहीं जान सका उसने कब बाईं तरफ वाला दरवाजा खोला, कब 'धम्म' से सीट पर गिरी और कब झटके से दरवाजा वापस बंद करने के साथ बोली– ''जल्दी।''

गाड़ी तो स्टार्ट थी ही।

मैंने गेयर चेंज किया और दौड़ा दी।

वह विंड स्क्रीन के पार पीछे की तरफ दौड़ती सड़क को देख रही थी और ... ड्राइविंग करने के साथ मैं देख रहा था–उसके मुखड़े को।

मैंने सुना था। शायद कहीं पढ़ा भी था कि प्यार जब होता है तो पहली नजर में हो जाता है।

बेवजह हो जाता है।

बड़ी वाहियात बात लगती थी यह मुझे। कभी यकीन नहीं हुआ कि ऐसा हो जाता होगा मगर ...

उस रात हो गया।

उसका रंग सफेद नहीं बल्कि गुलाबी था।

जैसे दूधयुक्त रूहआफजा।

धनुषाकार काली भवों के नीचे बड़ी-बड़ी पलकों वाली आंखों का रंग ब्राऊन था। नुकीली नाक। चेहरे पर कसी हुई त्वचा और गुलाब की पंखुड़ियों जैसे होंठ। काले बालों के कुछ गुच्छे उसके चौड़े मस्तक पर बिखरे हुए थे और चेहरे पर पसीने की बूंदें यूं झिलमिला रही थीं जैसे बर्फ भरे गिलास की बाहरी सतह।

वह मुझे प्यारी लगी ... बहुत प्यारी और सच्ची भी।

बेवजह। खामखां। बगैर किसी तर्क के।

अब झूठे को भी मेरे दिमाग में यह ख्याल नहीं उभर रहा था कि वह 'वैसी' लड़की हो सकती है।

मेरी इच्छा उससे बातें करने की हुई। मगर हिम्मत नहीं पड़ रही थी। ये कैसा एहसास था मेरे अंदर! मैं तो अक्सर लड़कियों से बातें करता रहता हूं। कभी कोई हिचक नहीं हुई। फिर, इसी लड़की से बात करने की हिम्मत क्यों नहीं पड़ रही!

''प्लीज, जल्दी करो।'' कहते हुए जब उसने मेरी तरफ देखा तो मैं ये कह सकता हूं कि इतनी देर में पहली बार हमारी नजरें ठीक से मिलीं। उसकी बड़ी-बड़ी आंखों में चिंता गर्दिश कर रही थी।

वह पुनः सड़क की तरफ देखने लगी।

मैंने रफ्तार बढ़ाते हुए पूछने की हिम्मत की–''क्या हुआ है आपकी मम्मी को?''

''ब्रेन हेमरेज।''

मैं झटका-सा खा गया। ऐसा झटका जैसे किसी अपने को ब्रेन हेमरेज की खबर सुनी हो।

मैंने चौंककर उसकी तरफ देखा था मगर, वह मेरी तरफ नहीं देख रही थी। उसकी नजरें पूर्ववतः पीछे की तरफ दौड़ती सड़क पर थीं। पर मुझे चैन कहां! पूछा–''कैसे?''

''ब्लडप्रेशर की मरीज हैं।'' उसने मेरी तरफ देखा तो मैंने उसकी आंखों में आंसू तैरते पाए–''मैं दवा खिला दूं तो खिला दूं। खुद कभी नहीं खातीं। डाक्टर का कहना है कि उसी वजह से ...

गाड़ी में एक बार फिर सन्नाटा पसर गया क्योंकि खुद मुझे भी कहने के लिए कुछ नहीं सूझा और ये सन्नाटा तब तक पसरा रहा जब तक मैंने गाड़ी मेडीकल स्टोर के सामने न रोक दी।

स्टोर का शटर गिरा हुआ था मगर उसका एक हिस्सा जाली वाला था और जाली के पीछे एक आदमी बैठा नजर आ रहा था।

मेरे कानों में लड़की के मुंह से निकला 'थैंक्यू' पड़ा। साथ ही, गाड़ी का दरवाजा खुलने की आवाज।

मेरे मुंह से स्वतः शब्द निकले–''क्या तुम्हें वापस नहीं जाना?''

खुले दरवाजे से बाहर लपकने को तैयार-सी वह ठिठकी। मेरी तरफ देखते हुए उसके चेहरे पर चौंकने के भाव थे।

शायद यह सोचकर कि मैं वापस जाने के लिए क्यों तैयार हूं? आजकल लोग एक तरफ से लिफ्ट नहीं देते और मैं ...

मैंने कहा–''पर्चा मुझे दो। दवा ले आता हूं।''

''मैं ले लूंगी।''

वह कूदने वाले अंदाज में न केवल गाड़ी से बाहर जा चुकी थी बल्कि दौड़ती हुई शटर के नजदीक भी पहुंच गई थी।

मैं भी गाड़ी से बाहर निकला और शटर के करीब पहुंच गया।

स्टोर का मालिक अधेड़ आयु का आदमी था। उसके बाएं हाथ में लड़की द्वारा दिया गया पर्चा था, दाएं हाथ से दवाएं निकाल रहा था। उसके काम में कोई सुस्ती नहीं थी, इसके बावजूद लड़की ने कई बार कह दिया–''प्लीज, जल्दी कीजिए अंकल।''

कहने का मतलब ये कि वह बहुत जल्दी में थी।

मेडीकल स्टोर का काम खत्म होने के बाद मैंने उसे गाड़ी में बैठाया और यू टर्न लेने के बाद हास्पिटल की तरफ दौड़ लगा दी।

रास्ते में नाम पूछा। उसने 'वंशिका' बताया।

मुझे उसका नाम बहुत अच्छा, बल्कि बहुत प्यारा-सा लगा था मगर हालात का मारा तारीफ नहीं कर सका।

गाड़ी हास्पिटल के सामने पहुंची। मैंने रोकी, बल्कि ठीक से रोक भी नहीं पाया था कि वह दरवाजा खोलकर कूद-सी पड़ी। मैंने एक बार फिर उसके मुंह से निकला 'थैंक्यू' सुना था, जो इस बात का द्योतक था कि उसने मुझसे जाने के लिए कह दिया था।

मगर, मेरा जाने का इरादा नहीं था।

मैंने गाड़ी एक तरफ पार्क की और हास्पिटल के अंदर प्रविष्ट हो गया। रिसेप्शन से पूछकर ओटी तक पहुंचा।

वह वहीं, बेचैनी वाले अंदाज में टहल रही थी।

दवा का लिफाफा हाथ में नहीं था।

मैं समझ गया वह ओटी के अंदर पहुंच चुका है।

उस वक्त क्योंकि वहां हम दोनों के अलावा कोई और नहीं था इसलिए मुझ पर उसकी नजर पड़ना लाजिमी थी और नजर पड़ते ही उसकी आंखों में सवालिया निशान नजर आए।

कोई और मौका होता तो शायद वह मुझे डांट देती। कहती कि जरा-सी लिफ्ट क्या मांग ली, तुम तो पीछे ही पड़ गए।

मगर उस वक्त उसने कुछ नहीं कहा, आंखों में सवाल लिए बस मेरी तरफ देखती रही। मैं ही बोलने पर मजबूर हो गया–''ऐसे ही, इंसानियत के नाते आ गया हूं।''

उसने अब भी कुछ नहीं कहा।

पलटकर ओटी के दरवाजे की तरफ देखने लगी थी। मैंने धीमे और शालीन स्वर में कहा–''वंशिका।''

उसने मेरी तरफ देखा। आंखों में वही सवालिया निशान। मुझे ही कहना पड़ा–''इजाजत दो तो एक बात कहूं!''

उसने होठों से नहीं, आंखों से कहा–''कहो।''

''तुम टेंशन में हो। बात टेंशन की है भी मगर इसे जितना गले लगाओगी उतना ज्यादा परेशान करेगी।''

उसकी आंखों में मौजूद सवालिया निशान गहरा हो गया।

''इंसान के हाथ में कुछ भी नहीं होता। वो भी नहीं जिसे अपने हाथ में समझता है। जब वो यह समझ रहा होता है कि उसके हाथ में कुछ है उस वक्त वह बहुत बड़े भ्रम में जी रहा होता है।'' अचानक मुझे लगा कि मैं प्रवचन देने लगा हूं, इसके बावजूद कहता चला गया–''इसलिए, इंसान को अपना कर्त्तव्य निभाते रहना चाहिए, बाकी सब ईश्वर पर छोड़ देने से मन को शांति मिलती है।''

उसकी आंखों में इस बार मुझे सवालिया निशान की जगह यह लिखा नजर आया–'क्या तुमने कोई नई बात बताई है?'

''आराम से यहां बैठ जाओ।'' मैंने गैलरी की दीवार के सहारे लगी कुर्सियों की तरफ इशारा करने के साथ कहा–''और मुझे बताओ कि तुम अकेली क्यों हो? मुसीबत के इन क्षणों में कोई और तुम्हारे साथ क्यों नहीं है?''

उसने एक झटके से कह दिया था–''क्योंकि इस दुनिया में मेरे अलावा मां का और मां के अलावा मेरा कोई नहीं है।''

जवाब ही ऐसा था कि मेरी जुबान पर अलीगढ़ी ताला लटक गया। आगे कुछ कहने की हिम्मत ही नहीं पड़ी और ... इससे पहले कि अपनी बिखरी हुई हिम्मत को जुटाता, ओटी का दरवाजा खुला।

डाक्टर ने बाहर कदम रखा।

''मां ठीक है न!'' कहती हुई वंशिका उसकी तरफ लपकी।

डाक्टर ने एक झटके से कह दिया–''शी इज नो मोर।''

''न ... नहीं।'' वंशिका के मुंह से आर्तनाद भरी ऐसी चीख निकली थी जिसने सिटी हास्पिटल की मुकम्मल इमारत को झकझोरकर रख दिया। चीखने से पहले वह जहां खड़ी थी, वहीं बैठ गई और घुटनों में चेहरा छुपाकर दहाड़ें मार-मारकर रोने लगी।

डाक्टर ने एक नजर उसकी तरफ देखा, चेहरे पर वेदना के भाव तो उसके भी उभरे मगर, उसे इस किस्म के रुदन सुनने की आदत थी। सो, तेज कदमों से आगे बढ़ गया।

मैं ऐसा नहीं कर सका ... सच पूछो तो कैसा भी नहीं कर सका।

असल में मेरी समझ में ही नहीं आया कि कैसे रियेक्ट करूं। कुछ देर जड़वत्-सा खड़ा, दिल को हिला देने वाले वंशिका के रुदन को सहता रहा। फिर, आगे बढ़ा और उसके कंधे पर हाथ रख दिया।

आंसुओं से तर चेहरा ऊपर उठाते हुए उसने कहा–''ठीक कहा था तुमने। इंसान के हाथ में कुछ नहीं होता।''

कुछ कहने के प्रयास में मेरे होंठ कांपे जरूर लेकिन उनसे आवाज खारिज नहीं हो सकी। बस दोनों हाथों से उसके कंधे पकड़े और उंगलियों का कसाव बढ़ता चला गया।

जी चाह रहा है कूदकर वहां पहुंच जाऊं जहां से मेरी जिंदगी में थ्रिल ने प्रवेश किया, रोमांच की ज्यादती के कारण मेरे रोंगटे खड़े हो गए मगर ये सब नहीं लिखूंगा तो आपकी समझ में वो सब नहीं आएगा। इसलिए लिखना जरूरी है।

वंशिका की मां के अंतिम संस्कार में मैंने उसकी मदद एक दोस्त की तरह की।

सच कहा था वंशिका ने।

जैसे भरी दुनिया में कोई 'मेरा अपना' नहीं था, वैसे ही उसका भी कोई अपना नहीं था।

अंतिम संस्कार में केवल आस-पड़ोस के लोग और दूर-दराज के रिश्तेदार शरीक हुए थे जो काम खत्म होने के बाद औपचारिकता निभाकर चले गए।

हमारी मुलाकातें होने लगीं।

बढ़ने लगीं।

शुरू में तो मिलने के लिए मैं ही फोन किया करता था, बाद में वह भी करने लगी। यह दौर ज्यादा लंबा नहीं चला।

केवल दो महीने बाद मैंने उसे प्रपोज कर दिया।

दो दिन बाद कोर्ट में शादी भी हो गई।

हम पति-पत्नी के रूप में एक-दूसरे को पाकर खुश थे। होते भी क्यों नहीं! हम दोनों को ही 'अपना' मिल गया था।

हनीमून के लिए 'पताया' गए, लौट भी आए मगर हनीमून था कि खत्म होने का नाम ही नहीं ले रहा था।

अब मेरी जिंदगी में कोई कमी नहीं रह गई थी।

मैं खुश था। मस्त था। नौकरी कर रहा था। जरा-सी फुर्सत मिलते ही मस्ती के लिए कहीं न कहीं निकल जाते। पर ये बात सच है कि मेरी नौकरी

मुझे फुर्सत जरा कम ही दिया करती थी। एक दिन वंशिका ने प्यार से कहा–''अंशु, बुरा न मानो तो एक बात कहूं!''

''मत कहो।'' मैंने उसकी आशाओं के विपरीत कहा–''मैं बुरा मान जाऊंगा।''

वह हकबकाकर अजीब-सी नजरों से मेरी तरफ देखती रह गई। कुछ कहते नहीं बन पड़ा उस पर।

मैंने उसकी हालत पर ठहाका लगाने के साथ कहा–''क्या तुम ऐसी भी कोई बात कह सकती हो जिसका मैं बुरा मान जाऊंगा!''

मेरा आशय समझने के बाद उसने हिरनी जैसी आंखें मेरी आंखों में डालते हुए कहा था–''मैं भी कोई काम करना चाहती हूं।''

''ओह!'' मैंने फिर ठहाका लगाया। जब आदमी प्रफुल्लित होता है तो बात-बात पर बेवजह ठहाके लगाया करता है–''तुम्हारी बात का जवाब तो मैं बाद में दूंगा। पहले ये बताओ, तुम्हें ऐसा क्यों लगा कि मैं इस बात का बुरा मान सकता हूं?''

''ऐसे ही।'' उसने कहा–''शायद यह सोचकर कि फाइनेंशल प्रॉब्लम तो हमारी कोई है नहीं, फिर मैं ये प्रस्ताव क्यों रख रही हूं!''

''मुझे मालूम है।''

''बताओ।''

''मेरे आने-जाने का कोई टाइम नहीं है। कोई काम न होने के कारण सारे दिन बल्कि आधी-आधी रातों तक बोर होती रहती हो।''

दांत भींचकर वह अपनी नन्हीं-नन्हीं हथेलियों से मेरे चौड़े सीने पर घूंसे बरसाने लगी और मुझे ऐसा लग रहा था जैसे फूल बरस रहे हों। साथ ही कहती जा रही थी–''कैसे हो तुम! कैसे जालिम हो कि मेरे दिल की बातें बगैर कहे समझ जाते हो।''

मैंने उसकी कलाईयां पकड़ीं और दमदमा रहे मुखड़े पर नजरें गड़ाकर बोला–''क्या तुम मेरे दिल की बातें नहीं समझ जाती हो!''

''मेरी बात अलग है।''

''मेरी बात तुमसे भी अलग है मेरी जान।'' कहने के साथ मैंने उसके फूल से मुखड़े को अपनी दोनों हथेलियों में भरा और गुलाब की पंखुड़ियों पर झुकता चला गया।

''अरे-अरे ... क्या कर रहे हो!'' उसने अपना चेहरा पीछे हटाने की कोशिश की मगर मैं अपनी हसरत पूरी करके ही माना। उसके बाद कहा–''खुद मेरे दिमाग में भी यह बात थी कि तुम बोर होती रहती होगी, इसलिए समीर से बात की।''

समीर मेरी स्टोरी का एक और अहम् किरदार है। उसके बारे में मैं जो भी बता रहा हूं उसे जरा गौर से पढ़ें–

''समीर?''

''यह एक ऐसे लड़के का नाम है जो करीब एक साल पहले तक मेरा कुलीग था। फिर बिजनेस में चला गया। भविष्य में तुम्हें उसी की फैक्ट्री में काम करना है।''

''क्या कहे चले जा रहे हो तुम!'' वंशिका के चेहरे पर आश्चर्य के भाव थे–''मेरी समझ में कुछ नहीं आ रहा।''

''जब अभी तक कुछ समझाया ही नहीं है मेरी रानी तो समझ में क्या आएगा!'' मेरे होठों पर भेदभरी मुस्कान थी।

''तो समझाओ न!''

''मैं उससे तुम्हारी सर्विस के बारे में बात कर चुका हूं।''

आंखें और बड़ी हो गईं–''मुझसे बात हुए बगैर!''

''बता चुका हूं बेगम साहिबा कि मुझे आपकी बोरियत का एहसास हो गया था।''

''समीर है कौन और किस चीज का बिजनेस है उसका?''

''शुरू से बताता हूं।'' समीर के बारे में मैं जो सोचता था वह सब बताता चला गया–''हालांकि शक्लोसूरत से वह सुंदर तो क्या, साधारण भी नहीं है। बेहद पतला-दुबला है। रंग काला। मोटी नाक, मोटे होंठ और सिर पर गिनती के बाल ...

''तुम मुझे दुनिया के सबसे बदसूरत आदमी के बारे में बता रहे हो या किसी बिजनेसमेन के बारे में?''

''उसकी इस 'खूबसूरती' को लेकर मैं अक्सर मजाक में उसे चिढ़ाया करता था।'' मैंने हंसते हुए बताया–''पर याद रखना वंशि, इंसान अपनी शक्लोसूरत या फिजीक से नहीं बल्कि अपने विचारों और गुणों से खूबसूरत होता है।''

''वो तो ठीक है मगर ...

''अपने कुलीग्स में वह मुझे सबसे ज्यादा पसंद था। 'था' शब्द इसलिए इस्तेमाल किया क्योंकि अब वह मेरा कुलीग नहीं रहा और पसंद इसलिए था क्योंकि काम को काम ही नहीं समझता था पट्ठा। हमेशा हंसता-खिलखिलाता और ठहाके लगाता रहता था मगर मजाल है जो काम में जरा भी कोताही हो जाए! जो काम दूसरे चार घंटे में करते थे उसे वह एक घंटे में कर डालता। सिर्फ बीस साल की उम्र में मैंने किसी को इतना मस्त और ब्रिलिएंट नहीं देखा।''

''बीस साल का!'' वंशिका ने आश्चर्य से पूछा।

''यस। तुमसे भी दो साल छोटा।''

''यानी पढ़ने की उम्र में सर्विस करने लगा था!''

''करेक्ट।''

''कोई मजबूरी होगी। शायद घर के हालात ...

''यही तो ... यही तो थी वह बात जिसने मुझे सबसे ज्यादा इंप्रेस किया।'' वंशिका की बात काटकर मैं कहता चला गया–''उसके घर के हालात जरा भी ऐसे नहीं थे जिनके कारण उसे सर्विस करनी पड़ती बल्कि इसके बिल्कुल उलट, उसके घर के हालात ऐसे थे कि कम से कम फादर को उसका सर्विस करना जरा भी पसंद नहीं था। इसीलिए फादर से उसकी बनती भी नहीं थी। वे हमेशा उससे नाराज रहते थे। कहते थे जब तेरी फैक्ट्री में ऐसे-ऐसे एम्पलाइज हैं जिन्हें हम उससे कई-कई गुना ज्यादा पे देते हैं जितनी तुझे मिल रही है तो तू नौकरी क्यों कर रहा है।''

''क्या ये सच था?'' वंशिका के चेहरे पर आश्चर्य के भाव थे।

''हां।''

''तो फिर वह नौकरी क्यों कर रहा था?''

''क्योंकि बाप के जमेजमाए बिजनेस को नहीं संभालना चाहता था। ऐसा करने पर उसे लगता था कि उसने क्या किया! वह अपने बूते पर, अपने टेलेंट से कुछ करके दिखाना चाहता था।''

''ओह! आज की पीढ़ी में है ऐसी भावना।''

''जबकि उसके बाप की प्रॉब्लम ये थी कि संतान के नाम पर उसके पास बस समीर ही था। जब वही करोड़ों के बिजनेस को नहीं देखेगा तो यह सब किसके लिए किया!''

''बात तो उसकी भी ठीक थी।''

''जब वह दुविधा में था तो मैंने उसे बीच का रास्ता सुझाया।''

''बीच का रास्ता?''

''ऐसा, कि समीर को भी सेटिस्फेक्शन मिले और उसके फादर की चिंता भी दूर हो जाए।''

''ऐसी क्या सलाह दी तुमने?''

''फादर का बैडशीट बनाने का बिजनेस था। 'समीर बैडशीट' के नाम से उनकी चादरें सारे भारत में ...

''अरे! हां-हां। ये नाम तो मैंने भी सुना है।'' चौंकती हुई-सी वंशिका बोली–''बल्कि मैं कल ही तीन चादरें खरीदकर लाई हूं। ये देखो, इस वक्त उन्हीं में से एक बैड पर बिछी हुई है। इस क्षेत्र का यह एक बड़ा ब्रांड है और अब तो वे ...

''कार्पेट भी बनाने लगे हैं।'' बात मैंने पूरी की।

''कार्पेट भी ऐसे-ऐसे डिजाइन्स के कि जिसे देखो, खरीदने का दिल चाहे।'' वह कहती चली गई–''कल जब मैं बैडशीट खरीद रही थी तो शॉप कीपर ने यह कहते हुए कार्पेट भी दिखाए थे कि यह भी 'समीर बैडशीट' वालों का ही प्रोडेक्ट है। पर वे 'चंदन कार्पेट' के नाम से बिकते हैं।''

''चंदन समीर के फादर का नाम है–चंदन चंदेरिया।''

''मतलब?''

''मैंने यही सलाह दी थी उसे कि वह फादर का बिजनेस ज्वाइन कर ले मगर वह काम न करे जो आज तक उसके फादर करते आए हैं। फादर से कहे कि–मैं बैडशीट नहीं, कुछ और बनाऊंगा। कुछ ऐसा जो हमारी फैक्ट्री ने पहले कभी न बनाया हो और फिर उस प्रोडेक्ट को फैक्ट्री के अन्य प्रोडेक्ट्स से आगे निकालकर दिखाए।''

''बिल्कुल।'' वंशिका खुश हो गई–''बिल्कुल सही सलाह दी तुमने।'' फिर, सुर बदलकर बोली–''आखिर पति किसके हो!''

''मेरा शुरू से मानना है कि जो काबिल होता है, वह जिस क्षेत्र में भी जाता है, वहीं अपनी काबलियत के झंडे गाढ़ देता है। समीर ने भी वही किया। 'समीर बैडशीट' का डंका केवल इंडिया में बजता है जबकि 'चंदन कार्पेट' की धाक विदेशों में भी है और उसमें चंदन चंदेलिया का कोई योगदान नहीं है।''

''और अब तुम मुझे उसकी फैक्ट्री में ...

''वह मेरी बात नहीं टाल सकता था।''

''पर मुझे वहां करना क्या होगा?''

''ये तो भई समीर जाने कि वह तुमसे क्या कराएगा।'' मैंने इस टॉपिक को विराम देते हुए कहा–''हम तो बस इतना कर सकते हैं कि ये लो उसका विजिटिंग कार्ड। कल इस पते पर पहुंच जाना।''

''अंशु ... तुम कितने अच्छे हो। मेरा दावा है कि हर पत्नी तुम जैसा पति चाहेगी, जो उसके दिल की बात बगैर कहे समझ जाए।'' कहने के साथ वंशिका मुझसे लिपट गई और ...

अंधे को क्या चाहिए था!

उसे बांहों में लिए मैं 'समीर बैडशीट' पर लुढ़क गया और तब तक लुढ़कता रहा जब तक थककर चूर न हो गया।

उस दिन, मैं रात के दस बजे घर लौटा तो वंशिका को खुशियों की बयार पर सवार पाया। कारण पूछा तो पता लगा समीर ने उसे कंपनी की सीइओ बना दिया है।

मैं उसे देखता रह गया मगर कुछ कहा नहीं। सीधा समीर को फोन लगाया और पूछा–''क्या कर रहा है?''

''डिनर की तैयारी।'' उसने सीधे स्वभाव में कहा।

मैंने पूछा–''किया तो नहीं?''

''नहीं। पर क्यों?''

''ताज पहुंच। हम भी पहुंच रहे हैं। आज डिनर मेरी तरफ से।''

''किस खुशी में बड़े भैया?''

''क्या किसी के जीवन में इससे भी ज्यादा खुशी की कोई बात हो सकती है छोटूराम कि उसकी बीवी एक ही झटके में इतनी बड़ी फैक्ट्री की सीइओ बन जाए!''

''ओह! अच्छा। वैरीगुड।'' दूसरी तरफ से चहके हुए अंदाज में कहा गया–''समझ गया बड़े भैया और समझने के बाद बस इतना कह सकता हूं कि नेकी और पूछ-पूछ! फौरन से भी पहले ताज पहुंच रहा हूं बल्कि शर्त लगा सकता हूं कि आपसे पहले पहुंचूंगा। इजाजत हो तो आपकी खिदमत में एक एप्लीकेशन लगा दूं!''

मैं थोड़ा उलझा–''कैसी एप्लीकेशन?''

''जल्दी पहुंचिएगा, पेट में मोटे-मोटे चूहे कबड्डी खेल रहे हैं।''

''ओके।'' रिसीवर रखते वक्त मैं मुस्कराए बगैर नहीं रह सका था जबकि हकीकत ये है कि मैं आक्रामक मूड में था। डिनर का यह प्रोग्राम मैंने 'सीरियस डिनर' के रूप में नहीं रखा था बल्कि डिनर के बहाने समीर को लताड़ना चाहता था।

खबर लेनी चाहता था उसकी।

इसलिए, क्योंकि उसने वंशिका को सीधे सीइओ बना दिया था। साफ जाहिर था कि ऐसा उसने उस अहसान के कारण किया था जो उसके नजरिए से मैंने उन पर किया था और यह बात मुझे पसंद नहीं आई थी।

समीर को इतनी डांट लगाने का मैंने पक्का निश्चय कर लिया था कि वह अपने निर्णय पर पुनर्विचार करने पर मजबूर हो जाए।

वंशिका मेरी बगल में खड़ी थी। उसे घूरते हुए मैंने कहा–''तुम मेरे इतने नजदीक खड़ी हो कि दूसरी तरफ से बोलने वाले समीर की यह बात तुम्हारे

कानों में जरूर पड़ी होगी कि उसके पेट में मोटे-मोटे चूहे कबड्डी खेल रहे हैं!''

''हां। पड़ी तो है।''

''तो फिर खड़ी क्यों हो? जल्दी से तैयार हो जाओ।''

वंशिका तब भी नहीं हिली बल्कि चुभती हुई-सी नजरों से मुझे घूरती रही, फिर बोली–''ये अचानक तुम्हें समीर के साथ डिनर करने की क्या सूझी?''

मैं सतर्क-सा हुआ। वह भी मेरे मनोभावों को काफी तेजी से पकड़ती थी। हंसकर उन्हें छुपाने की कोशिश करता बोला–''क्यों? सुना नहीं तुमने! आज मेरी बीवी सीइओ बनी है, क्या यह ट्रीट देने की बात नहीं है! खासतौर पर उसे, जिसने ये कारनामा किया है!''

''मुझे लगता है अंशु तुम यह सोच रहे हो कि ...

मैं समझ गया वह क्या कहने वाली है इसलिए बात काटता बोला–''ये अलग बात है वंशि कि समीर मुझे बड़ा भाई मानता है लेकिन तुम्हारा बॉस है, बल्कि मालिक है। तुम्हारे लिए उसे इंतजार कराना ठीक नहीं होगा।''

उसने फिर कुछ कहना चाहा लेकिन मैंने मौका नहीं दिया और आदेशात्मक अंदाज में तैयार होने के लिए कहा।

वह मास्टर बैडरूम में चली गई।

मैंने सोफे पर पसरकर सिगरेट सुलगाई और जेहन में उन शब्दों को इकट्ठा करने लगा जिनके जरिए समीर की क्लास लेनी थी।

उस दिन वंशिका ने तैयार होने में एक्सट्राआर्डेनरी टाइम लिया और जब सामने आई तो खूबसूरत भी एक्सट्राआर्डेनरी ही लग रही थी। इतनी ज्यादा कि मेरी इच्छा डिनर का प्रोग्राम रद्द करके, उसे दबोचने और खींचकर बैडरूम में ले जाने की हुई।

काश! मैंने ऐसा ही किया होता।

कर लेता तो ठीक होता। मगर, मेरी तो उस वक्त मति मारी गई थी और ... जिसकी मति मारी गई हो, वह उस तरफ बढ़ता है जहां उसकी तबाही की दास्तान लिखी जानी होती है।

मेरे साथ भी वैसा ही हुआ।

वंशिका ने उस वक्त कीमती फेबरिक की काली साड़ी और उसी कपड़े का स्लीवलेस ब्लाउज पहना था। उस ड्रेस में वह कयामत ढा रही थी। उसकी गोरी-गोरी, गोल और कसी हुई त्वचा वाली कलाईयां बेहद आकर्षक लग रही थीं। मुखड़े पर ही नहीं, पलकों के ऊपर भी हल्का मेकअप था। अपने घने, काले और लंबे बालों को उसने कुछ यूं संवारा था कि दाईं तरफ

की एक लट रह-रहकर उसके गाल में पड़ने वाले गड्ढे को चूम रही थी।

और ... वह नेक्लेस!

सच्चे मोतियों और डायमंड्स के कॉम्बिनेशन से बना पांच लाख रुपए का वह नेक्लेस, जो मैंने वंशिका को गोल्डन नाइट पर प्रेजेंट किया था, उसकी गोरी और सुराहीदार गर्दन में यूं जगमगा रहा था जैसे अमावस्या की रात में तारे जगमगाया करते हैं।

मैं आगे बढ़ा।

कीमती परफ्यूम की खुश्बू से सराबोर हुआ।

अपना इरादा मुझे खुद मालूम नहीं था।

वंशिका के बेहद करीब पहुंचा तो उसकी आंखों में ऐसी चमक, ऐसी जगमगाहट पाई जैसी पहले कभी नहीं देखी थी।

वह भी होठों पर चित्ताकर्षक मुस्कान लिए मेरी तरफ देख रही थी। मैंने उसकी लट वहां से हटाते हुए कहा–''ये कम्बख्त ठीक उस जगह को चूम रही है जिसे चूमने का अधिकार केवल मुझे है।''

वंशिका खिलखिला उठी और ... मुझे लगा कि सारे घर में सच्चे मोतियों की बारिश होने लगी है।

सच–उसके खिलखिलाने से वैसी ही आवाज हुई थी। फिर, कमरे में उसकी खनकदार आवाज गूंजी–''जल गए!''

''मतलब?'' मेरे मुंह से निकला।

''मेरे बालों की लट तक से जल गए तुम क्योंकि वो उस स्थान को चूम रही थी जिसे तुम चूमा करते हो।''

''यकीनन।'' मैंने सच्चाई कही–''मैं इससे जल गया।''

उसने भावविभोर होकर मुझे बांहों में भरा और उचककर मेरे होठों को चूमने के बाद बोली–''जानते हो अंशु ऐसा क्यों हुआ?''

''मुझे नहीं पता।''

''क्योंकि तुम मुझे बहुत ... बहुत प्यार करते हो। इतना ज्यादा कि किसी बेजान वस्तु के द्वारा भी उसे चूमा जाना पसंद नहीं कर सकते जिसे तुम चूमा करते हो और सच जानना अंशु, इस एहसास ने मुझे ऐसा सुख दिया है जैसा लोगों को स्वर्ग में भी नहीं मिलता होगा क्योंकि हर लड़की इतना ही प्यार करने वाला पति चाहती है। यकीन मानो, तुम्हें पति के रूप में पाकर मैं निहाल हो गई हूं।''

''ओफ्फो।'' मैं कह उठा–''एक तो पहले ही कयामत ढाए हुए थीं, ऊपर से ऐसी-ऐसी बातें! क्या जान ही लेने का इरादा है मेरी!''

वह और जोर से खिलखिला उठी।

मैंने उसे खींचकर बैडरूम में ले जाने की इच्छा पर काबू पाते हुए कहा– ''चलो मैडम, तुम्हारा बॉस बोर हो रहा होगा।''

चलने को तैयार-सी वह ठिठकी। तीखी नजरों से मेरी तरफ देखा और बोली–''ये मेरा बॉस-मेरा बॉस क्या लगा रखा है! समीर तुम्हारा दोस्त ... बल्कि छोटा भाई है।''

''सो तो है, मगर ...

''मगर?''

''कम से कम आज मैंने डिनर पर उसे तुम्हारा बॉस होने के नाते ही बुलाया है और ...

''और?

''आज मैं तुम्हें उसका एक और रूप दिखाने वाला हूं।''

''कैसा रूप?''

''आओ। वहीं देखना।'' कहने के साथ मैंने उसका बाजू पकड़ा और दरवाजे की तरफ बढ़ गया।

उस वक्त हम ताज से केवल दो किलोमीटर इधर थे और सूनी सड़क से गुजर रहे थे कि पीछे से एक मोटरसाइकिल तेजी से दौड़ती गाड़ी के नजदीक आई तथा गाड़ी की रफ्तार से कदमताल करती साथ-साथ चलने लगी।

उस पर दो युवक सवार थे।

दोनों के सिरों पर हेलमेट।

पीछे बैठा युवक जोर-जोर से कुछ कह रहा था मगर कांच बंद होने के कारण सुनाई नहीं दिया इसलिए, मैंने कांच थोड़ा नीचे किया और उसके साथ ही तेज हवा को चीरती उसकी आवाज मेरे कानों में पड़ी–''आपका पिछला टायर पंक्चर हो गया है।''

स्वाभाविक रूप से मेरा पैर ब्रेक पैडल पर जा पड़ा।

मोटरसाइकिल उसी गति से आगे निकल गई जिससे ब्रेक मारने से पहले मेरी गाड़ी चल रही थी।

गाड़ी को धीमी करने के साथ मैंने फुटपाथ पर उतार दिया था। उसके रुकते-रुकते मोटरसाइकिल सामने वाला मोड़ पार करके आंखों से ओझल हो गई थी।

मैंने अपनी साइड का दरवाजा खोला। बाहर निकला और गाड़ी के पिछले

हिस्से की तरफ बढ़ा ही था कि एक बार फिर वातावरण में मोटरसाइकिल की आवाज सुनाई दी।

मेरी नजर उठी।

जिस मोड़ पर मोटरसाइकिल गुम हुई थी, उसी से वही मोटरसाइकिल वापस आती नजर आई।

मेरे दिमाग में खतरे की घंटी बजी मगर देर हो चुकी थी। मोटरसाइकिल आंधी-तूफान की तरह गाड़ी के नजदीक पहुंची। ठीक से रुकी भी नहीं थी कि पीछे वाला युवक कूदकर मेरे सिर पर सवार हो गया। उसके हाथ में रिवाल्वर था। उसकी ठंडी नाल का स्पर्श अपनी कनपटी पर महसूस करते ही मेरे समूचे जिस्म में ठंडी लहर दौड़ गई।

''बचाओ ... बचाओ।'' दहशत में डूबी आवाज वंशिका की थी।

''ऐ ... ।'' मेरी कनपटी पर रिवाल्वर रखे युवक गुर्राया–''मुंह से आवाज निकाली तो यहीं बिछा दूंगा तेरे सुहाग को।''

वंशिका के लिए भला इससे ज्यादा घातक धमकी और क्या हो सकती थी! उसके कंठ को पलक झपकते ही लकवा मार गया।

स्टार्ट मोटरसाइकिल पर बैठे ही बैठे दूसरे युवक ने अपना दायां हाथ लंबा करके वंशिका की गर्दन से नेक्लेस नोंच लिया।

संकट के उस समय में भी शायद वंशिका को नेक्लेस की कीमत याद आ गई थी। तभी तो एक बार फिर 'बचाओ-बचाओ' चीखने लगी मगर इस बार दोनों युवकों में से किसी ने उसके चीखने की परवाह नहीं की। वे अपने काम के एक्सपर्ट थे।

जैसे ही मोटरसाइकिल पर सवार युवक ने अपना काम पूरा किया, वैसे ही वह कूदकर पिछली सीट पर सवार हो गया जिसने अब तक मेरी कनपटी पर रिवाल्वर लगा रखा था।

खतरा हटते ही मैं भी 'बचाओ-बचाओ' चिल्ला उठा। बल्कि अगर यह कहूं तब भी गलत नहीं होगा कि मैंने मोटरसाइकिल के पीछे दौड़ने की बेवकूफी भी की थी, जैसे उसे पकड़ ही लेता।

वह सब सेकिंडों में, पलक झपकते ही हो गया था।

हमारे शोर मचाने के परिणामस्वरूप उस सुनसान सड़क पर भी काफी लोग नजर आने लगे थे। उनमें सड़क से गुजरने वाले कम और आसपास की इमारतों में रहने वाले ज्यादा थे मगर लुटेरों का पीछा करने की न किसी में हिम्मत थी, न ही किसी ने जेहमत उठाई।

सिवाय अनिरुद्ध के।

यह मेरी स्टोरी का तीसरा अहम् किरदार है।

अनिरुद्ध एक पुलिस इंस्पेक्टर का नाम है। उसकी जीप ठीक उसी तरफ से आ रही थी जिस तरफ मोटरसाइकिल वाले उड़े चले जा रहे थे। उसने जीप उनके ठीक सामने अड़ा दी थी।

फिर भी, उन्होंने तेजी से कट मारा और जीप के बगल से निकल जाने की कोशिश की मगर अनिरुद्ध भी पूरा घुटा हुआ था। उसने फुर्ती के साथ स्टेयरिंग को कुछ इस तरह काटा कि जीप का पिछला हिस्सा मोटरसाइकिल के हैंडिल से टकराया।

इतना काफी था।

मोटरसाइकिल की गति ही कुछ ऐसी थी कि जीप का जरा सा किनारा लगते ही जबरदस्त आवाज के साथ कई फुट हवा में उछली और 'धाड़' से सड़क पर जाकर गिरी।

गिरी ही नहीं बल्कि दूर तक घिसटती चली गई। घिसटने के कारण आग की चिंगारियां-सी बिखर गई थीं।

दोनों युवक भी दूर तक घिसटते चले गए थे।

मोटरसाइकिल कहीं, वे कहीं।

और ... शायद यह अच्छा ही हुआ क्योंकि अगले ही पल मोटर साइकिल में आग लग गई थी।

वे उसके आसपास होते तो जिंदे ही स्वाहा हो गए होते।

मैं, वंशिका और वहां जमा हो चुके ढेर सारे गवाह थे उस दृश्य के। युवक उठने की कोशिश कर रहे थे।

अनिरुद्ध ड्राइविंग सीट से कूदकर उनकी तरफ लपका।

यही क्षण था जब उनमें से एक ने अपनी कलाई अनिरुद्ध की तरफ उठाई और उसके हाथ में दबा रिवाल्वर गर्जा–

धांय ... !

वातावरण गोली की आवाज से थर्रा उठा।

सभी सहम गए क्योंकि सभी ने देखा–गोली अनिरुद्ध के बाएं कंधे में लगी थी। एक चीख के साथ वह लुढ़कता चला गया।

दोनों युवक उठे और फुर्ती से पैदल ही एक तरफ को भागे।

पर अनिरुद्ध भी जीवट वाला पुलिसिया था क्योंकि जख्मी होने के बावजूद उसने अपने होलेस्टर से न केवल रिवाल्वर निकाला बल्कि फायर भी कर दिया।

गोली रिवाल्वर वाले की टांग में लगी।

एक चीख के साथ वह मुंह के बल सड़क पर जा गिरा।

रिवाल्वर कहीं, वह कहीं।

दूसरे ने अपने साथी की परवाह नहीं की। जितनी तेजी से दौड़ सकता था, दौड़ा चला जा रहा था।

मगर, अनिरुद्ध ने ज्यादा दूर तक उसे भी नहीं दौड़ने दिया। उसके रिवाल्वर से निकली दूसरी गोली उसकी जांघ में लगी।

वह भी धराशायी।

अब ... जैसे मुझे होश आया।

मैं जोर से यह चिल्लाता हुआ घटनास्थल की तरफ दौड़ा कि 'दबोच लो उन्हें।' ऐसे समय में बस एक आदमी के हिम्मत करने या एक्शन में आने की जरूरत होती है। बाकी काम खुद-ब-खुद हो जाता है। वही हुआ। भीड़ चारों तरफ से युवकों पर टूट पड़ी।

ऐसी मार पड़ी कि वहीं लहूलुहान बल्कि बेहोश हो गए।

मैंने उसकी जेब से अपना नेक्लेस बरामद कर लिया था।

तब, मुझे अनिरुद्ध का होश आया।

उसकी तरफ लपका।

वह बेहोश हो चुका था। रिवाल्वर अभी तक उसके हाथ में था। कंधे से बुरी तरह खून बह रहा था।

मैंने लगभग चीखते हुए कहा–''मैं गाड़ी ला रहा हूं। प्लीज, इसे मेरी गाड़ी में डालने में मदद करो।''

उस वक्त मैंने यह परवाह नहीं की कि किसी ने मेरी आवाज सुनी या नहीं। सच्चाई कहूं तो इतना होश ही नहीं था। मैं भागता हुआ अपनी गाड़ी तक पहुंचा। उसकी ड्राइविंग सीट पर बैठा और गाड़ी स्टार्ट करके यूटर्न के बाद तेजी से वहां लाया जहां अनिरुद्ध पड़ा था। लोगों ने उसे उठाकर मेरी गाड़ी में डाला।

एक बार फिर चीखा मैं–''मैं इसे अस्पताल ले जा रहा हूं। कोई सौ नंबर पर फोन कर दो। पुलिस आकर उन दोनों को ...

''मैंने कर दिया है।'' भीड़ में से किसी की आवाज आई।

हकबकाई-सी वंशिका नजदीक ही खड़ी थी।

मैं चिल्लाया–''जल्दी आओ वंशि।''

वंशिका लपककर मेरी बगल वाली सीट पर बैठी और मैंने इतनी तेजी से गाड़ी दौड़ाई जैसे अनिरुद्ध की जान बचाना मेरे लिए इस दुनिया का सबसे जरूरी काम था।

मैं दांतों पर दांत जमाए, गाड़ी को जितनी तेज चला सकता था, चला रहा

था। दिमाग में सिटी हास्पिटल था क्योंकि घटनास्थल से सबसे ज्यादा नजदीक वही था। अभी हम वहां से करीब एक किलोमीटर इधर ही थे कि मोबाइल बजने लगा।

मैं झुंझलाया।

जेब में हाथ डालकर मोबाइल निकाला और वंशिका की तरफ बढ़ाता बोला–''देखो कौन है।''

मोबाइल ऑन करके उसने 'हैलो' कहा ही था कि दूसरी तरफ से बोलने वाले समीर की आवाज मेरे कानों तक पहुंची–''कहां रह गए आप लोग? बड़े भैया कहां हैं?''

जो कुछ हुआ था, वह सब वंशिका ने जब हड़बड़ाहट में बताना शुरू किया तो समीर की समझ में इससे ज्यादा कुछ नहीं आया कि हमारे साथ कोई दुर्घटना हो गई है। इससे वह खुद भी हड़बड़ा गया और अनेक सवाल पूछने लगा।

जब मैंने महसूस किया वंशिका ठीक से उसके सवालों का जवाब नहीं दे पा रही है तो ड्राइविंग करते ही करते मोबाइल उसके हाथ से लिया और बोला–''समीर, दो लुटेरों ने हमसे लूटपाट करने की कोशिश की थी, वहां एक पुलिस इंस्पेक्टर पहुंच गया। वह लुटेरों की गोली से जख्मी हो गया है। हम उसे लेकर सिटी हास्पिटल जा रहे हैं। तुम भी वहीं पहुंचो। बाकी बातें वहीं होंगी।''

बस ... इतना कहने के बाद मैंने समीर की आवाज का इंतजार किए बगैर फोन ऑफ किया और पूरा ध्यान ड्राइविंग पर लगा दिया।

हास्पिटल पहुंचते ही अनिरुद्ध का इलाज शुरू हो गया था। मैं और वंशिका ओटी के बाहर थे। वहीं ...

जहां मेरे मन में वंशिका के लिए प्यार का अंकुर फूटा था।

कुछ देर बाद समीर भी पहुंच गया।

वह इस आशंका से हड़बड़ाया-सा था कि कहीं हममें से तो किसी को चोट नहीं आई है। हमें ठीक देखकर उसे राहत पहुंची। फिर, जब मैंने सारा किस्सा बताया तो बोला–''कंधे में गोली लगी है तो मुझे नहीं लगता इंस्पेक्टर की जिंदगी को कोई खतरा होगा।''

''खून बहुत बह गया था समीर।''

''चिंता मत करो बड़े भैया।'' उसने इस तरह सांत्वना दी जैसे बड़ा वो हो–''ऊपर वाला जो करेगा, ठीक करेगा।''

तभी पुलिस और बड़े अफसर भी वहां पहुंच गए। पता लगा दोनों जख्मी लुटेरों को सरकारी अस्पताल भिजवा दिया गया है।

कुछ देर बाद ओटी से खबर आई कि अनिरुद्ध को ओ पोजीटिव ब्लड चाहिए जो कि हास्पिटल में नहीं है।

वंशिका तुरंत कह उठी थी–''मेरा ब्लडग्रुप यही है।''

फिर क्या था!

एक बैड पर वंशिका, दूसरे पर अनिरुद्ध।

इस तरह, अनिरुद्ध की जान बच सकी। सच ये है कि मैंने भी राहत की सांस तभी ली जब उसे ओटी से रूम में शिफ्ट कर दिया गया और डाक्टरों ने खतरे से बाहर बता दिया।

उसके परिवार के लोग काफी पहले पहुंच चुके थे इसलिए अब हमारी वहां कोई जरूरत नहीं रह गई थी लेकिन फिर भी, वहीं रहना हमें अपनी नैतिक जिम्मेदारी लगी।

हालांकि समीर ने कहा था–''अब निकलो बड़े भैया। सुबह आकर हालचाल मालूम कर लेना।''

''नहीं।'' वंशिका बोली–''कम से कम उसके होश में आने तक तो हमें यहां रहना ही चाहिए।''

मैंने वंशिका का समर्थन किया–''बहरहाल, उसने हमारी खातिर गोली खाई है।''

''उसने तुम्हारी खातिर नहीं, अपने फर्ज की खातिर गोली खाई है बड़े भैया। ऐसी घटनाओं को रोकना उसका काम है।''

''कैसी बातें कर रहे हो समीर, वो चाहता तो ...

समीर ने कंधे उचकाए और चला गया।

वंशिका बोली–''अंशु, ऐसा लगता है जैसे जजबातों से समीर का कोई ताल्लुक ही न हो।''

''वह ऐसा ही है।'' मैंने कहा–''एकदम प्रेक्टिकल।''

इस बीच हमने जाना–अनिरुद्ध अपने मां-बाप का इकलौता बेटा था। मध्यम वर्गीय परिवार था वह। अच्छे बाजार में पिता की हार्डवेयर की दुकान थी जो ठीकठाक चलती थी।

वह पंद्रह दिन हास्पिटल में रहा और इन पंद्रह दिनों में से एक दिन भी ऐसा नहीं गया कि हम दोनों या दोनों में से कोई एक उसके पास न गया हो। किसी-किसी दिन तो कई-कई चक्कर लग जाते थे। एक संडे तो पूरा वहीं गुजारा।

अनिरुद्ध मेरी ही उम्र का गोरा-चिट्टा, बलिष्ठ और आकर्षक युवक था। हंसमुख भी खूब था। मुझे यह लिखने में कोई संकोच नहीं है कि मैं भी उसे पसंद करने लगा था मगर उस दिन पता नहीं मेरा माथा क्यों ठनका जब आफिस में लेबर की हड़ताल के कारण काम बंद हो गया और मैं दोपहर

के वक्त ही घर जा पहुंचा तथा अनिरुद्ध को न सिर्फ अपने घर पाया बल्कि ठीक उसी वक्त वंशिका और अनिरुद्ध ने किसी बात पर जोरदार ठहाका भी लगाया था।

बड़ी बेबाकी से हंस रहे थे वे।

हंसते-हंसते नजर दरवाजे पर, यानी जहां मैं आ खड़ा था वहां गई तो एक बार को तो दोनों की हंसी को ब्रेक लग गया।

मुझे लगा–वे सकपका गए हैं।

जैसे चोरी करते पकड़े गए हों।

फिर थोड़ा संभलते हुए अनिरुद्ध ने कहा–''अरे अंशुमन?''

''तुम इस वक्त?'' वंशिका भी थोड़ी नियंत्रित हुई।

''हां। मैं इस वक्त।'' मेरा मूड उखड़ गया था।

''कैसे आ गए? पहले तो कभी ऐसा नहीं हुआ!''

मैंने मन ही मन सोचा–'क्योंकि ऐसा पहले कभी नहीं हुआ। दोपहर के वक्त तुम्हें मेरे आने की दूर-दूर तक उम्मीद नहीं थी। क्या इसीलिए मुझे यह दृश्य देखने को मिला!' पर, प्रत्यक्ष में मैंने खुद को सामान्य दर्शाने की भरपूर कोशिश के साथ कहा था–''लेबर ने हड़ताल कर दी थी और लेबर जब हड़ताल करती है तो उन्हें भी काम नहीं करने देती जो हड़ताल पर न हों। सो, काम बंद हो गया तो मैंने सोचा घर पहुंचकर थोड़ा आराम कर लूं।''

''फोन करके बता तो देते!''

मैंने पुनः सोचा–'बता देता तो ये सीन देखने को कहां मिलता?' पर कहा ये–''मैंने सोचा तुम फैक्ट्री में होगी। बेकार क्यों डिस्टर्ब करूं। शाम तक तो आ ही जाओगी।''

''हां। थी तो वहीं। लेकिन सिर में इतना तेज दर्द हुआ कि काम करना तो दूर, सीट पर बैठा तक नहीं गया। छुट्टी लेकर आ गई।''

''पर अभी-अभी तुमने जिस उन्मुक्त अंदाज में ठहाका लगाया था।'' कहने के साथ मैंने खुलकर हंसने की भरपूर कोशिश की थी मगर खुद मुझी को अपनी हंसी खोखली-सी लगी–''उससे लगा तो नहीं इतने भयंकर दर्द के कारण छुट्टी लेकर आई थीं!''

''ओह वो! ... अनिरुद्ध ने लतीफा ही इतना मजेदार सुनाया था कि मैं रोकते-रोकते भी हंसी नहीं रोक सकी। और सच्चाई ये है कि अनिरुद्ध ने मेरे सिर का दर्द उड़नछू कर दिया है।'' काफी नार्मल नजर आ रही वंशिका कहती चली गई–''तुम भी सुनो, अनिरुद्ध अंशु को भी लतीफा सुनाओ।''

अनिरुद्ध ने लतीफा सुनाया–''एक दोस्त दूसरे दोस्त से बोला कि तुझे पता है, स्वर्ग में पति-पत्नी को साथ रहने की परमीशन नहीं है। दूसरा दोस्त बोला–इसीलिए तो वह स्वर्ग है।''

वंशिका एक बार फिर खिलखिलाकर हंस पड़ी।

लतीफा अगर इतना जोरदार ठहाका लगाने लायक नहीं था तो होठों पर मुस्कान ला देने की क्षमता तो रखता ही था मगर, मेरे होठों पर वह भी नहीं उभरी। वे मेरा मूड न भांप पाएं इसलिए खुद को सिगरेट सुलगाने में व्यस्त कर लिया था।

''शायद अंशुमन को मजा नहीं आया लतीफे में। खैर, चलता हूं।'' कहने के साथ अनिरुद्ध खड़ा हो गया।

''अरे नहीं अनिरुद्ध।'' मैं थोड़ा संभला–''भला ऐसे कैसे जा सकते हो तुम! हमारे घर पहली बार ही तो आए हो शायद।'' मैंने 'शायद' पर कुछ खास ही जोर देने के साथ कहा–''चाय-कॉफी कुछ बनाओ वंशि।'' फिर, अनिरुद्ध से कहा–''या ठंडा लोगे?''

''नहीं। फिर कभी ले लूंगा।'' वह जाने के मूड में था–''इधर से गुजर रहा था, सोचा तुम लोगों से मिलता चलूं।''

मैंने आगे बढ़कर एक तरह से रास्ता ही रोक लिया था उसका। बोला–''ऐसे कैसे जा सकते हो दोस्त! पहली बात तो ये कि दिन में हम दोनों में से यहां कोई मिलता ही नहीं है। कामकाजी लोग ठहरे। दूसरी बात, जब संयोग से एक नहीं दोनों मिल गए हैं तो ठंडा गर्म लिए बगैर बिल्कुल नहीं जाने देंगे ... क्यों वंशि!''

''करेक्ट।''

वह हंसने लगा था। मेरे कंधे पर हाथ रखता बोला–''अच्छा भई, ऐसा है तो वंशिका के हाथ की कोल्ड कॉफी पीकर जाएंगे।''

''अभी लाई।'' कहने के साथ वंशिका यूं किचन की ओर लपकी जैसे उसे अपनी जिंदगी का सबसे पसंदीदा काम करने को मिला हो।

वह हंसता हुआ वापस सोफे पर बैठ गया।

जब तक वंशिका कॉफी लाई तब तक अनिरुद्ध से बात करता मैं यह निकालने की कोशिश करता रहा कि वह आया किस इरादे से था मगर जरा भी कामयाबी नहीं मिली।

वंशिका उम्मीद से जल्दी कॉफी बना लाई और चहक भी कुछ ज्यादा ही रही थी। ऐसा तो बिल्कुल नहीं लग रहा था जैसे भयंकर सिरदर्द के कारण छुट्टी लेकर आई हो।

फिर भी, मैंने ऐसी एक्टिंग की, ऐसी बातें कीं कि उनमें से किसी को

भी शक न हो सके कि मुझे उस वक्त वहां उनका इकट्ठे होना खटका था। अनिरुद्ध जब गया तो पूरी तरह सामान्य था।

पर मैं सामान्य नहीं था। ऊपर से भले ही सामान्य दर्शाते हुए वंशिका से कहा हो–''आज हुआ बड़ा अजीब संयोग। दिन में हममें से कोई घर नहीं रहता। अनिरुद्ध इधर से गुजर रहा था, बस यूं ही चला आया और हम दोनों मिल गए। वर्ना बेचारे को लटका हुआ ताला देखकर मुंह लटकाकर लौटना पड़ता।''

''कह तो ठीक ही रहे हो।'' वंशिका ने बस इतना कहा और मैं किसी निष्कर्ष पर नहीं पहुंच सका।

हालांकि मेरा दिमाग बार-बार कह रहा था कि ऐसा आखिर मैंने देखा ही क्या है जिसके कारण शक करूं? मगर, शक एक ऐसा कीड़ा होता है जिसे आप भले ही चाहे जितना रोकना चाहें, बार-बार दिमाग की गहराईयों तक रेंगता चला जाता है।

वही हालत मेरी थी।

बेवजह मूड उखड़ गया था।

ऐसा उस दिन से पहले कभी नहीं हुआ था कि शाम के वक्त मैं और वंशिका घर हों और साथ-साथ घूमने न निकल गए हों।

वंशिका ने पूछा भी–''आज कहां डिनर करा रहे हो?''

''कहीं नहीं।'' मेरे मुंह से निकला।

''अरे!'' वह चौंकी–''सारी शाम घर ही में बोर करने का इरादा है क्या? ऐसा पहले तो कभी नहीं हुआ!''

मैं दर्शाना नहीं चाहता था कि मेरा मूड खराब है क्योंकि ऐसा होने पर वह कारण पूछती और कारण बताने लायक नहीं था इसलिए, पीछा छुड़ाने की मंशा से झूठ बोल दिया–''मेरे हाथ में जो प्रोजेक्ट था वह बहुत अर्जेंट था। बॉस ने कहा था कि रात को नौ बजे आकर उसे पूरा कर दूं। उस वक्त हड़ताली लेबर नहीं होगी।''

''यानी आफिस जाना है!'' उसने सामान्य स्वर में कहा।

मुझे कहना पड़ा–''हां।''

और जब कह ही दिया तो साढ़े आठ बजे घर से निकलना भी पड़ा। निकला तो यह समझ में नहीं आया कि जाऊं तो कहां जाऊं?

मेरे पतन की शुरूआत हो चुकी थी।

हरेक के पतन की शुरूआत ऐसे ही होती है।

आदमी को पता तक नहीं लग पाता कि वह कब उस रास्ते पर बढ़ गया है जो उसे तबाही तक ले जाएगा।

अब मैं आपको वो खास बात बताने जा रहा हूं जो उस रात वंशिका को समझाने जा रहा था जिस रात समीर के साथ डिनर हेतु निकले थे लेकिन वारदात का शिकार हो गए।

वो बात समीर के बारे में है।

वह रात ऐसी थी जब मेरी समझ में नहीं आ रहा था कि कहां जाऊं? कैसे समय गुजारूं? ऐसे में एक ही नाम सूझा–समीर।

ड्राइविंग करते हुए मैंने उसे फोन किया। पूछा–''कहां है?''

''हुक्म करो बड़े भैया।'' वह हमेशा की तरह चहका।

''खास काम न हो तो ओबराय पहुंच। डिनर साथ लेंगे।''

''काम हो भी तो आपके बुलावे को नहीं टाल सकता बड़े भैया लेकिन ओबराय में नहीं।''

''क्यों?''

''ताज में आऊंगा।''

''वजह?''

''वहीं का डिनर तो ड्यू है। आज एक महीना गुजर गया। मैं तो इंतजार कर रहा था कि उसका नंबर कब आए। आप तो उस साले इंस्पेक्टर के चक्कर में ऐसे उलझे कि छोटे भाई को भूल ही गए।''

''ओके।'' मैं हंसे बगैर नहीं रह सका–''वहीं पहुंचता हूं।''

मैं उससे पहले पहुंच गया। वह मेरे पांच मिनट बाद पहुंचा था। धम्म-से सीट पर गिरता-सा बोला–''भाभी क्या वॉशरूम गई हैं?''

''नहीं।'' मैंने कहा।

वह चौंका–''तो कहां हैं?''

''नहीं आई।''

वह और बुरी तरह चौंका–''वजह?''

''तबियत ठीक नहीं थी उसकी।'' मैंने बहाना मारा।

''फिर आप क्यों आ गए?''

''मतलब?''

''तबियत ठीक नहीं थी तो सेवा करते। इससे प्यार बढ़ता है। वैसे हुआ क्या है? हां, दिन में सिरदर्द तो बता रही थीं।''

मैं चुप रह गया।

''बड़े भैया।'' उसने बहुत गौर से मेरी आंखों में झांका था–''वे आई नहीं या आप लाए नहीं?''

उसकी इन्हीं बातों का कायल था मैं। इतनी कम उम्र होने के बावजूद पट्ठा बातों को यूं कैच करता था जैसे बहुत तजुर्बेकार हो। उसके सवाल पर थोड़ा सकपकाते हुए कहा था मैंने–''बस यूं समझ ले कि मैं ही नहीं लाया।''

उसकी नजरें और गहरी हो गईं–''कोई खास वजह?''

''इसमें वजह क्या होती यार, बस आज छड़ेपन का मूड था।''

''हर बात के पीछे कोई न कोई वजह जरूर होती है बड़े भैया।'' उसने अनुभवी आदमी की तरह कहा–''यह अलग बात है कि कभी वह हमारी समझ में आती है, कभी नहीं।''

''तुम बाल की खाल बहुत निकालते हो।''

''शादीशुदा आदमी का जब छड़ेपन का मूड होने लगे तो समझ लेना चाहिए कि बीवी में उसका आकर्षण कम हो रहा है।''

''ये क्या बात हुई! शादीशुदा होने का मतलब क्या ये है कि आदमी अपने दोस्तों के साथ अकेला कहीं आ-जा ही नहीं सकता!''

एकाएक उसने बहुत ही चुभता हुआ सवाल पूछ लिया–''क्या भाभी को मालूम है आप इस वक्त यहां मेरे साथ बैठे हैं?''

रोंगटे खड़े हो गए मेरे। मुंह से निकला–''बता भी मत देना।''

''यानी नहीं मालूम?''

''स्टाम्प पेपर पर लिखकर दूं?''

''उनकी जानकारी में आफिस में ओवरटाइम कर रहे होगे!''

''तू जादूगर है क्या?''

''इसमें जादूगरी जैसी कोई बात नहीं है। अगर पति पत्नी से या पत्नी पति से कन्नी काटे तो पेटेंट बहाने ये ही होते हैं।''

''साले।'' मैं कह उठा–''तेरी शादी नहीं हुई और इतनी बातें बनाने लगा है। कहां से सीखी ये बातें?''

''शादी भले ही न की हो बड़े भाई मगर तुम तो जानते हो, बारातें करने में कभी पीछे नहीं रहा मैं।'' कहते-कहते उसकी नजर मेरे बाईं तरफ गई और फिर मुंह से निकला–''वाह! क्या चीज है।''

स्वाभाविक रूप से मेरी नजर उधर घूम गई।

बगल वाली सीट पर अभी-अभी एक नया जोड़ा आकर बैठा था। मेरे ख्याल से तो उनकी शादी को हफ्ता भर भी नहीं हुआ था क्योंकि युवती के हाथों में लगी मेंहदी साफ नजर आ रही थी।

लंबे चेहरे और गोरे रंग वाली, यकीनन वह एक निहायत ही खूबसूरत युवती थी। आंखें ही नहीं, चेहरा भी दमक रहा था। चौड़े मस्तक के

बीचोंबीच, नुकीली नाक के ठीक ऊपर सिंदूरी बिंदिया। लंबे, काले और खुले बालों के बीच मांग में हल्का-सा सिंदूर।

उसकी कलाईयां चूड़ियों से भरी थीं। चूड़ियों के बीच सोने के दो कंगन। सोने का एक नेक्लेस उसकी गोरी और सुराहीदार गर्दन में भी नजर आ रहा था।

शिफॉन की साड़ी पहने हुए थी वह।

वह दोनों कोहनियां मेज पर टिकाए हुए थी और हाथों में थे उसके दोनों हाथ। जिसके साथ थी, देखने मात्र से पता लगता था कि वह उसका पति है। वह हैंडसम था। करीब छः फुटा। सांवला। संक्षेप में यूं कहा जा सकता है कि वह एक शानदार जोड़ा था और जिस तरह उन्होंने एक-दूसरे के हाथ में हाथ ले रखे थे, उससे जाहिर था एक-दूसरे से बेहद संतुष्ट और खुश हैं।

वे दीन-दुनिया से बेखबर, खुद ही में खोए हुए थे।

जब मैंने पुनः समीर की तरफ देखा तो उसे तब भी, उसी तरफ देखते पाया। पति पर जरा भी ध्यान नहीं था उसका।

बस पत्नी को ही देखे जा रहा था।

यही था समीर का वह रूप जो मैं उस रात वंशिका को दिखाना चाहता था। इस रूप से वाकिफ होने के लिए जरा उन बातों पर गौर फरमाएं जो उस वक्त मेरे और समीर के बीच हुई।

मैंने कहा था–''तू फिर बहक रहा है समीर, अबे वो अपने पति के साथ खुश है। मस्त है। और तू है कि ...

''बड़े भैया।'' मेरी तरफ देखते हुए उसने बहुत ही कॉन्फिडेंस भरे लहजे में कहा था–''जो लड़की तुम्हें इस वक्त अपने पति के साथ फुलप्रूफ तरीके से खुश और मस्त नजर आ रही है। उसे मैं एक महीने के अंदर अपने पहलू में दिखा सकता हूं।''

''बाज नहीं आएगा तू!''

''किस बात से बाज आने के लिए कह रहे हैं?''

''बेपर की उड़ाने से।''

वह हंसा–''आपको बेपर की लगती है?''

''आईने में थोबड़ा देखा है अपना!''

''लड़कियां थोबड़ा नहीं देखतीं बड़े भैया। ये देखती हैं ... ये।'' कहने के साथ उसने अपने अंगूठे को तर्जनी के ऊपर नीचे किया।

''माना समीर कि पैसा बड़ी चीज है मगर इतनी बड़ी भी नहीं कि सभी का दीन-ईमान, पवित्रता और करेक्टर खरीद सके।''

''छोड़ो बड़े भैया, अभी तुम औरतों को नहीं जानते।''

''और तू जानता है?''

''हंडरेट परसेंट।''

''क्या जानता है?'' मैं भन्ना गया था।

''यही कि आज की औरत अपने पति के प्रति केवल तभी तक समर्पित रहती है जब तक उसे पति से ज्यादा पैसेवाला, रुतबे वाला और शोहरत वाला मर्द नहीं मिलता।''

''तू यह कहना चाहता है कि हर औरत चरित्रहीन है। जैसे ही उसे पति से ज्यादा पैसेवाला ...

''निकल लेगी बड़े भैया।'' मेरी बात काटकर वह हंसता हुआ बोला–''निकल लेगी उसके साथ।''

''बकवास।'' ये शब्द स्वतः ही मेरे मुंह से निकले थे–''बहुत ही घटिया विचार हैं तेरे। ऐसा होने लगे तो किसी का दाम्पत्य जीवन चले ही नहीं क्योंकि समाज में एक से एक पैसे वाले पड़े हैं। इसकी पत्नी उसके साथ भाग जाएगी उसकी, उसके साथ।''

''बशर्ते पति से ज्यादा पैसे और शोहरत वाला लिफ्ट मारे।''

''तू यह कहना चाहता है कि लोग लिफ्ट नहीं मारते!''

''ये सच है बड़े भैया। ऊंचे स्टेटस वाला मर्द अपने से नीचे के स्टेटस की लड़की को जरा कम ही लिफ्ट मारता है। मारता भी है तो सिर्फ उसे भोगने के लिए, अपनाने के लिए नहीं और ...

''और?''

''जब मारता है तो सौ में से निन्यानवें बार ले उड़ता है।''

''तू कितनी बार ले उड़ा?''

''अभी तक का रिजल्ट तो हंडरेट परसेंट है।''

मैं उसे देखता रह गया। सच्चाई ये है कि कुछ कहते नहीं बन पड़ा था मुझ पर। जबकि वह कहता चला गया–''आज नहीं तो कल तुम्हारी समझ में यह बात आ जाएगी बड़े भैया कि पैसे में बहुत ताकत होती है। पहले झटके में इंसान भले ही इसकी चमक-दमक को इग्नोर कर दे पर वो चमक-दमक यदि बढ़ाते रहो तो एक लेबल ऐसा जरूर आ जाता है जब इंसान चकाचौंध में खो जाता है।''

मैं अब भी चुप रहा।

''आज एक शर्त लगाते हैं।''

''कैसी शर्त?''

''आपको लगता है न कि वह लड़की अपने पति के साथ पूरी तरह खुश, मस्त और संतुष्ट है!'' कहने के साथ उसने पुनः उस लड़की की तरफ देखा जो अपने पति में इतनी खोई हुई थी कि ख्वाब तक में यह नहीं सोच सकती

थी कि हमारे बीच उसके संबंध में बातें हो रही हैं। हमें तो शायद उसने देखा तक नहीं था।

''यही कहना चाहते हो न कि तुम उसे ...

''ज्यादा मेहनत नहीं करनी पड़ेगी मुझे।'' मेरी बात काटकर वह कहता चला गया–''गौर कीजिए, उसने सोने के कंगन पहन रखे हैं। सैट भी सोने का है। जबकि आजकल ये दोनों चीजें सोने की कौन पहनता है! वही न, जो डायमंड्स के कंगन और सैट अफोर्ड न कर सके! साड़ी भी कोई खास कीमती नहीं है। नतीजा ये निकला कि जोर लगाकर वे ताज में डिनर करने जरूर आ गए हैं लेकिन इस स्टेटस के नहीं हैं। वह डायमंड के एक सैट से सैट हो जाएगी। नहीं मानी तो दो कंगन भी सही।''

मन ही मन मैं उसकी तेज नजरों का कायल हो गया मगर मुंह से यही निकला–''तेरा दिमाग खराब हो गया है।''

''मैं एक महीने के अंदर उसे आपके साथ डिनर कराऊंगा और वह डिनर वह अपने पति से छुपकर करेगी।''

''तुझे अपने पैसे पर बहुत गुरूर हो गया है समीर।'' मैं कहे बगैर नहीं रह सका–''इतना ज्यादा कि दुनिया के हर रिश्ते को खरीद लेने का दावा करने लगा है।''

''शर्त लगाओ न बड़े भैया।'' वह मुस्करा रहा था।

मौका लगते ही मैं मेन विषय पर आ गया–''अपनी भाभी पर भी क्या तूने यही दांव चला है!''

''म ... मतलब?'' मेरे अचानक और सीधे हमले ने उसे बुरी तरह बौखला दिया था।

''पहले ही दिन अपनी फैक्ट्री की सीइओ बना देना उसे पटाने का हथकंडा नहीं तो और क्या है?''

''क ... कैसी बात कर रहे हो बड़े भैया!'' मारे बौखलाहट के उसका बुरा हाल हुआ जा रहा था–''आप ऐसा सोच भी कैसे सकते हैं! बड़े भैया की वाइफ मां समान होती है।''

''चल।'' मैं हंसा–''किसी को तो बख्शा तूने।''

''ऐसा कभी मजाक में भी मत कहना।'' वह बोला–''ये भी कभी मत सोचना कि मैंने उन्हें यह पद आपके और अपने संबंधों के कारण दिया है। मैं बिजनेस में पर्सनल रिलेशंस को कभी मिक्स नहीं करता। ऐसा होता तो इतने कम समय में इतनी तरक्की न की होती। मैंने उन्हें उनकी काबलियत देखकर ही पद दिया है।''

''एक ही दिन में क्या काबलियत देख ली तूने?''

''काबलियत देखने के लिए दिमाग की आंखें चाहिए बड़े भैया और वो कुदरत ने मुझे बख्शी हैं। और फिर, अब तो एक महीना हो चुका है। वे खुद को इस पद के योग्य साबित कर चुकी हैं। ऐसा न होता तो कभी का हटा चुका होता। बहरहाल, मालिक होने के नाते ये अधिकार तो हमेशा मेरे पास है।''

मैं और जोर से हंसा–''कुछ देर पहले तो सीना ठोक-ठोककर कह रहा था कि हर लड़की एक जैसी होती है!''

''उस पर मैं अभी-भी कायम हूं।''

''तो फिर वंशिका का जिक्र आने पर क्या हो गया?''

''इजाजत हो तो अपनी बात खुलकर कहूं बड़े भैया?''

''जितनी खुली-खुली बातें अब तक कर रहा है उससे ज्यादा खुली-खुली और क्या करेगा?''

''आपको बुरा न मानने का वचन देना होगा।''

''दिया।''

''मेरी मां समान सही लेकिन लड़की तो भाभी भी हैं। बुरा मत मानना, अगर कल उन पर कोई ऐसा शख्स डोरे डाले जो पैसे, रुतबे और हैसियत में आपसे ज्यादा हो तो फिसल तो वे भी ...

समीर के शब्दों ने मेरे रोंगटे खड़े कर दिए थे। पलक झपकते ही मेरा जेहन अपनी और अनिरुद्ध की तुलना करने लगा था। मुझसे स्मार्ट भी ज्यादा था वह, सुंदर भी। भले ही मेरी 'पे' उससे ज्यादा थी मगर एक साफ्टवेयर इंजीनियर का रुतबा भला पुलिस इंस्पेक्टर के रुतबे के सामने कहां ठहरता था!

इंस्पेक्टर अपने इलाके का मालिक होता है।

मैं खुद को हर तरीके से उसके सामने बौना नजर आने लगा।

फिर, आंखों के सामने दोनों का बेबाकी से खिलखिलाना, वंशिका का जरूरत से ज्यादा चहकना घूमता चला गया।

तो क्या समीर की बातों में दम था!

एक बार फिर कहीं ऐसा ही तो नहीं हो रहा था कि समीर सही था, मैं गलत! कम उम्र में उसने बहुत अनुभव गेन कर लिया था।

मैंने जितना सोचा और हालात के तराजू में तौला, दिल में उतनी ही घबराहट-सी बढ़ती चली गई।

''कहां खो गए बड़े भैया?''

''आं हां। नहीं।'' मैं चौंका–''कहीं नहीं।''

''कहीं तो खो गए थे आप।'' एकाएक मुझे उसकी आंखों में ब्लेड की धार-सा पैनापन महसूस हुआ।

उससे बचने के लिए मैंने अपनी आवाज में आत्मविश्वास पैदा करने की

कोशिश करते हुए कहा–''वंशिका के बारे में तुम बहुत बड़ी और एक तरह से घिनौनी बात कह रहे हो।''

''मैंने तो पहले ही वचन ले लिया था कि आप बुरा नहीं मानेंगे, खासतौर पर तब, जब यह बात मैं भाभी के लिए नहीं बल्कि भाभी को भी एक आम लड़की मानकर कह रहा हूं। आप सहमत हों या न हों लेकिन लड़कियों के बारे में मेरे विचार ऐसे ही हैं।''

उसने मुझे इतना इरीटेट कर दिया था कि मैं बोला–''वह करें जिसके लिए यहां आए हैं?''

''आपका मतलब डिनर से है?'' वह फिर हंसा।

''हां।''

''तो आर्डर दीजिए न, मैंने कब मना किया है!''

मैंने वेटर को बुलाया और आर्डर देने लगा जबकि 'अभी आया' कहकर समीर उठा और मुझे कुछ भी कहने का मौका दिए बगैर उस सीट की तरफ बढ़ गया जिस पर नया जोड़ा बैठा था।

पता नहीं उसने उनसे क्या कहा कि दोनों उसकी तरफ देखकर बड़ी इज्जत से मुस्कराए और पति ने उसकी तरफ हाथ बढ़ा दिया।

पत्नी की तरफ खुद समीर ने हाथ बढ़ाया था और पत्नी ने थोड़ा हड़बड़ाकर मुस्कराते हुए हाथ मिलाया।

मैंने पति को खाली चेयर की तरफ इशारा करते देखा। समीर उस पर इस तरह बैठा जैसे बहुत बड़ा टाइकून हो। मैं समझ गया, उसने बता दिया है कि मैं चंदन कार्पेट का मालिक हूं।

कुछ देर बाद वह दोनों से मुस्करा-मुस्करा कर बातें कर रहा था और उनकी आंखों में उसके लिए सम्मान के भाव थे।

समीर अपना जादू चला रहा था।

शर्त लगे बगैर भी शायद वह एक महीने के अंदर मुझे लड़की के साथ डिनर कराने का निश्चय कर चुका था और अगर सच्चाई लिखूं तो वह मुझे कामयाब होता नजर आ रहा था।

उन दिनों, न चाहते हुए भी मैं मानसिक रूप से डिस्टर्ब रहने लगा था। काम में मन नहीं लगता था।

मैं अपने आपको यह समझाने की कोशिश करता था कि समीर के विचारों में कोई दम नहीं है।

उसके विचार घटिया ही नहीं, घिनौने भी हैं। वे विचार एक ऐसे लड़के के हैं जो पैसे के नशे में मगरूर है।

मगर, खुद को समझाने की मेरी हर कोशिश रह-रहकर नाकाम हो जाती थी। कहीं न कहीं यह विचार सरसराकर मेरे जेहन में घुस जाता था कि वो लड़का प्रेक्टिकल है। जो कहता है, ज्यादातर सही निकलता है। फिर यह भी सही क्यों नहीं हो सकता!

वंशिका का व्यवहार इस विचार को हवा दे रहा था। वह जरूरत से ज्यादा ही खुश नजर आती थी। हर समय चहकती-सी रहती थी। गाहे-बगाहे तारीफ के तौर पर अनिरुद्ध का जिक्र कर दिया करती थी। मैं जल-भुन जाता था मगर अंदर ही अंदर।

बाहर कुछ दिखा नहीं सकता था न!

उन दिनों छुट्टी भी यूं ही गुजर जाती थी। कहीं आने-जाने का मन नहीं करता था। यह बात ऐसी थी जो वंशिका को खटक जानी चाहिए थी क्योंकि मेरा नेचर तो जरा-सा मौका मिलते ही उसे लेकर सैरसपाटे पर निकल जाने का था मगर नहीं खटकी और मुझे उसकी यह बात भी खटक गई।

लगा–उसे मेरी परवाह नहीं रह गई है।

ऐसा तो तभी होता है जब मन कहीं और लगा हो।

और ... उस दिन तो हद ही हो गई। संडे था। मैं बैडरूम में पड़ा टीवी के चेनल बदल रहा था। दस बजे के करीब वह मेरे पास आई और बोली–''आज कहीं चलें! मैं बहुत बोर हो रही हूं।''

''कहां चलोगी?'' मैंने यूं ही पूछ लिया।

उसने कहा–''अनिरुद्ध के घर चलते हैं।''

मुझे बहुत तेज झटका लगा। मगर अंदर ही अंदर। बाहर से कुछ नहीं दर्शाया मैंने। बहुत ही सामान्य स्वर में पूछा–''ये अचानक तुम्हें अनिरुद्ध के घर चलने की क्या सूझी?''

''उस दिन इतना कहकर गया था न।''

''कहकर गया था? मैंने तो नहीं सुना।''

''अंशु। हो क्या गया है तुम्हें! उसने कम से कम दस बार कहा था। दरवाजे तक कहता ही चला गया था।''

''यूं ही कहना तो आदमी का फर्ज होता है।'' मैंने टोह लेने के लिए सवाल किया–''क्या उसके बाद कोई फोन-वोन आया?''

''नहीं।'' मुझे लगा ये शब्द उसने संभलकर कहा है।

''तो फिर क्यों जाएं? हमारा उसका संबंध ही क्या है!'' जाने कैसे मैं समीर की वाणी बोलने लगा था–''हमारे साथ एक लूट हो रही थी। उसने

लुटेरों को पकड़ा। पुलिसवाला होने के नाते यह उसका फर्ज था। उसे गोली लग गई। बदले में हमसे जो हो सकता था किया। तुमने खून तक दिया उसे।''

''ओफ्फो बाबा, तुम तो पूरा लेक्चर झाड़ बैठे। मैंने तो केवल इसलिए कहा था कि समाज में रहने के लिए आदमी को सामाजिक होना पड़ता है और ऐसा तभी हो सकता है जब हम लोगों से मिलते जुलते रहें। उसके यहां नहीं तो कहीं और चलो। मेरा बस आउटिंग का मूड है। इससे ज्यादा कुछ नहीं।''

मुझे लगा–अनिरुद्ध के यहां जाने की जिद उसने इसलिए नहीं की कि कहीं मुझे शक न हो जाए।

अब ... मैंने सोचा–'आज जाएंगे तो अनिरुद्ध के घर ही जाएंगे। जरा देखूं तो सही कि वहां तेरा एटीट्यूड क्या रहता है।' प्रत्यक्ष में हंसता हुआ बोला–''चलो, आज अनिरुद्ध के घर ही चलते हैं।''

''यानी अपनी मर्जी से चाहे जो करोगे। जब वही बात मैं कहूंगी तो नहीं करोगे!'' उसने ताना मारा।

''ऐसी बात नहीं है डार्लिंग।'' मैं हंसता हुआ बोला–''प्रस्ताव तो तुम्हारा ही था, मैंने तो केवल स्वीकार किया है।''

''मैं देख रही हूं कि तुमने मेरा कैसा प्रस्ताव स्वीकार किया है।''

''पर पहले उसे फोन तो करना पड़ेगा! पता लगा हम उसके घर बैठे हैं और वह कहीं डंडा फटकारता घूम रहा है।'' ये शब्द मैंने जान बूझकर उसके काम को हल्का सिद्ध करने के लिए यूज किए थे।

''वह तो करना ही पड़ेगा। करती हूं।'' कहने के साथ उसने मेज पर पड़ा अपना मोबाइल उठाया और उसकी डायरेक्ट्री खोल ली।

मेरे जेहन में घंटियां-सी बजने लगीं।

इसका मतलब उसकी फोन डायरेक्ट्री में अनिरुद्ध का नंबर था। जेहन में सवाल कौंधे–कैसे और क्यों?

संबंध-स्थापित होते ही वंशिका ने कहा था–''अनि, क्या आज दिन में तुम घर पर हो?''

'अनि' ... वंशिका के मुंह से निकला ये शब्द मेरे जेहन में थ्री नॉट थ्री की गोली की तरह लगा था। अनिरुद्ध को 'अनि' कब से कहने लगी वह? नामों के साथ ऐसी कांट-छांट तो ... मुहब्बत करने वाले ही करते हैं। जैसे मेरे लिए वंशिका 'वंशि' और मैं उसके लिए 'अंशु'।

साथ ही, मैं तुरंत समझ गया कि अनिरुद्ध के मोबाइल में भी वंशिका का नंबर है। तभी तो न उधर से पूछा गया कौन बोल रहा है, न ही वंशिका को बताने की जरूरत पड़ी कि वह बोल रही है।

पता नहीं दूसरी तरफ से क्या कहा गया पर वंशिका की आवाज जरूर मेरे

कानों में पड़ी–''हम तुम्हारे घर आना चाहते थे।''

दूसरी तरफ से फिर कुछ कहा गया।

जवाब में वंशिका बोली–''अरे नहीं-नहीं। लंच टाइम में स्पेशली पहुंचने की जरूरत नहीं है। काम है तो फिर आ जाएंगे।''

फिर कुछ कहा गया।

''ओके। एक बजे पहुंचते हैं।'' कहकर उसने फोन काट दिया और मेरी तरफ पलटती हुई बोली–''उसे कोई काम था लेकिन कहने लगा हम आ रहे हैं तो एक बजे पहुंच जाएगा।''

⅄

जाने से पहले मैंने वंशिका की एक-एक एक्टिविटी को बहुत गौर से देखा। ऐसी खुश थी वह जैसे धरती पर न चल रही हो बल्कि हवा में उड़ रही हो। कुछ खास ही अंदाज में तैयार हुई थी वह।

अनिरुद्ध का घर हालांकि ज्यादा बड़ा नहीं था मगर हमारे दो बैडरूम के फ्लैट से तो करीब पांच गुना था। दो मंजिला मकान था वह। करीने से सजा हुआ। साफ जाहिर था कि वह मुझसे कई गुना ज्यादा आर्थिक हैसियत वाले का था। मगर वह मकान अनिरुद्ध की नहीं बल्कि उसके बाप की हैसियत दर्शाता था। यह बात उस वक्त मैंने वंशिका से कह भी दी जब हम लंच के बाद वहां से लौट रहे थे और वंशिका ने घर की तारीफ की थी। मेरे 'भन्नाए हुए' से जवाब पर वंशिका ने बहुत ही गौर से मेरी तरफ देखा और कहा था–''तुम्हें हो क्या गया है अंशु! मैंने कब कहा वह अनिरुद्ध की मिल्कियत है! इतना ही तो कहा कि मकान कितना बड़ा और करीने से ...

''मेरे कहने का मतलब ये नहीं था।'' वंशिका की बात काटते हुए मैंने बात संभाली–''मैं केवल यह कहना चाहता था कि इतना बड़ा मकान बनाने के लिए आदमी को पचास-पचपन साल की उम्र तक पापड़ बेलने पड़ते हैं।''

वह चुप रह गई।

मुझे लगा–उसे मेरे दिमाग में चल रही गड़बड़ का एहसास होने लगा था। सोचा–ये ठीक नहीं होगा। वक्त से पहले ... जब तक रंगे हाथों न पकड़ लूं ... उससे पहले उसे मेरे दिमाग में चल रही खलबली का एहसास होना ठीक नहीं होगा।

लिहाजा सतर्क हो गया।

अब मैं अनिरुद्ध के बारे में सामान्य तरीके से बात करता था। तलाश थी

किसी ऐसे प्वाइंट की जिसके बाद वंशिका मुकर न सके। फिर, वंशिका का बर्थ-डे आया। उस दिन तक पहुंचते-पहुंचते मेरे दिमाग से शंकाएं मिट चुकी थीं क्योंकि भरपूर कोशिश के बावजूद कोई ऐसी बात नहीं पकड़ पाया था जिससे उन्हें बल मिलता बल्कि खुद ही से ग्लानि-सी होती चली गई थी मुझे। यह सोचकर कि मैं बेवजह, बगैर किसी ठोस कारण के अपनी पत्नी पर शक करने लगा था। फिर, यह सोचकर खुद को समझाने लगता कि ऐसा इसलिए था क्योंकि मैं वंशिका से बहुत ज्यादा प्यार करता था।

शक वहीं होता है जहां प्यार बहुत ज्यादा हो।

वंशिका के बर्थ-डे वाले दिन मैंने जानबूझकर उसे विश नहीं किया बल्कि यह दर्शाया जैसे कुछ याद ही न हो।

वह बार-बार ऐसी उम्मीद भरी नजरों से मेरी तरफ देख रही थी जैसे मैं अब ... अब विश करूंगा।

मैंने मजा लेने का पूरा मन बना लिया था।

सो, ब्रेकफास्ट के बाद काम की हायतौबा मचाता घर से निकल गया। घर से आफिस तक के रास्ते भर मैं वंशिका के उस चेहरे की कल्पना करता चला गया जो मुझे शाम को देखने को मिलना था।

तब, जबकि उसे पता लगेगा कि मुझे यह खास दिन अच्छी तरह याद ही नहीं था बल्कि इसे सेलीब्रेट करने का पूरा प्रोग्राम भी बनाए हुए था। 'झावेरी ज्वेलर्स' को मैं डायमंड के दो कड़े तैयार कराने का आर्डर भी हफ्ते भर पहले ही दे चुका था।

उस दिन मैंने पांच बजे आफिस छोड़ दिया।

सीधा 'झावेरी ज्वेलर्स' पहुंचा। दो लाख में तैयार कराए गए कड़े लिए और साढ़े छः बजे घर। मुझे मालूम ही था वंशिका छः बजे तक घर पहुंच जाती है। मैंने बैल बजाई। उसने दरवाजा खोला। वह घर के कपड़ों में थी। उदास। भला मुझे यह समझने में क्या देर लगनी थी कि वह क्यों उदास है! आंखों में शिकायतों का अंबार लिए उसने मेरी तरफ देखते हुए कहा– ''जल्दी आ गए आज!''

''मल्टीनेशनल वालों का कोई टाइम नहीं होता।'' मैंने उसकी शिकायती नजरों का पूरा लुत्फ लेते हुए कहा–''जल्दी काम खत्म हो गया तो जल्दी आ गए, नहीं आए तो रात भर नहीं आए।''

वह एक तरफ हट गई।

मैंने अंदर कदम रखा और ... नजर सेंटर टेबल पर रखे काफी बड़े 'बुके' पर पड़ी बल्कि ... यह लिखूं तो ज्यादा मुनासिब होगा कि वहीं अटकी रह गई। चिट पर हैप्पी बर्थ-डे के नीचे लिखा था–अनि।

इस एक विचार के कारण मुझे सारा ड्राइंगरूम घूमता-सा प्रतीत हुआ कि अनिरुद्ध को वंशिका का बर्थ-डे कैसे मालूम?

वंशिका ने मुझे बुके की तरफ देखते देख लिया था।

पीछे से थोड़ी तीखी-सी आवाज उभरी–''अब तो तुम्हें कुछ याद आ ही जाना चाहिए।''

इच्छा हुई कि सचमुच ऐसा नाटक करूं कि मुझे उसका बर्थ डे याद नहीं था। यह इच्छा भी हुई कि तेजी से घूमूं और गुस्से भरे लहजे में पूछूं कि अनिरुद्ध को यह दिन कैसे याद था बल्कि उसे पता ही कैसे था कि आज तुम्हारा बर्थ-डे है मगर ऐसा किया नहीं मैंने।

बहुत सख्ती से अपनी इच्छा का गला घोंटा।

उसी क्षण मैंने वंशिका का हाथ अपने कंधे पर महसूस किया था। खुद को संभाला और आहिस्ता से वंशि की तरफ घूमा।

वह मेरी तरफ ही देख रही थी बल्कि सीधी मेरी आंखों में।

एक ही झटके में उस पर मेरा सारा प्यार उमड़ पड़ा।

मैं अपने हाथों को उसके चेहरे की ओर बढ़ने से नहीं रोक सका।

उसके दोनों कपोल अपनी हथेलियों में भरे और उसके चेहरे पर झुकता चला गया। गुलाब की पंखुड़ियों जैसे उसके होंठ चूमे और बोला–''हैप्पी बर्थ डे मेरी जिंदगी।''

''चलो हटो।'' उसने हौले से धक्का देकर खुद को मुझसे छुड़ा लिया था–''किसी दूसरे के फूल देखकर बीवी का बर्थ-डे याद आया है और अब ऐसे प्यार जता रहे हो जैसे बीवी को प्यार करने वाले इस दुनिया के सबसे महान आदमी हो।''

मैंने उस पर पूरा प्यार उंडेलते हुए कहा–''तुम सोच भी कैसे सकती हो जान कि मैं तुम्हारा बर्थ-डे भूल सकता हूं!''

''मुझे बहकाने की कोशिश मत करो।'' दुख और उदासी के भाव उसके चेहरे से कम नहीं हो रहे थे–''याद होता तो सुबह विश नहीं करते बल्कि मैं तो रात के बारह बजे से ही इंतजार ...

मैंने उसकी बात काटी–''सुबूत पेश करूं जानेमन?''

''सुबूत! इस बात का क्या सुबूत पेश कर सकते हो तुम?''

मैंने जेब से कड़ों का डिब्बा निकालकर खोल दिया। उसकी आंखें सुखद आश्चर्य से चौड़ी होती चली गईं। अब तक मुर्झाए-से चेहरे पर ऐसी चमक उभरी थी जैसी किसी के भी चेहरे पर तब उभरती है जब उसे सबसे बड़ी खुशी मिली हो। उस वक्त मैं बिल्कुल नहीं समझ पाया था कि वह खुशी कड़े मिलने के कारण थी या इस एहसास के कारण कि मुझे उसका बर्थ-डे याद था।

उसने यूं झपटकर मुझे बांहों में भरा जैसे मैं कोई दुर्लभ वस्तु होऊं और दीवानगी के आलम में चूमती चली गई।

उसने मेरी ऐसी हालत कर दी कि कड़े वाला डिब्बा अपने हाथ में बनाए रखना मुश्किल हो गया।

मेरे मुंह से निकला–''अरे ... अरे क्या कर रही हो।'' जबकि वह बार-बार एक ही बात कह रही थी–''ओह अंशु, तुम कितने अच्छे हो ... कितने अच्छे हो तुम! पर नहीं ... असल में तुम बहुत खराब हो। कितना सताया मुझे! सुबह से यह सोच सोचकर मैं कितनी दुखी और गुस्से में थी कि तुम्हें कुछ भी याद नहीं है।''

खुशी के उस दौर से निकलने में वंशिका को टाइम लगा और जब वह सामान्य हुई तो मैंने एक बार फिर कड़े वाला बॉक्स उसकी तरफ बढ़ाते हुए कहा–''अपना गिफ्ट नहीं लोगी!''

''ऐसे नहीं।''

''फिर कैसे?''

''ऐसे।'' कहने के साथ उसने अपनी दोनों कलाईयां मेरे सामने फैला दीं–''तुम खुद इन्हें पहनाओ।''

मैंने उसे कंगन पहनाते हुए कहा–''एक से काम न चला हो तो दूसरा सबूत पेश करूं!''

''किस बात का सुबूत?''

''इस बात का कि मैं तुम्हारा बर्थ-डे कभी भूला ही नहीं था।''

''अब ज्यादा मत सताओ।''

''डिनर के लिए चायना टाऊन चल रहे हैं।''

''चायना टाऊन!'' वंशिका के मुंह से निकला–''वहां तो एक हफ्ते पहले सीट बुक करानी पड़ती है।''

''अब तो यकीन हुआ कि हमें एक हफ्ते पहले भी ...

''शैतान हो तुम ... बहुत बड़े शैतान।'' कहने के साथ उसने नन्हीं मुट्ठियों से मेरे सीने पर घूंसे बरसा दिए थे। इसमें कोई शक नहीं कि अब उसकी खुशी देखते ही बनती थी।

फिर, हम चायना टाऊन जाने के लिए तैयार होने में जुट गए।

सेंटर टेबल पर रखा बुके मेरे दिमाग से आऊट हो चुका था।

मैं हमेशा की तरह वंशिका से पहले तैयार हो गया। ड्राइंगरूम में पहुंचा और

सोफे पर पसरकर एक सिगरेट सुलगा ली। पहला ही कश लिया था कि मोबाइल की घंटी बजी।

कॉल समीर की थी। ऑन करते ही हमेशा की तरह चहकती आवाज मेरे कानों में पड़ी–''कहो बड़े भैया! क्या हो रहा है?''

''कुछ खास नहीं।''

''ऐसी बातें सुनने में मजा नहीं आता बड़े भैया। आदमी के बच्चे को हर रोज कुछ न कुछ खास करते रहना चाहिए।''

''क्या मतलब?'' मेरे मुंह से निकला।

''मैं आपके दौलतखाने पर डिनर के लिए आना चाहता हूं।''

मैं यह सोचकर सकपकाया कि इसका मतलब समीर को भी वंशिका के बर्थ-डे के बारे में मालूम है। मैंने टोह-सी लेने वाले अंदाज में सवाल किया–''आज कुछ खास बात है क्या?''

''एक महीना होने में अभी एक दिन बाकी है और मैंने उसके साथ डिनर का प्रोग्राम बनाया है जो उस दिन आपको अपने पति से परमसंतुष्ट नजर आ रही थी।'' मेरी उम्मीद के विरुद्ध समीर कुछ और ही राग अलाप रहा था–''अंजलि नाम है उसका। इतना तो समझ ही गए होंगे कि मैं शर्त जीत गया हूं मगर ये लड़की दूसरों से थोड़ी सी ... बस थोड़ी-सी अलग है। बहुत डरती है पति से। इसलिए किसी होटल में आने को तैयार नहीं है। कहती है वहां किसी ने देख लिया तो गड़बड़ हो जाएगी। मेरे घर आने को तैयार है पर बड़े भैया, पापा के कड़क मिजाज से तो आप वाकिफ हैं हीं। इसलिए सोचता हूं, क्यों न उसे आपके घर ही ले आऊं। डिनर भी तो आपके साथ ही कराने का तय हुआ था!''

''पागल है क्या?'' मेरे मुंह से शब्द निकलते चले गए–''उसे यहां लाएगा तो वंशिका क्या सोचेगी?''

''मैं उससे कह दूंगा शादीशुदा वाली निशानियां घर ही छोड़कर आए।'' उसके पास हर समस्या का हल था–''भाभी से कह दूंगा मेरी गर्लफ्रेंड है। वे भी खुश हो जाएंगी। अक्सर कहती रहती हैं कि अब मुझे शादी कर लेनी चाहिए।''

''और जब उसे पता लगेगा कि अंजलि शादीशुदा है!''

''आज तो उन्हें यह बात पता लगने से रही और भविष्य में मैं खुद ही बता दूंगा। कह दूंगा भाभी, अंजलि तो इतनी धोखेबाज निकली कि शादीशुदा होकर मेरी भावनाओं से खेलती रही। इससे भविष्य में उठने वाली यह समस्या भी दूर हो जाएगी कि मैंने अंजलि से शादी क्यों नहीं की। ऐसा नहीं कहूंगा तो भाभी अंजलि से शादी करने के लिए पीछे नहीं पड़ जाएगी!''

मैंने उसकी बात सुनकर बुरा-सा मुंह बनाया लेकिन लहजे को सामान्य

बनाए रखे कहा–''नो समीर। आज नहीं।''

''ऐसा क्या हो गया आज?''

न चाहते हुए भी मुझे कहना पड़ा–''आज तेरी भाभी का बर्थ-डे है और हम दोनों चायना ...

''अरे! क्या कहा! भाभी का बर्थ-डे!'' आदत के मुताबिक मेरी बात पूरी होने से पहले ही कमान उसने संभाल ली थी–''आज भाभी का बर्थ-डे है! हद हो गई। फैक्ट्री में आज हम कुछ भी नहीं तो दो तीन बार तो सामने पड़े ही होंगे। उन्हें तो आज खुश होना चाहिए था। उल्टा उदास लग रही थीं। एक बार को तो मन हुआ कि उदासी का कारण पूछूं लेकिन ... तुम तो जानते हो बड़े भैया, मैं बिजनेस को पर्सनल रिलेशंस में मिक्स नहीं करता। फिर तो दावत मैं नहीं, आप देंगे। बताओ कहां आना है?''

''तुम अंजलि के साथ ...

''अरे गोली मारो न अंजलि को बड़े भैया।'' आदत के मुताबिक उसने मेरी एक न सुनी–''अब तो ये बताओ कि भाभी के बर्थ-डे का डिनर आप दे रहे हैं या मुझे देना पड़ेगा!''

''समीर, आज मैं और वंशि चायना टाऊन जा रहे हैं।''

''गुड। वैरीगुड। सच पूछो तो आज मेरा भी चाइनीज का मूड था और चायना टाऊन से बेहतरीन चाइनीज भला कहां मिलेगा! वैसे भी, भाभी के कान खींचने के लिए आज ही मिलना जरूरी है। इतना गैर क्यों समझा उन्होंने कि बर्थ-डे के बारे में जिक्र तक नहीं किया। कितने बजे पहुंचोगे?''

''हम तो बस निकलने ही वाले हैं।''

''ओके। मैं पहुंच रहा हूं।''

''अरे मगर ... ।'' मेरे मुंह से लफ्ज निकले जरूर मगर वे समीर के कानों तक नहीं पहुंच सके क्योंकि वह उससे पहले ही कनेक्शन काट चुका था। मेरे चेहरे पर झुंझलाहट के से भाव आए।

लगभग उसी वक्त कान के बुंदे को ठीक करती वंशिका ड्राइंगरूम में कदम रखती बोली–''कौन था?''

''समीर।'' मैंने बताया।

''क्या कह रहा था?''

''चायना टाऊन पहुंच रहा है।''

बुंदे को ठीक करते उसके हाथ ठिठक गए थे–''क्यों?''

''क्यों से क्या मतलब?'' मैं झल्लाया–''उसकी मर्जी।''

''अरे! उसकी मर्जी से क्या मतलब? उसे क्या पता हम चायना टाऊन जा रहे हैं। तुम्हीं ने बताया होगा।''

‘‘हां। बताया तो मैंने ही था मगर ...

‘‘मगर?’’

‘‘वो डिनर पर यहां आने के लिए कह रहा था। पीछा छुड़ाने के लिए कहना पड़ा आज तुम्हारा बर्थ-डे है और हम चाय ...

‘‘क ... क्या?’’ वंशिका चिंहुक पड़ी–‘‘तुमने उसे यह भी बता दिया! भला यह बताने की क्या जरूरत पड़ी थी?’’

‘‘बस। बातों-बातों में बता बैठा। वह जिद ही इतनी कर ...

‘‘तब तो उसे वहां आने से कोई नहीं रोक सकता।’’ वह कहती चली गई–‘‘मैं ये दिन तुम्हारे साथ गुजारना चाहती थी अंशु।’’

‘‘इच्छा तो मेरी भी यही थी, पर अब क्या किया जा सकता है?’’

कुछ सोचती-सी वंशि बोली–‘‘क्या ऐसा नहीं हो सकता अंशु कि हम चायना टाऊन जाएं ही नहीं! कहीं और चलें! बाद में कोई बहाना मार देंगे।’’

‘‘नहीं। अब ये ठीक नहीं होगा।’’

‘‘तो फिर फोन कर दो उसे और साफ-साफ कह दो आज का दिन हम पति-पत्नी अकेले गुजारना चाहते हैं।’’

‘‘ये भी ठीक नहीं होगा।’’

‘‘क्यों ठीक नहीं होगा। तुम्हें अजीब लगता है तो मैं फोन किए देती हूं।’’ कहने के साथ उसने अपने हाथ में मौजूद मोबाइल के बटन दबाने शुरू कर दिए थे।

‘‘नहीं वंशि।’’ मैंने उसका मोबाइल छीनते हुए कहा–‘‘यह तो एक तरह से उसका अपमान करने जैसा होगा।’’

वंशिका मुझे देखती रह गई।

‘‘इसमें कुछ भी अजीब नहीं है। उसकी आदत ही ऐसी हैं।’’ मैं कहता चला गया–‘‘जब अपनी कहने पर आता है तो पट्ठा सामने वाले की एक नहीं सुनता। वैसे भी, क्या फर्क पड़ता है! डिनर का क्या है! एक-दो घंटे में खत्म हो जाएगा। उसके बाद, सारी रात तो हमें अकेले ही रहना है।’’ कहने के साथ मैंने आंख मारी और पुनः बोला–‘‘वैसे आज कुछ खास ही जंच रही हो।’’

हम चायना टाऊन पहुंचे।

समीर पहले ही धमका हुआ था।

हमारे पहुंचते ही वह वंशिका से झगड़ने वाले अंदाज में लपकता हुआ बोला–''मुझे आपसे सख्त शिकायत है भाभी, क्या इतना हक भी नहीं बनता मेरा कि आप मुझे अपने बर्थ-डे के बारे में बतातीं?''

मुझे हैरानी है कि वंशिका ने सामान्य स्वर में ही सही लेकिन बात साफ-साफ कह दी–''असल में बात ये है समीर कि आज का ये खास दिन हम पति-पत्नी अकेले गुजारना चाहते थे।''

मैंने पहली बार समीर के चेहरे को 'उतरते' देखा। इस कदर कि एक पल के लिए तो उस पर कुछ कहते ही न बन पड़ा। फिर, थोड़ा संभलकर बोला–''अरे तो अगर ये बात आप मुझे बता देतीं तो मैं क्या जबरदस्ती आप लोगों से चिपक जाता! पर कम से कम विश करने का अधिकार तो मेरा बनता ही था ... क्यों बड़े भैया!''

''क्यों नहीं बनता था!'' मैंने बात को संभालने की गर्ज से कहा था–''ये अधिकार तो तुम्हारा हमेशा बनता है।''

''ये हुई न मर्दों वाली बात!'' वह पुनः चहका–''मगर तुम औरतें ऐसी बातों की गहराई को कभी नहीं समझतीं। खैर, अब मैं पति पत्नी के बीच ज्यादा देर कबाब में हड्डी नहीं बनूंगा। लेकिन उससे पहले विश जरूर करूंगा।'' कहने के साथ उसने कोट की जेब में हाथ डाला। एक ज्वेलरी बॉक्स निकाला और उसे खोलकर वंशिका के सामने करता बोला–''विश यू वैरी हैप्पी बर्थ-डे भाभी।''

बॉक्स में मौजूद नेक्लेस पर नजर पड़ते ही मेरे सारे जिस्म में सनसनी-सी दौड़ गई। वह डायमंड नेक्लेस बुरी तरह जगमगा रहा था। मैं यकीनी तौर पर कह सकता हूं कि वह मेरे द्वारा वंशिका को गोल्डन नाइट पर दिए गए नेक्लेस से कई गुना ज्यादा कीमती था।

वंशिका की आंखें भी उसे देखकर हैरत से फैल गईं। उसने मेरी तरफ देखा। आंखों के भाव कह रहे थे–'ये क्या हो रहा है?'

समीर बोला–''विशेज लेने में भी परहेज है क्या?''

''विशेज लेने में तो कोई परहेज नहीं है लेकिन ... ।'' अपनी बात अधूरी छोड़कर वंशिका ने मेरी तरफ देखा।

समीर बोला–''लेकिन?''

''उसके लिए एक बुके ही काफी था।'' मैंने महसूस किया कि वंशिका के लहजे में सख्ती थी–''इतना महंगा गिफ्ट मैं नहीं लूंगी।''

''गिफ्ट..गिफ्ट होता है भाभी। उसे पैसे से नहीं तोला जाता।''

''वही तो कह रही हूं।''

''चलो गलती हो गई मगर अब हो गई तो हो गई। वादा करता हूं दोबारा

नहीं होगी।'' वह कहता चला गया–''आगे कोई ऐसा मौका आएगा तो बुके भी नहीं, सिर्फ एक फूल दूंगा। मगर अब इसे वापस तो ले जाने से रहा। ये तो आपको लेना ही पड़ेगा।''

''नहीं समीर, मैं इसे नहीं ले सकती।''

''बड़े भैया।'' एकाएक वह मुझसे मुखातिब हुआ–''मेरे ख्याल से तुमने भाभी को कुछ पढ़ा दिया है।''

मैं उसकी हालत पर ठहाका लगा उठा। बोला–''तेरी कसम। मैंने तेरी फितरत के बारे में इसे कुछ नहीं बताया है।''

''तो कहो भाभी से, इसे कबूल करेंगी।''

''अंशु के कहने से भी क्या होगा!'' वंशिका मेरे कुछ कहने से पहले ही कह उठी–''मुझे नहीं लेना तो नहीं लेना। अंशु के कहने पर भी नहीं। इतना महंगा गिफ्ट ... हरगिज नहीं।''

मैंने समीर के 'उतरे हुए' चेहरे को देखा। इस बार तो साफ साफ नजर आया कि जो हो रहा था उसे वह अपमान लगा। बॉक्स को बंद किया उसने। जेब की तरफ वापस बढ़ाता बोला–''सॉरी।''

''ओके ... ओके समीर।'' जो हो रहा था, वह मुझे अच्छा नहीं लगा इसलिए बोला–''हम इसे ले लेते हैं। वंशि ... ले लो। समीर बहुत प्यार से लाया है। इसे बुरा लगेगा।''

''अंशु तुम ...

''वंशि प्लीज।'' मैंने उसे मौका नहीं दिया–''कहा मानो।''

वंशिका के चेहरे पर मजबूरी के से भाव उभरे।

''जाने भी दो बड़े भैया।'' एकाएक वह फिर अपनी असली 'रौ' में नजर आया मगर मुझे लगा कि वह एक्टिंग कर रहा है–''जिस गिफ्ट को पाकर लेने वाले को खुशी न हो वह गिफ्ट ही कैसा!''

''नहीं। ऐसी बात नहीं है समीर।'' कहने के साथ मैंने बॉक्स उसके हाथ से ले लिया–''तुम इतने प्यार से लाए हो तो हमें खुशी क्यों नहीं होगी! वंशि का इरादा तुम्हारी भावनाओं को ठेस पहुंचाने का नहीं था। इसने तो केवल इसके महंगे होने की वजह से इंकार किया। और ... अब शायद।'' मैंने लहजा बदलकर उसे खास नजरों से देखते हुए कहा था–''तुम्हें यह एहसास भी हो गया होगा कि सब धान सत्ताइस सेर नहीं होते।''

''तुम फिर उन्हीं बातों पर आ गए बड़े भैया।'' समीर के लहजे में शिकायत थी–''मैंने पहले भी कहा था उन बातों को मेरे, अपने और भाभी के बीच मत लाओ। ऐसा है तो बॉक्स लौटा दो।''

''नहीं।'' मैं हंसा था–''मैं कोई बात बीच में नहीं ला रहा।''

वंशिका ने पूछा–''कौनसी बातों की बातें कर रहे हो तुम?''

''कोई-सी भी नहीं।''

''पर अब भी, मैं इस गिफ्ट को इस शर्त पर स्वीकार करूंगी कि भविष्य में किसी भी मौके पर सिर्फ एक बुके दोगे।''

''बुके नहीं।'' समीर बोला–''सिर्फ एक फूल।''

वंशिका चुप रह गई।

समीर ने कहा–''आज आप लोग बुरा मानने के कुछ ज्यादा ही मूड में हैं। फिर भी, एक और इच्छा व्यक्त करूं!''

''करो।'' मैं बोला।

''इस नेक्लेस को यदि आपके हाथों से भाभी के गले में पहनाते देखूंगा तो मुझे बहुत खुशी होगी।''

यह समीर ने एक बड़ी ही प्यारी इच्छा व्यक्त की थी सो, उसे पूरी करने में न वंशिका ने एतराज किया, न मैंने।

मैंने वंशिका को नेक्लेस पहनाया।

सचमुच वह ऐसा लग रहा था जैसे स्वच्छ आकाश में जगमगाता ईद का चांद हो। मैं तारीफ कर उठा लेकिन समीर ने कुछ नहीं कहा।

''बहुत जंच रहा है। है न समीर!''

उसने बौखलाकर कहा–''म ... मैं कुछ नहीं कहूंगा। किसी दूसरे की बीवी की तारीफ करना अच्छी बात नहीं है न!''

यह बात उसने कुछ ऐसे अंदाज में कही थी कि हम दोनों ही खिलखिलाकर हंस पड़े थे। इस तरह, नेक्लेस के कारण वातावरण जो थोड़ा तनावपूर्ण हो गया था, वह सामान्य हुआ।

कुछ और देर इधर-उधर की बातें करने के बाद समीर खड़ा होता बोला–''ओके बड़े भैया, चलता हूं।''

''कहां?'' हम दोनों के मुंह से एक साथ निकला।

''असल में मेरा आज का डिनर किसी और के साथ था। बर्थ-डे के बारे में सुना तो यहां चला आया।'' कहने के साथ उसने मेरी तरफ खास नजरों से देखते हुए कहा था–''आपको तो पता है।''

मैं समझ गया वह इसलिए खिसकना चाहता है क्योंकि शुरू में वंशिका ने अकेले शाम गुजारने की बात कह दी थी। अब उसका चले जाना जरा भी अच्छा नहीं था इसलिए मैंने कहा–''मुझे बस इतना पता है कि अब तू हमारे और सिर्फ हमारे साथ डिनर लेगा।''

''नहीं बड़े भैया, समझा करो।'' कहने के साथ उसने विदाई वाला हाथ मिलाने के लिए मेरी तरफ हाथ बढ़ाया।

मैंने उसका हाथ पकड़ा जरूर मगर छोड़ा नहीं। वंशिका की ओर देखता हुआ बोला–''रोको न वंशि, ये इसलिए जा रहा है क्योंकि तुमने शुरू में हमारे द्वारा अकेले में शाम गुजारने की बात कही थी।''

''ये बात नहीं है बड़े भैया ...

''बड़ी भाभी मानते हो तो बैठ जाओ समीर।'' ये लफ्ज वंशिका ने बहुत ही अधिकारपूर्ण लहजे में कहे थे। ऐसे अंदाज में कि समीर पर कुछ कहते नहीं बन पड़ा।

वंशिका ने पुनः कहा–''मैंने कहा बैठ जाओ।''

''अब तुम कहती हो तो बैठना ही पड़ेगा।'' कहने के साथ वह वापस बैठता हुआ बोला–''भाड़ में गई अंजलि।''

''अंजलि?'' वंशिका चौंकी–''कौन अंजलि?''

''क ... कोई नहीं।''

''कोई तो है।'' समीर की तरफ देखती वंशिका की आंखों में शरारत नजर आने लगी थी–''शायद मेरी होने वाली देवरानी!''

''अरे नहीं भाभी, कैसी बातें कर रही हो।''

''मैं बताता हूं अंजलि के बारे में।'' जैसे ही मैंने यह कहा, समीर के होश उड़ गए। बोला–''भाभी से मेरे बारे में उल्टी-सीधी बात कही तो मुझसे बुरा कोई नहीं होगा बड़े भैया।''

मैं हंसता हुआ बोला–''अंजलि असल में इसकी कालेज के जमाने की दोस्त है। बेचारा तभी से उसे चाहता है लेकिन वो है कि इसे घास ही डालने को तैयार नहीं है।''

इस तरह, मैंने बात घुमा दी। आंखों ही आंखों में समीर ने मेरा शुक्रिया अदा किया था। यह कहा जाए तो जरा भी गलत नहीं होगा कि चायना टाऊन में हमारी वह शाम बहुत अच्छी गुजरी।

करीब बारह बजे फ्लैट पर पहुंचे।

ड्राइंगरूम में कदम रखते ही एक बार फिर मेरी नजर सेंटर टेबल पर रखे बुके पर पड़ी और इस बार मैं शब्दों को अपने मुंह से निकलने से नहीं रोक सका–''मेरी समझ में यह नहीं आया कि अनिरुद्ध को तुम्हारे बर्थ-डे के बारे में कब पता लगा।''

''मैंने ही बताया था।''

''तुमने?'' मैं चौंका–''क्यों?''

''कुछ लोगों को लोगों के बर्थ-डे, उनकी एनीवर्सरी और ऐसे ही खास दिन अपने दिमाग की डायरी में नोट करने का शौक होता है। अनि उन्हीं में से एक है। पर ये बात करीब एक महीने पहले की है जब उसने मेरे और तुम्हारे बर्थ-डे

ही नहीं मैरिज एनीवर्सरी की डेट भी पूछी थी। खूब याद रखा उसने। ऐसे लोग शायद इसीलिए डेट पूछते हैं। ऐसे मामलों में उनकी याददाश्त काफी तेज होती है। वैसे जब कोई आपको विश करे तो अच्छा लगता है न!''

''हां। लगता तो है।'' कहने को मैंने यही कहा मगर बात मुझे कुछ जमी नहीं। लगा–वंशिका झूठ बोल रही है। हकीकत छुपा रही है मुझसे। खुद को सामान्य बनाए रखे कहा–''एक महीने पहले से क्या मतलब! कहां मिल गया था वह तुम्हें?''

''अरे! यहीं तो मिला था। उसी दिन की बात तो है जिस दिन मैं सिर के दर्द की वजह से जल्दी आ गई थी।''

मुझे पुरजोर अंदाज में लगा कि उसने झूठ बोला है। जी चाहा पूछूं कि और कहीं, कभी नहीं मिला वह तुम्हें? पर लगा–इस सवाल का मतलब होगा कि मैं शक कर रहा हूं।

सो, बात को बदलता हुआ बोला–''उसने बुके भेजा है तो कम से कम एक थैंक्यू का फोन तो तुम्हें करना ही चाहिए था।''

''कर चुकी हूं।''

''कर चुकी हो! कब?''

''तुम्हारे आने से पहले। तभी, जब फ्लावर वाले का लड़का बुके लेकर यहां आया। मैंने उसी समय अनि को फोन करके कहा था कि मेरा बर्थ-डे याद रखने के लिए बहुत-बहुत शुक्रिया।''

''ओह! गुड।'' मैंने कहा–''अच्छा किया।''

उसके बाद, हम बैडरूम में पहुंचे। रात हमेशा की तरह एक ही बैड पर गुजारी। पति-पत्नी का धर्म भी निभाया मगर कम से कम मेरी तरफ से वह गर्मजोशी नहीं थी जो वंशिका के बर्थ-डे वाले दिन होनी चाहिए थी। मगर वंशिका की गर्मजोशी में कोई कमी नहीं थी।

मुझे बार-बार लग रहा था अनिरुद्ध को लेकर वंशिका ने मुझसे झूठ बोला है और ... झूठ बोला है तो क्यों?

मैंने इस बात की तह में जाने का फैसला कर लिया था और यह फैसला ही मेरी तबाही का कारण बना।

वह पंद्रह जुलाई का दिन था जब मैं प्लानिंग के मुताबिक शाम के पौने सात बजे घर पहुंचा और हबड़-तबड़ में वंशिका को एयर टिकट दिखाता बोला–''जल्दी से सूटकेस में एक जोड़ी कपड़े रखो, मुझे फौरन दिल्ली जाना

होगा। एक स्वेटर और मंकीकैप जरूर रख देना। वहां सर्दी होगी।''

वंशिका हड़बड़ा गई–''ऐसा क्या हुआ?''

''मेरे प्रोजेक्ट में कोई गड़बड़ी है जिसकी वजह से बहुत जरूरी काम रुक गया है। नौ तीस की फ्लाइट है। आठ तीस तक एयरपोर्ट पहुंचना होगा। पैंतालिस मिनट यहां से भी लग जाएंगे।''

वंशिका मुझे भेजने की तैयारी में जुट गई।

मैं दबे पांव दूसरे रूम में यानी उस रूम में पहुंचा जो अक्सर बंद रहता था। बंद तो उसे रहना ही था क्योंकि उस टू बैडरूम फ्लैट में हम दोनों एक ही कमरे में रहते थे।

मैंने सर्विसलेन में खुलने वाली विंडो की चटकनी गिरा दी। पर्दा वैसे ही डाल दिया जैसे पड़ा रहता था।

पर्दे के पीछे विंडो की चटकनी बंद है या खुली हुई, इस बात का पता उस वक्त तक किसी को नहीं लग सकता था जब तक कोई पर्दे को हटाकर इस बात को चैक ही न करे और ... मैं जानता था वंशिका को उसे चैक करने कोई जरूरत पेश नहीं आने वाली थी।

ड्राइंगरूम की तरफ से भी वह कमरा अक्सर बंद ही रहता था।

सिर्फ सफाई आदि के मौके पर खोला जाता था।

वंशिका की नजर बचाकर मैंने उस रूम को ड्राइंगरूम की तरफ से लॉक किया और चाबी जेब में सरका ली।

एक चीज और थी जिसे मैंने वंशिका की नजर से बचाकर जेब में सरकाया। वह था–मेरा लाइसेंसी रिवाल्वर।

मुझे नहीं मालूम मैंने उसे क्यों जेब में रख लिया था।

वंशिका ने मेरी रवानगी की तैयारी कर दी। टैक्सी स्टेंड से मैंने एयरपोर्ट के लिए एक प्राइवेट टैक्सी भी बुला ली।

वह हमारी बिल्डिंग के प्रांगण में आकर खड़ी हो चुकी थी।

मैंने सूटकेस उठाया और नजदीक खड़ी वंशिका को औपचारिक अंदाज में बांहों में भरते हुए उसके होठों पर विदाई का चुंबन अंकित किया। उसने काफी गर्मजोशी से मुझे किस किया था।

फिर तब, जब मैं सूटकेस सहित बाहर निकलने के लिए दरवाजे के नजदीक पहुंच चुका था। पीछे से वंशिका ने कहा–''रुको अंशु।''

मेरे कदम जहां के तहां ठिठक गए।

मन में चोर हो तो जरा-जरा सी बातें बहुत ज्यादा परेशान करने लगती हैं। मैं क्योंकि दिल्ली जाने के लिए घर से नहीं निकल रहा था। मन में कुछ और था इसलिए उसका यूं रुकने के लिए कहना भी दिल को अंदर तक हिला गया।

उसकी तरफ घूमा।

अपने होठों पर शरारती मुस्कान सजाए वंशिका ने कहा–''मेरा दावा है तुम दिल्ली नहीं पहुंच पाओगे।''

''क ... क्या?'' मेरे होश उड़ गए।

''क्योंकि इसे यहीं छोड़े जा रहे हो।'' कहने के साथ उसने अपना दायां हाथ मेरी आंखों के सामने लहराया तो मैंने देखा–उसमें मेरा वोटर कार्ड था। मैं तब भी कुछ नहीं समझा।

मुंह से निकला–''मतलब?''

''फ्लाइट में चढ़ाने से पहले एयरपोर्ट पर आईडी प्रूफ मांगा जाता है जनाब।'' वंशिका ने आंख मारते हुए बड़े ही रोमांटिक मूड में कहा था–''जिसके पास आईडी प्रूफ नहीं होता वो प्लेन में सफर नहीं कर सकता। पता है न!''

''ओह वंशि। तुम मेरा कितना ध्यान रखती हो।'' कहने के साथ मैंने वोटर कार्ड लेने के लिए हाथ बढ़ाया।

''ऊंहूं!'' कहते हुए उसने हाथ पीछे हटा लिया।

मैं बोला–''देर हो रही है वंशि।''

''एक किस में भला कितना टाइम लगता है!'' उसके होठों पर शरारती मुस्कान थी–''बगैर वह लिए यह नहीं दूंगी।''

मुझे किस लेना पड़ा।

वोटर कार्ड लेकर सूटकेस में डाला और नीचे पहुंचा। फिर टैक्सी में सवार होकर एयरपोर्ट की तरफ निकल गया।

मैं एयरपोर्ट पहुंचा। टिकट कैंसिल कराया। ठीक उसी वक्त मोबाइल की घंटी बजी। देखा–फोन वंशिका का ही था। उसने पूछा मैं एयरपोर्ट पहुंच गया हूं या नहीं? मुझे लगा–वह इंक्वायरी कर रही है। पुष्टि कर लेना चाहती है मैं शहर छोड़ने वाला भी हूं या नहीं।

मैंने कहा–पहुंच गया हूं तो उसका दूसरा सवाल था–फ्लाइट लेट तो नहीं है? मैंने कहा–ऑन टाइम है। डिस्टर्ब मत करो वंशि, मैं चैकइन की तरफ बढ़ रहा हूं।

उसने 'हैप्पी जर्नी' कहकर संबंध विच्छेद कर दिया।

मैं सोचने लगा–यह फोन पति की बहुत ज्यादा परवाह करने वाली, उसे बहुत प्यार करने वाली पत्नी का भी तो हो सकता है। मैं यही शक क्यों किए जा रहा हूं कि वह मेरी टोह ले रही है!

अगर उसके अनिरुद्ध से संबंध नहीं हुए तो ... इस तो से आगे सोचने पर भी मुझे खुद से घृणा होती थी।

शायद कभी खुद को माफ नहीं कर सकूंगा मैं।

मगर, कम से कम उस रात वैसा पल नहीं आया जिसके कारण मैं खुद को कभी माफ नहीं कर सकता था और न ही वैसा पल आया जैसा मैंने सोचा था। आया ... तो ऐसा पल आया जैसे के बारे में ख्वाब तक में नहीं सोचा था।

वो पल नहीं आया होता तो आज मेरी ये हालत न होती।

सबसे पहले अपना मोबाइल आफ किया क्योंकि वंशिका की जानकारी के मुताबिक अब मैं फ्लाइट में बैठने वाला था और जो फ्लाइट में हो उसके मोबाइल की घंटी नहीं बजती।

मैं ऐसी कोई गलती नहीं कर सकता था जिससे पकड़ा जाऊं।

हर तरफ से चौकस रहना था मुझे।

अंधेरा हो चुका था।

वापसी की टैक्सी पकड़ी और 'आशा निकेतन' से काफी पहले ही छोड़ दी। यहां शायद यह बता देना जरूरी है कि 'आशा निकेतन' उस बिल्डिंग का नाम है जिसकी तीसरी मंजिल पर मेरा फ्लैट है।

टैक्सी वाले के जाते ही सूटकेस से मंकीकैप निकाली और अपने सिर के साथ चेहरा भी ढक लिया। आहिस्ता-आहिस्ता, टहलता-सा आशा निकेतन के पीछे ... वहां पहुंचा जहां सर्विसलेन थी।

मैं तेजी से बेहद पतली सर्विसलेन में समा गया।

बिल्डिंग के पिछले हिस्से की तरफ बढ़ा और उस रेन वाटर पाइप के नजदीक पहुंचा जो मेरे फ्लैट की उस खिड़की के बेहद नजदीक से गुजर रहा था जिसे अंदर से खुली छोड़ आया था।

सारा प्रबंध मैंने खूब सोच-समझकर किया था।

छात्र जीवन में एनसीसी का अनुभव होने के कारण, मुझे मालूम था रेनवाटर पाइप पर चढ़ने में मुझे कोई दिक्कत नहीं आएगी।

वैसा ही हुआ।

बंदर की तरह कुलांचे मारता तीसरी मंजिल पर स्थित उस विंडो तक पहुंच गया जो अंदर से खुली होने के कारण मुझे कमरे के अंदर ले जाने वाली थी।

फिर, भला कमरे के अंदर पहुंचने से मुझे कौन रोक सकता था!

विंडो आहिस्ता से वापस बंद की।

चटकनी अभी-भी खुली रहने दी। उससे छेड़खानी करके कोई आवाज पैदा करने का रिस्क लेने के मूड में नहीं था।

रोशनी हेतु मोबाइल तक ऑन करने का रिस्क नहीं ले सकता था। अंधेरे

में ही दबे पांव ड्राइंगरूम में खुलने वाले दरवाजे की तरफ बढ़ा। 'की-होल' से आंख सटाई। ड्राइंगरूम का कुछ हिस्सा साफ नजर आ रहा था मगर वहां कोई हलचल नहीं थी।

रात के ठीक दस बजे बैल बजी।

मेरा रोंया-रोंया खड़ा हो गया और उस खड़े हुए हर रोंएं ने एक ही बात कही थी–मेरा शक सही निकला।

वह आ गया।

उसके अलावा रात के इस वक्त जबकि मैं घर में नहीं हूं आ ही कौन सकता है! हे ईश्वर, क्या तू मुझे वही मंजर दिखाने जा रहा है जिसका मुझे शक था। जिसमें बंधा मैं उस वक्त वहां खड़ा था।

मैंने तेजी से चलने की आवाज सुनी।

अंदाज से जाहिर था कि उसे बैल के बजने का इंतजार था।

'की-होल' से वह मुझे पूरी तो नहीं लेकिन पैरों से नितंबों तक नजर आई। ऊंची हिल्स की सेंडिल्स पहन रखीं थीं उसने। जिस्म पर थी बिल्कुल दूध जैसे सफेद रंग की ऐसी साड़ी जिस पर गहरे सुर्ख रंग के गुलाब के फूल बने थे।

मुझे याद नहीं आया वंशिका को वह साड़ी मैंने कब दिलाई थी। दिमाग से आवाज आई–उसे साड़ी दिलाने वाला क्या तू अकेला है! अनिरुद्ध नहीं दिला सकता! और अब ... जब वह उससे मिलने वाली है तो तेरी दिलाई हुई साड़ी क्यों पहनेगी?

उसी की दिलाई हुई पहनकर उसे खुश नहीं करेगी!

दरवाजा खोलने से पहले उसने नहीं पूछा कि कौन है।

ऐसा तो वे करते हैं जिन्हें मालूम न हो कि दरवाजे के उस तरफ कौन है। उसे तो मालूम था दस बजे किसे बैल बजानी है।

सब कुछ पूर्व-निर्धारित था।

दरवाजा खुला और मुझे अनिरुद्ध के जूतों से लेकर पतलून की बैल्ट तक का हिस्सा नजर आया।

उफ्फ! उफ्फ भगवान। ये मुझे तू क्या दिखा रहा है!

क्यों दिखा रहा है?

ये सब दिखाने से पहले तूने मेरी आंखें क्यों नहीं फोड़ दीं?

था न मैं बेवकूफ! व्यर्थ ही भगवान को कोस रहा था। गलती तो मेरी थी।

मैं खुद ही तो वह दृश्य देखने के लिए मरा जा रहा था। उसे देखने के लिए ही तो मैंने खुद को वहां छुपा रखा था।

फिर भला भगवान का क्या दोष?

अब ... जब मैंने यह बेवकूफी की ही थी तो अपनी बीवी को उसकी बांहों में समाते भी देखा। मैंने साफ देखा–उनके पैर एक दूसरे के बेहद करीब थे।

जिस्म सटे हुए।

फिर चुंबनों की आवाज।

तेज-तेज चलती सांसों की आवाज।

सबकुछ सहा मैंने। सहने के अलावा चारा भी क्या था लेकिन वह आवाज सहन नहीं हुई जो मेरे कानों में पड़ी।

वासना में डूबी उस आवाज ने कहा था–"तुमने मुझे पागल कर दिया है डार्लिंग ... अब मैं तुम्हारे बगैर नहीं रह सकता।"

यह आवाज अनिरुद्ध की नहीं थी।

यह तो समीर की आवाज थी।

समीर की आवाज!

इस एहसास ने मेरे जिस्म में दौड़ रहे खून की एक-एक बूंद में मानों हजारों हजार चीटियां छोड़ दीं।

वह हर चींटी मेरे जिस्म को काट रही थी।

पागल-सा हो गया था मैं। आक्सीजन दिमाग को जैसे पहुंच ही नहीं पा रही थी। ये अतिश्योक्ति नहीं बल्कि सच्चाई है कि मैं जहां खड़ा था, वहीं का वहीं ढेर होने से खुद को बहुत मुश्किल से रोका।

टांगें बुरी तरह कांप रही थीं।

कितना बेवकूफ था मैं!

कितना बड़ा बेवकूफ! उस पर शक करता रहा जिसकी कोई हैसियत ही नहीं थी और उसकी तरफ ध्यान तक नहीं दिया जिसकी हैसियत ही नहीं, फितरत भी वैसी ही थी।

जो मेरे सामने दावे करता रहा कि वह अपने पैसे के बूते पर चाहे जिस ... चाहे जिस लड़की को अपनी अंकशयनी बना सकता है। उसने तो खुलेआम कहा था कि वह वंशिका भी हो सकती है।

पर उसने यह भी तो कहा था कि वंशिका तो मेरी मां जैसी है। कितना घटिया, गंदा और घृणित शख्स था समीर। मां जैसे पवित्र शब्द को वह अपना पाप छुपाने के लिए इस्तेमाल कर सकता था। दूसरी तरफ थी वो, जिसका नाम वंशिका था। सिटी अस्पताल के बाहर जिस रात वह पहली बार मिली थी, उस रात से अब तक के सारे दृश्य पलक झपकते ही चलचित्र की

मानिंद आंखों के सामने चकरा गए। उस रात मैं उसे इसलिए लिफ्ट देने से हिचक रहा था कि कहीं वह ऐसी-वैसी लड़की न हो मगर, वह तो ऐसी-वैसी से कहीं ज्यादा बढ़कर ऐसी-तैसी लड़की निकली थी। ऐसी-वैसी लड़कियां तो उसी वक्त राहगीरों को लूटकर छोड़ देती हैं। उसने तो पत्नी बन कर जिंदा ही मौत के घाट उतार दिया था मुझे।

वह अकेली थी। गरीबी की गर्त में डूबी। वहां से उठाकर मैंने उसे अपने सिर का ताज बना लिया था और उसने ...

ये क्या सिला दिया उसने मुझे!

फैसला नहीं कर सका समीर ज्यादा पतित है या वंशिका।

फिर मेरी आंखों ने समीर के दोनों हाथ अपनी अर्धांग्नि के नितंबों पर देखे। उन हाथों ने जोर लगाकर मेरी बीवी को गोद में उठा लिया।

गोद में उठाए समीर उसे मेरे बैडरूम में ले गया।

जाने कब मेरे दांत भिंच गए थे। मुट्ठियां कस गई थीं। जाने कब मेरी नसों में दौड़ता खून लावे में तब्दील हो गया था।

जाने कब मेरा हाथ जेब में चला गया था और जाने कब उसने रिवाल्वर बाहर निकाल लिया था।

मुझे नहीं मालूम था मैं रिवाल्वर से क्या करने वाला था।

यह सच है। कभी-कभी आदमी को खुद मालूम नहीं होता कि अगले पल वह क्या कर बैठेगा।

बस हालात के हवाले होता है वह।

हालांकि देखने को अब कुछ बाकी नहीं रह गया था मगर फिर भी, जाने क्यों मेरा दूसरा हाथ दूसरी जेब में रेंगा। उसने वह चाबी निकाल ली जिससे उस दरवाजे के लॉक को खोला जा सकता था।

दिमाग में बैठा कोई जोर-जोर से चीख रहा था–'मार डाल अंशुमन, यहीं खत्म कर दे दोनों का खेल।'

मैं जानता था वासना की ज़िन गंदी आवाजों की गहराईयों में इस वक्त वे डूबे हुए हैं, उसमें उन्हें लॉक के अंदर घूमने वाली चाबी की आवाज हरगिज सुनाई नहीं देगी। फिर भी, यह काम बहुत ही सावधानी से, बगैर जरा भी आवाज पैदा किए किया।

रिवाल्वर हाथ में लिए मैं ड्राइंगरूम में था।

वहां, जहां वासना में डूबी उन दोनों की आवाजें बिल्कुल साफ आ रही थीं। मेरे बैडरूम का दरवाजा अगर खुला हुआ नहीं था तो पूरी तरह बंद भी नहीं था। चौखट और किवाड़ के बीच काफी चौड़ी दरार थी। उसे बंद करने की जरूरत भी क्या थी उन्हें!

उनकी जानकारी में तो मेरे सारे फ्लैट में उन्हीं का राज था।

एक बार फिर वही कहूंगा कि ... पता नहीं मैं क्या देखना चाहता था! क्यों खुद पर इतने जुल्म कर रहा था कि सरकता-सा चौखट और किवाड़ के बीच बनी दरार के करीब जा पहुंचा।

ड्राइंगरूम के मुकाबले अंदर कम रोशनी थी। मगर, नाइट बल्ब की मेहरबानी से इतनी कम भी नहीं कि कुछ देख ही न सकूं।

बस इतना ही कह सकता हूं कि जो कुछ मैंने देखा, भगवान वैसा कभी किसी को न दिखाए। दरार के जरिए मैंने दोनों जिस्मों को अपने बैड पर गुत्थमगुत्था होते देखा था।

'समीर बैडशीट' में पड़ती सलवटें देखी थीं।

मेरा दावा है ऐसे घिनौने सीन को देखकर कोई भी खुद पर काबू नहीं रख सकता। मैं भी नहीं रख सका। रिवाल्वर वाला हाथ तन गया। उसमें जरा भी कंपन नहीं था।

वे दोनों मेरे निशाने पर थे।

बड़ी आसानी से मौत के घाट उतार सकता था।

शायद उन्हें पता भी नहीं लगता उनके जिस्मों में किसने आग भर दी क्योंकि उन्हें तो मेरे वहां होने का शानोगुमान भी नहीं था। होता ... तो यह खेल और भले ही चाहे जहां चल रहा होता मगर यहां, मेरे बैडरूम में, मेरे ही बैड पर नहीं चल रहा होता।

इच्छा हुई कि उन्हें उनके पाप की सजा देने से पहले बताना तो जरूर चाहिए कि ऐसा किसने किया। यह विचार दिमाग में आते ही उंगली ट्रेगर पर कस गई। मुंह हलक फाड़ने के लिए खुला पर तभी जेहन के जाने किस कौने में छुपे किसी चतुर और शातिर खिलाड़ी ने कहा–'ये तू क्या बेवकूफी कर रहा है अंशुमन! क्या बेवकूफी कर रहा है तू ये! गुनाह उनका। पाप उनका। सजा खुद को देने पर क्यों आमादा है? इस तरह उन्हें गोलियों से भून डालेगा तो तेरा क्या होगा! वे तेरी गोलियों से मारे जाएंगे और तुझे सारी उम्र जेल में एड़ियां रगड़-रगड़कर गुजारनी पड़ेगी। ये सजा तो उस सजा से भी भयानक होगी जो तू उन्हें देने जा रहा है।'

'तो क्या करूं मैं? क्या करूं?' अपने ही दिमाग में गूंजने वाली यह आवाज मेरी थी–'इतना सबकुछ देखने के बाद कोई अपने काबू में रहे भी तो कैसे?'

'तुझे खुद पर काबू रखना होगा। पेशेंस से काम लेना होगा। मैं ये नहीं कहता तुझे उनके पाप की सजा नहीं देनी है। सजा तो तुझे देनी है मगर इस तरीके से कि छींटे तुझ तक न आएं। ऐसा तब होगा जब, तुझे जो करना है जोश में नहीं होश में करे।'

जेहन में बैठा शातिर खिलाड़ी जीत गया।

ट्रेगर पर उंगली का दबाव कमजोर पड़ता चला गया।

हालांकि उस दृश्य को देखना और खामोशी के साथ लौट आना एवरेस्ट की चोटी पर चढ़ने से भी ज्यादा कठिन था मगर मैंने ये किया। जितनी खामोशी के साथ उनके सिरों तक पहुंचा था उतनी ही खामोशी के साथ लौट आया।

⅄

वह रात एक होटल में गुजारी। सोने का तो खैर मतलब ही क्या था! उस आदमी की आंखों में नींद हो भी कैसे सकती थी जिसे मालूम हो कि उसके बैडरूम में क्या हो रहा है।

बहुत देर तक मेरे दिलोदिमाग में चक्रवात चलता रहा। फिर बड़ी मुश्किल से उसे ठंडा किया क्योंकि दिमाग को ठंडा किए बगैर उनके खात्मे की ऐसी स्कीम नहीं बना सकता था जिससे मेरे दामन पर खून का एक भी छींटा न पड़े।

ये दिमाग भी बड़ी आल्हा वस्तु है।

समीर और वंशिका के खात्मे की इसने एक ऐसी स्कीम उगली जिसके बारे में सोचकर मैं खुद हैरान रह गया। यकीन नहीं आ रहा था यह स्कीम मेरे दिमाग ने उगली है। पूरी स्कीम को कई-कई बार ठोक-बजाकर देखा। कहीं कोई कमी नजर नहीं आ रही थी। फिर, कल ही से ... बल्कि आज ही से स्कीम पर काम करने का निश्चय किया क्योंकि सुबह के पांच तो बज ही गए थे।

फोन ऑन करते ही मैंने देखा–चार मिस कॉल थीं, एक मैसेज। चारों कॉल वंशिका की थीं। मैसेज भी उसी का। उसमें कहा गया था–''मैं चिंतित हूं कि फोन अभी तक बंद क्यों आ रहा है। प्लीज, जितनी जल्दी हो सके, फोन नहीं तो एसएमएस जरूर करो।''

''हरामजादी!'' दांत भींचकर बड़बड़ाने से मैं खुद को नहीं रोक सका–''बहुत चिंता हो रही है मेरी। नाटक कर रही है।''

मैंने काल्स के टाइम देखे। चारों कालें बारह से चार बजे के बीच की थीं। एसएमएस चार बजकर पांच मिनट का।

कितनी बड़ी ड्रामेबाज थी ये!

यह दर्शा रही थी कि मेरी तरफ से चिंतित होने के कारण सारी रात सो

नहीं सकी। जबकि ... जबकि उफ्फ्! इससे आगे मैं सोचना नहीं चाहता था। उंगलियां उसका नंबर मिलाने के लिए हरकत में आई ही थीं कि दिमाग ने रोक दीं।

उसने कहा था–भाड़ में जाए साली।

फिर, शातिर खिलाड़ी ने कहा–''अंशुमन, शुभ-प्रभात का मौका है। अपनी स्कीम पर काम चालू करने के लिए इससे शुभ-मुहूर्त और क्या हो सकता है! मिला फोन और चालू हो जा।''

शातिर खिलाड़ी हॉवी हो गया।

फोन लगाया।

अब आगे होने वाली बातों से जरा अनुमान लगाने की कोशिश कीजिए कि मेरे दिमाग ने क्या प्लान उगला था।

फोन पहली ही बैल पर उठा और नाराजगी भरी वंशिका की आवाज सुनाई दी–''कहां हो अंशु! कब से फोन लगा रही हूं।''

''पहली ही बैल पर फोन उठा लिया और आवाज में भी नींद का कोई खुमार नहीं।'' मैंने अपनी आवाज के व्यंग को छुपाने की कोशिश करते हुए कहा था–''जाग रही थीं क्या?''

''तुम समझते हो नींद आ सकती थी?''

''क्यों भई! नींद क्यों नहीं आई?''

''शादी के बाद ये पहली रात थी जब बैड पर तुम नहीं थे।''

जी चाहा ... बहुत जोर से जी चाहा कि कह दूं–'तुझे मेरी जरूरत ही कहां थी कमीनी। तुझे तो बेसब्री से उस रात का इंतजार था जब मैं न होऊं और तू अपने यार को बुला सके। वह तो था बैड पर।'

मगर, यदि मुझे अपनी स्कीम को परवान चढ़ाना था तो बड़ी सख्ती से अपने 'जी के चाहने' को दबाना था।

एक्टिंग करनी थी।

किसी बात से छलकना नहीं चाहिए था कि मुझे कुछ पता चल गया है। सो बोला–''मैंने तुम्हारी कॉल्स और एसएमएस देखा।''

''फोन क्यों बंद कर रखा था?''

''फ्लाइट में ऑफ करना पड़ता है। एयरपोर्ट से बाहर निकला तो कंपनी की गाड़ी लेने आई हुई थी। वह सीधी आफिस ले गई। वहां काम में लग गया। ऑन करने का होश ही नहीं रहा। अब यहां कंपनी के गेस्ट हाउस में आया हूं तो होश आया।''

''काम हो गया?''

''हां, काम तो हो गया मगर उससे भी ज्यादा खुशी की एक और बात

हुई।'' मैंने नायाब स्कीम की आधारशिला रखनी शुरू कर दी।

''खुशी की बात!'' उसने पूछा–''ऐसा क्या हुआ?''

''बचपन का एक दोस्त ... दोस्त नहीं, साथी कहा जाए तो ज्यादा मुनासिब होगा, मिला। उसका नाम बलदेव है। मेरे ही गांव जूनागढ़ का रहने वाला है।'' मैं बड़ी खूबसूरती से एक-एक शब्द का चयन करता बोला–''वह भी इसी कंपनी की दिल्ली ब्रांच में काम करता है। उससे मिलकर खुशी तो नहीं हुई थी मगर अच्छा जरूर लगा। जब कोई पुराना साथी मिलता है तो अच्छा तो लगता ही है मगर खुशी ... बल्कि बेहद खुशी तब हुई जब उसने शेखर मल्होत्रा का जिक्र छेड़ दिया। जिक्र ही नहीं छेड़ दिया बल्कि उसने बताया कि शेखर मल्होत्रा इंडिया आया हुआ है।''

''कौन शेखर मल्होत्रा?''

''मेरे बचपन का यार।''

''क्या कह रहे हो तुम! मेरी समझ में कुछ नहीं आ रहा।''

''अभी तक जब कुछ समझाया ही नहीं है मेरी जान तो तुम्हारी छोटी-सी बुद्धि में आएगा ही क्या?''

''तो समझाओ न!''

''वंशि, हर इंसान की जिंदगी में एक इंसान ऐसा जरूर होता है जो उसकी कमजोरी बन जाता है। इस बात को मानती हो न!''

''पता नहीं यह सवाल तुम किस सेंस में पूछ रहे हो!''

''मैं दावे के साथ कह सकता हूं कि तुम्हारी जिंदगी में भी कोई न कोई ऐसा जरूर आया होगा जो तुम्हारी कमजोरी बन गया होगा। हो सकता है वह तुम्हारी मां ही हो।''

''हां। मां तो थी मेरी कमजोरी।''

''मेरी वैसी ही कमजोरी का नाम है–शेखर मल्होत्र।''

''पहले कभी तुम्हारे मुंह से यह नाम नहीं सुना।''

''इसलिए नहीं सुना क्योंकि वह मेरे बचपन का यार था। पैदा होने से आठ साल तक हम साथ रहे। मेरे पड़ोस में ही रहता था। वह दौर ऐसा था कि शेखर के अलावा इस दुनिया में जैसे मेरे लिए कोई और नहीं था और ... शेखर के लिए मेरे अलावा कोई और नहीं। इस बात को सारा गांव जानता था। आठ साल की उम्र में हम बिछुड़ गए। ये सच है वंशि कि शेखर मेरे दिलोदिमाग से कभी निकल नहीं पाया और शायद कभी निकल भी न पाए।''

''बिछुड़ कैसे गए?''

''उसके घर में आग लग गई थी।''

''आग!''

''हां।'' मैंने अपने मुंह से ऐसी आवाज निकाली जैसे सचमुच वह हादसा हुआ हो और मेरी आंखों के सामने इस वक्त भी वही नाच रहा हो–''बहुत ही भयंकर आग थी वह। उसमें शेखर के परिवार का सबकुछ जलकर भस्म हो गया। घर ही नहीं, उसके माता-पिता भी। कुदरत ने बस किसी तरह शेखर को बचा लिया था।''

''फिर?'' आवाज बता रही थी कि वह मेरी काल्पनिक स्टोरी में खो गई है। यही तो मैं चाहता था।

मैं कहता चला गया–''उसके माता-पिता का अंतिम संस्कार कर दिया गया। दूर-दूर के नाते रिश्तेदार आ गए थे। उनमें शेखर के चाचा और चाची भी थे। लंदन में रहते थे वे। वहीं से आए थे। मैंने सुना था उनके कोई बच्चा नहीं था। वे शेखर को साथ ले गए।''

''साथ ले गए!''

''मैं बहुत रोया वंशि। बहुत रोया था मैं। उतना ही शेखर भी। मगर उस वक्त हमारे रोने-धोने से क्या होने वाला था! सबने उन्हें हमारी बचकानी भावनाएं समझा और ... अंततः शेखर के चाचा उसे अपने साथ लंदन ले गए।''

वंशिका ने फिर पूछा–''फिर?''

''तीन साल बाद ऐसी बाढ़ आई कि हमारे घर को ही नहीं, सारे गांव को बहा ले गई। बहुत से लोग तो बाढ़ में बह भी गए थे। मगर हम बच गए। विस्थापितों के रूप में मुंबई आए और यहीं बस गए। जब तक समझ नहीं थी, मैं तब तक माता-पिता से कहता रहा हमें गांव चलना चाहिए क्योंकि शेखर संपर्क करेगा तो वहीं करेगा। उसे क्या पता हम यहां रहने लगे हैं। माता-पिता मुझे समझाते-समझाते थक गए कि दुनिया के नक्शे पर अब जूनागढ़ नाम का कोई गांव ही नहीं है। वहां तो बस अब एक नदी बहती है।''

''इसका मतलब तुम दोनों के होश संभालने तक न तुम्हारे पास शेखर से संपर्क साधने का कोई रास्ता रहा, न शेखर के पास!''

यही ... यही तो समझाना चाहता था मैं उसे और वह समझ गई थी। अपनी कामयाबी पर झूमता मैं कहता चला गया–''लेकिन अब संयोग से बलदेव मिला है और बलदेव को शेखर मिला था।''

''शेखर मिला था!''

''यही तो है वह खुशखबरी जिसके कारण मैं झूम रहा हूं।'' मैं कहता चला गया–''बलदेव ने बताया एक हफ्ते पहले वह डिनर के लिए सेंटूर में गया था। शेखर वहीं मिला। एक-दूसरे को पहचानने के बाद दोनों बहुत खुश

हो गए। शेखर ने कहा–'इंडिया में कदम रखते ही मैं सबसे पहले जूनागढ़ गया था। मगर अब वहां कुछ है ही नहीं। आसपास के लोग कहते हैं सारा गांव बाढ़ में बह गया। अंशुमन तो बच गया था न!' बलदेव ने बताया मैं ही नहीं, मेरे मां बाप भी बच गए थे। शेखर खुश हो गया। मेरा पता पूछने लगा। बलदेव ने कहा–'मुझे नहीं पता वे कहां हैं।' बकौल बलदेव, शेखर ने राहत की सांस ली। कहने लगा–मेरे लिए इतना काफी है कि अंशु जिंदा है। अभी तो मैं इंडिया में हूं। उसे ढूंढ ही लूंगा।''

वंशिका ने पूछा–''बलदेव ने उसका नंबर वगैरह नहीं लिया?''

''मैंने भी बलदेव से यही पूछा। वह कहने लगा–'जब मैंने शेखर से नंबर मांगा तो वह बोला–मेरा लंदन वाला मोबाइल मिस हो गया है। इंडिया का सिम एप्लाई कर रखा है पर ये लोग विदेशी नागरिक को आसानी से सिम नहीं देते। टाइम लगता है। प्रोसेस में है।''

''बलदेव का नंबर तो लिया होगा उसने!''

''हां। बलदेव बता रहा था कि उसने मेरा नंबर ले लिया था और कहा था जैसे ही कनेक्शन मिलेगा, उसे नंबर दे देगा।''

''और तुमने बलदेव का नंबर ले लिया होगा!''

''उसका नंबर ले भी लिया है और उसे अपना नंबर दे भी दिया है। कहा है जैसे ही शेखर का फोन आए, मुझे बता दे।''

''हां। अब तो तुम्हारे पास यही एक तरीका रह गया है।''

''कोई तो तरीका है वंशि।'' मैं अपनी आवाज में उम्मीद और जोश भरता बोला–''कोई तो रास्ता निकला है। अब तक तो कोई खैर-खबर ही नहीं थी। अब खैर-खबर है तो ये कि वह भी मुझे ढूंढने की कोशिश कर रहा है। मुझे पूरी उम्मीद है कि हम मिलेंगे।''

''तुम्हारी आवाज और अंदाज से पता लग रहा है कि शेखर से कितना प्यार करते हो और उससे मिलने के लिए कितने बेताब हो। एक पत्नी होने के नाते मैं इसके अलावा और क्या दुआ कर सकती हूं कि तुम्हारी हर इच्छा पूरी हो।''

मैं खामोश रहा।

उसी ने पूछा–''कब आ रहे हो?''

''नौ बजे की फ्लाइट है। ग्यारह तक पहुंच जाऊंगा।''

ठीक है। मैं गाड़ी लेकर एयरपोर्ट पहुंच जाऊंगी।''

''न ... नहीं।'' इसमें कोई शक नहीं कि यह सोचकर मेरे हलक से चीख-सी निकल गई थी कि अगर वह एयरपोर्ट पहुंच गई तो क्या होगा? दिल्ली से कहां आने वाला था मैं! मैं तो यहीं था। जल्दी से बोला–''ऐसा मत करना।''

उसकी चौंकी हुई आवाज–''क्यों?''

''ज ... जरूरत ही क्या है उसकी!'' बात बनाने की कोशिश करता मैं कहता चला गया–''तुम आराम से फैक्ट्री जाकर अपनी ड्यूटी करना। मैं टैक्सी से पहुंच जाऊंगा।''

''फैक्ट्री लंच बाद चली जाऊंगी।''

''क्यों परेशान होती हो वंशि, मैं पहुंच जाऊंगा।''

''इसमें परेशानी की क्या बात है?''

पीछे ही पड़ गई थी हरामजादी। मुसीबत से बचने के लिए मुझे अपने लहजे में चासनी घोलनी पड़ी–''समझा करो वंशि, शाम को घर ही पर मिलेंगे न! मुझे भी तो एयरपोर्ट से घर नहीं जाना। आफिस जाना होगा। वहां रिपोर्ट देनी पड़ेगी न!''

''ओह। तो यूं कहो न। ओके। फिर शाम को मिलेंगे।''

''बॉय।'' कहने के तुरंत बाद मैंने इस डर से कनेक्शन ऑफ कर दिया कि कहीं वह पुनः कोई ऐसी बात न छेड़ दे जो मुसीबत बन जाए। पर मुसीबतें अब मेरा पीछा छोड़ने वाली नहीं थीं। अगर यह कहूं तो गलत नहीं होगा कि उन्हें तो मैंने खुद आमंत्रित किया था।

अगले चेप्टर में आपको एक ऐसी मुसीबत के बारे में बताने जा रहा हूं जो जब मुझ पर टूटी तो मेरे छक्के छूट गए और यदि मुझसे जरा भी लगाव हो गया है तो पसीने तो आपको भी आ जाएंगे।

दिल थामकर पढ़िए–

बड़ा प्यारा नाम था होटल का–गुलबदन।

वह होटल जिसमें मैं रह रहा था।

मुसीबत उसी होटल में टूटी।

गुलबदन एकदम थर्ड क्लास होटल था। ऐसे होटल में कमरा लेने के दो कारण थे। पहला–किसी भी अच्छे होटल में बगैर आईडी प्रूफ देखे कमरा नहीं दिया जाता और अपना आईडी प्रूफ मैं इस्तेमाल नहीं कर सकता था क्योंकि वहां के रजिस्टर में असली नाम नहीं लिखा था मैंने। दूसरा–यह रात ऐसे होटल में गुजारना चाहता था जिसमें मेरी उपस्थिति की कोई कल्पना तक न कर सके।

कमरा अलाट होने के तुरंत बाद बगैर वर्दीधारी वेटर ने आकर पूछा था–''कुछ चाहिए सर?''

मैंने इंकार कर दिया तो वह आंख मारता बोला–''बिल्कुल नया माल आया है सर, कालेज गर्ल।''

उसके यह कहने पर दिमाग की घंटी बजी यानी मेरी समझ में आया वह किस चीज के बारे में पूछ रहा था।

मैंने उसे जोर से डांटकर भाग जाने के लिए कहा।

बगैर वर्दीधारी वेटर ने मेरी तरफ ऐसी नजरों से देखा जैसे सोच रहा हो कि मैं किस चिड़ियाघर से निकलकर आया हूं और फिर मुझ पर हिकारत भरी नजर डालकर चला गया।

मैं समझ चुका था गुलबदन होटल नहीं चकलाखाना है।

फिर सोचा–मुझे क्या लेना-देना। रात गुजारनी है। सो, गुजर जाएगी। कोई तवायफ जबरदस्ती आकर तो लिपटने से रही।

दरवाजे की चटकनी चढ़ा ली।

हुआ भी यही था, यानी रात गुजर जाने के बावजूद मुझे कोई परेशानी नहीं हुई। वंशिका से बात करने के बाद आंखें बंद कर लीं।

पुनः अपने प्लान के बारे में सोचने लगा।

सोचते-सोचते जाने कब झपकी आ गई। कारण शायद मेरा रात भर का जगा होना था।

एकाएक मैं इस कदर हड़बड़ाकर उठा जैसे किसी ने बाल्टी भरा पानी जिस्म पर डाल दिया हो। सच्चाई ये है कि मुसीबत उससे भी बड़ी थी। मेरे कमरे के दरवाजे को कोई दोनों हाथों से बुरी तरह पीट रहा था। इतनी बुरी तरह जैसे आफत आ गई हो। होटल में आग लग गई हो। जैसे तोड़ डालना चाहता हो उसे।

मैं हलक फाड़कर चिल्ला उठा–''कौन है? क्या हुआ?''

''जल्दी से दरवाजा खोलो।'' बुरी तरह घबराया हुआ कोई मुझसे भी ज्यादा जोर से चिल्लाया था–''भागो यहां से।''

तभी महसूस किया कि दरवाजा मेरा ही नहीं पीटा गया था। उसी अंदाज में बाकी कमरों के दरवाजे भी पीटे जा रहे थे।

हंगामा मचा हुआ था।

गैलरी में भगदड़-सी मची महसूस हुई।

जरूर कोई गड़बड़ थी।

मैं बैड से लगभग कूदकर दरवाजे के नजदीक पहुंचा। इतनी फुर्ती से चटकनी गिराई जितनी फुर्ती से जीवन में पहले कभी कोई काम नहीं किया था। चौखट पर खड़े बगैर वर्दीधारी वेटर के चेहरे पर आतंक नाच रहा था। चीखा–''छापा पड़ा है। भागो।''

सच्चाई ये है कि मेरी समझ में तब भी कुछ नहीं आया। नजर गैलरी में घबराए हुए भागते-दौड़ते लड़के-लड़कियों पर पड़ी। उनके जिस्मों पर कपड़े भी आधे-अधूरे ही थे। कोई अंडरवियर में ही भागा चला जा रहा था। कोई पेटीकोट में। कई लड़कियों के तो ऊपरी हिस्से बिल्कुल नंगे थे और फिर ... मेरे जेहन में बिजली की तरह वेटर के शब्द कौंधे–''छापा पड़ा है। भागो।''

अब जाकर मेरी समझ में उन शब्दों का मतलब आया।

ये चकलाखाना था। छापा पड़ गया था। ऐसी जगहों पर ऐसा होता ही रहता था और ... इस कल्पना ने मेरे होश उड़ा दिए कि अगर मैं इस छापे में पकड़ा गया तो क्या होगा!

दिमाग ने ही नहीं, जिस्म ने भी काम करना बंद कर दिया।

जहां का तहां खड़ा रह गया था मैं।

जैसे मूर्ति में तब्दील हो गया होऊं।

भागते-दौड़ते अधनंगे लड़के-लड़कियों को इस तरह देखता रह गया जैसे नजर ही न आ रहे हों। वेटर ने मेरा कालर पकड़कर जोर से धक्का देते हुए कहा–''अबे मरेगा क्या? भाग।''

और ... मैं भी उसी दिशा में भागा जिधर सब भाग रहे थे। गैलरी के मोड़ के उस पार से लड़के-लड़कियों के चीखने चिल्लाने की आवाजें आ रही थीं। साथ ही कुछ रौबीली आवाजें भी आईं–''पकड़ो इन्हें। एक भी बचकर नहीं निकलना चाहिए।''

जब तक मैं उन आवाजों का मतलब समझता तब तक गैलरी के मोड़ पर पहुंच चुका था और वहां पहुंचते ही ... गैलरी के दूसरी तरफ का दृश्य देखते ही मेरे हाथ-पांव ठंडे पड़ गए।

ढेर सारे पुलिसवाले थे वहां। उनके हाथों में रूल्स थे। अधनंगे लड़के-लड़कियां उनसे बचकर भागने की कोशिश कर रहे थे। चीख पुकार मची हुई थी। हालांकि मेरे होश गुम कर देने के लिए इतना काफी था मगर नियति तो जाने क्या खेल खेल रही थी मुझसे!

जरा सोचिए–उस वक्त मेरी क्या हालत हुई होगी जब मैंने पुलिसवालों के बीच अनिरुद्ध को देखा।

उसी के नेतृत्व में छापा मारा गया था।

मेरी ऊपर की सांस ऊपर नीचे की नीचे। नसों में दौड़ता खून जैसे एक ही झटके में पानी में तब्दील हो गया।

दिन-दहाड़े तारे नजर आ गए।

मैं उसके सामने ही खड़ा था।

वह किसी भी क्षण मुझे देख सकता था। अभी तक नहीं देख पाया था

तो केवल इसलिए क्योंकि वह अपने इर्दगिर्द से भागने की कोशिश कर रहे लड़के-लड़कियों को पकड़ने और अपने मातहतों को हुक्म देने में व्यस्त था।

एकाएक उसने होलेस्टर से रिवाल्वर निकाला और उसका रुख ऊपर की तरफ करके दो बार ट्रेगर दबा दिया।

धांय ... धांय!

वातावरण दहल उठा।

एक ही झटके में जैसे सबकुछ फ्रीज हो गया।

भागते लड़के-लड़कियां जहां के तहां रुक गए थे।

शोर बंद।

केवल अनिरुद्ध की कड़क आवाज गूंजी थी–''बहुत हो चुका। अब किसी ने भागने की कोशिश की तो गोली मार दूंगा।''

सबके होश फाख्ता।

बौखलाकर मैंने खुद को तेजी से मोड़ के इस तरफ खींचा और सिर पर पैर रखकर विपरीत दिशा में भागता चला गया।

रास्ते में बगैर वर्दीधारी वेटर टकराया। उसने झपटकर मुझे पकड़ा और दहाड़ा–''इधर कहां भागा चला आ रहा है साले?''

''उ ... उधर पुलिस है।'' मैंने हलक फाड़ा।

''धक्का देकर भाग जा उन्हें। इधर निकलने का कोई रास्ता नहीं है। वे हर कमरे की तलाशी लेंगे। कमरे से पकड़ा गया तो हमारे लिए जवाब देना मुश्किल हो जाएगा।''

मैं उसे कैसे समझाता कि धक्का देकर भागने से मेरा काम नहीं चलने वाला था। मुझ पर अनिरुद्ध की नजर पड़ना ही काफी था। उसी क्षण यह ख्याल आया कि मेरा मोबाइल भी कमरे में है। हड़बड़ी में बैड पर ही पड़ा रह गया था। वह अनिरुद्ध के हाथ लग गया तो वही होने वाला था जो पकड़े जाने पर होता।

नहीं ... मैं उसे छोड़कर नहीं भाग सकता था।

कोई फायदा ही नहीं था।

मैंने वेटर को जोर से धक्का दिया।

इतनी जोर से कि वह मुंह से चीख निकालता हुआ फर्श पर जा गिरा। उसके अंजाम की परवाह किए बगैर मैं कमरे की तरफ भागा। आंधी-तूफान की तरह वहां पहुंचा।

बैड से मोबाइल उठाकर जेब में डाला।

मंकीकैप भी वहीं पड़ी हुई थी।

जेहन में तेजी से ख्याल कौंधा–क्या वह मुझे बचा सकती थी?

इस वक्त चेहरा नजर न आना ही सबसे बड़ा बचाव था और मंकीकैप चेहरा ढकने में सक्षम थी।

पर ये सब अनिरुद्ध के सामने कैसे चल सकता था! वह तो हाथ आए हर शख्स का चेहरा देखने वाला था।

मेरा चेहरा मंकीकैप उतरवाकर देखेगा।

एक ही चारा था–पुलिस के हाथ ही न आऊं।

कोई मेरा चेहरा न देख सके।

अनिरुद्ध तो खासतौर पर नहीं।

पर कैसे?

कैसे हो ऐसा?

तभी जेब में पड़े रिवाल्वर का ख्याल आया।

क्या वह मेरी मदद कर सकेगा?

क्या इन विकट हालात में मैं उसका उपयोग करूं?

कुछ समझ में नहीं आ रहा था। बस तेजी से मंकीकैप सिर और चेहरे पर चढ़ाई। सारे कमरे में निगाह घुमाई। वह निगाह किसी ऐसी चीज को देखना चाहती थी जो मेरी वहां मौजूदगी को साबित कर सके। नजर सूटकेस पर पड़ी।

माई गॉड! अभी तो ये भी था।

सूटकेस में ऐसी अनेक चीजें थीं जो किसी को भी मेरा परिचय दे सकती थीं और अनिरुद्ध को तो बगैर लाग-लपेट के।

सबसे बड़ी चीज तो मेरा वोटर कार्ड थी।

मैंने झपटकर सूटकेस उठा लिया।

फिर, वेटर की बात दिमाग में कौंधी–'वे हर कमरे की तलाशी लेंगे।' कहां जाऊं? किधर से निकलूं? इस तलाश में मेरी आंखों ने कमरे की हर दीवार को खंगाल डाला।

किसी भी दीवार पर खिड़की तो दूर, अलमारी तक नहीं थी।

कमरे में आने-जाने का एक ही रास्ता था–वही दरवाजा।

कोई और विकल्प न देखकर जेब से रिवाल्वर निकाला। अब मेरे एक हाथ में सूटकेस था, दूसरे में रिवाल्वर, सिर और चेहरे पर मंकीकैप। दांतों पर दांत जमाए दरवाजे की तरफ लपका। पहला कदम गैलरी में रखा था कि वापस खींच लेना पड़ा।

गैलरी में एक नहीं, कई पुलिसवाले नजर आए थे।

दो ने वेटर को दबोच रखा था।

मैं पसीने-पसीने।

दिमाग जाम।

क्या मैं रिवाल्वर के बूते पर भाग सकता था? सामना यकीनन अनिरुद्ध से होने वाला था। उसके पास भी रिवाल्वर है। क्या मैं उसका मुकाबला कर सकूंगा? उसने रिवाल्वर चलाने की ट्रेनिंग ली हुई है जबकि मैंने फैंसी तौर पर लाइसेंस बनवाया था। शौकिया तौर पर रिवाल्वर खरीदा था। एनसीसी कैंप में गोलियां चलाई हों तो चलाई हों, उसके बाद तो इस रिवाल्वर से दीवाली वाले दिन ही दो-चार फायर कर लिया करता था।

नहीं ... मैं उसका मुकाबला नहीं कर सकूंगा।

और मुकाबला करना किसे कहते हैं! क्या यहां से भागने की धुन में खुद को छुपाए रखने की धुन में मैं उसे गोली मार सकता था? नहीं। जबकि वह मुझे फरार होने की कोशिश करते एक मुजरिम के तौर पर बेहिचक शूट कर देता।

मुझे लगा–रिवाल्वर मेरे किसी काम का नहीं है।

गैलरी में कदम रखने का मतलब खुद को पुलिस के पंजे में फंसा लेना था मगर, कमरे में रहने का मतलब भी तो यही था।

हर तरफ मौत ही मौत।

कोई रास्ता नहीं।

मैंने दरवाजा बंद कर लिया। चटकनी चढ़ा ली लेकिन उसी वक्त दिमाग में विचार कौंधा–इसी से क्या मैं बच जाऊंगा? बल्कि इससे तो और ज्यादा फंसूंगा। बाकी सारे कमरों के दरवाजे चौपट खुले पड़े हैं इसलिए, शायद उनकी तलाशी न हो। इस कमरे की तो होगी ही होगी क्योंकि यह अंदर से बंद होगा। इस बात का पुख्ता प्रमाण कि कमरे में कोई है। दरवाजा तोड़कर दबोच लिया जाएगा मुझे।

नजर एक बार फिर सारे कमरे में घूम गई।

बैड के नीचे जाकर ठहरी।

वही एक जगह थी जहां मैं खुद को छुपा सकता था।

चटकनी गिरा दी।

इस उम्मीद में दरवाजा चौपट खोल दिया कि शायद उसे उस पोजीशन में देखकर समझा जाए कि कमरे में कोई नहीं है और कोई पुलिसवाला अंदर आने की जहमत न उठाए।

मैं बहुत तेजी से बैड के नीचे रेंग गया।

सूटकेस और रिवाल्वर अब भी मेरे पास थे। चेहरे और सिर पर मंकीकैप। सारा जिस्म पसीने से नहाया हुआ था। दिल इस कदर पसलियों पर सिर पटक रहा था जैसे खुद को खत्म कर लेना चाहता हो। उसकी आवाज उस वक्त मुझे साफ सुनाई दे रही थी।

गैलरी में से अब केवल और केवल भारी बूटों की आवाज आ रही थी। मैं समझ सकता था अब वहां पूरी तरह पुलिस का कब्जा है। एकाएक, कड़क आवाज ने कहा–''हर कमरे को चैक करो। चप्पा-चप्पा छान मारो। कोई बचना नहीं चाहिए।''

मैं पहचान सकता था–वह आवाज अनिरुद्ध की थी।

फिर, ऐसी आवाजें आने लगीं जिन्होंने मुझे समझाया कि कमरों की तलाशी ली जा रही है। मुझे लगा–दरवाजा खुला छोड़ने वाली तरकीब काम आने वाली नहीं है। उन कमरों के दरवाजे भी तो खुले हुए ही थे जिनको खंगाला जा रहा था।

मुझे नहीं पता आप मेरी उस वक्त की अवस्था का अंदाजा लगा सकते हैं या नहीं जब मैंने अपने रूम में भी भारी बूट वाले को दाखिल होते महसूस किया। उसके बूट की आवाज मेरे कानों में साफ-साफ आ रही थी और मेरा जी चाह रहा था कि सीता माता की तरह धरा से फटने की प्रार्थना करूं। वह फटे और मैं उसमें समा जाऊं या कोई ऐसा जादू हो जाए कि मैं अदृश्य हो जाऊं।

अनिरुद्ध के हाथों, ऐसी जगह से पकड़े जाने से बेहतर तो यह था कि मैं आत्महत्या ही कर लेता। हां, यह मेरे हाथ में था। अपने हाथ में मौजूद रिवाल्वर से मैं ऐसा कर सकता था। वह वैसी ही स्थिति थी जब आदमी मौत को जिंदगी से बेहतर समझने लगता है। मगर, मैं इतना कायर था कि वैसा भी न कर सका। वैसा न करने के भी तर्क ढूंढ लिए मैंने। यह कि–मर जाने से ही क्या होगा! अनिरुद्ध को यहां से मेरी लाश मिलेगी। समझा तो तब भी यही जाएगा कि मैं बाजारू वेश्याओं का रसिया था।

मैंने इस डर से रिवाल्वर को अपने जिस्म के नीचे दबा लिया कि कहीं निराश होकर सचमुच खुद को गोली न मार बैठूं।

बैड के नीचे सांस रोके लेटा मैं अब लाल रंग के दो चमकदार जूतों और टखने तक नजर आ रही खाकी पैंट को साफ देख सकता था। वह कमरे में इधर-उधर टहल रहा था और मैं सोच रहा था वह यूं ही टहलकर वापस चला जाएगा या बैड के नीचे भी झांकेगा!

उसके झांकने का मतलब था–मेरे कैरियर का खात्मा।

वह झांकेगा जरूर। इस कमरे में छुपने की इसके अलावा और कोई जगह ही नहीं है। वह पुलिसवाला है। ये लोग इस तरह के छापे डालते रहते हैं। इतना अनुभव तो इन्हें होता ही है कि कौन कहां छुप सकता है। अगर उसने झांका और मुझे देख लिया ... बस, इसके बाद ऐसा था ही क्या जो मेरे सोचने के लिए बच जाता था!

मगर थी।

एक तरकीब ऐसी भी थी जो मुझे उसके द्वारा देख लिए जाने के बावजूद बचा सकती थी। क्या आपका दिमाग उस तरकीब को सोच पा रहा है? मुझे नहीं मालूम वह विचार आपके जेहन में आया या नहीं लेकिन मेरे जेहन में आया था। शायद इसलिए आया हो क्योंकि मैं जिंदगी और मौत के दहाने पर था। हालांकि पक्का यकीन नहीं था कि तरकीब काम आ जाएगी लेकिन जब कुछ और नहीं हो सकता था तो उसी तरकीब को आजमाना मजबूरी थी।

मैंने आजमाई और ... कामयाब हो गई।

मैं बच गया।

सारी बलाओं से बच गया मैं।

आप जानना चाहेंगे मैं कैसे बचा!

बताता हूं–जैसी कि उम्मीद थी, पुलिसवाला अपने घुटनों को मोड़कर फर्श पर बैठा। उसकी हौलनाक शक्ल मैं जिंदगी भर नहीं भूल सकता। बहुत ही क्रूर शक्ल का पुलिसिया था वह। चमकदार सफेद आंखों और काले भुजंग चेहरे वाला। चौड़े मस्तक पर बेहद खतरनाक नजर आने वाली सलवटें।

मुझ पर नजर पड़ते ही उसकी भृकुटि तनी।

अपनी मोटी-मोटी भंवें उसने बहुत ही भयंकर अंदाज में मटकाई थीं। मैंने वही किया जो पहले ही से सोच रखा था बल्कि जिसकी तैयारी कर रखी थी। अपने हाथ में मौजूद हजार-हजार के दो नोट मैंने कांपते हाथों से उसकी तरफ फैंक दिए थे।

उन्हें उठाने के लिए उसने हाथ तक नहीं बढ़ाया।

तभी माहौल में अनिरुद्ध की आवाज गूंजी–''शिवालकर।''

''यस सर।'' मुझे घूर रहे पुलिसिए ने मुस्तैदी के साथ कहा।

''कोई मिला या नहीं?''

''देख रहा हूं सर, बैड के नीचे और देख लूं।''

अपने पर्स से मैंने हजार-हजार के तीन नोट और निकाले तथा उस तरफ उछाल दिए जहां दो नोट पहले ही से पड़े थे।

उसने अब भी हाथ नहीं बढ़ाया बल्कि मेरे पर्स की तरफ इशारा किया। यह समझते ही मेरे रोंगटे खड़े हो गए कि वह पर्स मांग रहा था। बात रुपयों की नहीं थी। उसमें मेरे बिजनेस और एटीएम कार्ड आदि भी थे जो किसी को भी मेरा परिचय दे सकते थे।

मैंने पर्स में केवल एक हजार का नोट छोड़कर सब निकाले और उसके सामने डाल दिए। साथ ही धीमी आवाज में कहा–''अब मेरे पास हजार रुपए के अलावा और कुछ नहीं है।''

''क्या हुआ शिवालकर? इतनी देर क्यों लग रही है?''

''कोई नहीं है सर। मैं बैड के नीचे भी देख चुका हूं।'' उसने सारे नोट संगवाते हुए कहा–''चिड़िया का बच्चा तक नहीं है यहां।''

मैं इस तरह अपने संपूर्ण जिस्म को ढीला छोड़कर बैड के नीचे लेट गया जैसे लंबी दौड़ के बाद शवासन कर रहा होऊं। काश, मुझे पता होता कि ये घटना मेरा पीछा छोड़ने वाली नहीं थी।

पुलिस के जाने के बाद मैं बैड के नीचे से निकला।

गुलबदन के ज्यादातर स्टाफ को पुलिस पकड़कर ले गई थी।

जो किसी तिगड़म से बच गए थे उन्होंने जब मुझे देखा तो यह सोचकर दंग रह गए कि पुलिस की इतनी घनघोर तलाशी के बाद भी मैं कैसे बच गया था?

मुझे किसी को भी कुछ बताने की जरूरत नहीं थी। बस इतना हुआ कि बचा हुआ आखरी नोट उन्होंने झटक लिया।

अपने खाली हो जाने का मुझे जरा भी अफसोस नहीं था। इस बात की खुशी थी कि जहां मुझे यह लगने लगा था, मेरी जिंदगी खत्म हो चुकी है वहां कुछ भी ... कुछ भी तो नहीं हुआ था।

अब तो वह सब डरावने ख्वाब जैसा लग रहा था।

टैक्सी पकड़कर आफिस की तरफ रवाना हुआ।

रास्ते में एटीएम देखकर टैक्सी रुकवाई क्योंकि उसका किराया देने के लिए भी अब मेरे पास नगद नारायण नहीं था। पांच हजार रुपए निकाले। आफिस पहुंचा और टैक्सी वाले को विदा किया।

बारह बजे फोन ऑन किया।

वंशिका का मैसेज मौजूद था। लिखा था–''पहुंचते ही फोन या एसएमएस करना।''

उससे बात करने का मेरा कोई मूड नहीं था इसलिए एसएमएस कर दिया कि आफिस पहुंच चुका हूं। काम में व्यस्त हूं। फोन मत करना। पुनः बंद कर रहा हूं। शाम को मिलेंगे।

पर मिलने से पहले मेरी योजना अपने प्लान को दूसरे चरण में पहुंचाने की थी। मैं वंशिका से शेखर का परिचय कराना चाहता था।

क्या आपकी समझ में मेरा प्लान आ रहा है?

नहीं न!

अभी आएगा भी नहीं, लेकिन दावा है–जब आएगा तो आप मेरे दिमाग की तारीफ कर उठेंगे।

फिलहाल तो उसका आनंद उठाओ जो लिख रहा हूं और प्लान को समझने की कोशिश करो क्योंकि मेरी हरकतों में ही प्लान छुपा है। एक-एक शब्द मेरे प्लान की तरफ जाता है।

मुलाहिजा फरमाएं–

कलकत्ता में मेरा एक दोस्त था–अनिल बिस्वास। उसे फोन लगाया। जरूरी काम सौंपा और एक एड्रेस तथा फोन नंबर पूछकर कागज पर लिखा। उस नंबर पर फोन लगाया। बात की।

उसके बाद बाजार गया। एक फोटो शॉप पर कई एंगिल्स से अपने क्लोजअप खिंचवाए।

उन्हें कागज पर लिखे एड्रेस पर कोरियर किया।

शाम के ठीक सात बजे आफिस के फोन से घर फोन लगाया। इसलिए लगाया क्योंकि जानता था, मेरे लैंड लाइन फोन में आईडी कॉलर नहीं है। जैसी कि उम्मीद थी, दो रिंग जाने के बाद वंशिका ने फोन उठाकर 'हैलो' कहा।

मैं आवाज बदलकर बोला–''कौन बोलटा?''

''आप कौन हैं?'' वंशिका की आवाज।

''हम शेखर मल्होट्रा। अंशुमन का डोस्ट। टुम कौन?''

''श ... शेखर मल्होत्रा!'' आवाज बता रही थी कि वंशिका खुशी से उछल पड़ी है–''तुम कहां हो शेखर मल्होत्रा? अंशु तो तुमसे बात करने, तुमसे मिलने के लिए पागल हुए जा रहे हैं।''

''पर वो गढे का बच्चा हाय किढर? हम उसका मोबाइल मिला रहा हूं टो मिलटा नहीं हाय। बोलटा हाय स्वीच आफ हाय।''

''हां-हां। उन्होंने स्विच आफ कर रखा होगा। मुझे बताया था। आफिस में ज्यादा काम की वजह से उन्होंने ऐसा कर रखा है।''

''पर टुम! टुम कौन हो?''

''म ... मैं उनकी मिसेज।'' एक्साइटमेंट के कारण मैं वंशिका की आवाज को कांपते साफ महसूस कर रहा था–''मिसेज हूं।''

''अरे! उल्लू के पट्ठे ने शाडी भी बना लिया और हमको बटाया भी नहीं। मिलेगा टो साले के कान उखाड़कर नाक की जगह चिपका डूंगा और नाक उखाड़कर कान की जगह।''

इस बार वंशिका हंसी। बोली–''पर तुम्हारा तो आठ साल की उम्र के बाद से कुछ पता ही नहीं था। बताते भी तो किसे!''

''आंय!'' मैंने कहा–''टुमको ये भी मालूम कि जब हम जुडा हुआ टो आठ साल का था!''

''मुझे सब मालूम है।''

''कैसे?''

''अंशु ने बताया।''

''इसका मटलब वो हमारे बारे में आज भी बाट करटा। करटा क्यों नहीं! नहीं करटा टो साले का टेंटवा नहीं घोंट डेटा हम!''

''वो तो ठीक है। पर तुम हो कहां?''

''उसे छोड़ो। ये बटाओ, अगर टुम अंशु की बीवी हो टो हमारी भाभी हुई न! भाभी जान।''

''हां-हां। बिल्कुल भाभी हुई।''

''जान भी!''

''ओके-ओके।'' वंशिका हंसी–''जान भी।''

''और भाभी जान से मजाक करने का हमारा रिश्टा बनटा!''

''बिल्कुल रिश्ता बनता है शेखर, पर तुम हो ...

उसे बोलने का मौका दिए बगैर मैं कहता चला गया–''कितनी प्यारी-प्यारी मखमली-सी आवाज हाय टुम्हारी! बिल्कुल मक्खन की छुरी की मानिंड। जी चाहता हाय चाट जाऊं। सामने होटा टो चाट ही जाटा। वैसे टुम्हारा नाम क्या हाय भाभी जान?''

''वंशिका।''

''वाह! माशाअल्लाह! क्या नाम हाय! वंशिका, नाम से ही शहड टपक रहा हाय। वैसे क्या हम टुम्हे वंशि कह सकटा हाय!''

''हां-हां। क्यों नहीं!''

''गुड! हमें टो टुम बहुट डरियाडिल भाभी लग रही हो। बिल्कुल वैसी ही जैसी भाभी जान को होना चाहिए। वैसे क्या अपने बारे में कुछ बटाओगी! डेखने में कैसी लगटी हो टुम?''

वंशिका को उलझ जाना था, उलझ गई। बोली–'' क ... क्या मतलब? तुम कहना क्या चाहते हो?''

''केटरीना कैफ जैसी या ऐश्वर्या राय जैसी?''

इस बार वंशिका बहुत जोर से खिलखिलाकर हंस पड़ी थी। फिर बोली–''आकर देख लो न!''

''आऊंगा। जरूर आऊंगा। इंडिया आया हूं टो उल्लू के पट्ठे से मिले बगैर कैसे लौट जाऊंगा और उससे मिले बगैर टो शायड लौट भी जाटा लेकिन अब टुमसे मिले बगैर नहीं लौटूंगा। डेखना टो पड़ेगा न कि जिसकी आवाज

इटनी मखमली हाय, मक्खन की छुरी जैसी हाय वह डेखने में किटनी चिकनी लगटी हाय।''

जैसे एकाएक वंशिका को ख्याल आया–''पर तुमने यहां फोन कैसे कर दिया? यहां का नंबर किससे मिला तुम्हें?''

''बलडेव से।''

''यहां का?''

''डो नंबर डिए थे उसने। एक अंशु का मोबाइल बोलकर और डूसरा ये ... रेजिडेंस का बोलकर। मोबाइल नंबर नहीं मिला टो ये मिलाया। क्या हमने ठीक नहीं किया?''

''क ... क्यों नहीं-क्यों नहीं! बिल्कुल ठीक किया। कम से कम बात तो हो गई। मैं अंशुमन को बता तो दूंगी कि तुम्हारा फोन आया था या ऐसा क्यों नहीं करते, तुम उनसे बात कर लो। मोबाइल तो बंद है। मैं आफिस का नंबर देती हूं।''

''डो।'' कहने के तुरंत बाद मैंने फोन काट दिया था। चाहता जो नहीं था कि उसे नंबर देने का मौका मिले।

करीब एक मिनट बाद आफिस के फोन की रिंग बजने लगी। मैं समझ गया वंशिका का ही होगा। एक्साइटमेंट ने बुरा हाल कर दिया होगा उसका। शेखर के फोन के बारे में मुझे जल्दी से जल्दी बता देना चाहती होगी मगर मेरी योजना उससे फिलहाल इस बारे में बात करने की नहीं थी इसलिए रिसीवर उठाकर इस तरह 'हैलो' कहा जैसे अत्यधिक व्यस्त होऊं। उधर से वंशिका की आवाज सुनते ही, उसे बगैर कुछ कहने का मौका दिए बोला–''ओह वंशि, बहुत काम है। अभी नहीं, प्लीज। घर आकर बात करूंगा।''

इतना कहकर मैंने रिसीवर पटक दिया था।

मैं घर पहुंचा।

वंशिका की मनहूस सूरत देखनी पड़ी। देखनी तो पड़ती ही। कब तक बचा रह सकता था!

और वह!

ऐसे त्रिया-चरित्र दिखा रही थी जैसे इस सदी की माता सीता वही हो, वही सती सावित्री हो। दरवाजा खोलने पर मुझे देखते ही बांहें पसारकर यूं लिपट गई जैसे एक युग बिछुड़ने के बाद मिले हों। बांहों में भरे ही भरे उसने मुझे फ्लैट के अंदर खींचा था और फिर अपने पंजों पर उचककर मेरे होंठ अपने होंठों से भींच लिए थे।

मैं चाहकर भी गर्मजोशी नहीं दिखा पाया था।

दिखा भी कैसे सकता था! मुझे उसके होंठों से ही नहीं पोर-पोर से समीर और सिर्फ समीर के जिस्म की दुर्गंध आ रही थी।

गर्मजोशी की उस कमी को उसने भी महसूस कर लिया।

उसने अपने होंठ मेरे होंठों से हटाते हुए पूछा–''क्या हुआ अंशु! तबियत तो ठीक है?''

''थका हुआ हूं।'' मैंने बाएं हाथ से टाई की नॉट ढीली की और दाएं हाथ में मौजूद सूटकेस सेंटर टेबल पर रखता बोला–''जब से घर से निकला हूं, एक सेकिंड के लिए भी आराम नहीं मिला।''

''पर मेरे पास एक ऐसी खुशखबरी है जिसे सुनते ही दो दिन की नहीं बल्कि वर्षों की थकान छूमंतर हो जाएगी।''

मुझे तो मालूम ही था वह कौनसी खुशखबरी सुनाने के लिए मरी जा रही है। सो बोला–''अभी कुछ नहीं वंशि, खाना भी नहीं खाना है। नींद आ रही है। बस सोना चाहता हूं।''

''यह जानने के बाद भी कि शेखर मल्होत्रा का फोन आया था!'' इन शब्दों के साथ वह अपनी आंखों में खास चमक लिए ठीक मेरे सामने आकर खड़ी हो गई थी।

''श ... शेखर मल्होत्रा! शेखर मल्होत्रा का फोन आया था!'' मैंने ठीक वैसी ही एक्टिंग की जैसी करनी चाहिए थी–''कब, कहां, कैसे और कहां से? उसने मुझे फोन क्यों नहीं किया?''

''फोन बंद रखोगे तो किसका फोन आएगा?''

''अरे हां।'' मैंने अपनी जेब से मोबाइल निकालते हुए कहा–''मैं तो इसे खोलना ही भूल गया। उफ्फ!''

''पहले इसी पर किया था। नहीं मिला तो घर किया। मैं तुम्हारे आफिस का नंबर देने वाली थी कि फोन कट गया। फिर, तुम्हारे आफिस फोन किया। यह बताने के लिए कि मोबाइल ऑन कर लो। उसका फोन आ सकता है मगर तुमने फोन काट दिया।''

''ओह!'' मैंने अपने माथे पर हाथ मारा।

वह मेरी हताशा का मजा ले रही थी। फिर मैंने पूछा–''तुमने पूछा तो होगा वह कहां से बोल रहा था! नंबर क्या है?''

''मैंने पूछा था पर उसने बताया नहीं।''

''क्यों?''

''क्योंकि मुझे तुम्हारा ये दोस्त जरूरत से ज्यादा रोमांटिक नजर आता है। अपना नंबर बताने की जगह वह मेरी आवाज में अटक गया था। बड़ी

मखमली आवाज लग रही थी उसे मेरी। मेरा नाम तो माशाअल्लाह लगा। कह रहा था–भाभी को भाभी जान कहने में ज्यादा मजा आता है। फिर पूछने भी लगा कि मैं तुम्हें भाभी जान कह सकता हूं या नहीं।''

''तुमने क्या कहा?''

''कह दिया–बेशक कह सकते हो।''

''तुमने ऐसा कहा!''

''क्यों? जल गए?''

''जलूं नहीं तो और क्या करूं! जान तो आज तक मैंने भी नहीं कहा तुम्हें और वो साला पहले ही दिन ... फोन ही पर। खैर, ये बताओ अब कब फोन करेगा? कुछ बताया उसने?''

''मैंने बताया तो है। फोन बीच में ही कट गया था।''

''ओह!'' मैंने फिर माथे पर हाथ मारा–''लैंड लाइन फोन में तो आईडी कॉलर भी नहीं है। कल ही लगवाऊंगा ताकि ...

''अब तो मेरे ख्याल से तुम्हारे मोबाइल पर ही आ जाएगा।''

''हां।'' मैंने अपने मोबाइल की तरफ देखते हुए कहा–''पता नहीं कब आएगा। साली किस्मत ही खराब थी जो ...

इस तरह, मैं नाटक करता रहा।

कम से कम उस रात इस नाटक का एक फायदा यह मिला कि बैड पर वंशिका को नहीं झेलना पड़ा।

वंशिका यह सोचकर सो गई कि मेरी तवज्जो इस वक्त शेखर के फोन के अलावा और किसी तरफ नहीं है।

शेखर का फोन न आना था, न आया।

मेरी सबसे बड़ी दुविधा यही थी कि आज की रात तो कट गई।

बाकी रातों का क्या होगा?

खुद को वंशिका से दूर रखता तो शक के दायरे में फंसता बल्कि उसके और शायद समीर के भी दिमाग में यह सवाल खड़ा करता कि मेरी दिलचस्पी वंशिका में क्यों खत्म हो गई है?

और ... ये सच्चाई है कि मैं खुद को वंशिका के साथ रात गुजारने के लिए तैयार नहीं कर पा रहा था। जिसे देखते ही आपका मन उस पर थूकने को करे, उसके साथ रात कैसे गुजार सकते हैं?

एकाएक ऐसी तरकीब सूझी जिससे उस कलमुंही के साथ रात गुजारने से बच भी सकता था और उसके तथा समीर के दिमाग में वह नहीं आ सकता था जिसका मुझे डर था।

उस तरकीब को मैंने अपने दिमाग में घोला और हर एंगिल से घोलने के

बाद यह सोचकर अपनी ही खोपड़ी को थपथपा उठा कि वाह! अंशु, क्या दिमाग पाया है तूने! इसमें हर समस्या का हल है।

मैंने फैसला कर लिया कि कल की रात आने से पहले समीर से मिलूंगा और अपना खेल, खेल दूंगा।

अगले दिन, रूटीन के मुताबिक मैं ऑफिस में था।

अपनी प्लानिंग के मुताबिक लंच टाइम से कुछ देर पहले समीर को फोन लगाया। कॉल रिसीव की जाने के साथ ही उसकी चहकी हुई आवाज सुनाई दी–''हाजिर हूं बड़े भैया।''

उसकी ये 'बड़े भैया' उस वक्त मुझे दुनिया की सबसे भद्दी गाली लगी थी। जिस चहकी हुई आवाज से मैं प्यार करता था वह ऐसी लगी जैसे किसी ने सड़क पर लोहे का फावड़ा घिसा हो।

दांत भींचकर बुदबुदा उठा मैं–'मां जैसे पवित्र शब्द की आड़ लेकर संसार का सबसे घिनौना खेल खेलने वाले कुत्ते, तुझे तो मैं वो सजा दूंगा कि जिसे हकीकत पता लगे वह 'वाह-वाह' कर उठे।'

प्रत्यक्षतः गंभीर स्वर में कहा–''समीर, मुझे तेरी जरूरत है।''

''म ... मेरी जरूरत!'' वह चौंका–''आपको?''

''जरा टेंशन में हूं।''

''क्या हुआ बड़े भैया?'' हरामी के मुंह से ऐसी आवाज निकली जैसे मुझे टेंशन में जानकर दम निकल गया हो।

''बहुत सोचा, लगा–टेंशन किसी से शेयर नहीं की तो दिमाग फट जाएगा। शायद पागल ही हो जाऊं। पर हर किसी से शेयर भी तो नहीं कर सकता। फिर तेरा नाम दिमाग में आया। लगा–केवल तेरे सामने दिल खोल सकता हूं।''

''हां-हां, बड़े भैया। क्यों नहीं! हम आपस में प्राबलम्स शेयर नहीं करेंगे तो किससे करेंगे! बोलिए, कहां पहुंचना है?''

''लीला कान्टिनेंटल के मराठा लंच हाल में।''

''आ रहा हूं।''

''एक और बात।''

''बोलिए।''

''वंशिका को नहीं बताओगे कि ...

एक बार फिर उसने मेरी बात पूरी होने से पहले कहा–''मर्दों के बीच की

बातें मर्दों के बीच ही रहनी चाहिए बड़े भैया, मेरा ये सिद्धांत आज से नहीं, अट्ठारह साल की उम्र से है।''

फोन काटता हुआ मैं बड़बड़ाया–'सिद्धांत का बच्चा! जानता हूं बेटे, तेरे पेट में दर्द शुरू हो चुका है और इस दर्द को तू सबसे पहले अपनी माशूका से ही बांटेगा।'

आफिस से निकलने के लिए मेज पर पड़ा मोबाइल उठाया ही था कि चपरासी डाक ले आया।

उसने ब्राउन कलर का एक लिफाफा दिया।

उसके कौने पर 'अनिल बिस्वास' लिखा देखते ही मेरे जिस्म में रोमांच की चिंगारियां-सी नाच उठीं। वह लिफाफा मेरे प्लान का ही हिस्सा था। अर्थात् प्लान एक सीढ़ी और चढ़ गया था।

मैंने जल्दी-से लिफाफा खोला।

उसमें सिर्फ और सिर्फ एक सिम था। कोई लेटर नहीं। सिम को मैंने कोट की ऊपर वाली जेब में डाला और आफिस से बाहर निकलते हुए मोबाइल की डायरेक्ट्री से 'अनिल बिस्वास' का नाम स्क्रीन पर लाने के बाद ग्रीन बटन दबा दिया।

दूसरी तरफ दो बार रिंग जाने के बाद आवाज उभरी–''यस।''

''मिल गया।'' मैंने केवल इतना ही कहा।

''भेजा था तो मिलता क्यों नहीं!''

''मुझे इतनी जल्दी उम्मीद नहीं थी।''

''जल्दी बोला था तो काम जल्दी ही होना था न! तूने सोच कैसे लिया कि बचपन का यार कोताही कर सकता है।''

''फर्जी आईडी पर है न?''

''एकदम फर्जी।'' कहा गया–''सीबीआई वाले भी पता लगाने निकलेंगे तो अपने बाल नोंचते रह जाएंगे।''

''गुड।''

''पर तूने बताया नहीं कि तुझे ये क्यों चाहिए था!''

''कहा था न, वक्त आने पर बताऊंगा।''

''यानी अभी वक्त नहीं आया है!''

''नहीं।''

''ओके। जब आ जाए तो बता देना। वैसे तू किसी टेढ़े काम में तो उलझा हुआ नहीं है न!''

मैं हंसा–''तुझे ऐसी उम्मीद है!''

''उम्मीद तो नहीं है। इसलिए पूछा क्योंकि फर्जी आईडी वाले सिम की

जरूरत सीधे काम के लिए नहीं पड़ती और इसलिए भी पूछा कि अगर कोई टेढ़ा काम हो तो उसे खुद करके उस दुनिया में मत आना जिसमें हालात ने मुझे पहुंचा दिया है। ऐसा कोई काम हो तो मुझे बता देना। जिसे कहेगा उसे टपका दूंगा। एक कत्ल की भी वही सजा है, सैंकड़ों की भी।''

''भेजा मत चाट।''

''ओके। नहीं चाटता। रखता हूं।'' कहने के फौरन बाद उसने कनेक्शन काट दिया था। मैंने भी मोबाइल जेब में सरकाया और पार्किंग की तरफ बढ़ गया। अब मैं उन बातों को दिमाग में दोहरा रहा था जो समीर से करने वाला था।

जैसी कि उम्मीद थी, समीर मुझसे पहले पहुंच चुका था। सीट तक पहुंचते-पहुंचते मैंने अपने चेहरे पर बारह बजा लिए।

आदत के मुताबिक उसने खड़े होकर गर्मजोशी से मेरा स्वागत किया और मैं सोच रहा था कि कितना हरामी लड़का है ये!

रात मेरी बीवी के साथ मेरे ही बैड पर कबड्डी खेल रहा था और ... इस वक्त यूं मिल रहा था जैसे इस जैसा शरीफजादा दुनिया में पैदा ही न हुआ हो।

उससे भी मुझे कुछ वैसी ही घृणा हुई जैसी वंशिका से हो रही थी। उसे कच्चा चबा जाने वाले मनोभावों को दबाया और मेज के इस तरफ, उसके सामने वाली चेयर पर बैठ गया।

जरा भी इंतजार नहीं किया उसने, मेरे बैठते ही पूछा–''क्या हुआ बड़े भैया? बताओ।''

''तूने ठीक कहा था समीर।''

''मैं तो पता नहीं क्या-क्या कहता रहता हूं। सवाल यह उठता है कि मैंने कब? कहां? क्या ठीक कहा था?''

''कि औरतों का कोई भरोसा नहीं। जिधर खनखनाते सिक्के देखती हैं उधर ही लुढ़क जाती हैं।''

''क ... क्या?'' उसके माथे पर बल पड़ गए। ऐसे जैसे उसने यह सुना हो कि कुछ देर पहले धरती-आसमान टकराए और दोनों खत्म हो गए। बोला–''क्या कहा आपने! जरा दोहराइए।''

''वही कहा, जो तूने सुना।''

''इस परिवर्तन की वजह?'' वह मेरी आंखों में झांक रहा था।

''वंशिका।'' मैंने एक झटके से कह दिया और आंखें उसके चेहरे पर

'खौफ' या 'डर' देखने के लिए जमा दीं जो कि मेरी बातों से 'पकड़ा जाने' के कारण उभरना चाहिए था मगर नहीं उभरा, बहुत खोजने पर भी मुझे दूर-दूर तक उसके चेहरे पर ऐसा भाव नजर नहीं आया जैसा मेरी बीवी के साथ रात गुजारने वाले के चेहरे पर, मेरे वैसा कहने से उभरना चाहिए था।

इतना बड़ा एक्टर था वह ... इतना बड़ा कि अगर मैंने सबकुछ उतना स्पष्ट अपनी आंखों से नहीं देखा होता, किसी ने बताया होता या किन्हीं बातों से शक हुआ होता तो इस नतीजे पर पहुंचता कि सब कुछ मेरा वहम था।

मेरे 'वंशिका' कहने पर उसके चेहरे पर जलजले के-से भाव जरूर उभरे और वे गायब भी नहीं हुए। वहीं के वहीं ठहरे रह गए। कुछ भी नहीं कह सका था वह। मेरी तरफ सिर्फ देखता रहा।

मुझे ही कहना पड़ा–''यकीन नहीं आ रहा!''

''नहीं।''

''क्यों?'' मैंने व्यंग किया–''तू तो कहा ... बल्कि माना करता था कि हर औरत दौलत की नदी में बह जाती है।''

''कुछ अपवाद भी होते हैं बड़े भैया।''

मैं हंसा। बहुत ही फीकी हंसी। बोला–''उस दिन तो तेरी नजर में वंशिका भी अपवाद नहीं थी। तूने कहा था कि ...

''मुझे अपना एक-एक शब्द याद है।''

''तो फिर? तेरे विचारों में इस परिवर्तन की वजह?''

''भाभी से मेरी नजदीकियां।''

धक्क्-से रह गया मेरा दिल।

क्या कहना चाहता है ये लड़का!

क्या मेरे सामने, खुलेआम मेरी आंखों में आंखें डालकर अपने और वंशिका के संबंधों को स्वीकारना चाहता है! क्या गलत काम करने वाले में इतनी हिम्मत हो सकती है!

मुंह से बस इतना ही निकला–''तेरी नजदीकियां?''

''जो कि एक ही फैक्ट्री में काम करने के कारण बनी हैं।'' जिसे मेरी बातों से डरना चाहिए था वह बेधड़क कहता चला गया–''मैं उनके बारे में ऐसा नहीं सोच सकता। मुझे नहीं पता आप कैसे सोच सकते हैं! क्या इस बारे में कुछ बताएंगे? आपके ख्याल से किसकी तरफ लुढ़क गई हैं वो?''

''जाहिर है।'' उसे हलकान करने के लिए जवाब मेरे पास पहले से तैयार था–''तेरी ही थ्योरी के मुताबिक उसकी तरफ जिसके पास मुझसे ज्यादा पैसा है, रुतबा है।''

ऐसा कहते वक्त मैंने एक बार फिर इस उम्मीद में उसकी तरफ बहुत गौर

से देखा कि शायद इस बार चेहरे पर 'पकड़े गए चोर' जैसे भाव उभरें मगर मानना पड़ेगा–बेहद काईयां था कमीना। कहीं से भी तो नजर नहीं आया कि वह गिल्टी था। निरंतर मेरी आंखों में देखता बोला–"नाम नहीं बताएंगे?"

"सुन सकोगे!" एक बार फिर मैंने उसे हिलाने की कोशिश की।

बगैर डरे कहा उसने–"सुनने ही बैठा हूं।"

अब ... न मैंने ज्यादा सस्पेंस बनाना उचित समझा, न ही कोई फायदा नजर आ रहा था इसलिए कहा–"अनिरुद्ध।"

⅄

"धत्त्!" कहने के साथ उसने दोनों हाथ इतनी जोर से टेबल पर मारे कि न केवल टेबल बुरी तरह हिल गई बल्कि आसपास की सीटों पर बैठे लोग भी हमारी तरफ देखने लगे जबकि किसी की भी परवाह किए बगैर वह बोला–"बात कुछ जमी नहीं बड़े भैया।"

"मतलब?"

"मुझ पर शक करते तो जमती।"

"त ... तू पागल है क्या?" मैंने नाराज हो जाने का नाटक किया, साथ ही कसकर व्यंग भी, बल्कि गालियां दीं उसे–"तू तो पहले ही कह चुका है कि वंशिका तेरी मां जैसी है। नहीं ... मैं नहीं समझता इस दुनिया में कोई आदमी इतना बड़ा जलील, कमीना और नीच भी हो सकता है कि जिससे संबंध बनाए उसे मां भी कह सके।"

"इसलिए कहा बड़े भैया क्योंकि मेरे पास इतना पैसा है कि मैं किसी को भी दौलत की बाढ़ में बहा सकता हूं। मगर यह अनिरुद्ध वाली बात मेरे सिद्धांत पर खरी नहीं उतरती। क्या लगता है आपको भाभी उसकी कौनसी खूबी के कारण फेर में आ गई होंगी?"

"उसके पास मुझसे ज्यादा पैसा है।"

"कितनी तनख्वाह है आपकी?"

"तुझे पता है।"

"मुझे यह भी पता है कि अनिरुद्ध को ज्यादा से ज्यादा पच्चीस हजार मिलते होंगे। आपसे आठ गुना कम–आठ गुना।" उसने 'आठ गुना' पर जोर दिया–"कहां हुआ आपसे ज्यादा?"

"तू सिर्फ उसकी तनख्वाह देख रहा है और मैंने उसका घर देखा है–ठाठ-बाट देखे हैं।"

"वो उसके बाप का है।"

''बाप का भी तो उसी का है।'' मैंने जोर दिया–''औरतें सारा हिसाब-किताब लगा लेती हैं।''

''ओह!'' वह मुस्कराया–''एकाएक आप औरतों के मामले में मुझसे ज्यादा जान गए हैं!''

''औरतों की बात छोड़ समीर, मैं वंशिका की बात कर रहा हूं। अनिरुद्ध का घर, उसका रुतबा देखकर जो चमक उसकी आंखों में उभरी थी, उसे मैंने अपनी आंखों से देखा है।''

''और क्या देखा है आपने अपनी आंखों से?''

''एक बात देखी हो तो कहूं भी। मैंने देखी है–अनिरुद्ध से मिलने की उसकी बेचैनी। उस हरामजादे का नाम जुबां पर आते ही उसके चेहरे का तेज। दोनों के मोबाइल में एक-दूसरे का नंबर। वंशिका के बर्थ-डे पर उसका बुके। '' मैं वे सब बातें कहता चला गया जिनके कारण अनिरुद्ध पर शक हुआ था–''वह दोपहर के वक्त मेरे घर पर था–ऐसे वक्त जब किसी भी हालत में मैं घर नहीं होता। बहुत खुलकर, बेहद बिंदास अंदाज में हंस रहे थे वे। मुझे देखते ही सकपका गए। वंशिका के मुंह से तो निकल ही गया–अरे, आप इस वक्त!' मैंने यही पूछा तो कहती है–'सिरदर्द के कारण आ गई थी।' तुम्हीं बताओ, क्या ये संयोग हो सकता है कि उसने सिरदर्द की छुट्टी ली और अनिरुद्ध उसी दिन आ गया?''

''क्यों नहीं हो सकता?''

''तुम बेवजह वंशिका का पक्ष ले रहे हो समीर।''

''बेवजह नहीं ले रहा। आखिर यह इत्तफाक भी तो हुआ ही था कि दोपहर को कभी घर न आने वाले आप वहां पहुंच गए! तो फिर ये इत्तफाक क्यों नहीं हो सकता कि ...

''नहीं।'' मैंने उसकी बात काटते हुए कहा–''तू नहीं समझेगा। तू इसलिए नहीं समझेगा क्योंकि मैं वह सब तुझे केवल बता रहा हूं। देखा नहीं है तूने। देखा मैंने है। इतनी सारी बातें हैं कि उन्हें मैं दिमाग से नहीं निकाल सकता।''

''मैं सब समझ चुका हूं बड़े भैया। मैं समझ चुका हूं कि जितनी बातें आपने बताईं उनसे आपको उन पर शक हो गया है और यह भी कबूल करता हूं कि उनमें से कुछ बातें शक करने लायक हैं भी।''

मैंने केवल इतना ही कहा–''कुबूल करने के लिए धन्यवाद।''

''पर शक में और पता लग जाने में फर्क होता है।''

''मतलब?''

''क्या कोई ऐसी बात भी है जो आपको शक से आगे ले गई हो यानी पक्का पता लग गया हो कि उनके संबंध हैं?''

झल्लाए लहजे में मैंने मौका लगते ही व्यंग किया–''अब क्या तू यह चाहता है कि मैं बैड पर उन्हें सबकुछ करते देखूं!''

''हां।''

''अबे!''

''क्या अबे?''

''तू पागल है क्या?''

''पागल आप हो गए हैं बड़े भैया।'' वह आक्रामक मूड में नजर आया–''केवल शक के बेस पर आपको खुद को उतने डिप्रेशन में नहीं ले जाना चाहिए जितने में नजर आ रहे हैं। शक बहरहाल शक होता है। मन का वहम भी हो सकता है। कल अगर ये वहम निकला तो जो नुकसान आप अपने दिलोदिमाग और बॉडी का कर चुके होंगे, वह वापस नहीं आएगा।''

''सोचने से भला कोई खुद को कैसे रोक सकता है?'' मैंने टूटे से लहजे में कहा–''मगर मेरी प्रॉब्लम कुछ और है।''

''वो क्या?''

मैं मुख्य बात पर आ गया। उस पर जिसके लिए समीर से यह चर्चा छेड़ी थी–''वंशिका चाहती है मैं रात को उसके साथ पति के तौर पर पेश आऊं।''

''इसमें क्या नई और अनोखी बात है!'' समीर की आंखें हैरत से फैल गईं–''हर पत्नी यही चाहती है। ये उसका अधिकार है।''

''पर मुझसे नहीं होगा।'' मैंने सख्ती के साथ कहा–''उस वक्त तक तो हरगिज नहीं होगा जब तक मेरे दिमाग से शक नहीं निकल जाता। मुझे ये विश्वास नहीं हो जाता कि वह अनिरुद्ध के साथ वह सब नहीं करती। यह सोचकर ही मुझे घृणा होने लगती है। वह जैसे ही मेरे करीब आती है, मुझे लगता है ऐसे ही किसी और के करीब भी जाती है। कुछ और करने की तो बात ही छोड़, उसे स्पर्श करने तक का मन नहीं करता मेरा। वह छूती है तो ऐसा लगता है जैसे किसी गिलगिले मेंढक ने छुआ हो। बता–जिसे ऐसे एहसास होते हों, वह आगे कैसे बढ़ सकता है?''

''आपकी प्रॉब्लम तो वाकई जबरदस्त है।'' वह कह उठा।

फिर, लंच के दरम्यान हमारी चर्चा इस बात पर हुई कि शक की पुष्टि करने के लिए क्या किया जाए।

आप समझ ही रहे होंगे कि इस चर्चा में मेरी कोई दिलचस्पी नहीं थी। मेरा काम हो चुका था।

जानता था कि समीर इन बातों का जिक्र वंशिका से करेगा और अब ... जब मैं पतिधर्म नहीं निभाऊंगा तो वंशिका के जेहन में उसका कारण होगा।

वह कारण उसे एक सीमा से आगे नहीं बढ़ने देगा और मैं वो सब करने से बच जाऊंगा जो उसके और समीर के संबंध पता लगने के बाद नहीं कर सकता था।

लंच समाप्त होने तक हम ऐसे किसी ठोस नतीजे पर नहीं पहुंच सके जिससे शक की पुष्टि की जा सकती। तब, फिंगरवॉल में हाथ धोते समीर ने कहा–''तो अब क्या करेंगे?''

''कर लूंगा। मैं खुद ही कर लूंगा।'' अब मैं इस बात को जल्दी से जल्दी 'पैक' कर देना चाहता था–''अगर उनके बीच कुछ है तो जरूर कहीं न कहीं मिलते होंगे। अभी तक तो नहीं किया पर अब वॉच करूंगा। संबंध होंगे तो पकड़ी जाएगी। ऐसी संबंधों को कोई कितना भी छुपाए, छुपे नहीं रह सकते।''

वह चुप रह गया।

आफिस से लौटकर मैंने जौली मूड में फ्लैट की बैल बजाई। जैसे ही वंशिका ने दरवाजा खोला। मैंने उसे बांहों में भरा और गोद में उठाए नाचता-सा फ्लैट में दाखिल होता बोला–''आज मैं खुश हूं वंशि, बहुत खुश हूं। मजा आ गया।''

वह कहती रह गई–''अरे-अरे, पागल हो गए क्या?''

''हां। पागल ही हो गया हूं।'' कहने के साथ दिल तो मेरा ऐसा चाहा कि उसे फर्श पर पटक दूं मगर आराम से गोद से उतारता हुआ बोला–''आदमी को जब ज्यादा खुशी मिलती है तो वह पागल ही हो जाता है। बताओ ... गैस करो कि ऐसी मुझे क्या खुशी मिली होगी जिसने पागल कर दिया है?''

''इसमें गैस करने जैसी कोई बात ही नहीं है। तुम्हें इतना खुश देखकर दावे से कह सकती हूं कि तुम्हारी बात शेखर से हो गई है। फोन आ गया होगा उसका।''

''गुड। वैरीगुड। एक अच्छी पत्नी उसे ही कहते हैं जो पति का मूड देखते ही कारण समझ जाए।'' एक्टिंग में समीर का मुकाबला करता मैं कहता चला गया–''कितने सालों बाद आज मैंने शेखर की आवाज सुनी। क्या बोलता है साला! बिल्कुल अंग्रेज की माफिक। त को ट कहता है और जाने किसको क्या। बहुत ही प्यारा लग रहा था। तुमने भी तो सुनी थी उसकी आवाज। तुम्हें कैसा लगा?''

''वैरी फनी।''

''फनी!''

''हिंदी जब अंटशंट ढंग से बोली जाएगी तो फनी ही लगेगी।''

''मुझे तो यार अलग ही मजा आया। अब तो बस मिलने को जी चाह रहा है उससे।''

''कब आ रहा है?''

''यहीं साले ने गद्दारी कर दी।''

''क्या हुआ?''

''कहता है पक्का नहीं कह सकता अंशु। हो सकता है कल आ जाऊं और हो सकता है हफ्ता दस-दिन लग जाएं। बहुत काम है। काम से ही इंडिया आया हुआ हूं। इस वक्त कलकत्ता में हूं। पर आऊंगा जरूर। तुझसे मिले बगैर लंदन नहीं जाऊंगा। और ... और तुमने क्या जादू कर दिया है उस पर!''

''म ... मैंने?'' वंशिका के मुंह से निकला।

''कह रहा था–एक बार को तुझसे मिले बगैर तो लौट सकता था घोंचू मगर भाभी से मिले बगैर नहीं जाऊंगा।''

वंशिका हंसी–''ऐसे ही, तुम्हें चिढ़ाने के लिए कह रहा होगा। वैसे एक बात कहूं अंशु! बुरा तो नहीं मानोगे?''

''हां-हां। कहो।''

''क्या जरूरी है वह तुमसे आज भी उतना ही प्यार करता हो जितना बचपन में करता था या जितना तुम आज भी करते हो।''

''क्या मतलब?'' मैंने ऐसा नाटक किया जैसे झटका लगा हो।

''वह लंदन में पला-बढ़ा है। वहां और यहां के कल्चर में बहुत फर्क है। वहां का कल्चर लोगों को सेंटीमेंटल कम, प्रेक्टिकल ज्यादा बना देता है। ऐसा न होता तो यह न कहता कि मिलने आने में हफ्ता दस दिन भी लग सकते हैं, आज शाम ही यहां होता। कलकत्ता से यहां की फ्लाइट में टाइम ही कितना लगता है!''

''तुम यार बात को समझती तो हो नहीं, जो मुंह में आया कहती चली जाती हो।'' मैंने इस तरह कहा जैसे उसकी बात पसंद न आई हो–''पता भी है अपना शेखर क्या चीज बन गया है! किस काम से आया हुआ है इंडिया?''

''जब तक बताओगे नहीं, तब तक कैसे जानूंगी?''

''बताता हूं।'' मैंने कहा–''पहले काफी बना लाओ। आराम से पीता हुआ बताऊंगा। मेरा दावा है तुम भी फड़क उठोगी।''

''ओके।'' कहकर वह किचन की तरफ चली गई।

मैं सोफे पर पसर गया। टाई की नॉट ढीली की और सिगरेट सुलगाकर हौले-हौले कश लेने लगा।

ऐसा नहीं कि मैं जो करता नजर आ रहा था, बस वही कर रहा था। उसके अलावा इस दरम्यान वंशिका को वॉच भी किया था मैंने।

जानने की कोशिश की थी कि उसके व्यवहार में कोई फर्क है या नहीं। वह फर्क ... जो समीर से मेरे बात करने के बाद होना चाहिए था और मैंने महसूस किया कि फर्क था।

इससे एक और बात साबित हो गई। यह कि–समीर ने अपने और मेरे बीच हुई बातें वंशिका को बता दी थीं।

बताता क्यों नहीं कमीना!

बहरहाल, उनका रिश्ता मुझसे ज्यादा प्रगाढ़ था।

समीर ने कहा होगा तुम्हारे व्यवहार से अंशुमन को नहीं लगना चाहिए कि तुम्हें कुछ पता लग गया है। लेकिन हर आदमी उतनी शानदार एक्टिंग नहीं कर सकता जितनी वह और मैं करते थे।

यह दिखाने की कोशिश तो वंशिका भी कर रही थी कि वह मेरे द्वारा कही जा रही शेखर की बातों में पूरी दिलचस्पी ले रही है। मगर अपने चेहरे और मुस्कान के फीकेपन को नहीं छुपा पा रही थी वह। शायद उसे बार-बार एहसास हो रहा था कि अनिरुद्ध की वजह से मेरे दिल में उसके प्रति कितनी नफरत है, जबकि ऊपर से खुद को कितना नार्मल दिखा रहा हूं।

वह कॉफी बना लाई।

प्लानिंग के मुताबिक मैं फिर शुरू हो गया–''एक कारोबार नहीं है उसका। बीसियों कंपनियां चल रही हैं। लंदन में पूरी एयरलाइंस का ही नहीं, शिपिंग कंपनी का भी मालिक है। तेल की बहुत बड़ी कंपनी चल रही है। और भी जाने क्या-क्या। डायमंड्स का कारोबार तो पूरी दुनिया में फैला है। उसी सिलसिले में इंडिया आया हुआ है। किसी अरबों-खरबों की डील के चक्कर में। कभी डायमंड्स के किसी कारोबारी से मीटिंग, कभी किसी के साथ लंच-डिनर। इसी कारण कह रहा था कि कब आ पाऊंगा, कुछ निश्चित नहीं है।''

वंशिका ने कहा–''ये सब उसका है या उसके चाचा का!''

''था तो चाचा का ही मगर अब उसका है। चाचा-चाची में से कोई नहीं रहा। औलाद के नाम पर वही उनका था। सो उनकी मौत के बाद सबकुछ उसी का हो गया।''

''ओह।''

''इसलिए कहा था देवी जी कि पूरी बात जाने बगैर किसी के बारे में राय नहीं बना लेनी चाहिए।'' मैं कहता चला गया–''जो आदमी इतनी बड़ी-बड़ी डील्स करने इंडिया आया हुआ है, वह अपनी मर्जी से टाइम नहीं निकाल सकता न!''

वंशिका चुप रही।

जाने क्या सोच रही थी!

अपनी बात को जमाने के लिए मैंने कहा–''खुद को और मुझे ही लो, अगर तुम्हारी फैक्ट्री में या मेरी कंपनी में कोई एमरजेंसी हो तो क्या हम किसी दोस्त को दिल से बहुत चाहते हुए भी एंटरटेन कर पाएंगे। नहीं न! कंपनी को एमरजेंसी पड़ी तो मुझे भी सबकुछ छोड़कर दिल्ली भागना ही पड़ा न! जब हम काम करते हैं तो ऐसा करना ही पड़ता है। सबसे पहले काम, उसके बाद कुछ और। आज के जमाने में ये इंसान की मजबूरी बन गई है।''

''मैंने तो मजाक किया था अंशु।'' वह बोली–''लगता है तुमने बात दिल से लगा ली। इतना तो मैं भी समझती हूं कि काम, काम ही होता है। जब उसे हमारी जरूरत होती है तो हम किसी के लिए खाली नहीं होते और शेखर का तो तुम इतना बड़ा एम्पायर बता रहे हो। यकीनन वह चाहकर भी टाइम नहीं निकाल पाता होगा।''

''काफी बातें कीं। मैंने यह भी पूछा कि अब तक शादी क्यों नहीं की? कहने लगा–फुर्सत ही नहीं मिली।''

''फुर्सत नहीं मिली!'' वंशिका ने हंसने की कोशिश की।

''मैंने भी यही कहा कि ये क्या बात कही घोंचू कि शादी करने की फुर्सत नहीं मिली! भला ऐसी भी क्या बिजीनेस! तो सीरियस हो गया। बोला–हर स्टेज की अपनी प्रॉबलम्स होती हैं अंशु, तुम अपनी स्टेज पर बैठकर मेरी प्रॉबलम नहीं समझ सकते। जहां मैं हूं या जो मैं हूं उसे लड़कियां तो बहुत मिलती हैं लेकिन सब मेरी दौलत से प्यार करने वाली जबकि मुझे उसकी तलाश है जो मुझसे प्यार कर सके। ऐसी कोई लड़की अब तक जिंदगी में नहीं आई।''

''तुमने क्या कहा?''

''मैंने तो कह दिया–लंदन में वैसी लड़की मिलेगी भी नहीं बच्चू, ऐसी लड़की तो इंडिया में ही मिल सकती है।''

''बिल्कुल ठीक कहा। क्या बोला?''

''कहने लगा–उम्मीद तो है अपने देश से ऐसी, मगर मुझे फुर्सत यहां भी नहीं है यार। तेरी नजर में है कोई ऐसी लड़की और ... मैंने कह दिया कि है। तू आ तो सही।''

''क ... क्या? तुमने यह कह दिया तुम्हारी नजर में ऐसी लड़की है! क्या मैं जान सकती हूं कि कौन है?''

''कोई नहीं है, ऐसे ही कह दिया।''

इस तरह, मैं उसे डिनर टाइम तक बल्कि बैडरूम में भी शेखर की बातों में ही उलझाए रहा।

मैं उसके दिमाग में यह जमाने में सफल था कि मुझ पर अपने बचपन के दोस्त का नशा सवार हो गया है।

ऐसी-ऐसी बातें कहीं कि उसके दिल में भी शेखर से मिलने की क्यूरोसिटी पैदा हो गई।

यही मेरा पहला मकसद था।

कोशिश तो वंशिका ने उस रात भी की कि मैं पतिधर्म निभाऊं परंतु उस कोशिश में वह बात नहीं थी। मैं साफ महसूस कर रहा था उस रात की कोशिश समीर के इस निर्देश के कारण थी कि अगर ऐसा नहीं करोगी तो अंशुमन को शक हो जाएगा कि मेरी और तुम्हारी बात हुई है। ऐसा शक न हो इसलिए तुम कोशिश जरूर करोगी।

उसने की।

मगर उतनी नहीं, जिससे मैं परेशान हो जाता।

हमने एक-दूसरे की तरफ से करवट ले ली। वह सो गई जबकि मैं सोने का केवल नाटक कर रहा था क्योंकि जेहन में वह सब चकरा रहा था जो अगले दिन करना था। अगले दिन अपने प्लान के एक बेहद महत्वपूर्ण काम को अंजाम देना था मुझे।

सुबह उठे।

सबकुछ रूटीन के मुताबिक चलता रहा।

मैं उससे एक घंटा पहले आफिस के लिए निकलता था।

वही किया। मगर सीधा आफिस नहीं गया। बिल्डिंग से बाहर निकलते ही तेजी से सर्विसलेन की तरफ लपका। उसमें घुसा और फिर बंदर की तरह पाइप पर चढ़ता छोटे कमरे में पहुंच गया।

वंशिका के किसी से बात करने की आवाज आ रही थी।

मैंने की-होल से आंख सटा दी।

सोफे पर बैठी वह फोन पर कह रही थी–''तुम समझते क्यों नहीं समीर! मुझे बहुत डर लग रहा है।''

दूसरी तरफ से पता नहीं क्या कहा गया।

जवाब में वंशिका बोली–"हां। लाजवाब एक्टिंग कर रहा था। इतनी लाजवाब कि अगर तुमने मुझे बता न दिया होता तो मैं किसी हालत में नहीं भांप सकती थी कि अनि को लेकर उसके दिल में मेरे लिए क्या चल रहा है। वो तो जब आफिस से आया, मेरे दरवाजा खोलते ही मुझसे लिपट गया। गोद में उठा लिया मुझे। नाचने लगा और अपने शेखर नाम के दोस्त के बारे में बताने लगा ...

बोलते-बोलते रुक गई वंशिका।

शायद दूसरी तरफ से उसकी बात काटी गई थी।

उसे सुनने के बाद बोली–"उसका बचपन का दोस्त है जिसे उस वक्त उसके चाचा लंदन ले गए थे जब वह आठ साल का था। वह इंडिया आया हुआ है। उसे लेकर बहुत उत्साहित है ...

वंशिका अपने शब्दों में शेखर के बारे में बताती चली गई और मैं समझ गया कि दूसरी तरफ से उसकी आवाज काटकर यही पूछा गया होगा–शेखर कौन? तभी अपनी बात छोड़कर शेखर के बारे में बताना पड़ा और अभी-भी उसी के बारे में बता रही थी–"शेखर का तो इसके दिमाग पर जैसे नशा सवार हो गया है। सोते-सोते भी उसी के बारे में बड़बड़ाता रहा लेकिन समीर, तुम जानते हो मेरी समस्या शेखर नहीं है। मेरी समस्या अपनी अवस्था है। बहुत ज्यादा समय तक मुझसे यह सब सहन नहीं होगा। दिल चाहता है उससे खुलकर बात कर लूं। पूछूं तो सही कि मुझ पर शक करने की उसकी हिम्मत कैसे हुई। ऐसा क्या है मेरे और अनिरुद्ध के बीच?"

दूसरी तरफ से पुनः कुछ कहा गया।

वह बोली–"पता नहीं तुम कब और कैसे सबकुछ ठीक कर लोगे! मैं तो कहती हूं मुझे ऐसे आदमी के साथ रहना ही नहीं है। सच पूछो तो अंशु से घृणा हो गई है मुझे।"

'हरामजादी!' मैंने दांत पीसे–'मैं ही कौनसा तेरे पीछे मजनूं बना घूम रहा हूं! पति से बेवफाई करती है! फिर आशिक से कहती है तुझे पति के साथ रहना ही नहीं है, घृणा हो गई है उससे! घृणा तुझे मुझसे होनी चाहिए या मुझे तुझसे!'

दूसरी तरफ से पता नहीं क्या कहा जा रहा था। उसे सुनकर वंशिका ने कहा–"ठीक है। मैं आ रही हूं। बाकी बातें वहीं होंगी।"

कनेक्शन काटने के बाद उसने फोन सोफे पर डाला और उठकर बैडरूम की तरफ चली गई।

मैं समझ सकता था वह फैक्ट्री के लिए तैयार होने गई है। मेरा वहां का

काम खत्म हो चुका था यानी जान चुका था मेरे निकलते ही उसने कल मेरे आफिस से आने से, आज आफिस जाने तक की रिपोर्ट समीर को दे दी थी।

अपने फ्लैट में एक और हरकत करके आया था मैं।

अब उससे खेलने का टाइम था।

अतः फुर्ती से पाइप पर उतरकर सर्विसलेन में पहुंचा।

वहां से सड़क ... बल्कि उस फुटपाथ तक जहां गाड़ी पार्क की थी। रिस्टवॉच में टाइम देखा और जब लगा वंशिका बाथरूम से बैडरूम में पहुंच चुकी होगी। इस वक्त चेंज कर रही होगी तो जेब से बिल्कुल नया मोबाइल निकाला और अपने मोबाइल का नंबर डायल कर दिया। बैल जाने लगी।

आधी बैल जाते ही कॉल रिसीव कर ली गई।

वंशिका की आवाज उभरी–"हैलो।"

"हैल्लो ... हैल्लो भाभी जान।" मैंने अपनी आवाज को शेखर की चहकती हुई आवाज बनाते हुए कहा–"जहेनसीब जो हमें सुबह सुबह आपकी मखमली आवाज सुनने को मिल गई।"

"अरे! शेखर तुम!" वंशिका बौखला-सी गई थी।

"क्यों! चौंक पड़ी न हमारी आवाज सुनकर! हम ऐसे ही लोगों को चौंका डेटा हूं।" उसे बोलने का मौका दिए बगैर मैं कहता चला गया–"मगर चौंका टो टुमने भी हमें डिया जानेमन, हमने अंशु का मोबाइल लगाया और आवाज टुम्हारी सुनाई डी। पर यकीन मानो, टुम्हारी आवाज सुनकर टबियट ग्लैड हो गई।"

"अंशु अपना मोबाइल यहीं भूल गए हैं।"

"अच्छा ही हुआ न!" मैंने कहा–"अच्छा ही टो हुआ। ऐसा न होटा टो टुमसे बाट कैसे होटी! जबसे टुम्हारी आवाज सुनी हाय टब से जाने क्यों इसी को सुनटे रहने का मन कर रहा हाय। लगटा हाय मेरे यार ने बहुट अच्छा हाट मारा हाय।"

"हाथ मारा है से क्या मतलब?"

"हाट मारा हाय से मटलब ये कि हमको लगटा हाय टुम बहुट खूबसूरट होगी। कलर कैसा हाय टुम्हारा?"

उलझी हुई वंशिका ने पूछा–"मेरी समझ में नहीं आ रहा है शेखर कि तुम क्या पूछ रहे हो?"

"इसमें समझ में न आने वाली कौनसी बाट हाय! टुम्हारा कलर ही टो पूछा हाय भाभी जान, बटाने में कोई हर्ज हाय!"

''पर क्यों पूछ रहे हो? मतलब क्या है इस बात का?''

''चलो। कलर बटाने में शर्म आ रही हाय टो हाइट बटा डो।''

''तुम किस किस्म की बातें कर रहे हो शेखर। आखिर तुम्हें मेरे कलर और हाइट से ...

''टुम टो बुरा मान गई लगटी हो भाभी जान।'' मैं उसकी बात काटकर बोला–''हम टो केवल इसलिए पूछ रहा हूं कि जब टुमसे पहली बार मिलूंगा टो मुंह डिखाई में कुछ गिफ्ट टो डेना बनटा हाय न! पटा नहीं टुम्हारे जिस्म पर क्या फबेगा।''

''ओह! अच्छा!'' वंशिका हंस पड़ी, बोली–''मुझे किसी गिफ्ट की जरूरत नहीं है। मेरे लिए तो तुम्हीं किसी गिफ्ट जैसे होगे।''

''वाह-वाह! क्या बाट कही।'' मैं कह उठा–''इसका मटलब हाय कि आग डोनों टरफ हाय बराबर लगी हुई।''

''आग?''

''आपसे मिलने को जिटने बेटाब हम हांय, उटनी ही बेटाब आप भी हमसे मिलने के लिए हांय।''

''सो तो है।'' वंशिका भी मूड में आ गई लगती थी।

''आए-हाए। क्या बाट कही हाय भाभी जान! जी चाहटा हाय पंछी की माफिक उड़कर टुम्हारे पहलू में पहुंच जाऊं मगर क्या करूं इस कमबख्ट काम का। आज टीन लोगों से मीटिंग हाय। पर आऊंगा जरूर। टुमसे मिलने की बहुट टमन्ना हो गई हाय।''

''मैं भी बेताबी से तुम्हारा इंतजार कर रही हूं।''

''अरे मार ही डालोगी क्या भाभी जान! हम टो ...

''मुझे तुमसे इश्क हो गया है।'' इस बार वंशिका मेरी बात काट कर कहती चली गई–''मुझे भी तुम्हारी आवाज बड़ी सेक्सी लग रही है और यह सोच-सोचकर बेचैन हुई जा रही हूं कि तुम देखने में कैसे लगते होगे।''

''अरे टुमने टो हम जिंडे की ही लाश बिछा डाली भाभी जान, अब टो हमें सारे काम-ढंढे छोड़कर टुम्हारे पास आना पड़ेगा।''

''तो आओ न! मैं तुम्हारी याद में सुलग रही हूं देवर जी।''

''हमारे इश्क पर वो घोंचू टो नहीं सुलग उठेगा?''

''सुलगेगा तो तब जब कुछ पता लगेगा! अपने इश्क के बारे में हम उसे कुछ पता ही क्यों लगने देंगे?''

''अमां!'' मैं बड़बड़ाया–''ये भाभी टो कुछ ज्याडा ही गर्म लगटी हाय। फोन पर ही हमारे डिल में आग लगा डी।''

''क्यों? तुम देवर होने के नाते मजाक कर सकते हो तो मैं भाभी होने के नाते मजाक नहीं कर सकती!''

''हांय! मजाक कर रही थीं टुम?''

''नहीं। मैं सीरियस हूं देवर राजा।''

''सीरियस ही रहना भाभी जान, क्योंकि मैं भी सीरियस हूं। मजाक में भी मजाक मट करना क्योंकि मजाक हमें पसंड नहीं।''

''अब रखूं शेखर! कुछ देर बाद अंशु आफिस पहुंच जाएंगे।'' वंशिका को फैक्ट्री पहुंचने की जल्दी थी–''वहीं बात कर लेना।''

''ओके। बॉय। फिर बाट करेंगे क्योंकि हमको टुमसे बाट करना अच्छा लगटा हाय।'' कहने के साथ मैंने संबंध-विच्छेद कर दिया।

आप समझ गए होंगे कि यह फोन मैंने अनिल बिस्वास द्वारा भेजे गए सिम से किया था ताकि वंशिका यदि इस बात को चैक भी करे कि फोन कहां से आया था तो उसे कलकत्ता का नंबर ही मिले।

अब मुझे अपने प्लान के अगले स्टेप की तरफ बढ़ना था।

मैं अपने आफिस की पार्किंग में पहुंचा। गाड़ी पार्क करने के बाद इमारत में दाखिल हुआ और अपने चेंबर में कदम रखते ही आफिस के फोन से अपने मोबाइल का नंबर मिलाया। रिंग जाती रही मगर कॉल रिसीव नहीं की गई।

मैं समझ गया वंशिका निकल चुकी है और मेरा मोबाइल फ्लैट में ही छोड़ गई है। तब मैंने वंशिका का मोबाइल मिलाया।

काल रिसीव करते ही उसने कहा–''तुम अपना मोबाइल फ्लैट पर ही भूल गए अंशु। उस पर ...

''थैंक्स गॉड। मैं तो गायब पाकर डर ही गया था कि कहीं गिर तो नहीं गया। उस पर बैल जा रही है। तुम कहां हो?''

''निकल चुकी हूं। रास्ते में हूं। मोबाइल फ्लैट पर ही छोड़ आई हूं। मगर सुनो, उस पर शेखर का फोन आया था।''

''ओह! क्या कह रहा था?''

''बहुत बकवास करता है तुम्हारा ये दोस्त।''

''क्यों?'' मैं हंसा–''ऐसा क्या कह दिया?''

''मेरा कलर पूछ रहा था। कद-काठी, लंबाई, और जाने क्या क्या पूछ रहा था। कह रहा था, भाभी जान, जब तुम्हारी आवाज इतनी मखमली है तो तुम कितनी चिकनी होगी!''

‘‘अभी बात करता हूं।’’ मैं ठहाका लगाकर हंसा था–‘‘कहूंगा साले से कि फोन पर ही लाइन मारनी शुरू कर दी।’’

‘‘नहीं-नहीं। ऐसा मत कहना।’’

‘‘क्यों?’’

‘‘अपनी समझ में वह मजाक कर रहा था। देवर-भाभी के रिश्ते को मजाक वाला रिश्ता समझता है न! थोड़ा-सा मैंने भी कर दिया। कह दिया मैं भी उसे देखने के लिए तड़प रही हूं।’’

‘‘गुड। वैरीगुड।’’ मैंने कहा–‘‘इसे कहते हैं जैसे को तैसा। ठीक किया तुमने। सुनकर फड़क गया होगा साला। पता लगा होगा भाभी भी ऐसी-वैसी चीज नहीं है।’’

‘‘मैं ड्राइविंग कर रही हूं अंशु। रखूं!’’

‘‘ओके।’’ कहकर मैंने संबंध विच्छेद कर दिया।

रिस्टवॉच पर नजर डाली। साढ़े दस बजे थे। बारह बजे की मेरी चेन्नई की फ्लाइट थी। ग्यारह बजे एयरपोर्ट पहुंचना था और बीस मिनट यहां से एयरपोर्ट के लगने थे।

अब आप सोच रहे होंगे मैं चेन्नई क्यों जा रहा था?

ज्यादा बेचैन होने की जरूरत नहीं है जनाब, जो लिख रहा हूं उसे बस गौर से पढ़ते रहिए।

सारी बात ... सारा प्लान समझ में आ जाएगा।

अपने असिस्टेंट को बुलाया। उससे कहा–‘‘मैं किसी जरूरी काम से जा रहा हूं। देर हो जाएगी। शायद रात ही हो जाए। किसी का फोन आए तो कह देना आफिस के काम से बाहर गया हूं।’’

‘‘भाभी जी का फोन आए तब भी यही कहूं सर?’’

‘‘उससे तो जरूर-जरूर यही कहना है गधे।’’

‘‘ओके सर।’’

मैं सूटकेस उठाकर बाहर निकल गया। गाड़ी पार्किंग में ही खड़ी रहने दी। टैक्सी से एयरपोर्ट और एयरपोर्ट से चेन्नई।

चेन्नई एयरपोर्ट से निकलते-निकलते ढाई बज गया था।

पर्स से एक कागज निकाला और टैक्सी ड्राइवर को उस पर लिखा एड्रेस बताया। उसने तीन बजे उस एड्रेस पर पहुंचा दिया।

समुद्र किनारे वह एक काटेजनुमा बंगला था। छोटे से लोहे वाले गेट के

एक तरफ लिखा था–''गोविंद चांदना।''

इसी आदमी से मिलना था मुझे।

न वहां कोई बैल थी, न ही आदमी नजर आ रहा था।

मैंने चारों तरफ देखा–हर तरफ खामोशी।

पेड़-पौधों से अटखेलियां करती समुद्री नमी लिए तेज हवा।

कोई और रास्ता न देख मैंने लोहे वाला गेट खोला और अभी पहला कदम ही अंदर रखा था कि सन्नाटे में डूबा वातावरण भयंकर किस्म के कुत्तों के भौंकने की आवाज से दहल उठा।

मैं बौखलाया।

उस वक्त तो छक्के ही छूट गए जब दो तरफ से दो खतरनाक नजर आने वाले कुत्तों को गेट की तरफ झपटते देखा।

पलक झपकते ही मैं वापस हुआ और लोहे वाला गेट बंद कर दिया। इस काम में अगर देर हो जाती तो मैं गोश्त का लोथड़ा बना कुत्तों के बीच पड़ा होता।

अभी तक तिरपन कांप रहे थे मेरे। दिल धक्क-धक्क कर रहा था क्योंकि वे अपने आगे वाले पंजे दरवाजे पर रखे, डरावनी थूथनी मेरी तरफ उठाए बुरी तरह भौंक रहे थे।

एक ग्रेट डेन नस्ल का था, दूसरा जर्मन शेफर्ड।

ग्रेट डेन तो इतना ऊंचा था कि मुझे लगा–उसे ज्यादा गुस्सा आ गया तो दरवाजे से छलांग मारकर इधर आ जाएगा।

मैं बौखलाया-सा इधर-उधर देख रहा था कि बंगले की इमारत का ठीक सामने वाला दरवाजा खुला।

एक गोरा-चिट्टा आदमी नजर आया।

पीछे को संवरे हुए उसके लंबे बाल एकदम काले थे।

सिर के ही नहीं, दाढ़ी-मूंछ के भी।

दाढ़ी-मूंछ अत्यंत घनी थीं।

वह चेकदार शर्ट और तनी वाली पतलून पहने हुए था।

पैरों में रंग-बिरंगे कपड़े के जूते और आंखों पर गांधी चश्मा जैसा गोल फ्रेम का मोटे-मोटे लैंसों वाला चश्मा।

आंखें नीली।

उसका जिस्म एकदम पतला लेकिन थोड़ा झुका हुआ था। चाल में तेजी नहीं थी। आहिस्ता-आहिस्ता चलता लोहे वाले गेट की तरफ आया। मैंने देखा–उसके हाथों और चेहरे की त्वचा कसी हुई थी।

काफी कोशिश के बावजूद मैं उसकी उम्र का अंदाजा नहीं लगा सका क्योंकि

काले बाल और कसी हुई त्वचा जहां बता रही थी कि वह तीस से ज्यादा का नहीं होना चाहिए वहीं चाल और चश्मा कह रहा था कम से साठ का तो होगा ही।

दोनों कुत्तों के बीच पहुंचकर उसने पूछा–''कौन हो?''

आवाज इतनी पतली थी जैसे महिला के मुंह से निकली हो। मैं समझ गया वही गोविंद चांदना है क्योंकि मैंने यह आवाज फोन पर सुनी थी और उस वक्त भी यही भ्रम हुआ था मैं किसी महिला से बात कर रहा हूं या पुरुष से। कुत्ते क्योंकि बराबर भौंके जा रहे थे इसलिए मुझे बात करने में असुविधा हो रही थी।

थोड़ा जोर से बोला–''अंशुमन।''

''कौन?'' उसने दायां कान आगे किया, जैसे कम सुनता हो।

मैंने जोर से कहा–''कुत्तों को तो चुप कीजिए।''

''ओह! सॉरी। मैं तो भूल ही गया।'' उसने भी जोर से कहा और फिर कुत्तों से बोला–''टोनी, रोजर, खामोश हो जाओ। मेहमानों के साथ क्या ऐसा बर्ताव करते हैं!''

वे इस तरह खामोश हो गए जैसे संबंधित स्विच के ऑफ होने पर पंखे रुक गए हों।

लोहे के गेट से पंजे हटा लिए उन्होंने और अपने मालिक के चारों तरफ चक्कर काटने लगे।

''अब कहो।'' पुनः पतली आवाज।

''मेरा नाम अंशुमन है। मुंबई से आया हूं।''

उसने केवल इतना ही कहा–''बड़ा अच्छा किया।''

अजीब सनकी-सा आदमी लगा वह मुझे। पर अपने काम के आदमी की आप हर सनक झेलते हैं।

अतः बोला–''फोन पर मैंने आपसे बात की थी।''

''हां, की थी। मुझे याद है। भुलक्कड़ मत समझो।'' वह ऐसे अंदाज में बोला जैसे मेरा याद दिलाना अच्छा न लगा हो–''मुझे यह भी याद है मेरा रेफ्रेंस तुम्हें अनिल बिस्वास ने दिया था।''

''जी-जी।'' इस एहसास ने मुझे राहत पहुंचाई कि उसे मेरे बारे में याद था–''उसी सिलसिले में बात करने आया हूं।''

''करो!''

मैं हैरान–''यहीं खड़े-खड़े!''

''पागल हुए हो क्या!'' वह बोला–''और वैसे भी, यह शिष्टाचार के एकदम खिलाफ होगा। शिष्टाचार कहता है कि घर आए मेहमान को अंदर ले जाकर बैठाना चाहिए–ठंडा-गर्म पूछना चाहिए। उसके बाद काम की बातें करनी चाहिए।''

मैंने कह ही दिया–''आप तो कुछ भी नहीं कर रहे हैं।''

''कर रहा हूं भई, कर तो रहा हूं!'' कांपते हाथों से उसने डंडाला खोलते हुए कहा–''करते-करते ही तो करूंगा ... आ जाओ।''

एक बार फिर मुझे लगा जैसे वह बूढ़ा हो परंतु हाथों और चेहरे की त्वचा ... ये चक्कर क्या था?

''कुत्तों को तो हटाइए।''

''पहली बात–ये कुत्ते नहीं हैं। ग्रेट डेन का नाम टोनी है, जर्मन शेफर्ड का रोजर। दूसरी बात–ये बदमाश के साथ बेहद बदमाश हैं और शरीफ के साथ बेहद शरीफ। शरीफ हो तो बेखौफ अंदर आ जाओ।'' कहने के साथ वह गेट के पल्लों को इतना खोल चुका था कि मैं आराम से उसे पार कर सकता था।

मगर एक कदम भी आगे नहीं बढ़ा सका।

हिम्मत ही नहीं पड़ रही थी।

बोला–''अ ... आप अजीब बात कर रहे हैं चांदना जी, इन्हें कैसे पता लगेगा मैं शरीफ हूं या बदमाश?''

''वो पता लगाना इनकी हैडेक है। तुम इस पचड़े में उलझकर अपना माथा खराब मत करो।''

''प्लीज, इन्हें दूर भेज दीजिए ... बल्कि बंधवा दीजिए।'' मैंने कहा–''तभी मैं अंदर आने की हिम्मत ...

उसने मेरी बात काटकर कहा–''जिस काम से आए हो वो कराना है तो अंदर आना ही पड़ेगा मिस्टर अंशुमन। ये मेरी गारंटी है कि शरीफ आदमी हो तो ये कुछ नहीं कहेंगे।''

क्योंकि मेरा प्लान उस आदमी के बगैर परवान नहीं चढ़ सकता था इसलिए मेरी स्थिति 'मरता क्या न करता' वाली थी।

अपने ईष्टदेव का नाम भजता अंदर दाखिल हुआ।

रूह कांप रही थी।

और ... वे दोनों मुझसे अपनी आंखें हटाकर यूं ही इधर-उधर टहलने लगे। मेरे अंदर चैन की हल्की-सी लहर ने सिर उबारा।

चांदना ने गेट का डंडाला वापस बंद किया और बोला–''आओ, मैं, टोनी और रोजर अपने घर में तुम्हारा स्वागत करते हैं।''

मैं उसके साथ-साथ बल्कि सटकर चलता रहा।

जर्मन शेफर्ड चांदना के साथ चल रहा था।

ग्रेट डेन मेरे।

मेरे कूल्हे तक आ रहा था वह।

खड़ा हो जाता तो मुझसे लंबा ही था।

अपने जिस्म की कंपकंपाहट को मैं मुश्किल से छुपा पा रहा था।

जैसे-तैसे हम बिल्डिंग के गेट तक पहुंचे।

उसे पार करके अंदर।

सच्ची बात ये है कि राहत की असली सांस मैं तभी ले पाया जब देखा टोनी और रोजर दरवाजे के अंदर नहीं आए थे।

जैसे उन्हें अपनी सीमा मालूम थी।

वहीं से, वे इस तरह लौट गए जैसे किसी टाइकून का चपरासी आगंतुक को मालिक के आफिस के दरवाजे तक पहुंचाकर पुनः अपने पुराने स्थान पर लौट जाता है।

''बैठो।'' कहने के साथ उसने जिस सोफे की तरफ इशारा किया उसे देखते ही मेरे दिमाग में यह सवाल कौंधा कि–बैठना कहां है क्योंकि वह जगह-जगह से फटा हुआ ही नहीं था बल्कि स्प्रिंग भी झांक रहे थे। उनका बैठने वाले को चुभना लाजमी था।

फिर भी, मैं आगे बढ़ा और सोफे के कौने पर टिक गया।

''क्या लोगे?''

''जी कुछ नहीं।'' मैंने संकोचवश कहा–''मेरे पास वापसी की फ्लाइट का टिकट है। काम की बातें हो जाएं तो अच्छा है।''

''कितने बजे की फ्लाइट है?''

''सात बजे की।''

''यानी छः बजे एयरपोर्ट पहुंचना है।'' उसने अपनी कलाई पर बंधी पुराने जमाने की रिस्टवाच पर नजर डालते हुए कहा–''अभी तो बहुत टाइम है और वैसे भी मैंने कहा था कि मेहमान को ठंडा गर्म पिलाए बगैर काम की बातें करना शिष्टाचार के खिलाफ होता है।''

काम जल्दी हो जाने के चक्कर में मैंने 'कोक' कह दिया और इतना सुनते ही वह बगैर कुछ कहे अंदरूनी कमरे में चला गया।

मैंने सोचा–क्या यहां एक सर्वेंट तक नहीं है?

पहली बार कमरे में नजर दौड़ाई।

हर चीज पुरानी और अस्तव्यस्त नजर आ रही थी।

जेहन में विचार कौंधा–ऐसा हुनरमंद आदमी और ऐसी हालत! एक नौकर तक नहीं रख सकता था वह। वह उतना हुनरमंद होता जितना अनिल बिस्वास

ने बताया था तो इस आदमी के पास तो दौलत का अंबार होना चाहिए था जबकि कमरे में हर तरफ गरीबी और मलिनता बिखरी नजर आ रही थी।

मेरी नजर बाईं दीवार पर लगे एक फोटो पर स्थिर हो गई।

बहुत ही थर्ड-क्लास फ्रेम में जड़ा वह फोटो एक बूढ़े और बुढ़िया का था। बूढ़े के फेस में गोविंद चांदना के फेस की झलक थी। ये समझते मुझे देर नहीं लगी कि वे चांदना के मां-बाप थे।

कमरे में था तो और भी बहुत कुछ लेकिन अन्य कोई भी वस्तु जिक्र के काबिल नहीं थी।

कुछ देर बाद गोविंद वापस आया।

दोनों हाथों में उसने एक छोटी सी ट्रे संभाल रखी थी।

ट्रे में था–कोक से पौना भरा कांच का गिलास। ट्रे इस कदर कांप रही थी कि लग रहा था–अब गिरी कि तब गिरी।

मैंने जल्दी से गिलास उठाते हुए पूछा–''आप नहीं लेंगे?''

''ठंडा पीने से मेरा गला खराब हो जाता है और गर्म पीने से पेट में गैस बनने लगती है।''

मैंने कोक का एक शिप लिया और फोटो की तरफ इशारा करता बोला–''वे आपके मम्मी-डैडी हैं न!''

कसे हुए गुलाबी होठों पर मुस्कान रेंगी।

बहुत ही गर्वीली मुस्कान थी वह।

बोला–''तुम्हें वे मेरे मम्मी डैडी नजर आते हैं!''

''आपकी शक्ल उसमें मौजूद जेंट्स से मिलती है।''

''वो मैं हूं।'' ये शब्द उसने इस तरह कहे जैसे अणुबम फोड़ा हो और सचमुच मेरे मस्तिष्क में अणुबम का-सा ही धमाका हुआ था। पलक झपकते ही मेरे चेहरे और आंखों में आश्चर्य ने आधिपत्य जमा लिया। एक शब्द नहीं निकला मुंह से। मैं गोविंद चांदना की तरफ ऐसी नजरों से देखता रह गया था जैसे मिस्त्र के पिरामिडों को देख रहा होऊं। और ... मैंने साफ महसूस किया कि मुझे उस अवस्था में देखकर उसे ऐसे आनंद की अनुभूति हुई थी जैसी मृत्यु के बाद इंसान को खुद को स्वर्ग में पाकर होती होगी।

मेरी हैरत का भरपूर मजा लूटते हुए कहा उसने–''और वो, जो मेरे साथ खड़ी है, मेरी पत्नी है–शिखा, अब इस दुनिया में नहीं है। वादा तो साथ जाने का किया था मगर पहले ही चली गई। बेवफा।''

''कब डैथ हुई उनकी?''

''तीन साल पहले।''

''और ये फोटो?''

''उससे एक साल पहले का है।''

''यानी चार साल पुराना!''

''हूं।''

''उसमें आप करीब सत्तर के नजर आ रहे हैं।''

''बाहत्तर का था।''

''यानी अब छियत्तर के हैं!''

उसने केवल इतना ही कहा–''मैथ अच्छा है तुम्हारा।''

''ह ... हद हो गई। कमाल की बात है। लगा तो था आपकी उम्र उससे ज्यादा है जितनी नजर आ रही है मगर यह कल्पना नहीं कर सका था इतनी ज्यादा है।'' मैं कहता चला गया–''मैं सोच भी नहीं सकता था आप सत्तर के पार के होंगे।''

''मेरी उम्र ज्यादा है, इस बात का इल्म तुम्हें मेरे चश्मे, आवाज, चाल, श्रवण शक्ति और हाथों के कंपन से हुआ होगा।''

''जी।''

''बस यही सब मेरी आर्ट के काबू में नहीं आते। न उम्र के साथ आंखों की गिरती हुई रोशनी को रोक सकता हूं, न आवाज और जिस्म के कंपन को और न ही जवानों की तरह चल सकता हूं।''

''काले बाल ... जिस्म पर कसी हुई त्वचा!''

''ये सब मेरी आर्ट के काबू की चीजें हैं। ये देखो।'' कहने के साथ वह अपना दायां हाथ बाएं कंधे पर ले गया और अगले ही पल मैंने यह देखा कि उसके नाखून कंधे से आर्टिफिशियल त्वचा की बहुत ही बारीक-सी झिल्ली उतारते चले गए।

वह झिल्ली उसकी पूरी कलाई को कवर किए हुए थी।

उसके उतरते ही मुझे जो कलाई नजर आई, यकीनन वह सत्तर के पार के शख्स की थी। झिल्ली को सेंटर टेबल पर रखने के बाद उसने उसी हाथ के पृष्ठ भाग से झिल्ली उतारी और उसके बाद उंगलियों से उतारने लगा।

झिल्ली इतनी झीनी थी कि जिस्म की नसें उसके चढ़े होने के बावजूद साफ नजर आती थीं अर्थात् कोई नहीं ताड़ सकता था उसने असली त्वचा पर नकली त्वचा चढ़ा रखी थी।

इतना ही नहीं, नाखूनों के ऊपर भी नकली नाखून थे।

मैं हैरत से देखता रहा और देखते ही देखते उसने अपना समूचा मेकअप उतारकर सेंटर टेबल पर रख दिया।

अब मेरे सामने यकीनन छियत्तर साल का ऐसा बूढ़ा खड़ा था जिसके फेस पर झुर्रियां ही झुर्रियां थीं।

गंजा सिर दर्पण की मानिंद चमक रहा था।

मूंछ-दाढ़ी के नाम पर फेस पर एक भी बाल नहीं था।

कसी हुई त्वचा वाला मास्क सिर और दाढ़ी-मूंछ के काले बालों सहित सेंटर टेबल पर रखा था।

चश्मा भी उतारकर वहीं रख दिया था उसने।

इस वक्त अपनी आंखों से कांटेक्ट लैंस निकाल रहा था।

जब वे भी निकाल लिए तो जो आंखें नीले रंग की नजर आती थीं वे ब्राउन नजर आने लगीं।

सेंटर टेबल से उठाकर चश्मा वापस आंखों पर चढ़ा लिया उसने और बोला–''ये है असली गोविंद चांदना।''

सबकुछ मेरे सामने हुआ था, इसके बावजूद यकीन नहीं आ रहा था कि यह वही शख्स है जो कुछ देर पहले मेरे सामने खड़ा था।

मुझे हैरत के सागर में गोते लगाते देखकर उसके होठों पर वही गर्वीली मुस्कान थी जिसे मैंने कुछ देर पहले देखा था मगर ये मुस्कान इस बार झुर्रियोंदार और सिकुड़े से होठों पर थी।

''यकीनन कमाल का मेकअप कर रखा था आपने। ऐसा कि कहीं से भी मेकअप नजर नहीं आ रहा था।''

''ऐसे मेकअप मैन तो तुम्हारी मुंबई में ही भरे पड़े हैं जो मुझसे बेहतर मेकअप कर देंगे लेकिन नजर आ जाएगा वह मेकअप। मेरी नजर में वे मेकअप की आर्ट के माथे पर कलंक के धब्बे हैं। वह मेकअप क्या हुआ जिसे देखकर लोग कह दें वह मेकअप है!''

''बात तो आपकी ठीक है लेकिन ...

''लेकिन?''

''शक्ल तो आपकी पहचान में आ ही रही थी। तभी तो फोटो को देखकर मैंने कह दिया कि आप उनके बेटे हैं।''

''अर्थात् तुम्हें ऐसे मेकअप की जरूरत है कि शक्ल पहचान में न आए!'' कहते हुए उसने मेरी आंखों में झांका था।

मैं बोला–''जाहिर है।''

''हो जाएगा।'' वह पूरे कान्फिडेंस से बोला–''ऐसा ही होगा। लेकिन उससे पहले मैं अपने बारे में कुछ बताना चाहता हूं।''

''जी, कहिए।''

''लोगों ने मुझसे मेकअप का सामान लिया, उसके इस्तेमाल से जुर्म किया और अपनी किसी बेवकूफी से पकड़े गए। पुलिस ने जब पूछा मेकअप का सामान किससे लिया तो मेरा नाम ले दिया। इसके लिए मैं

उन्हें कसूरवार नहीं मानता क्योंकि लोग धार्मिक पुस्तक की कसम खाने के बाद कोर्ट में सच बोलें न बोलें लेकिन पुलिस की मार के सामने अच्छे-अच्छे धुरंधर सच और केवल सच ही बोलने पर मजबूर हो जाते हैं। ऐसा होने पर पुलिस उन्हें लेकर यहां आ धमकती है पर मैंने कभी स्वीकार नहीं किया कि मैं उस शख्स को पहचानता भी हूं। सामने वाले के पास इस बात का कोई सबूत नहीं होता कि मेकअप मैंने ही किया था। मैं पुलिस से कहता हूं–आप ही सोचिए जनाब, अगर मैं अपनी आर्ट ऐसे लोगों को बेचा करता तो क्या यही दरिद्रता भरी जिंदगी गुजार रहा होता! मैं जानता हूं–पुलिस बावली नहीं है। वह खूब समझती है अपराधी सच बोल रहा है, मैं झूठ। पर ऐसे मामलों में सच को समझने और सिद्ध करने में फर्क होता है। अपनी इन्हीं सावधानियों की वजह से छियत्तर साल में से मैंने एक पल भी जेल में नहीं गुजारा।''

''अ ... आप ऐसा सोचते ही क्यों हैं?'' उसकी बातों ने मेरे होश उड़ा दिए थे–''होगा ही क्यों ऐसा?''

''अब बताओ।'' मेरी बात पर ध्यान दिए बगैर उसने अपनी ही धुन में कहा–''तुम्हें कैसा चेहरा चाहिए?''

''फोन पर बताया तो था, मुझे ऐसा इंडियन फेस चाहिए जो बचपन से लंदन में रहा हो।''

''हां। याद आया। ऐसा फेस तैयार है। आओ।'' कहने के साथ वह यह जानने की कोशिश किए बगैर अंदरूनी कमरे की तरफ बढ़ गया कि मैं कुछ और कहना चाहता हूं या नहीं।

मैं खामोशी से उसके पीछे हो लिया।

मैं उसके पीछे-पीछे अंदर वाले कमरे में पहुंचा।

बड़ा ही रहस्यमय-सा वातावरण था वहां का।

दीवारें और छत ही काले पेंट से नहीं पुती हुई थीं बल्कि फर्श भी काले रंग का ही था।

वहां रोशनी थी पर किसी दीवार या छत में लगे बल्ब या ट्यूब की नहीं बल्कि मेजों पर रखे कांच के छोटे-छोटे बॉक्सों के अंदर रोशन छोटे-छोटे बल्बों की।

वे बल्ब बॉक्सों की छतों में लगे थे।

हर बॉक्स में था–एक फेसमास्क।

प्रत्येक फेसमास्क को बॉक्स में मौजूद एक अजीब और छोटे से स्टेंड पर बड़े सलीके से सजाकर रखा गया था।

कमरे में तीन तरफ ऐसी मेजें थीं जिन पर बॉक्स रखे थे। कुछ खाली भी थे मगर उनके अंदर के बल्ब रोशन नहीं थे।

मेरी आंखें हरेक फेसमास्क को देखती चली गई।

वे बिल्कुल असली लग रहे थे। ऐसे, जैसे कुछ लोगों के चेहरे से त्वचा उतारकर स्टेंड्स पर टांग दी गई हो।

''ये सब आर्डर पर बनाए गए हैं।'' गोविंद चांदना की आवाज मेरे कानों से टकराई–''क्या तुम अपना चेहरा पहचान सकते हो?''

मैंने बहुत गौर से बॉक्सों में मौजूद मास्कों को देखना शुरू किया और ... नजर ऐसे मास्क पर स्थिर हो गई जिसकी नाक थोड़ी नुकीली, कान बड़े-बड़े, माथा चौड़ा और ठुड्डी छोटी-सी, थोड़ी गोलाई लिए हुए थी। मास्क के सिर पर तांबई कलर के लंबे-लंबे बाल थे और उन्हीं से मैच करती लंबी और घनी दाढ़ी-मूछें।

''वो।'' अनायास मेरी उंगली उधर उठ गई–''शायद वो है।''

''शायद नहीं, वही है।'' वह खुश हो गया–''तुमने पहचाना, इससे साबित होता है मैंने वह बना दिया जिसकी तुमने कल्पना की थी। यही मेरी आर्ट है। मैंने तुमसे फोन पर बात की। अपने कुछ पेटेंट सवाल किए। तुम्हारे क्लोजअप मंगाए। चेहरे का नाप पूछा। तुम पहली बार में मेरे सवालों के जवाब नहीं दे पाए। हरेक के साथ यही होता है क्योंकि किसी भी आदमी को अपने चेहरे का नाप पता नहीं होता। न होठों, कानों, नाक और मस्तक आदि की लंबाई-चौड़ाई पता होती है। वह सब क्लाइंट को मेरे पूछने के बाद नापकर बतानी होती है। ऐसा ही तुमने भी किया था और अगर तुम्हारे द्वारा बताई गई नाप एक्यूरेट थी तो यह मास्क तुम्हारे फेस पर एकदम फिट आएगा। फेस पर ही नहीं, होठों और नाक आदि पर भी।''

''क्या मैं इसे पहनकर देख सकता हूं?''

''पहले नगदी।''

''लाया हूं।'' मैंने सूटकेस थपथपाया।

''कितनी?''

''जितनी आपने कही थी।''

''मैंने पूछा–कितनी?''

''तीन।''

''गुड। खोलकर दिखाओ।''

मैंने सूटकेस उसकी आंखों के सामने करके खोल दिया। उसमें बाकी सामान के साथ हजार के नोटों की पांच गड्डियां पड़ी थीं।

तीन उठाकर अपने कब्जे में लेने के बाद उसने कहा–''अब वो तुम्हारा हुआ, पहनकर देखो।''

मैंने सूटकेस बंद करके एक मेज पर डाला और उस बॉक्स की तरफ बढ़ गया जिसमें मेरे हिसाब से शेखर मल्होत्रा का फेस था।

बॉक्स का अगला हिस्सा पल्ले की तरह खुल जाने वाला था। मैंने उसे खोला और जैसे ही हाथ डालकर मास्क को स्पर्श किया, डर गया। मुझे लगा–वह फट जाएगा।

बारीक ही इतना था, पतंग के कागज से भी ज्यादा बारीक।

''डरो नहीं।'' चांदना की आवाज–''वह नहीं फटेगा। खूबी ही ये है उसकी। इतना बारीक न हो तो साफ पता लग जाए कि चेहरे पर मास्क है और फट जाए तो उसके होने का मतलब ही खत्म। पैसे इसी बात के हैं मिस्टर अंशुमन कि चेहरे पर चढ़ने के बाद यह पता न लगे कि त्वचा नकली है और फटे भी नहीं। इसके चढ़ने के बाद भी तुम्हारे माथे की उभरी हुई नस उसी तरह नजर आएगी जिस तरह इस वक्त नजर आ रही है।''

अब मैंने उसे बेखौफ स्टेंड से उतार लिया।

बहुत ही 'लिजबिजा' सा था वह।

जैसे सचमुच मेरे हाथ में किसी के चेहरे की खाल आ गई हो। उसकी तरफ पलटते हुए पूछा–''किस तरह पहनना है?''

वह एक दीवार की तरफ बढ़ा। वहां मौजूद कई स्वीच्स में से एक दबाया तो सारा कमरा तेज रोशनी से नहा गया।

सफेद रोशनी फैंकने वाला वह कम से कम पांच सौ वॉट का बल्ब था जो एक आदमकद आईने के ठीक ऊपर लगा हुआ था।

मैं उसके सामने पहुंचा।

खुद को ऊपर से नीचे तक आईने में देखा और मास्क को अपने चेहरे पर चढ़ाने की कोशिश करने लगा।

आहिस्ता-आहिस्ता चलता गोविंद चांदना मेरे ठीक पीछे पहुंच गया था। बोला–''जब तक डरते रहोगे तब तक फिक्स नहीं कर सकोगे। डरो मत, अच्छी तरह खींचकर चेहरे पर फिक्स करो।''

मैंने वैसा ही किया और जब हो गया तो अपनी आंखों को सुखद हैरत से फैलते देखा। मैं खुद को नहीं पहचान पा रहा था।

लग रहा था आईने में कोई और खड़ा है।

इधर मैं आश्चर्य के सागर से बाहर निकलने की कोशिश कर रहा था उधर,

गोविंद चांदना मेरे सामने आ चुका था। अपनी बूढ़ी आंखों में अजीब-सी रोशनी भरे वह बहुत ध्यान से मेरे चेहरे पर चढ़े मास्क को देख रहा था। फिर, हाथ लगा-लगाकर इस तरह चैक करने लगा जैसे टेलर अपने सिले हुए सूट को क्लाइंट को पहनाने के बाद उसमें कमी ढूंढने की कोशिश कर रहा हो।

मैं उसे उसका काम ठीक से करने का पूरा मौका देने की मंशा से सावधान की मुद्रा में खड़ा हो गया।

कभी वह मेरे दाईं तरफ हटकर कुछ देख रहा था, कभी बाईं तरफ। फिर संतुष्ट भाव से बोला–''गुड।''

मैंने राहत की सांस लेते हुए कहा–''आंखों का रंग भी बदल जाता तो अच्छा रहता।''

''तुमसे किसने कहा आंखों का रंग यही रहने वाला है!'' वह बोला– ''ध्यान से बॉक्स में देखो, उसमें एक डिब्बी है और डिब्बी में कांटेक्ट लैंस। वे तुम्हारी आंखों के रंग को हल्का नीला बना देंगे। इतना ही नहीं, उसकी बगल में रखे बॉक्स को देखो।''

मैंने उधर देखा मगर कुछ देख नहीं पाया क्योंकि गोविंद चांदना ने उस तरफ बढ़ना शुरू कर दिया था। बॉक्स उसकी आड़ में आ गया था। बॉक्स से त्वचा की कुछ झिल्लियां निकालकर वह घूमा और वापस मेरे नजदीक आया। झिल्लियों को मेरी कलाई पर चढ़ाता बोला–''जिस्म का जो हिस्सा नंगा नजर आता है उसका रंग भी चेहरे के रंग से न मिलता हो तो आदमी पकड़ा जाता है। उंगलियों पर चढ़ी त्वचा तुम्हारे फिंगरप्रिंट्स तक बदल देगी।''

त्वचा की जो झिल्लियां वह मेरी कलाई पर चढ़ा रहा था, उन पर भी तांबई कलर के हल्के-हल्के बाल थे। मुझे यह समझते देर नहीं लगी कि उसके काम में नुक्स ढूंढना नामुमकिन था।

उसने पूछा–''तुम इसे अपने चेहरे पर परमानेंट फिट कराना चाहोगे या टेंपरेरी तौर पर?''

''मतलब?''

''परमानेंट का मतलब है–तुम्हारा चेहरा हमेशा के लिए यही हो जाएगा। कभी अलग नहीं होगा और टेंपरेरी का मतलब है, जब चाहो इसमें नजर आ सकते हो, जब चाहो ओरिजनल शक्ल में।''

''नहीं-नहीं।'' मैं थोड़ा घबरा गया था–''मुझे हमेशा के लिए अपनी शक्ल चेंज थोड़ी करानी है!''

''पूछना इसलिए पड़ता है क्योंकि यहां ऐसे लोग भी आते हैं जिनके लिए उनकी शक्ल ही दुश्मन बन चुकी होती है। ऐसे लोगों को हमेशा के लिए ऐसा

नया चेहरा दे दिया जाता है जिसे खुरचकर कभी कोई उसके असली चेहरे तक नहीं पहुंच सकता।''

''मेरी ऐसी रिक्वायरमेंट नहीं है।''

''ओके। अब उतारो इसे।''

''क्या इस रूप में आप मेरा एक फोटो खींच सकते हैं?''

गोविंद चांदना के बूढ़े होठों पर बहुत ही खुर्रांट मुस्कान उभरी। बोला–''मतलब पासपोर्ट बनवाना है!''

''जी।''

''तब तो मुझे अहमद पठानिया का पता भी बताना पड़ेगा।''

''अहमद पठानिया?''

''अपने काम का उतना ही एक्सपर्ट जितना मैं हूं।''

''जी, अनिल बिस्वास ने कहा था कि ...

''बता दूंगा ... बता दूंगा।'' उसने मेरी बात काटी–''पूरी तरह तैयार हो जाओ। फोटो भी खींचता हूं।''

उस वक्त मैं यह सोचकर बेहद खुश था कि अपनी कल्पना को साकार रूप देने में कामयाब हो गया था, इस बात से अंजान कि यह साकार रूप मेरे लिए कितनी बड़ी मुसीबत बनने जा रहा था।

अहमद पठानिया करीब साढ़े छः फुट का हट्टा-कट्टा आदमी था। रंग एकदम काला। सिर पर उस्तरा फिरा हुआ। बादामी कलर के पठानी सूट में वह बेहद आकर्षक लग रहा था।

शुरू में उसने मुझे कोई भाव नहीं दिया। त्यौरियां चढ़ी रहीं। वे तभी ढीली पड़ीं जब मैंने कहा–''गोविंद चांदना ने भेजा है।''

''फोटो?'' उसने कहा।

मैंने पोलोराइड कैमरे से खिंचे शेखर मल्होत्रा के तीन फोटो उसके सामने रख दिए। उन्हें देखते हुए अहमद पठानिया ने सवाल किया था–''कोई खास रिक्वायरमेंट?''

''इस आदमी का नाम शेखर मल्होत्रा है। पिता का नाम चाहे जो रख सकते हो। लंदन का एड्रेस चाहिए। बहुत बड़ा टाइकून है। कम से कम दस देशों में घूम चुका है।''

''ओके।'' उसने कहा–''एक घंटा लगेगा। तब तक चाहो तो कहीं घूमकर आ सकते हो।''

''ठीक है। मैं कुछ शॉपिंग कर आता हूं।''

वह बगैर कुछ कहे अंदर वाले कमरे में चला गया।

मैं बाजार पहुंचा।

जेब से उस सामान की लिस्ट निकाली जिसकी अपने प्लान को परवान चढ़ाने हेतु जरूरत पड़ने वाली थी और पर्चेजिंग शुरू कर दी।

एक-एक चीज खरीदता रहा और लिस्ट पर टिकमार्क करता रहा। वापस अहमद पठानिया के ठीए पर पहुंचते-पहुंचते डेढ़ घंटा हो गया। अहमद पठानिया अपना काम शायद एक घंटे में ही निपटा चुका था क्योंकि मैंने उसे अपना इंतजार करते पाया था।

उसने बगैर कुछ कहे एक ऐसा पासपोर्ट मेज पर डाल दिया जो किसी भी एंगिल से नया बना नहीं लग रहा था। काफी पुराना लग रहा था वह। पृष्ठ भी काफी थे। मैंने उसे उठाया और पहले पृष्ठ पर लगा शेखर मल्होत्रा का फोटो देखा। दंग रह गया मैं। ऐसा बिल्कुल नहीं लग रहा था जैसे फोटो चंद घंटे पहले खिंचा हो बल्कि पासपोर्ट की तरह ही पुराना लग रहा था। पता नहीं उसने किस टेक्निक से फोटो को पुराना बना दिया था। अभी मैं यही जानने की कोशिश कर रहा था कि पठानिया ने कहा–''अच्छी तरह चैक कर लो।''

''मेरे चैक करने से क्या होगा! मैं क्या एक्सपर्ट हूं? बात तो तब है जब एयरपोर्ट पर न पकड़ा जाए। वहां एक्सपर्ट जांच करते हैं।''

''जिन्हें एक्सपर्ट कह रहे हो, कई बार वे गधे असली को नकली समझने लगते हैं लेकिन अहमद पठानिया के पासपोर्ट को आजतक किसी ने नहीं पकड़ा है।''

मैंने सूटकेस खोलकर हजार के नोटों की एक गड्डी उसके सामने रखते हुए कहा–''चांदना जी ने यह देने को कहा था।''

''यह भी बता दिया होगा कि पकड़े जाने पर मेरा या उनका नाम बताने से कोई फायदा नहीं होगा क्योंकि हम दोनों काम करके भूल जाते हैं। क्लाइंट के पास ऐसा कोई सबूत नहीं छोड़ते जिससे वह साबित कर सके कि काम हमने किया था।''

''मैं नहीं पकड़ा जाऊंगा।'' कहने के साथ मैंने पासपोर्ट के पन्नों में फुरैरी-सी मारी थी। काश, उस वक्त मुझे पता होता मुंबई पहुंचते ही मेरे सिर पर बिजली गिरने वाली थी।

⅄

सात वाली फ्लाइट पकड़कर मैं नौ बजे मुंबई पहुंच गया। साढ़े नौ बजे अपने

आफिस। असिस्टेंट ने बताया सात बजे से लेकर अब तक दो बार 'भाभी जी' का फोन आ चुका है।

उसने वही कहा था जो मैं समझाकर गया था।

मेरे लिए जानना जरूरी था कि ये फोन वंशिका ने घर से किए थे या कहीं और से। सो, आफिस के फोन से घर का नंबर लगाया। दो रिंग जाते ही रिसीवर उठा लिया गया। मेरा इरादा बगैर कुछ कहे कनेक्शन काट देने का था क्योंकि यह परपज पूरा हो चुका था कि वंशिका घर थी या नहीं। उससे बात करने की अब मेरी इच्छा नहीं होती थी बल्कि यदि यह कहूं तो अंदर की अनुभूति को शायद और स्पष्ट तरीके से व्यक्त कर सकूंगा कि उसकी आवाज तक से एलर्जी हो गई थी मुझे। मगर दूसरी तरफ से मर्दाना आवाज सुनते ही कान खड़े हो गए। उस आवाज ने 'हैलो' कहा था।

मेरे मुंह से निकला–''कौन?''

''अनिरुद्ध बोल रहा हूं अंशु।''

''त ... तुम?'' मैं चौंका–''तुम वहां कैसे?''

''क्यों?'' सवाल के जवाब में सवाल दागा गया–''मैं यहां क्यों नहीं हो सकता?''

मैं पूरी तरह गड़बड़ा गया था। इतना ज्यादा कि कुछ देर तक तो बोलने के लिए कुछ सूझा ही नहीं। लाइन पर खामोशी छा गई थी मगर शीघ्र ही खुद को नियंत्रित करता बोला–''ह ... हो क्यों नहीं सकते! ज ... जरूर हो सकते हो मगर ...

''क्या अगर-मगर गा रहे हो अंशु भाई?'' लहजा साफ बता रहा था कि वह मेरी बौखलाहट का मजा लूट रहा था।

''द ... दरअसल इस वक्त अपने घर के फोन पर तुम्हारी आवाज की कल्पना दूर-दूर तक नहीं कर सकता था इसलिए ...

''थोड़ा बौखला गए।'' बात पूरी की गई–''है न!''

''हां।'' मुझे कहना पड़ा।

दूसरी तरफ से थोड़े रहस्यमय लहजे में कहा गया–''बौखला तो मैं तुम्हें इससे ज्यादा भी सकता हूं।''

मेरे मुंह से निकला–''क्या मतलब?''

''चेन्नई से कब लौटे?'' उसने बहुत ही धीमे लहजे में पूछा।

और ... उसके मात्र चार शब्दों ने मेरे दिमाग को पलक झपकते ही हजारों-हजार कलाबाजियां खिला दी थीं।

उसे कैसे पता मैं चेन्नई गया था?

हे भगवान! क्या हो रहा था ये!

इस बार तो मेरी ज़ुबान जैसे तालु से जा चिपकी। मेरी हजार कोशिशों के बावजूद नहीं हिल रही थी वह। लाइन पर लंबी खामोशी पाकर अनिरुद्ध ने कहा–''बौखला गए न! यह बात मुझे इसलिए पता थी क्योंकि यह भी पता है कि तुम्हारे चेन्नई जाने के बारे में वंशि को कुछ नहीं पता। यहां आकर जब मैंने इससे पूछा तुम कहां हो तो बोली, आफिस से नहीं लौटे हो।''

मुकरने का ... अर्थात् यह कहने का कोई मतलब नहीं रह गया था कि मैं चेन्नई नहीं गया था इसलिए पूछा–''तुम्हें कैसे पता लगा?''

''पुलिसवाले हैं जनाब।'' उसने मजा लिया–''जो बातें किसी को पता नहीं होतीं। हमें उन्हें ही पता रखने की पगार मिलती है।''

वह मुझे छकाने के मूड में था और मेरे होश उड़े जा रहे थे।

खुद को सामान्य दर्शाने की भरपूर चेष्टा के साथ बोला–''फिर भी, किसी ने तो बताया ही होगा।''

''वंशि आ रही है।'' उसने जल्दी से कहा–''लो, बात करो।'' फिर, उसका वंशिका से कहा गया शब्द सुनाई दिया–''अंशु।''

अगले पल लाइन पर वंशिका की आवाज सुनाई दी–''अंशु कहां हो तुम! मैं दो बार फोन कर चुकी हूं।''

''कोई खास बात थी क्या?''

''खास क्या होती! पहला फोन यह जानने के लिए किया था कब आओगे। दूसरा अनि के आने के बाद किया।''

''अनि के आने के बाद क्यों?''

थोड़ी यांत्रिक खड़खड़ाहट के बाद अनिरुद्ध की आवाज सुनाई दी–''क्योंकि मैं तुम्हीं से मिलने आया हूं।''

''कोई खास बात?'' मेरे मुंह से निकला।

''घर से फालतू नहीं हूं जो बगैर खास बात के टूलता फिरूं। अब सारी बातें फोन पर करके मत टालो।'' वह मुझे कुछ भी बोलने का मौका दिए बगैर कहता चला गया–''फौरन से पहले आ जाओ। तुमसे मिले बगैर नहीं जाऊंगा। और तुम्हें मालूम है।'' उसका लहजा फिर रहस्यमय हो उठा था–''कम से कम मेरे सामने यह बहाना नहीं चलेगा कि आफिस के काम से बाहर गए थे।''

मुझे लगा–वह मुझे ब्लैकमेल कर रहा है।

वह जान गया है कि मैं वंशिका की चोरी से चेन्नई गया था, इसी का फायदा उठा रहा है वह और ... उसी को क्या, मैं किसी को भी ऐसी किसी बात का फायदा नहीं उठाने दे सकता था अतः बोला–''अबे मैं चेन्नई गया था तो इसमें धमकाने की क्या जरूरत ...

“मैं तुम्हारा इंतजार कर रहा हूं।” ऐसा कहकर मेरी पूरी बात सुने बगैर संबंध-विच्छेद कर दिया गया।

मैं रिसीवर हाथ में लिए मूर्तिवतः खड़ा रहा गया था। कान में डायलटोन की 'किर्र … किर्र … किर्र' गूंज रही थी और दिमाग में ऐसी आवाज जैसे एयरप्लेन ओवरटेक कर रहा हो।

एक नहीं, कई सवाल चकरा रहे थे उसमें। जैसे यह कि–इस वक्त अनिरुद्ध घर क्यों आया था? कल क्या खास बात होने वाली थी? उसे मेरे चेन्नई जाने के बारे में कैसे पता? इस बारे में उसने वंशिका को क्यों नहीं बताया? क्या वह यह भी जानता है कि मैं वहां क्यों गया था? किस-किससे मिला था? तब तो वह यह भी पूछेगा कि मैं गोविंद और पठानिया से क्यों मिला था?

क्या जवाब दूंगा?

जितना सोचा, दिलोदिमाग में घबराहट-सी हॉवी होने लगी। फिर विवेक ने कहा–हर सवाल का जवाब अनिरुद्ध से मिलने पर ही मिल सकता है और वह घर पर मेरा इंतजार कर रहा है। मुझे घर पहुंचना होगा। घर तो खैर वैसे भी … अपनी प्लानिंग के मुताबिक भी पहुंचना था क्योंकि कल से मेरे प्लान को अगले चरण में प्रवेश करना था लेकिन इस वक्त लग रहा था घर पहुंचने पर मुझ पर कोई नई मुसीबत भी टूट सकती है। अगर अनिरुद्ध को यह पता हुआ कि चेन्नई में मैं किससे मिला था तो मुसीबत टूटनी निश्चित थी मगर, बच भी तो नहीं सकता था अतः मन पक्का करके, हर मुसीबत से टकराने का पक्का इरादा बनाकर खड़ा हो गया।

गाड़ी पार्किंग में खड़ी की। सूटकेस संभाला। शेखर मल्होत्रा के मास्क और पासपोर्ट के अलावा उसमें मेरे द्वारा पर्चेज किया गया छोटा-मोटा सामान था। जो सूटकेस में नहीं आ सकता था उसे गाड़ी में ही छोड़कर लिफ्ट की तरफ बढ़ा।

दरवाजा बंद नहीं था इसलिए सीधा ड्राइंगरूम में घुसता चला गया। अनिरुद्ध और वंशिका आमने-सामने के सोफों पर बैठे थे। सेंटर टेबल पर चाय के खाली कप-प्लेट और नमकीन आदि की प्लेटें रखी थीं। मुझे देखकर वंशिका खड़ी हो गई।

मेरे हाथ से सूटकेस लिया।

आप जानते हैं कि उसमें मौजूद सामान को यदि कोई देख लेता तो यह

तो नहीं ताड़ सकता था कि मैं किस फिराक में था पर देखने वाले के दिमाग में सैंकड़ों सवाल जरूर चकरा सकते थे।

मेरे पास उन सवालों का कोई जवाब नहीं था।

मुकम्मल प्लान धराशायी हो जाता, सो अलग।

परंतु मुझे मालूम था कि ऐसा कोई खतरा नहीं है क्योंकि सूटकेस का नंबर मैं बदल चुका था और नया नंबर वंशिका को मालूम नहीं था यानी वह उसे नहीं खोल सकती थी इसलिए सूटकेस बेखौफ उसके हवाले किया तथा टाई की नॉट ढीली करता बोला–''आज बहुत थक गया हूं वंशि, चेन्नई जाना पड़ा।''

''च ... चेन्नई!'' वह बुरी तरह चौंकी–''तुम चेन्नई गए थे?''

''हां।'' मैंने कहा वंशिका से था पर देखा अनिरुद्ध की तरफ। ऐसे अंदाज में जैसे कह रहा होऊं–अब बोल बच्चू! किस आधार पर ब्लैकमेल करेगा मुझे! उसे उसी अंदाज में देखते हुए मैंने आगे कहा–''अचानक जाना पड़ गया।''

''अरे मगर, कमाल करते हो तुम!'' वंशिका की हैरत अभी तक कम होने का नाम नहीं ले रही थी–''कम से कम बता तो देते! तुम मुंबई से बाहर गए और मुझे पता तक नहीं। ये तो हद हो गई अंशु। मैं तुम्हारी पत्नी हूं यार।''

''वंशि तुम जानती हो मेरे पास मोबाइल नहीं था।''

''अरे तो आफिस में फोन था! एयरपोर्ट पर था! चेन्नई में भी हर कदम पर पीसीओ हैं। वहां भी जरूर होगा जहां गए थे। फोन आजकल कहां नहीं होता! करना चाहते तो ...

''ओफ्फो बाबा, बात तो सुनो मेरी।''

''क्या सुनूं? इतनी बड़ी बात ...

''सबकुछ इतना आनन-फानन हुआ कि कहीं से भी फोन करने का मौका ही नहीं मिला। बॉस ने कहा बगैर एक मिनट भी गंवाए एयरपोर्ट पहुंच जाओ। जो भी, जितने की भी फ्लाइट मिले पकड़कर 'हैवर्ड एंड हैवर्ड' के हैड आफिस पहुंचकर नुक्स दूर करो। उनका कहना है शाम तक नहीं हुआ तो करोड़ों का नुकसान हो जाएगा। वहां पहुंचा। नुक्स दूर किया और तुरंत ही वापसी की फ्लाइट भी मिल गई। वापस आफिस लौटकर ही होश मिला। वहां पहुंचकर तुम्हें यह सब बताने के लिए फोन किया ही था कि इन हजरात की आवाज सुनाई दी और ...

''और?''

''ये जनाब मुझे ब्लैकमेल करने की कोशिश करने लगे।'' मैंने अनिरुद्ध की तरफ व्यंगात्मक मुस्कान उछाली।

‘‘ब्लैकमेल करने की कोशिश!’’ उसने चौंककर अनिरुद्ध की तरफ देखा था–‘‘अनि ने?’’

‘‘जी। तुम्हारे अनि ने।’’ मैं अनिरुद्ध की तरफ उसे धूल चटाने वाले अंदाज में देखता, उस भाषा का इस्तेमाल करता बोला जिससे वंशिका को लगे कि मैं अब भी उन दोनों पर शक कर रहा हूं–‘‘इसे जाने कहां से मेरे चेन्नई जाने की खबर लग गई थी। यहां आया। मेरे बारे में पूछा। तुमने कहा होगा आफिस गया हूं। इसे लगा मैं तुमसे छुपकर चेन्नई गया हूं। बस। हजरात ने उसी का फायदा उठा कर मुझे ब्लैकमेल करना शुरू कर दिया।’’

‘‘पर इसने तुम्हें कब ब्लैकमेल कर दिया। ये तो ...

‘‘मैंने फोन किया तो तुम जाने कहां थीं। कॉल इसने रिसीव की और चालू हो गया। फिर तुम्हारे आने पर ...

‘‘मैं किचन में चाय बना रही थी। ओह! इतने कम टाइम में ये खेल हो गया।’’ उसने अनिरुद्ध को घूरा–‘‘क्यों अनि!’’

अब ... बौखलाने की बारी अनिरुद्ध की थी।

उसकी अवस्था का भरपूर आनंद लूटता मैं ठीक उसके सामने वाले सोफे पर बैठता बोला–‘‘अब बोल बेटा, क्या कहता है?’’

‘‘पहली बात तो ये कि तुम एक बहुत ही गलत शब्द का प्रयोग कर रहे हो।’’ अनिरुद्ध खुद को नियंत्रित करता बोला–‘‘ब्लैकमेल शब्द का इस्तेमाल वहां होता है जब कोई किसी का राज फाश करने की धमकी देकर उससे कोई अवैध डिमांड रखे। मैंने ऐसा कुछ नहीं किया। दूसरी बात ये कि–मुझे जब ये लगा तुमने वंशि से चेन्नई जाना छुपाया है तो केवल मजा लेने के लिए फोन पर ...

मुझसे पहले वंशिका चढ़ दौड़ी उस पर–‘‘ये मजा लेने की बात थी या मुझे बताने की!’’

‘‘सॉरी बाबा ... सॉरी।’’ उसने दोनों हाथों से अपना सिर पकड़ लिया–‘‘पुरानी कहावत है कि पति-पत्नी नाम के पाटों के बीच जो फंसा उसे हमेशा गेहूं से आटे में तब्दील होना पड़ा। यह जानते-बूझते भी मैंने बेवकूफी की। अंजाम सामने है। दोनों मुझी पर चढ़े जा रहे हो। मैंने केवल इसलिए नहीं बताया था देवीजी क्योंकि पति-पत्नी में झगड़ा नहीं कराना चाहता था।’’

‘‘इससे बेहतर तुमने मुझे ब्लैकमेल करना समझा!’’

‘‘फिर वही ब्लैकमेल!’’ वह मुझ पर गुर्राया।

‘‘ब्लैकमेल तो करेगा ही।’’ इस बार वंशिका मुझ पर चढ़ दौड़ी थी–‘‘पति-पत्नी जब एक-दूसरे से कुछ छुपाएंगे तो तीसरे आदमी को तो ब्लैकमेल करने का मौका मिलेगा ही।’’

''बताया तो है बाबा मैं मजबूर था।''

इस तरह, कुछ देर तक हमारे बीच नोंक-झोंक होती रही। फिर मैंने वंशिका से कॉफी बनाने के लिए कहा। अनिरुद्ध जब बोला वह कॉफी नहीं पिएगा क्योंकि कुछ ही देर पहले चाय पी है तो मैंने जान बूझकर व्यंग किया–''ऐसे कैसे जाने दूंगा प्यारे, तुमने मेरी बीवी के साथ अकेले-अकेले चाय पी है, सजा तो भुगतनी पड़ेगी।''

''सजा?''

''अपने साथ कॉफी पिलाए बगैर नहीं जाने दूंगा।''

मेरे व्यंग को अनिरुद्ध समझा हो या न समझा हो लेकिन वंशिका समझ गई थी। वह तुनके अंदाज में सेंटर टेबल से कप-प्लेट आदि उठाकर किचन की तरफ चली गई।

हालांकि मैं जान चुका था वंशिका और अनिरुद्ध के बीच वैसा कोई संबंध नहीं है परंतु वंशिका के दिमाग में यह जमाए रखना मेरे लिए बैडरूम में खुद को बचाए रखने के लिए जरूरी था।

अतः जान बूझकर व्यंग किया था।

मैं जान चुका था अनिरुद्ध को केवल मेरे चेन्नई जाने के बारे में मालूम है। यह नहीं मालूम मैं वहां क्यों गया था, किससे और क्यों मिला था। इसलिए, ज्यादा हलकान होने की कोई वजह नहीं थी। सो बोला–''हवा तो मैं तुम्हारी निकाल ही चुका हूं। अब फटाफट बता दो अनि प्यारे, तुम्हें मेरे चेन्नई जाने के बारे में कैसे पता लगा?''

''कोई खास बात नहीं।'' अनिरुद्ध बोला–''चेन्नई से वापसी की जिस फ्लाइट में तुम थे, उसी में मेरे चाचा-चाची भी थे। उन्होंने तुम्हें देखा। बात इसलिए नहीं की क्योंकि सोचा–पता नहीं तुम उन्हें पहचानोगे भी या नहीं। असल में उन्होंने तुम्हें तब देखा था जब मैं अस्पताल में पड़ा था। घर आकर मुझे बताया कि फ्लाइट में वो भी था जिन्हें लूट से बचाने के चक्कर में तुम्हें गोली लगी थी।''

''और तुमने जासूसी झाड़नी शुरू कर दी!''

वह हंसने लगा।

मौका लगते ही मैंने अपनी एक और शंका दूर करने की मंशा से कहा–''पिछले दिनों लोकल अखबार में पढ़ा था कि तुमने किसी होटल में छापा मारा, क्या नाम था उसका ...

''गुलबदन।''

''हां। गुलबदन। कितना प्यारा नाम था न!''

''तुम्हें प्यारा लगता है!'' अनिरुद्ध जोर से हंसा था–''ये नाम उसी किस्म के लोगों के लिए प्यारा हो सकता है जिस किस्म के लोग वहां आते थे। पूरा चकलाखाना था वह। होटल के लाइसेंस की आड़ में उसके मालिक रंडीखाना चला रहे थे। मैंने सील करा दिया है। रजिस्टर की जांच चल रही है।''

''रजिस्टर की जांच?''

''खुद को शरीफजादा दर्शाने वाले शहर के कई लोग वहां जाते थे। रजिस्टर में फर्जी नाम दर्ज करते थे और अय्याशी करके चले जाते थे। मैं ऐसे लोगों की पहचान करने की कोशिश कर रहा हूं। समाज में छुपे ऐसे भेड़ियों के चेहरों से नकाब उतरना जरूरी है ताकि बहू-बेटियां सुरक्षित रह सकें।''

मुझे पसीना छूटने लगा था। खुद को नियंत्रित करने की कोशिश करता बोला–''बात तो ठीक है लेकिन ...

''लेकिन?''

''ऐसे लोगों का पता कैसे लगाओगे?''

''रजिस्टर में दर्ज करते वक्त आदमी अपना नाम-पता फर्जी लिख सकता है, राइटिंग नहीं बदल सकता।''

''रजिस्टर में मौजूद राइटिंग का मिलान इतने बड़े मुंबई शहर में किस-किसकी राइटिंग से करते फिरोगे?''

अनिरुद्ध इस तरह मुस्कराया जैसे मैंने कोई बचकानी बात कही हो। बोला–''पुलिस के पास ऐसे-ऐसे तरीके होते हैं जिनके बारे में तुम जैसे सिवीलियंस कल्पना तक नहीं कर सकते।''

''हवाई बातें मत करो।'' मैंने बात निकालने के लिए उसे चढ़ाते हुए कहा–'' एकाध एग्जांपिल दो तो बात समझ में आए।''

''मोबाइल आजकल ऐसी चीज है जो मजदूर और रिक्शाचालक से लेकर प्रधानमंत्री तक पर होता है। हम पुलिसवाले जब चाहें यह रिकार्ड निकलवा सकते हैं कि कौनसे नंबर का मोबाइल किस दिन कितने समय तक कौनसे टावर की रेंज में था। आजकल इसी काम में लगा हुआ हूं। गुलबदन जिस टावर के अंतर्गत आता है, उसकी छः महीने की लिस्ट निकलवाई है। सब पता लग जाएगा छः महीने में वहां कौन-कौन आया-गया। जो मुकरने की कोशिश करेगा उसकी राइटिंग का मिलान रजिस्टर में मौजूद राइटिंग से किया जाएगा तो दूध का दूध और पानी का पानी हो जाऐगा।''

मुझे काटो तो खून नहीं।

वह कितनी आसानी से पता लगा सकता था कि जिस दिन उसने वहां रेड मारी, उस दिन मैं वहीं था।

मैंने कुछ कहने के लिए मुंह खोला ही था कि वंशिका कॉफी की ट्रे संभाले ड्राइंगरूम में आ गई।

अनिरुद्ध की बात सुनने के बाद एक बार को तो मैं यह सोच कर हिल गया था कि सचमुच, अगर पुलिस अपनी पर आ जाए तो 'सबकुछ' पता लगा ले। तो क्या वह, वह भी पता लगा लेगी जो मैं करने जा रहा था? जेहन ने कहा–नहीं, अनिरुद्ध जैसे पुलिसिए भले ही चाहे जितना सिर पटक लें मगर मेरे प्लान को नहीं तोड़ सकते।

मुझ तक तो ख्वाब में भी नहीं पहुंच सकेंगे वे।

कल्पना तक नहीं कर सकेंगे कि कोई ऐसा भी कर सकता है।

मैंने जितना सोचा, उतना ही अनिरुद्ध की बातों के आतंक से बाहर आता चला गया।

कॉन्फिडेंस लौट आया था।

अब पूरे विश्वास के साथ अपने प्लान को आगे सरकाने का वक्त था और उस प्लान को मैंने तब सरकाया जब तीनों आराम से बैठे कॉफी पी रहे थे। मैंने कहा–''आगे कोई गड़बड़ न हो और अनि की तरह फिर कोई मुझे ब्लैकमेल करने की कोशिश न करे इसलिए एडवांस में बता रहा हूं कि कल मुझे दिल्ली जाना है।''

''दिल्ली!'' वंशिका चौंकी–''क्यों?''

मेरे कुछ भी कहने से पहले अनिरुद्ध बोला–''कल तो हरगिज नहीं जाने दूंगा अंशु भाई।''

''मतलब?'' मैंने उसकी तरफ देखा।

''कल रक्षाबंधन है।''

''तो?''

''तुम जानते हो।'' वह भावुक नजर आने लगा–''मेरी मां की कोख ने मुझे कोई बहन नहीं दी थी मगर एक हादसे की कोख ने दे दी। खून का रिश्ता भी कायम कर दिया हमारे बीच। वंशि ने खून न दिया होता तो आज शायद मैं जिंदा न होता।''

उसके अचानक यूं ... एक ही झटके में इतनी बड़ी बात कह देने के कारण मैं अवाक् रह गया था।

''य ... ये तुम क्या कह रहे हो अनि?'' वंशिका हैरान नजर आई।

मैं भी वैसा ही कुछ कहना चाहता था जैसा वंशिका ने कहा था। साथ ही, फिरकनी की तरह घूमता दिमाग यह सोचने की कोशिश कर रहा था कि अनिरुद्ध यह सब अपने मन से कह रहा था या मेरे दिमाग से उस शक को निकालने के लिए कहलवाया जा रहा था जिसके बारे में समीर से बात की थी।

कहीं समीर का ही खेल तो नहीं था यह?

अगर था, तो बहुत ही अभेद्य तीर लाया था पट्ठा।

अभी मैं किसी ठोस निर्णय पर नहीं पहुंच पाया था जबकि अपनी रौ में अनिरुद्ध कहता चला जा रहा था–''यह सच है वंशि, उस दिन के बाद से मैंने तुम्हें बहन के रूप में देखा है। बेसब्री से रक्षाबंधन के दिन का इंतजार कर रहा था। इस वक्त यही कहने आया था कि तुम्हें ऐतराज न हो तो कल राखी बंधवाकर अपनी जिंदगी का पहला रक्षाबंधन मनाना चाहता हूं।''

हक्की-बक्की-सी वंशिका ने यह कहने के बाद मेरी तरफ देखा कि–''म ... मुझे भला क्या ऐतराज हो सकता है?''

''तुम्हें?'' अनिरुद्ध ने मेरी तरफ देखा।

''म ... मुझे भी भला क्या ऐतराज हो सकता है!'' बौखलाई हुई अवस्था में मैं इसके अलावा और कह भी क्या सकता था।

''तब तो मजा आ गया ... मिलाओ हाथ ... मुझे बहन मिल गई।'' कहने के साथ उसने मेरी तरफ हाथ बढ़ा दिया था।

सबकुछ इस तरह और इतनी तेजी से हुआ कि मुझे भी अपना हाथ बढ़ाना पड़ा। उससे हाथ मिलाते वक्त मैंने वंशिका की तरफ देखा और वंशिका की आंखों में ऐसे भाव थे जैसे कह रही हो–देख रहे हो! इसके और मेरे बीच संबंध होने का शक कर रहे थे न तुम!

उस क्षण ... उस क्षण इस विचार ने मेरे जेहन पर हथौड़े जैसी चोट की कि यह साजिश ही है और इस साजिश में समीर के साथ वंशिका भी शामिल है। इन दोनों ने मिलकर किसी तरह अनिरुद्ध को यह सब कहने के लिए तैयार किया है।

कैसे?

इन्होंने अनिरुद्ध को कैसे तैयार किया होगा?

क्या इसे यह बताकर कि मैं इसके और वंशिका के संबंधों पर शक कर रहा हूं और यह शक तभी दूर हो सकता है जब ये वंशिका से राखी बंधवा ले? ऐसा ही लगता है। वरना ... अचानक अनिरुद्ध के दिमाग में वंशिका से राखी बंधवाने का ख्याल कहां से आ जाता?

एकाएक वंशिका ने अनिरुद्ध की तरफ पलटकर कहा–''पर मेरी एक शर्त होगी अनि।''

''शर्त?'' अनिरुद्ध के मुंह से निकला।

मैंने उलझन भरी नजरों से वंशिका की तरफ देखा। दिमाग यह समझने की कोशिश कर रहा था कि वह क्या नाटक कर रही थी।

इस बार वंशिका ने मेरी तरफ नहीं देखा बल्कि सीधी अनिरुद्ध की आंखों में देखती बोली–''बल्कि एक नहीं, दो शर्तें।''

''मैं समझ नहीं पा रहा हूं वंशि।''

''पहली–इस बंधन को हमेशा निभाओगे। किसी रक्षाबंधन पर तुम्हारी कलाई मुझसे दूर नहीं होगी और दूसरी।'' वंशिका कहती चली गई–''भाई-बहन का संबंध केवल रक्षाबंधन तक सीमित नहीं रहता। बहुत बड़ा रिश्ता है ये ... सदा निभाना होगा।''

''निभाऊंगा बहना ... सदा निभाऊंगा और वादा करता हूं, भले ही दुनिया के किसी छोर पर होऊं, रक्षाबंधन वाले दिन ये कलाई तेरे इतने नजदीक होगी कि तू इस पर राखी बांध सके।''

''तो ओके।'' चहकती वंशिका ने उसकी तरफ हाथ बढ़ाते हुए कहा–''कल से नहीं, हम आज ही से भाई-बहन हुए।''

मेरे सामने दोनों के हाथ मिले और फिर ... अपने-अपने स्थान से खड़े होकर गले भी मिले। मेरे अंदर कोई जलन पैदा नहीं हुई क्योंकि अगर वह नाटक भी था तो कम से कम अनिरुद्ध इन्नोसेंट था। मेरे शक को दूर करने के लिए ही सही मगर, वह सच्चे दिल से वंशिका से एक पवित्र रिश्ता जोड़ रहा था।

''यकीन मानना साले साहब।'' मैंने मूड में आने की एक्टिंग की थी–''मुझे एक साले की कमी हमेशा खटकती थी। दुनिया में साला कोई तो ऐसा होना चाहिए जिसे दी गई गाली रजिस्टर्ड हो। आज तुमने वो कमी दूर कर दी। मैं खुश हूं ... बहुत खुश।''

''आ जीजा ... गले लग जा।'' कहने के साथ अनिरुद्ध ने बांहें पसार दीं और मैं निश्छल मन से उनमें समा गया। बल्कि कसकर अनिरुद्ध को अपनी बांहों में जकड़ लिया। बहुत देर तक हम उसी तरह गर्मजोशी के साथ गले मिले रहे, उसके बाद मैंने पकड़ ढीली करते हुए कहा–''पर रक्षाबंधन की मेरी सारी बधाईयां तुम्हें आज ही स्वीकार करनी पड़ेंगी साले साहब।''

अनिरुद्ध ने कहा–''तुम्हारी सुंई अभी-भी वहीं अटकी पड़ी है जीजा जानी जहां से बात शुरू हुई थी!''

''चाहकर भी कुछ नहीं कर सकता अनि। कल का मेरा दिल्ली का प्रोग्राम पहले ही बन चुका है।''

''एक दिन सरक नहीं सकता?''

''वंशि को मालूम है–कंपनी के प्रोग्राम ऐसे नहीं होते।''

वंशिका ने पूछा–''पर तुम्हें दिल्ली जाना क्यों है?''

''उसी सिलसिले में जिसमें पहले गया था।'' अपनी प्लानिंग के मुताबिक मैंने सामान्य स्वर में कहा–''जिस साफ्टवेयर को मैं ठीक करके आया था, वह दरअसल ठीक से काम नहीं कर रहा है। उसकी जगह नया साफ्टवेयर बनाकर देना होगा।''

''उसमें तो कई दिन लग जाएंगे।''

''मेरा ख्याल है दो दिन में कर लूंगा लेकिन अटक गया तो हफ्तों के लिए भी अटक सकता है।'' मैंने इस किस्म की मजबूत भूमिका बांधने का निर्णय पहले ही कर लिया था–''तुम तो जानती हो वंशि, साफ्टवेयर तैयार करने का काम टेक्निकल है। हुआ तो फौरन हो जाता है और अटका तो बस अटक जाता है पर मैं जल्दी से जल्दी लौटने की कोशिश करूंगा।''

दोनों मेरी तरफ देखते रह गए।

फिर मैं बात को दूसरा रुख देता कहता चला गया–''और वैसे भी ... अब भला मुझे तुम्हारी फिक्र करने की क्या जरूरत है! अब तो मेरे बाद तुम्हारा ख्याल रखने के लिए तुम्हारा भाई मौजूद है।''

''हमारा ये रिश्ता जुड़ने का मतलब ये नहीं है जीजा जानी कि तुम आजाद हो गए हो।'' अनिरुद्ध बोला–''बल्कि यूं समझो कि कैद और सख्त हो गई है। पहले वंशि के हाथ से फिसलते तो बेचारी रो-धोकर रह जाती। अब फिसले तो पकड़कर वापस लाने के लिए छः फुटा जवान मौजूद है। सुन ही लिया होगा तुमने, रक्षाबंधन का मतलब केवल राखी बंधवाना नहीं, बहन की रक्षा करना है।''

मुझे अनिरुद्ध की निश्छल भावनाओं पर तरस आया।

काश, वह जानता होता कि जिस लड़की से उसने इतना पवित्र रिश्ता जोड़ा है वह वास्तव में कितनी पतित है।

काश, मैं अनिरुद्ध को वंशिका की हकीकत बता सकता। काश मैं उसे बता सकता कि मैं वंशिका के हाथ से नहीं फिसला था बल्कि वह मेरे हाथ से फिसल गई थी और ... जल्दी ही वह इस फिसलने की कीमत चुकाने वाली थी। इस कीमत को चुकाने से उसे छः फुटा होने के बावजूद वह भी नहीं रोक सकता था। मैं वंशिका की सजा मुकर्रर कर चुका था और वह उसे मिलनी ही मिलनी थी।

''डर गए जीजा जानी?'' अनिरुद्ध ने विचारतंद्रा भंग की।

मुंह से निकला–''ड ... डर गया! मतलब?''

''मेरी इस बात से कि मेरी बहन के हाथ से फिसले तो जम्बूरे से पकड़कर वापस इसी के पास ला पटकूंगा।''

''हां-हां भई।'' मैंने यह याद करते हुए बात संभाली कि अगर इसने पता लगा लिया कि मैं गुलबदन में था तो क्या अनिरुद्ध यही नहीं सोचेगा कि मैं बाजारू औरतों में मुंह मारता फिरता हूं–''डरना तो पड़ेगा ही। अपनी फिजीक देखो और मेरी देखो, एक झांपड़ मार दोगे तो बगैर फ्लाइट के दिल्ली एयरपोर्ट पर जाकर गिरूंगा।''

''कैसी बात करते हो जीजा जानी!'' उसने भावुक होकर मुझे लिपटा लिया–''इस रिश्ते के बारे में तुमने यह भी सुना होगा कि बहन के सुहाग की रक्षा करना साले का धर्म होता है और जीजा पर हाथ उठाने वाले साले को नर्क की आग में जलना पड़ता है।''

एक बार फिर हमने एक-दूसरे को कसकर बांहों में भर लिया था। इस बार अनिरुद्ध ने पूछा–''कल कितने बजे जाना है?''

''नौ पंद्रह की फ्लाइट है।''

''ओके। मैं सुबह सात बजे आ जाऊंगा। रक्षाबंधन की ये रस्म होगी तो तुम्हारे सामने ही।''

भला मैं कैसे इंकार कर सकता था!

कुछ देर बाद वह चला गया।

वंशिका खुश थी।

बेहद खुश।

होती क्यों नहीं!

उसके यार ने एक ही नायाब चाल से उसे मेरी नजरों में पाक साफ जो सिद्ध कर दिया था।

काश, वे जानते कि यह सफलता उन्होंने केवल अपनी समझ में हासिल की थी। मैं तो पहले ही से जानता था संबंध वंशिका और अनिरुद्ध के नहीं, उनके बीच हैं।

वह सारे फ्लैट में यूं उड़ी-उड़ी फिर रही थी जैसे पंख लग गए हों। एकाएक उसने कहा–''पेट में कुछ गड़बड़-सी लग रही है अंशु, मैं अभी आई।'' कहने के बाद वह मेरे जवाब की प्रतीक्षा किए बगैर बाथरूम की तरफ चली गई थी।

मुझे शक हुआ।

बाथरूम के बंद दरवाजे की तरफ लपका और दायां कान पल्ले और चौखट के बीच बनी पतली-सी झिर्री पर टिका दिया।

वंशिका की आवाज आई–''मार्वलस समीर ... मार्वलस! आज मैं तुम्हारे दिमाग का लोहा मान गई।''

'क्या मतलब?' दूसरी तरफ से शायद ऐसा ही कुछ कहा गया तभी तो वंशिका बोली–''अनिरुद्ध को मुझसे राखी बंधवाने के लिए भेजकर तुमने इतनी शानदार चाल चली है कि ...

आवाज बीच में ही रुक गई।

जैसे दूसरी तरफ से उसे काटकर कुछ कहा गया हो।

कुछ देर बाद हैरत में डूबी उसी की आवाज आई–''क्या बात कर रहे हो! तुमने नहीं भेजा अनिरुद्ध को?''

समीर की तरफ से शायद इंकार किया गया तभी तो वंशिका की आवाज और ज्यादा हैरत में डूब गई–''मैंने तो यही सोचा था उसे तुमने भेजा है। ऐसा नहीं है तो क्या वह अपनी मर्जी से यहां आया था! सचमुच ... तहेदिल से उसने राखी बंधवाने के लिए कहा! ऐसा है ... तब तो कमाल की ही बात हो गई ये। इसे ऊपरवाले का चमत्कार ही कहा जा सकता है। उसने खुद अंशु का शक दूर करने के लिए अनिरुद्ध को भेज दिया।''

''...।''

''हुआ क्या है?'' वंशिका आश्चर्य के सागर से बाहर नहीं आ पा रही थी–''तुम ये पूछ रहे हो समीर कि हुआ क्या है! हुआ ये है कि अब से करीब डेढ़ घंटे पहले अनिरुद्ध यहां आया और ...

इस बार वह सबकुछ बताने के बाद ही चुप हुई।

''...।''

दूसरी तरफ से पुनः कुछ कहा गया। वह बोली–''अब ... अब अंशु के दिल में शक की भला कोई गुंजाइश ही कहां रह गई! अनि के रक्षाबंधन की बात छेड़ने से पहले तो उसने कई बार व्यंग किया था मगर उसके बाद नहीं किया। इसे कहते हैं–सांच को आंच नहीं, हमारे कोई भी प्रयत्न किए बगैर अंशु का शक निकल गया।''

''...।''

''बाद में बात करूंगी समीर बल्कि कल फैक्ट्री में बात करेंगे। इस वक्त बाथरूम में हूं। ज्यादा देर हुई तो उसे शक हो जाएगा।''

मैं ड्राइंगरूम में आ गया।

सोफे पर बैठा नहीं बल्कि उसके एक हत्थे पर सिर रखकर लेट गया। सिगरेट सुलगा ली।

यह अनुमान तो गलत निकला था कि अनिरुद्ध ने जो कहा, वह समीर और वंशिका की साजिश में फंसकर कहा था।

वे दोनों ही हैरान थे।

पर था ये बहुत बड़ा इत्तफाक।

⅄

बैडरूम से बाथरूम का दरवाजा खुलने की आवाज आई। मैं समझ गया वंशिका बाहर आ चुकी है। अपनी प्लानिंग की तरफ अगला स्टेप बढ़ाने हेतु सबसे माकूल टाइम यही था।

सो, मैंने सिगरेट से पीछा छुड़ाकर पेंट की जेब में हाथ डाला।

वह मोबाइल बाहर निकाला जिसमें कलकत्ता का सिम था। ग्रीन बटन दबाते ही मेरे नंबर पर रिंग जाने लगती क्योंकि इस मोबाइल पर अपने नंबर को मैंने रिडायल पर रखा था।

ग्रीन बटन दबाने ही वाला था कि वंशिका ड्राइंगरूम में कदम रखती नजर आई। मैंने फुर्ती से वह हाथ सोफे के नीचे लटका लिया जिसमें कलकत्ता के सिम वाला मोबाइल था। सैट इतना छोटा था कि उसे हथेली में आराम से छुपा सकता था।

वंशिका सीधी मेरी तरफ आई और ... उसी सोफे पर बैठ गई जिस पर मैं लेटा था तथा बहुत प्यार से मेरे ऊपर झुकती चली गई। बोली–''कितना प्यारा है अनिरुद्ध! दिल का साफ। है न!''

''हां।'' कहते हुए मैंने सोचा, और तू दिल की कितनी काली है!

वह लगातार मुझे ... और सिर्फ मुझे ही देख रही थी।

बहुत प्यार से।

मैं साफ महसूस कर रहा था कुछ देर बाद वह सोफे ही पर अपने सारे जिस्म को मेरे जिस्म के ऊपर डाले लेटी होगी।

उसके होंठ मेरे होठों की तरफ बढ़ रहे थे। समझ जो रही थी कि मेरे दिमाग से शक का कीड़ा निकल चुका है।

उसके चेहरे पर मैं खुद को उस रात के फ्लैशिज देखने से नहीं रोक पा रहा था, जिस रात मैंने उसे समीर की बांहों में देखा था।

वे सारे दृश्य आंखों के सामने यूं चकरा रहे थे जैसे फिल्म के पर्दे पर किसी किरदार के सामने उसके अतीत के दृश्य चकराते हैं।

उन सबको देखते-देखते मुझे वंशिका के जिस्म से घिन्न आने लगी। अंदर से उसे विपरीत दिशा में धकेल देने की इच्छा हुई मगर मैं वैसा नहीं कर सकता था।

अब ... मेरे पास उसे जहां का तहां रोकने का एक ही तरीका था।

वही किया।

अर्थात् सोफे से नीचे लटके अपने हाथ में मौजूद मोबाइल का अंदाजे से ही ग्रीन बटन दबा दिया।

उसके कांपते होंठ मेरे होठों के बेहद नजदीक पहुंच चुके थे और उन्हें चूमने ही वाले थे कि बैडरूम में मौजूद मेरे मोबाइल पर रिंग जाने लगी। मैं बोला–''मोबाइल बज रहा है।''

''ऊंहूं!'' वंशिका के चेहरे पर ऐसे भाव उभरे जैसे उसे उस वक्त मेरे मोबाइल का बजना जरा भी अच्छा न लगा हो। मैं उसके जिस्म के नीचे से उठने की कोशिश करता बोला–''शेखर का फोन हो सकता है वंशि। प्लीज ...

''लाती हूं।'' उसने झल्लाए हुए लहजे में कहा और मेरे ऊपर से उठकर बैडरूम के दरवाजे की तरफ बढ़ गई।

वैसा ही हो रहा था ... ठीक वैसा ही जैसा मैं चाहता था।

मेरे मोबाइल की स्क्रीन पर स्पार्क करता नंबर वंशिका को बता देने वाला था कि कलकत्ता से फोन आ रहा है।

मेरी प्लानिंग थी–वह रिसीव करेगी तो मैं फोन काट दूंगा। उसे लगेगा–लाइन फाल्ट के कारण कट गया है और यदि फोन को मुझे लाकर देगी तो इस फोन को अपनी जेब में डाल लूंगा।

'शेखर' से बात करने लगूंगा।

वंशिका बैडरूम में जा चुकी थी। बैल लगातार बज रही थी। मेरा हाथ वक्त के मुताबिक हरकत करने के लिए मुस्तैद था।

वंशिका वापस ड्राइंगरूम में आती नजर आई।

उसके हाथ में मेरा मोबाइल था। उस पर बैल लगातार जा रही थी। मेरा मोबाइल वाला हाथ जेब में था। सोफे से खड़ा हो चुका था। वह तेजी से नजदीक आती बोली–''उसी का है।''

मैंने फौरन जेब का मोबाइल जेब में ही छोड़ा और हाथ बाहर निकालकर झपटते-से अंदाज में वंशिका के हाथ से मोबाइल लेकर उसका ग्रीन बटन दबाता बोला–''हां, शेखर।''

मैंने गैप दिया।

जैसे दूसरी तरफ की आवाज सुन रहा होऊं।

फिर बोला–''कहीं नहीं यार, मोबाइल बैडरूम में पड़ा था। मैं और वंशि यहां ड्राइंगरूम में थे इसलिए उठाने में देर हो गई।''

पुनः ऐसी एक्टिंग करने लगा जैसे दूसरी तरफ से कही जाने वाली बात

सुन रहा होऊं। वंशिका मेरे ही चेहरे की तरफ देखे जा रही थी। चहलकदमी करता थोड़ा परे हट गया और बोला–''हां। मुझे वंशि ने बताया तेरी बात उससे हुई थी।''

माकूल गैप देने के बाद फिर कहा–''हां बेटा, सबकुछ बता दिया है। यह भी कि तू फोन ही पर लाइन मार रहा था। भाभी की आवाज बड़ी मखमली लग रही थी तुझे। आजा बेटा, कान खींचूंगा तेरे। इतने घूंसे बरसाऊंगा चेहरे पर कि भूगोल बदल जाएगा।''

मैंने पुनः गैप दिया और फिर बुरी तरह चौंकता बोला–''क्या? क्या कहा तूने? कल आ रहा है?''

गैप।

''नहीं यार, कल तो मैं ... ।'' और बस, इतना कहने के बाद मैंने इस तरह जीभ दांतों तले दबाकर वंशिका की तरफ देखा जैसे बड़ी मुश्किल से मुंह से वह बात निकलने से रोकी हो जो नहीं कही जानी चाहिए थी और फिर कहता चला गया–''नहीं-नहीं यार, ऐसी कोई बात नहीं है। तेरे लिए तो मैं खाली ही खाली हूं। रिसीव करने एयर पोर्ट पर पहुंचूंगा। बता ... कौनसी फ्लाइट से आ रहा है?''

गैप।

''एक मिनट ... एक मिनट।'' मोबाइल पर कहने के बाद मैंने वंशिका से कहा–''जरा नोट करो वंशि, शेखर टाइम और फ्लाइट नंबर वगैरह बता रहा है।''

वंशिका ने कागज और पैन की तलाश में नजर दौड़ाई। नजर न आने के कारण उस वक्त वह बौखलाई हुई-सी थी जब मैंने तेजी से कहा–''अपने मोबाइल में नोट कर लो न यार।''

उसने सेंटर टेबल पर रखा मोबाइल उठाया।

''हां। अब बोल।'' मैंने अपने मोबाइल पर कहा और फिर इस तरह अटक-अटककर कहता चला गया जैसे दूसरी तरफ से बताए जा रहे शब्दों को दोहरा रहा होऊं–''बैंगलुरू से मुंबई आने वाली इंडियन एयरलाइंस की फ्लाइट संख्या ... आइ सी नौ सौ चार ... कल शाम तीन पैंतालिस पर मुंबई एयरपोर्ट पर लैंड करेगी।''

''बैंगलुरू से!'' वंशिका चौंकी–''शेखर तो कलकत्ता में है न!''

''अबे-अबे हां। सुन।'' मैं जैसे फोन के दूसरी तरफ मौजूद शेखर से कह रहा था–''तू तो कलकत्ता में है न! फिर ये बैंगलुरू से आने वाली फ्लाइट का क्या चक्कर है?''

गैप।

''अच्छा-अच्छा। ओके। मैं पहुंच जाऊंगा यार। लेकिन यह तो बता– कितने दिन के लिए आ रहा है तू?''

गैप।

''त ... तीन! सिर्फ तीन दिन!''

गैप।

''नहीं यार, कम तो नहीं होते लेकिन तेरे-मेरे लिए बहुत कम पड़ेंगे। अट्ठारह साल से बिछुड़े यार हैं। कितनी बातें होंगी।''

गैप।

''हां। वो तो ठीक है यार तूने मुश्किल से तीन दिन निकाले हैं। उसके बाद फिर बिजनेस मीटिंग्स होंगी लेकिन क्या ऐसा नहीं हो सकता कि कल का प्रोग्राम केंसिल करके पहले तू एक तरफ से सारी बिजनेस मीटिंग्स निपटा ले। फिर आराम से कम से कम एक हफ्ते के लिए बैठेंगे। शायद हफ्ते में भी पेट न भरे और ...

गैप।

''क ... क्या? ये क्या कह रहा है तू! आगे टाइम नहीं मिलेगा! ओके-ओके यार, तीन दिन ही सही। तू आ तो सही। आना तेरे हाथ में ... भेजना तो मेरे ही हाथ में होगा।''

मैंने फिर ऐसा दर्शाया जैसे दूसरी तरफ से कुछ कहा जा रहा हो और उसका जवाब दिया।

कुछ देर के नाटक के बाद फोन काटा और इस तरह 'धम्म' से सोफे पर गिर गया जैसे मैराथन की दौड़ जीतकर आया होऊं।

जानबूझकर लंबी-लंबी सांसें ले रहा था मैं।

वंशिका पुनः मेरे नजदीक सोफे पर बैठती बोली–''केंसिल!''

''क्या केंसिल?''

''दिल्ली जाना।''

''नहीं वंशि।'' मैंने मुंह लटकाकर कहा–''प्रोग्राम केंसिल नहीं हो सकता। उनका करोड़ों का नुकसान हो जाएगा।''

''केंसिल नहीं हो सकता तो ... ?'' वंशिका बुरी तरह हैरान नजर आई– ''तुमने शेखर को बता क्यों नहीं दिया?''

''बता तो रहा था लेकिन शब्द मुझे मुंह में ही रोक लेने पड़े। न रोकता तो वह आता ही नहीं। प्रोग्राम ही केंसिल हो जाता और ...

''और?''

''फिर शायद कभी नहीं बनता।'' मैं कहता चला गया–''सारी बातें तुम्हारे सामने ही तो हुई हैं। जैसे ही मैंने यह कहने की कोशिश की कि वह इन तीन दिन का प्रोग्राम केंसिल करके पहले अपनी सारी बिजनेस मीटिंग्स निपटा ले। बाद में बना ले तो बोला–आगे टाइम मिलने की कोई गुंजाइश नहीं है। सारा शड्यूल एकदम टाइट है।''

''तो?''

''तो क्या?''

''कैसे करोगे?''

''वही सोच रहा हूं।'' प्लान के मुताबिक मैं खुद को बुरी तरह दुविधा में फंसा दिखा रहा था–''दिल्ली न जाने का एक ही मतलब होगा–नौकरी से हाथ धोना।''

''हम नौकरी गंवाना अफोर्ड नहीं कर सकते।''

''मैं यह भी अफोर्ड नहीं कर सकता कि वह इंडिया आया भी, फोन पर बातें भी हुईं और ... बगैर मिले लंदन लौट जाए।''

''मेरी समझ में नहीं आ रहा अंशु तुम कहना क्या चाहते हो?'' वंशिका झुंझला गई। मैं मुस्कराया क्योंकि मेरा तो मकसद ही उसे इस अवस्था में लाना था। झल्लाए-से अंदाज में वह कहती चली गई–''नौकरी भी नहीं छोड़ सकते। शेखर से कल आने के लिए मना भी नहीं कर सकते। दोनों बातें कैसे मैनेज होंगी?''

''कोई रास्ता सुझाओ न!''

''एक ही रास्ता है। शेखर से बात करो। उसे मजबूरी बताओ। हो सकता है वही शड्यूल में चेंज करने का कोई रास्ता निकाल ले।''

''बात तो ठीक है तुम्हारी।'' कहने के बाद मैं पेंट की दोनों जेबों में हाथ डालकर ऐसे अंदाज में चहलकदमी करने लगा जैसे वंशिका के सजेशन पर विचार कर रहा होऊं लेकिन वास्तव में मेरे दाएं हाथ का अंगूठा जेब में पड़े कलकत्ता वाले मोबाइल का स्विच ऑफ कर रहा था। जब अंगूठा अपना काम कर चुका तो हाथ बाहर निकाला, अपने मोबाइल से कलकत्ता वाला नंबर रिडायल किया।

कुछ देर तक ऐसा नाटक करता रहा जैसे बैल जा रही हो।

फिर बोला–''हां शेखर, मैं बोल ...

मैं इस तरह रुक गया जैसे दूसरी तरफ से कुछ कहा जा रहा हो और फिर बोला–''क ... क्या? तनिष्क कंपनी के सीइओ सुनील बोल रहे हो! मगर अभी-अभी तो इस नंबर से शेखर ने बात की थी!''

मैंने फिर कुछ देर दूसरी तरफ की आवाज सुनने का नाटक करने के बाद कहा–''ओह! अच्छा। क्या शेखर से बात हो सकती है?''

गैप

''क ... क्या? बैंगलुरू के लिए निकल चुका है!''

गैप

''शिट!'' मैं जैसे अपने बाल नोंच लेना चाहता था–''ये आप क्या कह रहे हैं मिस्टर सुनील! उस वक्त आप एयरपोर्ट के बाहर ही थे जब उसने आपके फोन से मुझसे बात की थी लेकिन अब वह एयरपोर्ट के अंदर जा चुका है!''

मैंने फिर गैप दिया और बोला–''ये तो गड़बड़ हो गई। अच्छा ये बताइए, क्या बैंगलुरू का कोई ऐसा नंबर मिल सकता है जिस पर उनके वहां पहुंचने के बाद बात हो जाए?''

मैंने ऐसा चेहरा बना लिया जैसे दूसरी तरफ से इंकार कर दिया गया हो। फिर बोला–''अच्छा इतना तो कर सकते हैं उनका फोन आए तो मेरे फोन के बारे में बता दें और कह दें कि जहां से भी, जैसे भी हो सके ... मुंबई आने से पहले एक बार मुझसे बात जरूर कर लें?''

मैंने पुनः दूसरी तरफ से कही जाने वाली बात को सुनने जितना गैप दिया और 'थैंक्यू' कहने के साथ कनेक्शन काटते हुए चेहरे पर ऐसे भाव फैला लिए जैसे कोई सगा-संबधी मर गया हो।

स्वाभाविक रूप से वंशिका ने सवाल किया–''क्या हुआ?''

''सुन तो लिया है यार तुमने।'' मैंने झुंझलाने की एक्टिंग करते हुए कहा–''ये नंबर शेखर का नहीं, तनिष्क के सीइओ किसी सुनील का है। वह शेखर को एयरपोर्ट तक छोड़ने आया था। बता रहा था शेखर को अभी तक कोई नंबर एलाट नहीं हुआ है। उसने जितनी बार, जहां भी बात की उसी के फोन से की और कुछ देर पहले जो बातें कीं कलकत्ता एयरपोर्ट के बाहर से की थीं। बात करने के बाद बैंगलुरू की फ्लाइट पकड़ने के लिए एयरपोर्ट के अंदर चला गया। सुनील अंदर नहीं जा सकता था। मैंने बैंगलूरू का नंबर मांगा। कहता है–मुझे तो यह भी नहीं मालूम बैंगलुरू में उन्हें किससे मिलना है। बिजनेस सीक्रेट्स कोई किसी को नहीं बताता। जब मैंने कहा यदि उसका फोन आए तो मेरे फोन के बारे में बता दे तो बोला–अब उनका फोन मेरे पास आने की कोई उम्मीद नहीं है क्योंकि हमारी कंपनी के साथ उनकी डीलिंग कंपलीट हो चुकी है। फिर भी मैंने कहा कि ... नहीं वंशि।'' मेरा अंदाज निराशा में डूबा हुआ था–''मुझे कोई उम्मीद नहीं है उसका फोन सुनील के पास आएगा।''

''तो?'' वंशिका के चेहरे पर भी सवालिया निशानों का जाल सा बिछा नजर आने लगा था।

''शायद बैंगलुरू से चलने से पहले बात करे। अब तो यही एक उम्मीद बची है। उसका फोन आए तो हम वस्तुस्थिति बता दें।''

''न आया तो?''

''तब तो वह खुद आएगा।''

''और तुम नहीं होगे। ऐसी अवस्था में क्या होगा?''

''मुझे खुद नहीं मालूम यार, तुम्हें क्या जवाब दू!'' झल्लाए हुए लहजे में मैं बोला–''प्लीज, मेरा भेजा मत चाटो। कुछ देर के लिए अकेला छोड़ दो मुझे।''

वह खामोशी के साथ मुझे देखती रही।

खुद को ज्यादा टेंशन में दिखाने के लिए मैंने सिगरेट सुलगा ली थी। फिर, वह आगे बढ़ी। मेरे नजदीक आई और प्यार से मेरे बालों मे अपनी उंगली से कंघी करती बोली–''ज्यादा परेशान मत हो, मैं पैग बनाकर लाती हूं।''

कहने के बाद वह बैडरूम की तरफ चली गई क्योंकि व्हिस्की की बोतल वहीं रखी रहती थी। कभी-कभी हम दोनों मूड बनाने के लिए दो-दो पैग लगा लिया करते थे। मैं समझ गया कि यह विचार उसके दिमाग में मुझे मूड में लाने के लिए आया था।

बड़ी ही खूंखार नजरों से मैंने उसके हाहाकारी अंदाज में मटकते नितंबों को देखा और फिर, उन नितंबों पर समीर के चौड़े हाथ नजर आए। समीर की गोद में नजर आई वह मुझे।

मैं घृणा से भर उठा।

वह पैग बना लाई।

मैंने पैग की तरफ देखा तक नहीं, यह दर्शाता रहा जैसे जेहन कहीं और उलझा है। पैग में कोई दिलचस्पी नहीं है।

वह उसी सोफे पर बैठ गई जिस पर मैं बैठा था। मैंने सिगरेट का अंतिम सिरा एश्ट्रे में डाला और उसकी तरफ देखता बोला–''अब तो एक ही बात समझ में आती है।''

''क्या?'' उसने पूछा।

''सबसे अच्छा तो ये है कि किसी तरह संपर्क स्थापित हो जाए और हम उसे वस्तुस्थिति बता दें लेकिन अगर ऐसा नहीं होता है तो मजबूरी है–तुम

उसे एयरपोर्ट से रिसीव करोगी।''

''म ... मैं?''

''वह मुझे वहां न देखकर सवाल करेगा पर तुम यह नहीं कहोगी कि मैं मुंबई में नहीं हूं। कहोगी कि तबियत खराब होने के कारण एयरपोर्ट पर नहीं आ पाया। इस तरह तुम उसे ...

''य ... ये सब क्या कहते चले जा रहे हो अंशु।'' वह मेरी बात काटकर बोली–''मैं ये सब कैसे कर सकूंगी?''

''जब वह मुंबई आ ही जाएगा तो हम उसे लावारिस भी तो नहीं छोड़ सकते वंशि। ऐसा तो नहीं कर सकते कि उसे रिसीव करने हममें से कोई जाए ही नहीं। बताओ, क्या ऐसा करना मुनासिब होगा?''

मुझे मालूम था वह किसी हालत में इस बात को मुनासिब नहीं कह सकेगी। चुप रह जाएगी। वैसा ही हुआ।

मैंने कहा–''जवाब दो मेरी बात का।''

''चलो।'' उसने मजबूरी में घिरी ठंडी सांस भरी–''मैं झूठ बोल कर उसे घर ले आऊंगी। उसके बाद?''

''उसे आराम से बैठाकर ... प्यार से समझाओगी कि मैं दिल्ली में हूं और कितनी बड़ी मजबूरी के कारण हूं।''

''यह सुनते ही वह बिदक जाएगा और वापस जाने ...

''मैं जानता हूं। तुम्हें उसे रोकना होगा।''

''म ... मैं कैसे रोकूंगी?''

''यह कह सकती हो कि मैं कल आ जाऊंगा।'' मैं उसे फंसाता चला गया–''इसमें मैं भी तुम्हारी मदद करूंगा।''

''तुम?''

''फोन पर मुझसे बात करा देना उसकी। मैं कहूंगा काम खत्म होने ही वाला है। बस एक ही रात की तो बात है।''

''जबकि तुम नहीं आओगे।''

''हो सकता है आ भी जाऊं।''

''मतलब?''

''सिर्फ इतना देवीजी कि तुम समझ ही सकती हो, जिन हालात और मानसिक अवस्था में मैं हूं, उसमें खुद ही जल्दी से जल्दी काम निपटाकर फारिग होना चाहूंगा। काम पूरा करने के लिए मैं अपना सौ परसेंट लगा दूंगा। मुमकिन है कामयाब हो जाऊं। ऐसा हो गया तो सचमुच अगले दिन लौट आऊंगा।''

''न लौट सके तो?''

''तुम पर उसे एक दिन और उलझाए रखने की जिम्मेदारी बढ़ जाएगी। पहले दिन की तरह फोन पर बात करके मैं तुम्हारी मदद करूंगा। पर तुम जानती हो, मुख्य रूप से हालात तुम्हें ही संभालने हैं।'' मैं कहता चला गया–''अगले दिन नहीं आ सका तो उस दिन भी, हम उसे इसी तरह मिलजुलकर रोकेंगे। मतलब जितने दिन का प्रोग्राम बनाकर आ रहा है, उतने दिन तो तुम्हें उसे रोककर रखना ही है। उससे ज्यादा रोक सको तो कहने ही क्या!''

''इससे फायदा क्या होगा?''

''अगर मेरा काम पहले दिन पूरा हो गया तो शेखर के साथ दो दिन मिल जाएंगे। दूसरे दिन हुआ तो एक दिन और उस दिन भी न हो सका तो ... तो कम से कम वे तीन दिन वह इंज्वॉय तो करेगा जो अपने बिजी शड्यूल में से मेरे लिए निकाले हैं।''

''जब तुम होगे ही नहीं तो खाक इंज्वॉय करेगा?''

''तुम तो होगी!''

''मैं ...

''यही तो ... यही तो कहना चाहता हूं मैं।'' मैं उसे बोलने का मौका दिए बगैर कहता चला गया–''तुम्हें कुछ ऐसा करना होगा वंशि कि उसे मेरी कमी न खले। वह एक पल के लिए भी बोर न हो बल्कि उसके बाद मेरी और उसकी बातें हों तो वह तुम्हारी तारीफ करे। कहे–यह गम तो है अंशु कि तुझसे मुलाकात नहीं हुई लेकिन भाभी ने तेरी कमी खलने नहीं दी।''

यह सब मैंने इतने उत्साहपूर्ण तरीके से कहा था कि बहुत कुछ बोलने की इच्छा के बावजूद वंशिका एक शब्द न कह सकी।

बस मेरी तरफ देखती रही।

मैंने चोट की–''वंशि, अगर पति घर न हो और उसका कोई दोस्त आ जाए तो आदर-सत्कार करने का तो वैसे भी पत्नी का फर्ज बनता है। ये तो फिर शेखर की बात है। मेरे बचपन के यार की। मेरी जान की। मैं ये चाहूंगा कि भरपूर कोशिश के बावजूद यदि मैं तीसरे दिन भी न लौट सकूं तो उसे यह न लगे कि मेरे घर आकर अपना टाइम वेस्ट किया। तुम्हें कुछ भी करके ... कुछ भी करके उसे रोकना ही नहीं है बल्कि बोर भी नहीं होने देना है।''

''भले ही चाहे जो करना पड़े!'' उसने मेरी तरफ शरारत भरी तिरछी नजरों से देखते हुए कहा था–''चाहे जो!''

मैंने उसका अर्थ समझा और कहा–''पिटोगी?''

''तुम्हीं ने तो कहा, चाहे जो करना पड़े।'' कहने के साथ वह अपने खास अंदाज में खिलखिलाकर हंसी थी।

जिस रात मैंने उसे समीर के साथ देखा था, उस रात से पहले जब वह

खिलखिलाकर हंसा करती थी तो मुझे ऐसा लगता था जैसे संगेमरमरी फर्श पर सच्चे मोती बिखरते चले गए हों मगर उस वक्त ऐसा लगा जैसे हॉरर फिल्म में प्रेतात्मा का रोल कर रही अभिनेत्री ने अपने बाल बिखेरकर डरावनी किल्लियां मारी हों।

अपने कलेजे पर पत्थर रखकर मैंने उस डरावनी आत्मा को बांहों में भरा और अपने प्लान को परवान चढ़ाने की खातिर समीर के झूठे होठों पर अपने होंठ रख दिए।

क्या आप मेरे प्लान को समझ रहे हैं? अर्थात् यह अंदाजा लगा पा रहे हैं कि मैं क्या करने वाला था?

मेरा दावा है–अपने दिमाग के चाहे जितने घोड़े दौड़ा लीजिए मगर मेरे प्लान तक नहीं पहुंच पाएंगे और ... जो वास्तव में होने वाला था, उसका तो जब मुझे ही नहीं पता था तो आप क्या अनुमान लगा सकेंगे! ऐसा हुआ कि मेरे दिमाग के परखच्चे उड़ गए।

वह रात मेरे जीवन की सबसे भारी रात थी क्योंकि बदकार बीवी से दूर रहने का मेरे पास कोई बहाना नहीं था।

इसलिए, मैंने खूब शराब पी।

पी तो उसने भी थी मगर मैंने इतनी पी कि खुद पीने के बावजूद उसने मुझसे कहा–''अंशु, तुम्हें हो क्या गया है! कितनी पिओगे? होश ही गंवाओगे क्या?''

मैं उसे कैसे बताता कि मैं होश गंवाने के लिए ही पी रहा था।

बस इतना ही कहा–''शायद तुम्हें एहसास नहीं है कि मुझे इस बात का कितना गम है कि अट्ठारह साल बाद मेरा यार आएगा और मैं यहां नहीं होऊंगा।''

सुबह हुई।

नशे में धुत्त मैं सोया पड़ा था।

वंशिका ने झकझोरकर उठाया। कहा–''छः बज गए हैं। जल्दी उठकर तैयार हो जाओ। अनि ने सात बजे आने के लिए कहा था।''

मैं उठा।

तैयार हुआ।

वंशिका बेहद खुश नजर आ रही थी।

पहली बार रक्षाबंधन वाले दिन घर में त्योहार जैसा माहौल था। उस

वक्त तो उस माहौल में चार-चांद लग गए जब इधर घड़ी ने सात बजाए उधर दरवाजे पर चहकता हुआ अनिरुद्ध नजर आया।

आगे बढ़कर दिल की गहराईयों से मैंने उसे गले लगाया।

वंशिका ने राखी बांधी। उसने शगुन दिया। आधा घंटा यूं गुजर गया जैसे आधा मिनट गुजरा हो। सवा नौ की फ्लाइट होने के कारण मुझे सवा आठ बजे एयरपोर्ट पहुंचना था और सवा आठ पहुंचने के लिए साढ़े सात बजे घर से निकलना था अतः उधर घड़ी ने साढ़े सात बजाए, इधर मैंने अपनी अटेची उठाकर चलने के लिए कहा।

पहियों पर चलने वाली भारी-भरकम अटेची रात ही लगाकर रख दी गई थी। उसे लगाने में वंशिका की जरा भी मदद नहीं ली थी मैंने। ले भी नहीं सकता था क्योंकि उसमें ऐसी-ऐसी चीजें थीं जिन्हें देखकर वह न केवल चौंक पड़ती बल्कि मेरा सारा प्लान भी चौपट हो जाता। यह काम मैंने तब किया था जब पीने से पहले वह किचन में खाना बना रही थी। उसी समय मैं पार्किंग में खड़ी गाड़ी से चेन्नई से खरीदा गया बाकी सामान भी ले आया था।

अटेची मेरे हाथ से लेता हुआ अनिरुद्ध बोला–''ऐसे अकेले-अकेले कैसे चले जाओगे जीजा जानी, अब तुम्हारी खिदमत के लिए दुनिया में ये रजिस्टर्ड साला मौजूद है।''

''मतलब?'' मैं हंसा था।

''मैं तुम्हें एयरपोर्ट छोड़कर आऊंगा।''

''अरे नहीं यार।'' मैं और जोर से हंसा–''आदत खराब मत करो मेरी। चला जाऊंगा। तुम लोग त्योहार मनाओ। वैसे भी आज के दिन भाई-बहन के बीच पति कबाब में हड्डी होता है। वंशि, इसे लंच कराए बगैर मत जाने देना।''

''चिंता मत करो जीजा जानी, तुम्हें सी-ऑफ करके सीधा यहीं आऊंगा। बहन के घर लंच किए बगैर ये त्योहार पूरा नहीं होता।''

''मैं भी चल रही हूं।'' वंशिका बोली–''लंच में अभी टाइम है। वापस आकर बना भी लूंगी और खिला भी दूंगी।''

इस तरह, मेरे काफी मना करने के बावजूद वे नहीं माने।

रास्ते में मैंने वंशिका से कहा–''तीन दिन की छुट्टी के लिए मैं समीर से बात करूं या तुम कर लोगी?''

वंशिका ने केवल इतना कहा–''कर लूंगी।''

उस वक्त अनिरुद्ध को 'शेखर' के बारे में बताना पड़ा जब उसने तीन दिन की छुट्टी लेने का कारण पूछा। संक्षेप में सारी बात सुनने के बाद उसने कहा–

''ये तो वाकई बड़े दुख की बात है जीजा जानी कि तुम्हारा बचपन का दोस्त अट्ठारह साल बाद मिलने आ रहा है और तुम्हें दिल्ली जाना पड़ रहा है।''

''मजबूरी इसी का नाम है साले मियां, पर मैंने भी दिल्ली पहुंचते ही चुटकियों में नया साफ्टवेयर बनाकर उनके हाथ में नहीं थमा दिया तो मेरा नाम अंशुमन नहीं। मुझे पूरा विश्वास है कि तीन दिन न सही लेकिन दो दिन जरूर शेखर के साथ गुजारूंगा।''

इसी किस्म की बातें करते हम एयरपोर्ट पहुंच गए।

'सुरक्षा जोन' में दाखिल होते-होते मैं वंशिका को समझाता रहा था कि उसे क्या-क्या करना है। शेखर को इस तरह कैसे हैंडिल करना है कि वह बिदके नहीं बल्कि मेरा इंतजार करता रहे।

अंत में वंशिका ने ऐसे अंदाज में कहा था जैसे मेरे बार-बार के समझाने से खिसिया गई हो–''इतनी बड़ी जिम्मेदारी छोड़कर जा रहे हो तो विश्वास भी करो। बस इतना ही कह सकती हूं कि तुम्हारे दोस्त को शिकायत का मौका नहीं दूंगी।''

''वैसे भी, वह बेचारा तो वैसे ही तुम पर मरा पड़ा है।'' विदाई लेते वक्त मैंने शरारत की थी–''आवाज ही बहुत मखमली लग रही थी उसे। अब मेरी पूरी की पूरी मखमली को देखेगा तो हमेशा के लिए मुंबई से जाने से इंकार कर देगा।''

''अपना दिल मत जलाओ।'' उसने भी शरारती अंदाज में कहा था– ''दिल्ली में, काम के दरम्यान अगर यही सोचते रहोगे कि मैं उसके साथ क्या-क्या कर रही हूं तो तीन दिन में तो क्या तीन सदी में भी कोई ढंग का साफ्टवेयर नहीं बना पाओगे।''

एयरपोर्ट के अंदर पहुंचकर मैंने नंबर सेट करके अटेची खोली। उसमें दो ई-टिकट थे। एक मुंबई से बैंगलुरू का। दूसरा बैंगलुरू से मुंबई का। मुंबई से बैंगलुरू का टिकट अंशुमन सिन्हा के नाम का था। पर, बैंगलुरू से मुंबई के टिकट पर शेखर मल्होत्रा लिखा था।

आप समझ गए होंगे दिल्ली जाने का मेरा कोई इरादा नहीं था। मैं बैंगलुरू जा रहा था। किंग फिशर की वह फ्लाइट सवा नौ की नहीं बल्कि नौ तीस की थी।

जाने किस भावना के आधीन मैंने सूटकेस की गुप्त जेब में रखा शेखर मल्होत्रा के नाम का पासपोर्ट चैक किया। उसमें फुरैरी-सी मारी। हर पन्ना असली लग रहा था और विभिन्न देशों की लगी मोहरें साफ बता रही थीं कि शेखर मल्होत्रा नाम का यह शख्स कम से कम पच्चीस देशों की यात्रा कर चुका है और इस वक्त इंडिया में है।

अपनी तैयारियों से संतुष्ट होने के बाद मैंने अटेची से मुंबई से बैंगलुरू वाला टिकट और अपनी असली आईडी निकालकर जेब के हवाले की तथा बोर्डिंग कार्ड बनवाने विंडो की तरफ बढ़ गया।

साढ़े ग्यारह बजे प्लेन के पहियों ने बैंगलुरू एयरपोर्ट की जमीन को चूमा। बाहर आते-आते पौने बारह बज गए।

मेरी नजर बार-बार रिस्टवॉच पर जा रही थी।

हालांकि सबकुछ पूर्व-निर्धारित प्लान के मुताबिक चल रहा था, इसके बावजूद थोड़ी बेचैनी होने लगी।

लगेज जोन में कदम रखते ही सीधा टायलेट में पहुंचा।

वहां भीड़ लगी हुई थी।

किसी की परवाह किए बगैर उस केबिन में घुस गया जिसमें लोग फारिग होते थे।

चटकनी चढ़ा ली।

अब वहां कोई नहीं आ सकता था।

अटेची खोली। पोलोथीन की एक ऐसी थैली निकाली जिसमें सबकुछ नया था। जूते, जुर्राब, अंडरवियर, बनियान, शर्ट, टाई और सूट। सबकुछ इतने कीमती, जितने पहनना तो दूर, मैंने खरीदने के बारे में भी कभी नहीं सोचा था। आप समझ गए होंगे कि यह सारा सामान मैंने चेन्नई से खरीदा था।

जन्मजात नंगा हो गया मैं।

पुराने सभी कपड़े उतारकर पोलोथीन में ठूंसे और पोलोथीन में मौजूद कपड़े जिस्म पर धारण कर लिए। उंगलियों, कलाईयों और हाथ आदि पर गोविंद चांदना द्वारा बनाई गई चमड़ी चढ़ाई।

सूटकेस से एक डिब्बी निकाली।

डिब्बी में हीरे, माणिक, पन्ने और नीलम आदि कीमती रत्नों की नजर आने वाली कई अंगूठियां थीं।

उन्हें विभिन्न उंगलियों में धारण किया।

'नजर आने वाली' इसलिए लिखा है क्योंकि असली खरीदने की तो मेरी औकात ही नहीं थी।

गले में दो मालाएं डालीं।

एक सोने के तार में पिरोए गए सच्चे मोतियों की नजर आ रही थी, दूसरी

ऐसी थी जिसमें दुर्लभ और बेशकीमती नजर आने वाले रत्न लगे हुए थे। हालांकि उनकी कीमत दो कौड़ी की नहीं थी मगर यह बात जौहरी ही ताड़ सकता था।

आंखों में लैंस लगाए।

चेहरे पर मूंछ-दाढ़ी और विग सहित फेसमास्क लगाने के बाद जब मैंने खुद को आईने में देखा तो 'वाह-वाह' कर उठा।

अंशुमन सिन्हा गायब हो चुका था।

आईने में मेरी आंखों के सामने शेखर मल्होत्रा खड़ा था। हर मामले में अंशुमन सिन्हा से सुंदर और स्मार्ट शेखर मल्होत्रा।

मैंने बहुत गौर से अपने चेहरे को देखा।

कंधों तक झूल रहे लंबे बाल थोड़े अस्त-व्यस्त नजर आए।

उन्हें व्यवस्थित किया।

अटेची से सोने के चौड़े फ्रेम का ऐसा चश्मा निकाला जिसकी कमानी पर कई जगह डायमंड्स लगे नजर आ थे।

लैंस काले थे।

दाएं कान की लौ पर ऐसा रिंग पहना जिसमें तीन 'सोलीटेयर' लगे थे। बाईं कलाई में बहुत ही कीमती नजर आने वाली रिस्टवॉच और दाईं में डायमंड का ब्रेसलेट।

संतुष्ट होने के बाद अटेची से पासपोर्ट निकाला। एक बार फिर खोलकर उसमें लगे फोटो को देखा ही नहीं बल्कि आईने में नजर आ रहे चेहरे से मिलान भी किया।

दोनों में बस लिबास और चश्मे का फर्क था।

फोटो में शेखर मल्होत्रा ने चश्मा नहीं पहन रखा था।

अब मैंने अटेची की मेनचेन को, यानी जिसे बंद करने के बाद नंबर लॉक लगता था, पकड़कर ऐसा झटका दिया कि उसके बाद वह बंद होकर ही जो नहीं दी।

मैंने हर तरह से कोशिश कर ली, लेकिन वो बंद नहीं हुई।

उसी अवस्था में दाएं हाथ से उसका हैंडिल पकड़ा, बाएं हाथ से दरवाजे की चटकनी गिराई और अटेची को पहियों पर लुढ़काता, बेधड़क बाहर निकला।

टायलेट में भीड़ अब भी थी परंतु मैं जानता था उनमें से कोई भी वह नहीं होगा जिन्होंने मुझे केबिन में जाते देखा था क्योंकि पेशाब करने में उतनी देर किसी को नहीं लगती जितनी मुझे अंशुमन से शेखर मल्होत्रा बनने में लगी थी।

अर्थात् कोई यह देखकर नहीं चौंक सकता था कि केबिन में गया कौन था, निकला कौन।

चलने के स्टाइल में भी थोड़ा परिवर्तन कर लिया था मैंने।

चाल में टाइकून वाला अंदाज था।

दाएं हाथ में तो खैर खुली हुई अटेची का हैंडिल था मगर बाएं हाथ से बार-बार लंबे बालों को संवार रहा था।

मैं सीधा एयरपोर्ट के लाउंज में ही स्थित उस शॉप पर गया जहां विभिन्न कंपनियों की अटेचियां, सूटकेस और ब्रीफकेस आदि रखे थे। शॉप कीपर को चेन दिखाकर बताया वह बेकार हो गई है।

नई अटेची खरीदी।

सामान उसमें ट्रांसफर किया। पेमेंट देने के बाद पुरानी अटेची की तरफ इशारा करता बोला–''इसको कचरे में फैंक देना।''

''यस सर।'' शॉपकीपर आदर से झुकता हुआ मुस्कराया।

मैंने रिस्टवॉच पर नजर डाली।

टाइम कम रह गया था अतः कुछ खास तेजी के साथ लाउंज में ही स्थित ड्यूटी फ्री वाइन शॉप पर पहुंचा।

एक मोहितो वोडका, एक जैक डेनियल्स और एक जॉनीवाकर गोल्ड की बोतल खरीदकर अटेची में ठूंसीं और जितनी तेजी से चल सकता था उतनी तेजी से चलता एग्जिट गेट की तरफ बढ़ गया।

रिस्टवॉच में बारह पैंतालिस हो चुके थे जबकि मुझे इसी टाइम पर इसी एयरपोर्ट के एंट्री गेट पर होना चाहिए था क्योंकि तीन पैंतालिस पर मुंबई पहुंचने वाली इंडियन एयरलाइंस की फ्लाइट संख्या आइ सी नौ सौ चार की रवानगी का टाइम एक पैंतालिस था।

लिफ्ट के जरिए एंट्री गेट पर पहुंचने में पांच मिनट से ज्यादा नहीं लगे अर्थात् केवल पांच मिनट लेट था और यह कोई ऐसी बात नहीं थी जो मैनेज नहीं हो सकती थी।

एंट्री गेट पर खड़े पुलिसिए को मैंने मुंबई के ई-टिकट के साथ शेखर मल्होत्रा का पासपोर्ट पकड़ा दिया।

रोकते-रोकते भी मेरी धड़कनें तेज हो गई थीं क्योंकि न सिर्फ पासपोर्ट नकली था बल्कि मैं पूरा का पूरा ही नकली था।

वह पहला मौका था जब अहमद पठानिया की कारीगरी को परीक्षा की घड़ी से गुजरना था और अहमद पठानिया सौ में से सौ नंबरों के साथ पास हुआ क्योंकि पुलिसिए ने पासपोर्ट में लगे फोटो का मिलान मेरे चेहरे से किया और मुस्कान के साथ टिकट और पासपोर्ट मेरी तरफ बढ़ा दिए।

उन्हें लिए अटेची को घसीटता मैं एयरपोर्ट की लॉबी में दाखिल हुआ। सीधा इंडियन एयरलाइंस के काउंटर पर पहुंचा। बोर्डिंग कार्ड लिया और चेकइन जोन की तरफ बढ़ गया।

चेकइन के टाइम पर पुलिसिए ने चश्मा उतारने के लिए जरूर कहा। बस। इससे ज्यादा कहीं कोई परेशानी नहीं हुई।

फ्लाइट एकदम राइट टाइम थी अर्थात् तीन पैंतालिस पर प्लेन ने मुंबई एयरपोर्ट की धरती को छुआ।

अब शुरू होते थे–मेरे प्लान के संवेदनशील क्षण।

चार बजे एयरपोर्ट से बाहर निकला।

रेलिंग के दूसरी तरफ यात्रियों को रिसीव करने वाले लोग खड़े थे। काफी लोगों के हाथों में ऐसी तख्तियां थीं जिन पर उन यात्रियों के नाम लिखे थे जिन्हें उन्हें रिसीव करना था।

उन्हीं में वंशिका भी नजर आई। उसके हाथ में मौजूद तख्ती पर लिखा था–''शेखर मल्होत्रा फ्रॉम लंदन।''

मैं दूर ही से लपककर उसके नजदीक पहुंचा और चहकती-सी आवाज में बोला–''हम बगैर टुम्हारे बटाए समझ सकटा हाय कि टुम हमारा वंशि भाभी जान हो।''

''और मैं भी बगैर बताए समझ सकती हूं कि तुम मेरे लंदन वाले देवर शेखू मल्होत्रा हो।'' वंशिका ने भी चहकते अंदाज में कहा था।

''वैरीगुड। ये हुआ नहले पर डहला।'' कहने के साथ मैंने हाथ बढ़ाते हुए कहा–''इसी बाट पर मिलाओ हाथ।''

उसने बिंदास अंदाज में हाथ मिलाया।

मैंने अपनी तर्जनी उंगली से उसकी हथेली को शरारती अंदाज में सहलाते हुए कहा–''वाह-वाह भाभी जान, आवाज टो कुछ भी मखमली नहीं थी टुम्हारी। टुम टो पूरी की पूरी मखमल हो।''

इस बार वंशिका खिलखिलाकर रह गई।

मैं उसका हाथ छोड़ने का नाम नहीं ले रहा था।

उसने बहुत धीरे से, शालीनता के साथ, मेरे हाथ से अपना हाथ सरकाकर छुड़ाते हुए कहा–''पार्किंग की तरफ चलें!''

''वो गढे का बच्चा किढर हाय?''

''कौन अंशु?''

''पूरी डुनिया में गढे का टो बस एक ही बच्चा हाय।''

मेरे साथ पार्किंग की तरफ चलती वंशिका ने बहुत ही सामान्य लहजे में कहा था–''तबियत थोड़ी ढीली हो गई थी उनकी इसलिए नहीं आ पाए। घर पर तुम्हारा इंतजार कर रहे हैं।''

''हांय!'' चलता-चलता मैं रुक गया था–''टबियट ढीला हो गया! मटलब क्या हुआ?''

''हल्का-सा फीवर था।''

''हल्का-सा फीवर होने के कारण वो अट्ठारह साल बाड आए अपने डोस्ट को रिसीव करने नहीं आया! बचपन में टो ऐसा नहीं था वो। फोर फीवर में भी हमारे साथ जामुन के पेड़ पर चढ़ जाटा था। बड़ा होकर शायड कुछ नाजुक हो गया हाय।''

''नहीं-नहीं। ऐसी कोई बात नहीं है। वे तो आने की बहुत जिद कर रहे थे। मैंने ही मना कर दिया।''

''टो टुम हो विलेन?''

''मैंने इसलिए ऐसा किया क्योंकि डाक्टर ने कहा था कि आराम करेंगे तो फीवर जल्दी उतर जाएगा। नहीं तो कई दिन लग जाएंगे। मैंने सोचा–तुम सिर्फ तीन दिन के लिए तो आए हो। उन्हें फीवर चढ़ा रहा तो क्या मजा आएगा!''

''बिल्कुल ठीक ... टब टो बिल्कुल ठीक सोचा टुमने।'' मैं पुनः चलना जारी करता बोला–''इसका मटलब टुम्हारे पास गढे के उस बच्चे से ज्याडा डिमाग हाय।''

वंशिका बगैर कुछ कहे मेरे साथ चलती रही।

इस तरह, हम पार्किंग में पहुंचे।

हालांकि मैंने दूर ही से अपनी काले रंग की नई 'वरना' को देख लिया था लेकिन इस वक्त क्योंकि मैं शेखर मल्होत्रा था, इसलिए खुद उसकी तरफ बढ़ने का सवाल ही नहीं था।

वंशिका के साथ पार्किंग में खड़ी गाड़ियों के बीच से गुजरता रहा और फिर, अचानक मेरे जेहन को झटका लगा।

यह झटका अनिरुद्ध को देखकर लगा था।

वह अभी-अभी, शायद हमें आता देखकर वरना का ड्राइविंग डोर खोलकर बाहर निकला था।

अनिरुद्ध को साथ क्यों लाई है वंशिका?

यह सोचकर थोड़ी घबराहट-सी पैदा हुई कि अनिरुद्ध साधारण आदमी नहीं है। पुलिसवाला है और पुलिसवालों की नजरें बहुत तेज होती हैं। वह ताड़ सकता है मैं अंशुमन हूं। मगर फिर, तुरंत ही यह सोचकर खुद को नियंत्रित किया कि शेखर मल्होत्रा के रूप में अब नहीं तो आगे, मुझे अनिरुद्ध का सामना करना ही था सो, अभी हो गया तो क्या फर्क पड़ता है बल्कि अच्छा ही है, परीक्षा के क्षणों से गुजर जाऊंगा। वह नहीं पहचान पाया तो एक तरह से गारंटी हो जाएगी कि कोई भी नहीं पहचान पाएगा।

वैसे भी, मुझे गोविंद चांदना के मेकअप और अपनी एक्टिंग पर भरोसा रखना चाहिए।

गाड़ी के नजदीक पहुंचते ही वंशिका ने अनिरुद्ध की तरफ इशारा करते हुए कहा–''इससे मिलो शेखू। ये अनिरुद्ध है। मेरा भाई।''

''अरे टो पहले क्यों नहीं बटाया! सारी खुडाई एक टरफ, जोरू का भाई एक टरफ। गढे के बच्चे का साला टो हमारा साला। इसे टो बहुट जोर से गले लगाना चाहिए।'' कहने के साथ मैंने लपककर अनिरुद्ध को बांहों में भर लिया था।

अनिरुद्ध मुझे पैनी नजरों से देख रहा था।

मेरे अंदर धुकड़-धुकड़ होने लगी। समझने की कोशिश कर रहा था कि वह मुझे पहचानने की कोशिश कर रहा था अथवा मेरे अजीब व्यवहार के कारण ऐसी नजरों से देख रहा था।

फिर, एयरपोर्ट से मेरे फ्लैट पर पहुंचने तक, गाड़ी में उसने ऐसे ऐसे सवाल किए कि मेरी रूह फना हो गई। लगने लगा कि जो काम मैं करने निकला था, वह उतना आसान नहीं था।

खासतौर पर अनिरुद्ध के कारण।

उसने मेरे यानी शेखर मल्होत्रा के कारोबार के बारे में पूछा। लंदन का एड्रेस जाना। हालांकि मेरे पास उन सवालों के जवाब तैयार थे और फर्राटे के साथ दिए भी मगर जेहन हर पल यह सोचता रहा कि वह इतनी बारीकी से पूछताछ क्यों कर रहा है?

बातों का रुख मोड़ने की कोशिश करते हुए कहा–''टुम टो इस टरह पूछटाछ कर रहे हो साले साहब जैसे पुलिसवाला करटा हाय।''

हंसती हुई वंशिका ने कहा था–''अनिरुद्ध पुलिसवाला ही है।''

''अरे!'' मैंने चौंकने की एक्टिंग की–''पहले क्यों नहीं बटाया! ये टो वही बाट हो गई कि सैंया भए कोटवाल टो फिर डर काहे का! पर साले

साहब, रिश्टेडारी में टो आडमी को पुलिसवाला नहीं बनना चाहिए। वो क्या कहटे हांय ... बहनोई से ऐसे सवाल!''

''मैं तो सामान्य बातें कर रहा था।'' मेरी बात काटकर उसने शुष्क लहजे में कहा–''आपको पूछताछ करता लगा ... सॉरी।''

''अरे नहीं साले साहब, बुरा मट मानो–हमारी टो आडट हाय मजाक करने की।'' कहने को तो यही कहा मगर अनिरुद्ध का शुष्क लहजा मेरे होश उड़ाए दे रहा था।

मैं अनिरुद्ध के दिमाग को नहीं पढ़ पा रहा था। समझ नहीं पा रहा था वह मुझ पर अंशुमन होने का शक कर रहा था या किसी और वजह से उपेक्षित ढंग से पेश आ रहा था।

मैं उलझन में ही फंसा था कि गाड़ी आशा निकेतन की पार्किंग में ठीक वहां जाकर रुकी जहां मैं खड़ी करता था।

उस वक्त राहत महसूस की थी जब अनिरुद्ध ने वहीं से जाने के लिए कहा। हालांकि वंशिका बोली–''ऊपर चलो, चाय पीकर निकल जाना।'' मगर, अनिरुद्ध ने उसका अनुरोध नहीं माना और यह कहने के बाद नजदीक खड़ी अपनी गाड़ी में बैठकर निकल गया कि–''नौकरी भी करनी है।''

मुझे लगा–जैसे सिर पर लटकी तलवार हट गई हो।

लिफ्ट के जरिए वंशिका मुझे फ्लैट में ले गई।

अंदर दाखिल होते ही मैंने चारों तरफ अपनी खोजी नजरें घुमाते हुए कहा–''किढर है ... किढर है गढे का बच्चा?''

''मेरे ख्याल से डाक्टर के यहां चले गए होंगे।'' वंशिका ने अच्छा बहाना पकड़ा था–''आ जाएंगे। बैठो तो सही।''

''अरे मगर ...

''बैठो न!'' कुछ भी कहने का मौका दिए बगैर वंशिका ने मेरे दोनों हाथ पकड़े और बहुत प्यार से साथ लिए सोफे की तरफ बढ़ती बोली–''तुम तो ऐसे बेताब हुए जा रहे हो जैसे छोटे बच्चे चॉकलेट के लिए होते हैं।''

''पर ये टो ...

''आ जाएंगे न!'' उसने मुझे पुनः कुछ भी कहने का मौका दिए बगैर हौले-से सोफे पर धकेलते हुए कहा–''पानी तो पी लो ... अभी लाती हूं।'' कहने के बाद वह किचन की तरफ बढ़ती चली गई।

एक बार फिर मेरी नजर उसके मटकते हुए नितंबों पर पड़ी और एक

बार फिर मुझे उन पर चौड़े हाथ नजर आए।

उन्हें अपनी हथेलियों में कसते समीर के हाथ।

मैं वंशिका की इस वक्त की अवस्था को समझ सकता था।

वह संवेदनशील क्षण आने ही वाला था, जब उसे बताना था कि अंशुमन दिल्ली गया हुआ है और उसे शेखर के रूप में मेरे भड़कने का सामना करना था। शायद वह यही सोच रही थी उस अवस्था में मुझे कैसे रोकेगी!

मुझे भी यही देखना था।

वह उस ट्रे में पानी का गिलास लेकर हाजिर हुई जो हमारे घर की सबसे महंगी ट्रे थी।

गिलास भी सबसे महंगा।

मैंने इस तरह पानी पीने की रस्म निभाई जैसे अंशुमन से मिलने के लिए बेताब हुआ जा रहा होऊं। ट्रे सेंटर टेबल पर रखने के बाद वह सामने वाले सोफे पर बैठ गई थी।

आधा गिलास पानी पीने के बाद मैंने उसे मेज पर रखते हुए कहा–''उसे फोन मिलाओ न।''

इस बार वंशिका थोड़े सेक्सी अंदाज में हंसी। बोली–''फोन पर हमारी जो बातें हुई थीं, उनके बाद मैंने तो सोचा था अपने दोस्त से ज्यादा तुम मुझसे मिलने के लिए बेताब होगे लेकिन ...

''लेकिन?''

''देख रही हूं कि मुझमें तुम्हारी जरा भी दिलचस्पी नहीं है। बार बार बस अंशु से ही मिलने के लिए मचल रहे हो।''

''कैसी बाट करटी हो भाभी जान!'' मैंने कहा–''हम टो मरे जा रहे थे टुमसे मिलने के लिए लेकिन वो क्या हाय कि गढे के बच्चे को डेखने की बेटाबी बढ़टी जा रही हाय।''

''और मुझे देखने की बेताबी शांत हो चुकी है!'' कहने के साथ उसने अपनी आंखों में शरारती भाव लिए मेरी आंखों में झांका।

मुझे कहना पड़ा–''टुम्हें डेखने की बेटाबी टो कभी शांट हो ही नहीं सकटी भाभी जान। टुम टो चीज ही ऐसी हो। पच्चीस डेशों में घूम चुका हूं मैं पर कसम से ... टुम जैसी खूबसूरत लड़की नहीं डेखी। सच पूछो टो मैं उस गढे के बच्चे से मिलने के लिए यही कहने हेटु बेटाब हूं कि उसने बहुट जोरडार हाथ मारा हाय।''

वंशिका खिलखिलाई, बोली–''एक बात कहूं?''

''हजार कहो।''

''ये भाभी जान-भाभी जान क्या लगा रखा है!'' उसने बहुत प्यार से

कहा था–''सीधे-सीधे वंशि कहो न!''

''वंशि!''

''हां।''

''अकेला वंशि टो कुछ जमटा नहीं।'' मैं तो खुलने के लिए तैयार था ही–''कहूंगा टो फिर वंशि डार्लिंग कहूंगा। चलेगा!''

''बिल्कुल चलेगा।'' वह हंसी।

''अरे मर जावां वंशि डार्लिंग, टुम टो बहुट ही डरियाडिल भाभी जान हो। ऐसी, कि पहले कभी नहीं डेखी।''

वंशिका खिलखिलाकर रह गई।

मैं बोला–''वंशि डार्लिंग, बुरा न मानो टो एक बाट पूछूं?''

''हां-हां। पूछो।''

''टुम्हारी कोई बहन हाय?''

''बहन?'' वंशिका चकराई।

''छोटी-बड़ी कोई भी चलेगी। बल्कि डौड़ेगी।''

''मैं समझी नहीं।''

''मेरे लिए।''

और फिर, वंशिका यूं हंसी जैसे अब समझी हो मैं क्या कहना चाहता था। खुलकर हंसने के बाद बोली–''नहीं शेखू डीयर, मेरी कोई बहन नहीं है।''

मैं अपने चेहरे पर ऐसे भाव ले आया जैसे मायूस हो गया होऊं।

वंशिका ने कहा–''मुझ ही से काम चलाना पड़ेगा तुम्हें।''

''टुमसे?'' मुझे चौंकना चाहिए था, सो चौंका।

वह और जोर से हंसी। बोली–''जी हां। मुझसे।''

''मेरी खोपड़ी घूम रही है वंशि डार्लिंग, समझ नहीं पा रहा टुम क्या कहना चाहटी हो।'' कहने के साथ मैं थोड़ा झुका और उसकी आंखों में आंखें डालकर बोला–''क्या ऐसा हो सकटा हाय?''

''कैसा?''

''कि मुझे टुम ... ।'' मैंने जानकर गैप दिया–''टुम मिल जाओ।''

उसका अंदाज शरारती था–''क्यों नहीं हो सकता?''

मैं इस तरह वंशिका की तरफ देखता रह गया जैसे जानने की कोशिश कर रहा होऊं कि वह मजाक कर रही है या सीरियस है। फिर, होठों पर मुस्कान लाता बोला–''टुम मजाक कर रही हो न वंशि डार्लिंग! उल्लू बना रही हो न हमको!''

''अरे! इसमें उल्लू बनाने की क्या बात है! जब मैं तुम्हें इतनी पसंद हूं कि पच्चीस देशों में घूमने के बाद भी मुझ जैसी लड़की नहीं मिली तो फिर सोचना क्या है?''

“गढे के बच्चे का क्या होगा?”

“होता रहेगा जो होगा। प्यार करने वाले इस बात की परवाह कहां करते हैं कि उन दोनों के अलावा किसका क्या होगा!”

मैं उसकी तरफ देखता रह गया।

“तुमने मेरी बात का जवाब नहीं दिया।”

“कौनसी बाट का?”

“मैं चलूंगी या नहीं?”

“अरे क्या बाट करटी हो वंशि डार्लिंग! टुम टो चलोगी ही नहीं पी.टी. उषा की टरह डौड़ोगी। पर गढे के बच्चे को पटा लग ...

“उसे कुछ पता नहीं लगेगा।”

“क्यों?”

“क्योंकि वह मुंबई में है ही नहीं।”

“क ... क्या?” मुझे चिंहुकना था, चिंहुका।

वंशिका बोली–“वह दिल्ली गया हुआ है।”

“दिल्ली?” मेरे पैरों तले से जैसे धरती निकल गई हो।

“देख लो। ऐसा है तुम्हारा बचपन का यार। यह जानते बूझते दिल्ली चला गया कि तुम आ रहे हो।”

“टुम मजाक कर रही हो न!”

“मैं बिल्कुल सच कह रही हूं।”

“ऐसा नहीं हो सकटा।” मैं सोफे से खड़ा हो गया–“ऐसा कैसे हो सकटा हाय कि फोन पर सारा प्रोग्राम सेट हुआ और वह ... नहीं, अंशु किसी हालट में ऐसा नहीं कर सकटा।”

“मजबूरी थी शेखू।” इस बार गंभीर लहजे में कहने के साथ वंशिका भी खड़ी हो गई थी–“काम ही ऐसा था। न जाते तो नौकरी चली जाती। केवल एक दिन के लिए गए हैं। कल आ जाएंगे।”

मैं शेखर मल्होत्रा के चेहरे पर ऐसे भावों को समेटे उसकी तरफ देखता रह गया जैसे अब भी यकीन न आ रहा हो जबकि वह पूरी मुस्तैदी से अपनी ड्यूटी निभाती बोली–“समझने की कोशिश करो शेखू, कभी-कभी आदमी इतना मजबूर हो जाता है कि उसके हाथ में कुछ भी नहीं रह जाता। इस मजबूरी के बारे में बताने के लिए हमने तुमसे संपर्क करने की बहुत कोशिश की मगर सफल नहीं हो सके। कोई संपर्क सूत्र ही नहीं था तुम्हारा। अंततः मुझे तुम्हें रोकने की ड्यूटी सौंपकर अंशु को निकलना पड़ा।”

“ऐसा कैसे हो सकटा हाय। और ...

“और?”

''इसका मटलब टो ये हुआ कि अब टक टुम हमसे जो रोमांटिक बाटें कर रही थीं, हमें रोकने के लिए कर रही थीं।''

''ऐसा नहीं है शेखू।''

''हम समझ गया। ऐसा ही हाय। टुम हमको बेवकूफ बनाटा। इसी वक्ट ... इसी वक्ट हमारी बाट उस गढे के बच्चे से कराओ। कोई फोन टो जरूर होगा उस पर। नंबर लगाओ।''

वंशिका ने अपने फोन से मेरा नंबर लगाया। मैंने साफ देखा कि हड़बड़ाहट के कारण उसके हाथ कांप रहे थे।

⅄

अटेची में रखा मेरा फोन वॉयब्रेटर पर था।

मैंने वंशिका को अपना मोबाइल कान से लगाने और एकाध रिंग उसके कानों में पड़ जाने जितना टाइम दिया।

उसके बाद यह कहते हुए मोबाइल उसके हाथ से झपट लिया कि–''मैं बाट करटा हूं उल्लू के पट्ठे से।''

मोबाइल कान से लगा लिया मैंने और इस तरह चहलकदमी करने लगा जैसे बहुत गुस्से में होऊं और फिर, ऐसी एक्टिंग की जैसे दूसरी तरफ से कॉल रिसीव कर ली गई हो–''वंशि नहीं ... टेरा बाप बोलटा हूं गढे के बच्चे।''

ऐसी एक्टिंग की जैसे दूसरी तरफ की आवाज सुन रहा होऊं और पुनः भड़के हुए लहजे में बोला–''पहुंच टो गया ही हूं साले, टभी टो टेरी बीवी का फोन मेरे हाथ में हाय मगर फौरन बैंगलुरू के लिए वापस निकल रहा हूं। किटनी अप्वाइटमेंट केंसिल करके आया था मैं और टुम हो कि डिल्ली ...

मैंने जानबूझकर इस तरह अपनी बात अधूरी छोड़ दी जैसे दूसरी तरफ से कुछ कहा जा रहा हो। मुनासिब गैप देने के बाद कहता चला गया–''क्या सुनूं ... क्या सुनूं टेरी बाट! कल आ जाएगा टो क्या करूं! कल टक क्या झक मारूं यहां?''

मैं पुनः गैप देने के बाद बोला–''इसका क्या मटलब हुआ कि वंशि बोर नहीं होने डेगी। मैं टुझसे मिलने ...

बात पुनः अधूरी छोड़ दी। जैसे दूसरी तरफ से कहे गए शब्द सुनने के बाद बोला होऊं–''समझटा हूं ... काम की इंपोर्टेंस टो मैं समझटा हूं। मुझसे ज्याडा भला कौन समझेगा मगर ...

इस तरह, मैंने दूसरी तरफ मौजूद काल्पनिक अंशुमन से बात करने का भरपूर नाटक किया और फिर धीरे-धीरे अपनी आवाज को ऐसे लेबल पर ले

आया जैसे उससे कन्विंस हो रहा होऊं। अंत में कहा–''ठीक है। मगर टू नहीं आया तो कल के बाड ...

मैंने पुनः अपनी बात अधूरी छोड़ दी। जैसे दूसरी तरफ से बोलने ही न दिया जा रहा हो। फिर भड़ककर बोला–''भाड़ में जा।''

इन शब्दों के साथ मैंने लाल बटन दबा दिया था। जैसे संबंध विच्छेद कर दिया हो और मोबाइल को सोफे पर फैंकने के बाद ऐसे अंदाज में वंशिका की तरफ देखा मानो दिलो-दिमाग में उसके लिए शिकायतों को भंडार मचल रहा हो जबकि वह मेरी तरफ आंखों में चमक तथा होठों पर चित्ताकर्षक मुस्कान लिए देख रही थी।

''टुम पटि-पट्नि बहुत चालू हो।'' मैंने कहा–''टुम हमें अपनी मीठी-मीठी बाटों में फंसाकर यहां टक ले आईं और यहां भी अपनी लच्छेडार बाटों से हमें बजरबट्टू बना रही थीं जबकि वो उल्लू का पट्ठा फोन पर रिक्वेस्ट कर रहा है।''

''किसलिए कर रहे हैं हम ये?'' वंशिका ने पूछा।

''हमें रोकने के लिए ... और किसलिए?''

''तो रुक जाओ न!'' लहजा बेहद रोमांटिक था।

''रुक टो गए ही हांय।'' मैं बोला–''पर ये मट समझना उस नामाकूल की रिक्वेस्ट पर रुके हांय बल्कि ...

''बल्कि?''

''हम टो टुम्हारी रोमांटिक अडाओं के कारण रुके हांय। डेखो न! अब भी आंखों में किटनी मुहब्बट लिए हमारी टरफ डेख रही हो। जी चाहटा हाय टुम्हें कच्ची चबा जाऊं।''

''कच्ची चबा जाओगे तो तुम्हारा ख्याल कौन रखेगा?''

''मटलब?''

''तुम्हारे दोस्त ने मुझसे तुम्हारा पूरा ख्याल रखने के लिए कहा है। कहा है कि तुम्हें जरा भी बोर न होने दूं।''

''कहा टो उस कमीने ने हमसे भी यही हाय कि वंशि टुम्हारा पूरा ख्याल रखेगी। जरा भी बोर नहीं होने डेगी मगर नाम मट लो उस उल्लू के पट्ठे का। बस अपनी और हमारी बाट करो। बोलो, किस टरह हमें बोर होने से रोकोगी? कैसे ख्याल रखोगी हमारा?''

''जैसे तुम कहोगे।''

''जैसे हम कहेंगे!'' मैंने उसकी तरफ खास अंदाज में देखा।

मेरे अंदाज पर वह थोड़ी सकपकाई-सी नजर आई। मगर फिर तुरंत ही संभलकर बोली–''हां-हां। जैसे तुम कहोगे।''

मुझे लगा, मैं थोड़ा तेज जा रहा हूं। सो बोला–''टो ओके। सबसे पहले हमें बाथरूम डिखाओ। हम नहाना चाहटे हांय। उसके बाड का प्रोग्राम उसके बाड।''

''आओ।'' वह मुझे उस कमरे में ले गई जो हमेशा खाली पड़ा रहता था। जिसके की-होल से मैंने उसे समीर के साथ देखा था।

मैं अटेची सहित उसमें समा गया।

⅄

वंशिका के बाहर निकलते ही मैंने दरवाजे की चटकनी चढ़ाई। अटेची खोली। मोबाइल निकाला और आंख की-होल से सटा दी।

वह ड्राइंगरूम में नजर नहीं आई।

जाहिर था या तो दूसरे बैडरूम में थी या किचन में।

अपने मोबाइल से मैंने उसके मोबाइल का नंबर डायल किया और, और ज्यादा सुरक्षित होने हेतु इस बैडरूम से अटेच्ड बाथरूम में घुसकर उसका दरवाजा भी बंद कर लिया।

दो रिंग जाने के बाद वंशिका की फुसफुसाती 'हैलो' उभरी।

''शेखर कहां है?'' मैंने पूछा।

''बाथरूम में।'' उसने धीमे से कहा–''नहाने गया है।''

''रुक तो गया न!''

''फिलहाल तो रुक गया है लेकिन कह रहा है अगर तुम कल नहीं आए तो किसी हालत में नहीं रुकेगा।''

''कल तक उस पर अपना कुछ ऐसा जादू चलाओ वंशि कि वह जाने का नाम ही न ले ... बाकी मैं फोन पर संभाल लूंगा।''

''मेरी समझ में नहीं आ रहा अंशु कि तुम क्या कह रहे हो! जादू चलाऊं से क्या मतलब? तुम्हारे इस्ट्रेक्शंस के कारण जिस टोन में मैं उससे बातें कर रही हूं और जवाब में वह जिस किस्म की बातें कर रहा है अंशु, उन बातों से मुझे डर-सा लग रहा है।''

''किस बात का डर?''

''कहीं वह कुछ गलत न समझ बैठे।''

वंशिका की यह बात सुनकर मैं इस तरह खिलखिलाया था जैसे उसने दुनिया का सबसे बेहतरीन लतीफा सुना दिया हो और फिर, उसके 'अहम्' पर चोट करने की मंशा से कहता चला गया–''बेशक तुम खूबसूरत हो मैडम, हसीन भी हो और जवान भी मगर अपने बारे में जरूरत से ज्यादा

गलतफहमी पालने की जरूरत नहीं है। शेखर अरबों-खरबो पति है। तुमसे हजार-हजार गुना खूबसूरत लड़कियां उसकी जिंदगी में आ चुकी होंगी। यूं ही किसी पर मर जाने वाला होता तो अब तक सैकड़ों शादियां कर चुका होता।''

दूसरी तरफ खामोशी छा गई थी।

शायद ... मेरे शब्दों का उसके दिलो-दिमाग पर ठीक वही असर हुआ था जैसा मैं चाहता था। मैंने कहा–''हैलो।''

''हूं।'' उसकी आवाज उभरी।

''क्या सोचने लगीं?''

उसने बस इतना ही कहा–''कुछ नहीं।''

''जरा भी मत डरो वंशि।'' शब्दों के मैंने ठीक वैसे ही तीर चलाए जैसे मेरे प्लान के मुताबिक उस वक्त चलने चाहिए थे–''शादीशुदा औरत पर वह हरगिज नहीं मर सकता और ... अपने बचपन के दोस्त की मिसेज पर तो किसी कीमत पर नहीं। बेखौफ होकर उससे चाहे जो बातें कर सकती हो। तुम्हारा मिशन है–मेरे आने तक बस किसी भी तरह उसे रोके रखना।''

''ठीक है।'' उसने ठंडे स्वर में कहा।

''बेस्ट ऑफ लक।'' कहकर मैंने फोन काट दिया, न सिर्फ काट दिया बल्कि पूरी तरह ऑफ कर दिया।

गोविंद चांदना ने कहा था–नहाते वक्त भी तुम्हें इस मेकअप को उतारने की कोई जरूरत नहीं है क्योंकि पानी मेरे द्वारा बनाई गई चमड़ी या बालों को कोई नुकसान नहीं पहुंचा सकेगा।

सो, मैं आराम से नहाया।

शेखर मल्होत्रा के स्टेंडर्ड के दूसरे कपड़े पहने।

लाल सनील के कपड़े की बनी एक पोटली निकालकर कोट की जेब में डाली। एक गिफ्टपैक निकाला।

पोटली और गिफ्टपैक में मेरे प्लान को आगे बढ़ाने वाले खास आइटम थे। उन्हें लिए मैंने ड्राइंगरूम में कदम रखा।

वंशिका ने मुझे देखते ही कहा–''वाह! जंच रहे हो।''

''पहले नहीं जंच रहा था!'' मैं मुस्कराया।

''जंचने वाली चीज तो जंचेगी ही, पर फ्रेश होने के बाद कुछ खास ही जंच रहे हो।''

''थैंक्यू।'' कहने के बाद मैं गिफ्टपैक उसकी तरफ बढ़ाता हुआ बोला–''अब टुम भी इसे पहनकर डिखाओ। हमें पूरा यकीन हाय कि टुम हमसे ज्याडा जंचोगी क्योंकि जंचने वाली चीज टो टुम्हीं हो।''

वंशिका ने चौंककर पूछा–''क्या है इसमें?''

''खोलकर डेखो।''

''नहीं शेखू ...

''हमने फोन पर ही बोला था। इंडियन कल्चर के मुटाबिक पहली बार मिलने पर मुंह डिखाई टो बनटी ही हाय।''

''लेकिन शेखू ...

एक बार फिर उसे बोलने का मौका दिए बगैर मैंने कहा–''टुम नहीं खोलटा टो हम खोलटा हाय।'' कहने के बाद मैंने गिफ्टपैक खोलना शुरू किया और देखा कि वह बड़ी दिलचस्पी के साथ खुलते हुए पैक को देख रही थी। यह सोचकर मेरे होठों पर कुटिल मुस्कान फैल गई कि अंदर ही अंदर यह सोचकर मरी जा रही है कमीनी कि पैक में क्या है? क्या लाया है अरबपति शेखर मेरे लिए?

मैंने भी उसकी बेचैनी का भरपूर लाभ उठाते हुए, उसे सताने वाले अंदाज में धीरे-धीरे गिफ्टपैक खोला और जब वह खुल गया।

उसमें रखी वस्तु पर वंशिका की नजर पड़ी तो मैंने साफ महसूस किया कि उसके दिल में लालच के लड्डू फूटे थे।

उसमें नेट फेबरिक की, हल्के नीले कलर की साड़ी थी।

नेट हल्का होता है। भारी बनाने के लिए उस पर गोल्डन कलर के तारों का जाल बनाया गया था।

जगह-जगह पत्थर लगे थे।

ऐसे पत्थर जो देखने में कुंदन जैसे लग रहे थे।

पल्ले पर चार सालीटीयर डायमंड्स के बीच सच्चे मोतियों का दायरा। दायरे के बीचों-बीच एक बड़ा-सा नीलम।

देखने मात्र से वह बेहद कीमती लग रही थी।

इसीलिए तो खरीदी थी।

''य ... ये तो बहुत महंगी होगी!'' उसने नाटक शुरू कर दिया।

''गिफ्ट ... गिफ्ट होटा है वंशि डार्लिंग। उसमें महंगा-सस्टा नहीं डेखा जाटा। डेखा जाटा हाय टो बस डेने वाले का डिल, उसका प्यार, उसकी मुहब्बट और उसके जजबाट। ये छोटा-सा टोहफा ...

''नहीं शेखू, मैं इतना महंगा गिफ्ट नहीं ले सकती।''

हरामजादी का पैट डायलॉग था यह।

ठीक यही उसने समीर से नेक्लेस लेते वक्त भी कहा था और अब तो मैं यह भी जानता था कि वह सब केवल मुझे सुनाने के लिए कहा गया था। इसलिए कहा गया था ताकि मैं यह न सोचूं समीर उसे इतना महंगा नेक्लेस क्यों दे रहा है।

दोनों की मिलीभगत थी वह।

वह इतनी चालू थी कि जानती थी–सामने वाला जो गिफ्ट ले आया है, वह उसे वापस तो ले जाने से रहा। देगा ही देगा। सो, क्यों न पूरे नखरे दिखाए जाएं! क्यों न ऐसा दिखाया जाए कि वह गिफ्ट लेने की जरा भी ख्वाहिशमंद नहीं है!

उसे उसी की चालों से मात देने की ठानी थी मैंने इसलिए वह गिफ्ट लेने से इंकार करती रही और मैंने साड़ी को खोलते हुए बहुत ही प्रभावशाली अंदाज में कहा–''मैंने टुम्हारा नाप और कलर आडि पूछा था मगर टुमने नहीं बटाया इसलिए हम साड़ी ले आया जो कि हर साइज की लड़की पर फिट बैठटा हाय। ये डेखो, गोल्ड के टारों के बीच-बीच में ये कुंडन के पीस लगे हांय। ये सच्चे मोटी हांय, ये व्हाइट डायमंड्स और ये नीलम। इन्होंने इसको बहुट खूबसूरट बना डिया हाय मगर असली खूबसूरट टो ये टब लगेगी जब टुम इसे पहनोगी। टुम्हारे संगेमरमरी जिस्म पर ये ऐसी लगेगी जैसे ढुले हुए आसमान पर बाडल का टुकड़ा।''

''मेरी बात तो सुनो शेखू ...

पर मुझे उसकी कहां सुननी थी!

साथ ही, यह भी जानता था कि वह अंदर से उस साड़ी को लेने के लिए तैयार ही नहीं है बल्कि मचल भी रही है।

दुकानदार ने मुझसे कहा था जिसे ये पता नहीं होगा कि गोल्डन कलर का तार सोने का नहीं है और उस पर जो काम हुआ है वह असली नहीं बल्कि साधारण पत्थरों का है, उसे यह साड़ी किसी भी हालत में पचास लाख से कम की नहीं लगेगी।

वंशिका सोच भी नहीं सकती थी कि अरबों-खरबों पति शेखर मल्होत्रा उसे नकली काम वाली साड़ी दे सकता है।

मुझे साड़ी देनी थी और उसे लेनी थी।

वही हुआ।

प्रदर्शित उस वक्त भी ऐसा ही कर रही थी जैसे अनिच्छापूर्वक ली हो जिस वक्त मैंने कहा–''टुम डेख ही रही हो। इससे मैच करटा एक ब्लाऊज भी हाय। वह ऐसे फेबरिक का हाय जो हर साइज पर फिक्स हो जाएगा। मजबूरी थी। टुमने अपना साइज नहीं बटाया था। अब फटाफट पहनो, हम

डेखना चाहटा हाय टुम ऐश्वर्य राय जैसी लगटी हो या कैटरीना कैफ जैसी।''

थोड़े नखरे दिखाने के बाद वह बैडरूम में चली गई। सोफे पर बैठकर मैंने एक महंगा सिगार सुलगा लिया।

शेखर मल्होत्रा को वही पीना चाहिए था।

करीब पंद्रह मिनट बाद जब उसने ड्राइंगरूम में कदम रखा तो जैसा कि मुझे करना था, उसकी खूबसूरती की तारीफों के पुल नहीं बांधे बल्कि पूरे बांध ही बांध दिए और ... सच कहूं तो लग भी बहुत ही सुंदर रही थी हरामजादी।

जैसे आकाश से अप्सरा उतर आई हो।

मेनका ने अवतार ले लिया हो।

काश वह बेवफा न होती!

चरित्रहीन न होती!

मैंने देखा–मेरी तारीफ पर वह अंदर ही अंदर पुलकित हो उठी थी। यही तो मैं चाहता था। अपना दूसरा तीर ... बल्कि ब्रह्मास्त्र चलाने के लिए यह टाइम सबसे माकूल लगा इसलिए कहा–''खैर, अब एक काम की बाट हो जाए।''

''काम की बात?'' वह थोड़ी चकराई।

''क्या टुम्हारे घर में कोई सेफ जगह हाय?''

''सेफ जगह?''

''जहां थोड़ी कीमटी चीज रखी जा सके।''

''मैं तुम्हारा मतलब नहीं समझ पा रही हूं शेखू।''

''मेरा मटलब किसी लॉकर-वॉकर से हाय।''

''हां। लॉकर तो है। उसमें मैं अपनी ज्वेलरी रखती हूं।''

''गुड। ऐसी ही किसी जगह की बाट कर रहा था मैं।'' कहने के साथ मैंने जेब से सनील की पोटली निकालकर उसकी तरफ बढ़ाई थी–''इसे उसमें रख डो।''

''क्या है इसमें?''

''शैंपेन डायमंड्स।''

''शैंपेन डायमंड्स?'' उसके मुंह से निकला–''ये क्या होता है?''

''शैंपेन डायमंड्स के बारे में नहीं सुना टुमने!'' पहले मैंने ऐसे अंदाज में कहा जैसे आश्चर्य हुआ हो, फिर खुद ही लहजे को चेंज करता बोला–''हां। सुनोगी भी कैसे! ये मीडियम क्लास के लोगों के लिए नहीं होटा। इंडिया में

इंटरड्यूज टो हुए हांय पर अभी केवल हाई सोसाइटी टक ही पहुंचे हांय। इटने कीमटी हांय कि मीडियम क्लास के लोग टो इनके बारे में सोच टक नहीं सकटे ... डेखोगी?''

''दिखाओ।''

''इढर आओ।'' कहने के साथ मैंने उसका हाथ पकड़ लिया था और खासतौर पर यह बात नोट करने की कोशिश की थी कि वह मेरी इस हरकत पर असहज हुई थी या नहीं और मैंने महसूस किया कि वह असहज हुई थी मगर मैंने चिंता नहीं की। सोफे पर बैठाया और ठीक उसकी बगल में बैठ गया।

मैंने महसूस किया कि उसने हौले से सरकाकर खुद को मुझसे थोड़ा दूर कर लिया था। मैंने जैसे इस बात पर ध्यान ही न दिया हो।

पोटली के मुंह पर बंधी गोल्डन कलर की डोरी खोली।

फिर उसमें भरे दो कौड़ी के पत्थरों को ऐसे अंदाज में सेंटर टेबल पर डाला जैसे उनके टूट जाने का खतरा हो।

सेंटर टेबल के एक हिस्से में रेड, पिंक, परपल, येलो, ऑरेंज और ब्ल्यू आदि कलर्स के कांच के टुकड़े बिखर गए।

वे आंखों को चकाचौंध कर देने वाले अंदाज में जगमगा रहे थे।

वैसे ही जगमगाने लगी थीं वंशिका की आंखें।

मुंह से निकला–''क ... क्या हैं ये?''

''बटाया टो, शैंपेन डायमंड्स।''

''पर डायमंड्स तो आइस कलर के होते हैं।''

ऊंहूं!'' मैंने ऐसा मुंह बनाया जैसे उसने किसी बहुत ही घटिया चीज का नाम ले दिया हो। फिर बोला–''वे सिर्फ डायमंड्स होटे हांय डार्लिंग। वो ओल्ड चीज हो गई हाय। ये शैंपेन डायमंड्स हांय। रंग-बिरंगे कलर्स में होटे हांय ये और हर कलर की अपनी एक अलग स्टोरी होटी हाय। इसे डेखो।'' कहने के साथ मैंने ब्राउन टोन के पत्थर को उठाकर उसे अपने अंगूठे और तर्जनी के बीच दबाया तथा इस तरह घुमाता हुआ बोला ताकि कमरे की दीवार पर लगी ट्यूब की रोशनी से टकराकर और ज्यादा चमक उठे–''इसका कलर शैंपेन जैसा हाय न! इसीलिए इसे शैंपेन डायमंड्स कहटे हांय। इसका नाम हाय–गोल्डन जुबली। ये पांच सौ चालीस कैरेट का हाय। इसे मैंने थाईलैंड नरेश से खरीडा था। क्या टुम सोच सकटी हो इसे पॉलिस करने में चार साल का टाइम लगा था!''

''च ... चार साल?''

''यस।''

''कितने का होगा?''

''मैंने पच्चीस में खरीडा हाय।''

''पच्चीस लाख?''

''करोड़ डार्लिंग।'' मैं हंसा–''करोड़।''

''पच्चीस करोड़?'' वंशिका के हलक से चीख-सी निकल गई।

''पर मैं पचास से कम में सेल नहीं करूंगा।'' मैंने सामान्य स्वर में कहा–''इटना प्रॉफिट टो चाहिए।''

वंशिका मेरी तरफ ऐसी नजरों से देख रही थी जैसे जानने की कोशिश कर रही हो कि मैं गप्प तो नहीं मार रहा मगर मैं जरा भी नहीं डरा क्योंकि मुझे मालूम था मेरा एक भी शब्द गप्प नहीं था। शैंपेन डायमंड्स के बारे में जो कुछ मैं कह रहा था, वह एक इंग्लिश मैग्जीन में पढ़ा था। फर्क था तो बस इतना कि वह, वे डायमंड्स नहीं थे।

पूरी हनक के साथ मैंने पिंक कलर का एक पत्थर उठाते हुए कहा–''टुम गोल्डन जुबली की कीमट सुनकर हैरान हो जबकि ये शैंपेन साठ का हाय और ये कॉपर और पीच कलर्स वाला एक-एक पीस सट्टर-सट्टर करोड़ का। अब टुम पूछोगी, इनकी इटनी कीमट क्यों हाय। जवाब सीढा-सा हाय–शैंपेन डायमंड्स का उट्पाडन उन्नीस सौ अस्सी में शुरू हुआ था। ये आस्ट्रेलिया, अफ्रीका और रूस के माइंस से निकलटे हांय। ये डायमंड्स चार बिलियन वर्षों के भूगर्भीय दबाव के बाड टैयार होटे हांय। इसी कारण इनका स्टॉक भी सीमित हाय। इटना टो समझटी होगी कि जो चीज जिटनी कम मात्रा में होटी हाय, उसकी कीमट उटनी ही ज्याडा होटी हाय।''

''हां। ये तो मैं जानती हूं लेकिन ...

''लेकिन?''

''मैं सोच भी नहीं सकती थी इतनी दौलत इतनी छोटी पोटली में समा सकती है। इन सब शैंपेन डायमंड्स की कीमत क्या होगी?''

''छोड़ो न डार्लिंग, कह टो डिया थोड़ी कीमटी चीज हाय इसलिए सेफ जगह रखना। साथ लेकर टो नहीं घूम सकटा न!''

''फिर भी, इनकी कुल कीमत कितनी होगी शेखू?''

''करीब टीन सौ करोड़।''

''त ... तीन सौ करोड़!'' वंशिका की आंखें फैलीं तो फैली ही रह गईं। लगा–कहीं वह हार्ट फेल हो जाने के कारण ही न मर जाए।

ऐसा हो जाता तो मेरे सारे प्लान पर पानी फिर जाता।

पर ऐसा हुआ नहीं।

हुआ ऐसा, जैसा मैंने भी नहीं सोचा था।

क्योंकि होता वही है जो राम रचि राखा और ... उसने क्या रच रखा है, उसे जानना इंसान के बूते की बात नहीं है।

अब ... मैंने अपना हाथ घुमाकर धीरे से उसके कंधे पर रख दिया और बोला–''करीब इटने के ही सेल कर चुका हूं। डेढ़ सौ करोड़ प्राफिट हुआ। फिफ्टी परसेंट से कम पर बिजनेस नहीं करटा हूं और इन सबको भी सेल करने के बाड ही इंडिया से वापस जाऊंगा लेकिन ... ऊंहूं! ये टुमने हमें कहां बिजनेस की बाटों में उलझा डिया। टीन डिन हम बिजनेस की कोई बाट नहीं करूंगा। इनको लॉकर में रखकर आओ ... टब आगे का प्रोग्राम बनाटे हांय।'' कहने के साथ उसके कंधे को मैंने एक खास अंदाज में दबाया था।

प्रतिक्रिया स्वरूप उसने गर्दन घुमाकर मेरी तरफ देखा।

मैंने जानने की कोशिश की कि उस पर 'शेखर' की अमीरी का कितना प्रभाव पड़ा है? उस प्रभाव के कारण वह मेरी तरफ खिंची है या नहीं मगर कम से कम उस वक्त की उसकी भावभंगिमाओं से मुझे कोई पोजेटिव साइन नजर नहीं आया।

उसने हौले से मेरा हाथ अपने कंधे से हटाया और सेंटर टेबल पर पड़े कथित शैंपेन डायमंड्स को समेटकर पोटली में रखने लगी।

फिर वह पोटली को लेकर बैडरूम की तरफ बढ़ गई।

मैं बहुत तेजी से उठा। दबे पांव दरवाजे के करीब पहुंचा और की-होल से आंख सटा दी।

⅄

वह बैड पर चढ़ी हुई थी इसलिए कमर तक का हिस्सा नजर आ रहा था। और ... मैं समझ सकता था इस वक्त उसने दीवार में मौजूद लॉकर खोल रखा है क्योंकि जानता ही था बैड के पीछे वाली दीवार में वह बैड की पुश्त के ठीक ऊपर लटकी पिकासो की पेंटिंग के पीछे इस प्रकार बना हुआ है कि पेंटिंग उतारने के बाद भी आसानी से नजर नहीं आ सकता था।

कृपया उसे मेरी प्लानिंग का हिस्सा न समझें। उसे तो मैंने आए दिन होने वाली चोरी-चकारी की घटनाओं से बचने के लिए फ्लैट खरीदने के बाद बनवाया था। गोदरेज कंपनी से बैंक के लॉकर जैसा बॉक्स लाया था मैं और दीवार में उतना ही बड़ा मोखला बनवाकर उसमें फिक्स करने के बाद दीवार को ऐसी शेप दे दी थी कि यह इल्म तक नहीं होता था कि वहां कुछ फिक्स है।

दो चाबियां थीं उसकी। एक मेरे बैंक लॉकर में रहती थी दूसरी वंशिका के

पास। गोदरेज कंपनी का दावा था वह चाबियों के बगैर नहीं खुल सकता था और तोड़ा तो उसे किसी भी तरीके से जा ही नहीं सकता था।

कुछ देर बाद लॉकर का दरवाजा बंद होने और चाबी घूमने की आवाज आई मगर वंशिका अभी-भी वहीं खड़ी थी।

मैं समझ सकता था वह पेंटिंग को सेट कर रही है।

फिर, वह बैड से नीचे उतरी।

अब मैं उसके पूरे जिस्म को देख सकता था। देखते ही देखते उसने वक्षस्थल से मोबाइल निकाला और किसी से संबंध स्थापित करने के बाद बोली–''अंशु का ये दोस्त तो वाकई बहुत ... बहुत और बहुत ही पैसेवाला है समीर।''

मैं बल्लियों उछलने लगा।

प्लान एकदम पटरी पर जा रहा था।

ठीक वही हो रहा था जैसा मैंने सोचा था।

वंशिका पर शेखर मल्होत्रा के दौलतमंद होने का रौब पड़ चुका था। इतना जबरदस्त कि वह इस बात को पचा नहीं पाई थी। तुरंत ही अपने यार से शेयर कर बैठी।

फोन पर उसने समीर से जो कुछ कहा उससे मुझे लगा समीर पर भी शेखर मल्होत्रा के धनवान होने का असर पड़ा था। वंशिका ने जब यह बताया कि उसने उसे तीन सौ करोड़ के शैंपेन डायमंड्स संभालकर रखने के लिए दिए हैं तो मुझे लगा कि शैंपेन डायमंड शब्द से वंशिका भले ही अंजान थी परंतु समीर अंजान नहीं था।

उस वक्त मैं समीर को देख नहीं सकता था मगर समझ सकता था कि अपनी माशूका के मुंह से उन बातों को सुनकर, उसके दिल में धुकड़-धुकड़ शुरू हो गई होगी, जो उसने शेखर मल्होत्रा की अमीरी से प्रभावित होकर कही थीं।

उसके दिमाग में जरूर यह मैसेज गया होगा कि उसकी माशूका अब उसके हाथों से फिसलकर उससे ज्यादा पैसेवाले शेखर मलहोत्रा के पहलू की तरफ बढ़ रही है।

समीर तो पहले ही से यह मानता था कि औरत किसी की नहीं होती। उधर ही लुढक जाती है जिधर खनखनाते सिक्के नजर आते हैं। इसी सिद्धांत के जाल में तो फंसाया था उसने वंशिका को! और उसके ख्याल से अब उसी सिद्धांत के तहत उसकी वंशिका उसे ठेंगा दिखाने जा रही थी। वह जल रहा होगा ... सुलग रहा होगा।

यही तो चाहता था मैं।

यह कि जिस आग में मैं सुलगा, उसी में वह भी सुलगे।

उसकी अवस्था से शायद पूरी तरह अंजान वंशिका खुलेदिल से शेखर मल्होत्रा की तारीफ करती चली गई थी। बातें करने के बाद मैंने उसे मोबाइल को वापस वक्षस्थल में रखते देखा।

लॉकर की चाबी उसने तकिए के अंदर छुपा दी थी।

जितनी फुर्ती से दबे पांव दरवाजे तक पहुंचा था उतनी ही फुर्ती से सोफे पर जा पसरा।

वह वापस आई। मैंने कहा–''अब बटाओ क्या प्रोग्राम हाय? क्या करोगी हमें बोरियट से बचाने के लिए?''

''डिनर पर चलते हैं।''

''कहां ले जाओगी?''

''जहां तुम कहो।''

''बैंगलुरू में हम जिस कंपनी से डीलींग करने गया था, उसके एमडी को जब पटा लगा कि हम मुंबई अपने डोस्ट से मिलने जा रहा हूं टो वो बोला, मुंबई में अगर मौका लगे टो चायना टाऊन में लंच या डिनर जरूर करना। उढर बहुट अच्छा चायनीज मिलटा हाय।''

वंशिका सकपका-सी गई। बोली–''पर वहां तो कम से कम एक हफ्ते पहले बुकिंग करानी पड़ती है।''

''एमडी ने हमको ये भी बटाया था पर हमने बोला–हम जब डोस्ट के आगे अपनी इच्छा रखेगा टो वो कैसे भी करके इंटजाम कर डेगा मगर ... वो साला टो यहां हाय ही नहीं।''

''कोई बात नहीं।'' एकाएक वंशिका को जैसे कुछ सूझा, अपने वक्षस्थल से मोबाइल निकालती बोली–''कोशिश करती हूं।''

मैं सोचने लगा–क्या कोशिश करेगी वह?

मैंने तो चायना टाऊन का नाम लिया ही इसलिए था क्योंकि जानता था, वह वैसा नहीं करा सकेगी और मुझे उसे इस 'ताने' के नीचे दबाने का मौका मिलेगा कि–देखा, तुम मेरी इच्छा पूरी नहीं कर सकीं लेकिन संबंध स्थापित होते ही वह बोली–''समीर, क्या चायना टाऊन में आज के डिनर का इंतजाम हो सकता है?''

कमीनी को बात-बात पर अपने यार की याद आती थी।

थोड़े गैप के बाद उसने कहा–''बताया तो था तुम्हें! अंशु के बचपन के

दोस्त शेखर मल्होत्रा आए हुए हैं। उन्हीं के लिए तो छुट्टी ले रखी है। उनकी इच्छा वहीं डिनर की है।''

पता नहीं दूसरी तरफ से क्या कहा गया। मैं बस इतना देख और सुन सका कि वंशिका ने 'ओके' कहने के बाद संबंध विच्छेद किया तथा मुझसे बोली–''कुछ देर बाद बताता है।''

''किससे बाट की टुमने?'' मैंने पूछा।

''समीर से।'' उसने बताया–''वह उस फैक्ट्री का मालिक है जहां मैं काम करती हूं और अंशु को बड़े भाई जैसा मानता है।''

''क्या बोला?''

''कहता है–अपने दोस्तों को फोन करके मालूम करता हूं आज की किसी की बुकिंग है या नहीं। हुई तो उससे कहेगा कि आज का डिनर भूल जाए, कहीं और कर ले क्योंकि उसकी बुकिंग पर मेरे दोस्त चायना टाऊन जा रहे हैं।''

''क्या ऐसा हो जाटा हाय कि किसी की बुकिंग पर कोई ...

''हो जाता है। अक्सर होता रहता है।''

''छोड़ो न!'' मैंने कहा–''ये टो अच्छा नहीं लगेगा कि हम अपने प्रोग्राम की वजह से किसी और के प्रोग्राम में खलल डालें। डिनर ही टो करना हाय, कहीं और कर लेंगे।''

''इसमें ऐसी कोई बात नहीं है शेखू, मुंबई के लोग अक्सर ऐसा करते रहते हैं क्योंकि वे जानते हैं कि बाहर से आने वाले लोगों की इच्छा चायना टाऊन में डिनर की होती है। हम लोग तो लोकल हैं, आज नहीं तो कल चले जाएंगे।''

मैं महसूस कर रहा था कि गिफ्ट मिलने और पोटली देखने के बाद से वंशिका के मेरी तरफ देखने और बात करने में थोड़ा चेंज आ गया था। अब वह इस तरह बात कर रही थी जैसे मीडियम क्लास की कोई लेडी किसी टाइकून से बात करती है।

एकाएक उसने पूछा–''शेखू, अगर मैं समीर से भी डिनर पर आने के लिए कह दूं तो तुम्हें कोई एतराज तो नहीं होगा?''

उसके शब्द मेरे दिल में तीर की तरह लगे थे। जेहन ने कहा था, हरामजादी के दिलोदिमाग से अभी तक समीर का जादू उतरा नहीं है जबकि मैं वही करने के लिए शेखर मल्होत्रा बना था। वैसे मैं भी शेखर मल्होत्रा के रूप में समीर से मिलना चाहता था इसलिए लहजे में थोड़ा व्यंग घोलता बोला–''अगर वह तुम्हारा इतना अच्छा डोस्त हाय टो मुझे क्या एटराज हो सकटा हाय?''

''दोस्त वाली बात नहीं है शेखू, बस दिमाग में यह आया कि अगर उसकी इतनी मदद ले रहे हैं तो कम से कम एक बार टोकना तो चाहिए ही। माने न माने, उसकी मर्जी।''

मैंने कुछ कहने के लिए मुंह खोला ही था कि उसके मोबाइल की बैल बजी। कॉल समीर की ही थी। काम हो गया था और उसने डिनर पर आने के लिए 'हां' भी कह दिया था।

मैं उससे मिलने के लिए तैयार था जिसकी हत्या होने वाली थी।

समीर हमसे पहले चायना टाऊन पहुंच गया था।

यूं तो उसने अपने सदाबहार चहकते अंदाज में हमारा स्वागत किया था मगर मैंने साफ महसूस किया उसकी नजर वंशिका के तन पर मौजूद साड़ी पर अटककर नहीं बल्कि चिपककर रह गई थी।

मुझे बहुत ... बहुत सकून मिला।

अंततः उस पर रहा ही नहीं गया। बोला–''बहुत कीमती साड़ी नजर आ रही है वंशि। इस पर तो डायमंड आदि ... कब ली?''

वंशिका ने कहा–''शेखर का गिफ्ट है।''

मैंने तुरंत महसूस किया–उस पर बिजली-सी गिरी थी।

अपना नेक्लेस उसे उस वक्त 'ठीकरा-सा' नजर आया होगा।

मैंने और जलाने के लिए कहा–''गिफ्ट नहीं, मुंह डिखाई है ये। भाभी जान से पहली बार मिलने पर डी जाटी हाय न!''

समीर ने मेरी तरफ देखा।

मुझे उसके चेहरे पर 'जेलस' के भाव नजर आए।

मेरे होठों पर स्वतः गर्वीली मुस्कान दौड़ गई।

कभी वह मेरे गले में पड़ी बेशकीमती नजर आने वाली मालाओं को देख रहा था, कभी अंगूठियों को, तो कभी रिस्टवॉच और ब्रेसलेट को। मैंने चोट की–''ऐसा क्या डेख रहे हो मिस्टर समीर?''

''क ... कुछ नहीं।'' उसने खुद को संभाला।

उसके बाद–जब हमारे बीच बातें शुरू हुईं तो मैंने कई बार महसूस किया वह बात मुझसे कर रहा होता था लेकिन देख वंशिका की तरफ रहा होता था। शायद यह जानना चाहता था कि उसकी माशूका मुझे कैसी निगाहों से देख रही थी।

आप महसूस कर रहे हैं न ... मैंने उल्टी गंगा बहा दी थी।

डिनर का आर्डर देने की बात आई तो वंशिका बोली–''आज हम वह खाएंगे जो शेखू खिलाएगा।''

पलक झपकते ही समीर का चेहरा उतर गया था। उसने चौंक कर वंशिका की तरफ देखा। शायद मुझे शेखू कहने पर। अभी वह उसी की तरफ देख रहा था कि मैंने मजा लेते हुए कहा–''नहीं भई। समीर साहब की पसंड चलेगी।''

''पसंद गेस्ट की चलती है शेखर साहब।'' मुझे साफ लगा कि समीर झेंप मिटा रहा था।

''हमारी पसंड जब चलेगी जब टुम लोग लंडन आओगे। इढर आप लोगों की पसंड चलेगी क्योंकि हमको क्या मालूम कि इढर का क्या चीज, वो क्या कहटे हांय ... स्वाडिस्ट हाय!''

''इधर की हर चीज स्वादिष्ट है शेखू।'' वंशिका बोली।

कुछ देर की जिद्दोजेहद के बाद सबकी पसंद का मिलाजुला आर्डर दिया गया। वेटर के जाने के बाद समीर ने कहा–''वैसे क्या मैं जान सकता हूं मिस्टर शेखर कि आपका बिजनेस क्या है?''

''नो ... नो ... नो मिस्टर समीर।'' मैं उसकी 'उतारने' पर अमादा था–''टीन डिन नो बिजनेस टॉक। हम ये सोचकर मुंबई आया कि इढर कोई बिजनेस टॉक नहीं करेगा।''

''मैं तो बस ये ...

''यही टो।'' मैंने उसे बोलने ही जो नहीं दिया–''यही टो कमी हाय इंडियंस में। फैमिली क्लाइमेट में भी बिजनेस टॉक मिक्स कर डेटा हाय। अरे हमारा बाट करो, अपना बाट करो और ... ।'' मैंने बहुत प्यार से वंशिका की तरफ देखते हुए कहा–''हमारा वंशि डार्लिंग का बाट करो। डेखो, ये किटना ब्यूटीफुल हाय।''

वंशिका खिलखिलाकर हंसी।

समीर का चेहरा देखने लायक हो गया।

''टुम्हारा क्यूरोसिटी शांट करने के वास्टे इटना टो बटा ही डेटा हाय कि ... ।'' और फिर, मैं सारे संसार में फैले अपने तरह-तरह के कारोबार के बारे में बताता चला गया।

पहले ही से तैयार इतनी गप्पें मारीं कि समीर को अपना वजूद हाथी के सामने चींटी जैसा लगने लगा और भरपूर गप्प मारने के बाद कहा–''और आपका बिजनेस मिस्टर समीर? किसी चीज की फैक्ट्री हाय आपकी। क्या बनाटे हांय?''

समीर ने कुछ कहने के लिए मुंह खोला ही था कि वेटर आर्डर का सामान

लेकर आ गया। वो उसे मेज पर सजाने लगा। मैंने उसकी जरा भी परवाह किए बगैर समीर से कहा–''बुरा न मानें टो एक बाट पूछूं मिस्टर समीर?''

''हां-हां। पूछिए।''

''आप बाट किसी से करटे हांय और डेखटे किसी और की टरफ हांय, ये गंडी आडट कैसे पड़ी?''

''मतलब?'' समीर चकराया।

''हमने कई बार फील किया, आप बाट हमसे कर रहे थे लेकिन डेख हमारी वंशि डार्लिंग की टरफ रहे थे।''

''न ... नहीं तो।'' समीर बुरी तरह बौखला गया–''क ... क्या बात कर रहे हैं आप! ऐसा तो मैंने नहीं किया।''

''झूठ मट बोलो।'' मैंने खास अंदाज में आंखों को तरेरते हुए कहा–''हमने कई बार डेखा।''

''अ ... आप कैसी बातें कर रहे हैं मिस्टर शेखर।''

उस पर कुछ कहते नहीं बन पड़ रहा था जबकि वंशिका उसकी हालत पर खिलखिलाती चली गई।

''वैसे एक बाट कहें!'' मैंने उसकी आंखों में झांका।

''क ... कहिए।''

''इसमें कोई बुराई भी नहीं हाय। असल में हमारा वंशि डार्लिंग चीज ही ऐसी हांय कि इनके चेहरे से नजरें नहीं हटटीं ... हाय न!''

इस तरह, मैंने वंशिका के सामने उसकी खूब खिल्ली उड़ाई।

साथ ही, उसे जलाकर राख कर देने के लिए ऐसा शो किया जैसे कुछ ही देर में मैं और वंशिका बेहद नजदीक आ गए हों।

डिनर शुरू होने ही वाला था कि समीर ने कहा–''आपका पुखराज बहुत अच्छा है मिस्टर शेखर।''

''पुखराज!'' कहकर मैंने अपनी उंगलियों में पड़ी अंगूठियों की तरफ देखा और बोला–''क्यों, ये नीलम अच्छा नहीं हाय? डायमंड और माणिक अच्छा नहीं हाय?''

''अच्छे तो सभी हैं लेकिन पुखराज मुझे कुछ खास ही लग रहा है। शायद इसलिए क्योंकि एक पंडित ने मुझे पुखराज पहनने के लिए कहा था और मैं अंगूठी बनवाने के बारे में सोच भी रहा था।'' वह कहता चला गया–''क्या मैं इसे देख सकता हूं?''

''क्यों नहीं-क्यों नहीं! जरूर डेखो। बल्कि मैं टो कहटा हूं पंडिट ने बोला हाय टो इसे ही पहन लो। हमने टुम्हें गिफ्ट की।'' कहने के साथ मैंने अंगूठी उतारकर उसकी तरफ बढ़ा जरूर दी मगर दिल यह सोचकर असामान्य गति

से धड़कने लगा था कि कहीं वह इस बात को ताड़ न जाए कि वह पुखराज नहीं, दो टके का पत्थर था।

हालांकि शॉपकीपर ने दावा किया था कि उसे जौहरी के अलावा कोई नहीं पहचान सकता और ... समीर जौहरी नहीं था।

पर चोर का दिल ... चोर का ही दिल होता है।

मेरी पसलियों से सिर टकराता वह 'धाड़-धाड़' की आवाजें पैदा करने लगा था। समीर पुखराज को बहुत ध्यान से न देख पाए इस मंशा से मैं लगातार बोलता रहा–''चालीस रट्टी का हाय ये। टोरंटो से लिया था पर हमें यह पहनने के लिए किसी पंडिट ने नहीं बोला। हमने टो शौकिया पहना हाय। पंडिट की बाटें हम मानटे भी नहीं हांय। ऐसा अंढविश्वास टो इंडिया में ही हाय ... हाय न!''

''यहां तो लोग ज्यादातर पुखराज को पंडितों के कहने पर ही पहनते हैं।'' कहने के साथ उसने उस पर बस एक नजर डाली और वापस मेरी तरफ बढ़ाता बोला–''लीजिए।''

''अब टो हमारी टरफ से गिफ्ट समझकर रख ही लो मिस्टर समीर, हम डी हुई चीज वापस नहीं लेटे ... क्यों वंशि डार्लिंग!''

''अरे नहीं-नहीं। कैसी बात कर रहे हैं आप!'' समीर एक बार फिर बौखला गया था–''मैंने तो सिर्फ देखने के लिए ली थी।''

''टो क्या हुआ?'' मैं बोला–''पंडिट ने कहा हाय टो अभी कि अभी पहन लो। शायड कोई चमट्कार हो जाए!''

''नो मिस्टर शेखर, पंडित की बताई चीजें गिफ्ट नहीं ली जातीं बल्कि अपने पैसों से खरीदकर पहननी होती हैं।''

''ऐसा हाय टो वापस ले लेटे हांय।'' कहने के साथ मैंने अंगूठी लेकर अपनी उंगली में डाल ली।

यही क्षण था जब समीर ने अपनी जेब से मोबाइल निकाला। उसकी स्क्रीन पर इस तरह नजर डाली जैसे कुछ पढ़ रहा हो। चेहरे पर चिंता और बेचैनी के भाव नजर आने लगे और फिर एकाएक उसके मुंह से निकला–''मुझे जाना होगा।''

''कहां?'' हम दोनों ने एकसाथ चौंककर पूछा।

''ओबरॉय होटल ... खैर। आप लोग एंज्वॉय कीजिए।'' कहते कहते वह अचानक वंशिका से मुखातिब हुआ–''वंशि, मैं अकेले में तुमसे कुछ बात करनी चाहता हूं।''

''अकेले में?'' वंशिका चौंकी।

''एक मिनट इधर आओ।'' कहने के साथ वह खड़ा हो गया।

अचानक की गई समीर की इस हरकत पर वंशिका ही नहीं, मैं भी चौंक गया था। बोला–''टुम क्यों कहीं और जाटे हो। हम ही उठटे हांय। वैसे भी हमें टायलेट जाना था।'' कहने के साथ मैं अपनी कुर्सी से उठकर खड़ा हो गया।

वंशिका हकबकाई-सी बैठी रह गई थी।

जैसे समझ न पा रही हो कि करे तो क्या करे?

मैंने समीर से कहा–''जिटनी डेर में हम टायलेट से आएंगे उटनी डेर में आपकी प्राइवेट बाट खट्म हो जाएगी न मिस्टर समीर! या फ्रेश होने के बाड ही आएं?''

''आप क्यों कष्ट करते हैं, हम ...

''इसमें कष्ट की कोई बाट नहीं हाय। सचमुच हमारा प्रेशर बन रहा हाय।'' कहने के बाद मैं बाथरूम की तरफ बढ़ गया।

जेहन में 'सांय-सांय' हो रही थी।

यह सोचकर कि अचानक समीर को हुआ क्या?

अकेले में क्या बात करनी चाहता था वह वंशिका से? एकाएक ही ऐसा उसे क्या सूझा? मन के चोर ने कहा–ऐसा उसने पुखराज को देखने के बाद किया था। क्या वह ताड़ गया है कि पुखराज़ जाली है? क्या ऐसा हो सकता है? शॉपकीपर ने पूरी गारंटी ली थी।

तो फिर हुआ क्या?

बात कुछ समझ में नहीं आई।

जेहन में जबरदस्त किस्म की खलबली लिए मैं वॉशरूम की तरफ बढ़ता चला जा रहा था और ... महसूस कर रहा था कि समीर की नजरें मेरी पीठ पर ही चिपकी हैं।

वॉशरूम के दरवाजे पर वयस्क आदमी की आंखों की ऊंचाई पर कांच का एक चौकोर टुकड़ा लगा हुआ था।

अंदर पहुंचते ही उसके माध्यम से डिनर हॉल में देखा।

कांच हालांकि धुंधला था लेकिन हाल में ज्यादा रोशनी होने के कारण उसमें मौजूद लोग सायों के रूप में नजर आ रहे थे।

वंशिका और समीर की कोहनियां मेज पर थीं और वे एक-दूसरे की तरफ झुके हुए थे। मुझे उनके चेहरों के भाव नजर नहीं आ रहे थे। महसूस कर सकता था कि समीर के होंठ हिल रहे हैं।

साथ ही, वह अपने मोबाइल में कुछ कर रहा था।

तभी एक और आदमी को वॉशरूम की तरफ आते देखा। मैं तेजी से हटा और सीट पर पहुंचकर फारिग होने लगा। वह आदमी भी अंदर आया और दूसरी सीट पर फारिग होने लगा।

करीब दो मिनट बाद मैं पुनः डिनर हाल में था। तब तक समीर और वंशिका अपनी-अपनी कुर्सियों की पुश्त से पीठ टिका चुके थे।

उनके बीच कोई बात नहीं हो रही थी।

उन्होंने मुझे वॉशरूम से निकलते देख लिया था।

मैंने उनकी तरफ ऐसी नजरों से देखा जैसे पूछ रहा होऊं कि आ जाऊं या नहीं! समीर बोला–''कम ... कम मिस्टर शेखर, हमारी बात ओवर हो चुकी है।''

''थैंक्यू।'' मैं उनके नजदीक पहुंचकर बोला और फिर टाइकून वाले अंदाज में बैठ गया।

मेरा बैठना था कि समीर कुर्सी से खड़ा होता हुआ बोला–''मुझे जाना होगा मिस्टर शेखर।''

''अरे मगर हुआ क्या?'' मैं उस वक्त एक्टिंग नहीं कर रहा था बल्कि सचमुच बौखला गया था–''टुम एकाएक इटने क्यों उखड़ गए? आखिर बाट क्या हाय?''

''मैं बीच में जाने के लिए माफी चाहता हूं मिस्टर शेखर।'' वह बोला–''लेकिन नहीं गया तो करोड़ों का नुकसान हो जाएगा।''

यह सोचकर मेरा दिमाग सन्ना रहा था कि पुखराज ने कहीं कोई ऐसी गड़बड़ तो नहीं कर दी है जो आगे चलकर मेरे प्लान पर भारी पड़े! अतः कहता चला गया–''मगर डिनर टो लग चुका हाय। खाने में टाइम ही किटना लगेगा?''

''इस वक्त एक-एक सेकिंड कीमती है मिस्टर शेखर, मुमकिन हुआ तो कल लंच या डिनर साथ लेंगे।''

''पर बाट टो पटा लगे!'' बेचैन अंदाज में कहने के साथ मैंने वंशिका की तरफ देखा तो और बुरी तरह चौंक पड़ा क्योंकि मुझे उसके चेहरे पर हवाईयां उड़ती नजर आई थीं।

मुस्कराहट ही नहीं, चेहरे की आभा भी गायब थी।

हकबकाया-सा मैं उस वक्त भी उसी की तरफ देख रहा था और समझने की कोशिश कर रहा था उसे क्या हो गया है, जिस वक्त समीर ने कहा–''मैं कुछ बताना नहीं चाहता था मगर आपको ऑकवर्ड न लगे इसलिए बता रहा हूं ... ये देखिए।''

मैंने उसकी तरफ देखा।

उसने अपना मोबाइल मेरी आंखों के सामने किया हुआ था और उस पर लिखे मैसेज को मैं आसानी से पढ़ सकता था।

लिखा था–''एमरजेंसी ... आस्ट्रेलिया की पार्टी ने आर्डर केंसिल कर दिया है। आपको खुद उनसे बात करनी होगी–जीएम।''

''क्या मटलब हुआ इसका?'' मैंने पूछा।

''दो करोड़ के कार्पेट का आर्डर था उनका।'' समीर ने एक ही सांस में कहा–''लगभग कंपलीट माल तैयार हो चुका है। माल भी ऐसा है जो उनके अलावा किसी अन्य के किसी काम का नहीं है। उन लोगों ने नहीं लिया तो पूरे दो करोड़ का नुकसान हो जाएगा और मैं छोटा-सा आदमी हूं मिस्टर शेखर, दो करोड़ का घाटा नहीं सह सकूंगा इसलिए मुझे ... खुद मुझे उनसे बात करनी होगी। वे लोग ओबरॉय में ठहरे हुए हैं।''

''टुम पार्टी से एडवांस नहीं लेटा हाय?''

''एडवांस का क्या है! कुल पच्चीस लाख दिए हुए हैं।''

''पर कोई इस टरह कैसे आर्डर केंसिल कर सकटा हाय?''

''वही बात तो करनी है उनसे ... मैं निकलता हूं।'' कहने के बाद वह तेज कदमों के साथ एक्जिट गेट की तरफ बढ़ गया।

मैं तब तक दरवाजे की तरफ देखता रहा जब तक समीर उसे खोलकर बाहर नहीं चला गया।

उधर डोरक्लोजर पर झूलते दरवाजे ने वापस आना शुरू किया इधर मैंने वंशिका की तरफ देखते हुए कहा–''हड्ड हो गई! ऐसे भी कहीं बिजनेस होटा हाय ... पर टुम्हारे फेस पर पौने बारह क्यों बज गया हाय वंशि डार्लिंग? टुमको क्या हुआ हाय?''

वंशिका यूं चौंकी जैसे अचानक पता लगा हो कि मैंने उससे कुछ कहा था। संभलकर बोली–''क ... कुछ नहीं।''

''हमें टो बहुट कुछ लगटा हाय।''

''क ... क्या कहना चाहते हो?''

''समीर हमें कुछ जमा नहीं।''

''मतलब?'' वह चौंकी।

''टुम पर बुरी नजर रखटा हाय।''

''क ... क्या?'' पहले तो वंशिका बुरी तरह चौंकी, फिर एकाएक भड़ककर बोली–''क्या बात कर रहे हो शेखू? किसी के बारे में ऐसा कहने

से पहले सोचना चाहिए कि तुम कह क्या रहे हो। मैं उसे तीन महीने से जानती हूं। उसके साथ काम कर रही हूं और अंशु तो वर्षों से जानते हैं। मैंने बताया था–अंशु को वह बड़ा भाई मानता है।''

''अफसोस की बाट टो यही हाय कि इटनी पुरानी जान पहचान होने के बावजूड टुम लोग उसकी नीयट नहीं पहचान सके जबकि हम चंड मिनटों की मुलाकाट में ...

''वही तो।'' वंशिका इतनी उत्तेजित हो गई थी कि मेरी बात काटकर कहती चली गई–''वही तो जानना चाहती हूं मैं। चंद मिनटों में तुमने ऐसा क्या देख लिया जो ...

''पच्चीस डेशों में घूमे हांय। घाट-घाट का पानी पिया हाय।'' मैं अपने शब्दों को नाप-तौलकर बोल रहा था–''आडमी को डेखटे ही उसे पहचानने का टेलेंट कुडरट ने डिया हाय। टुम्हें डेखटे वक्ट जो एक्सप्रेशंस उसके फेस पर आटे हांय, उनका सीढा मटलब हाय कि वह टुम्हें पाना चाहटा हाय। टुम्हारी बाट टो खैर क्या कहूं! अंशु से पूछूंगा वह इस लड़के के इराडों को क्यों नहीं भांप सका?''

पलक झपकते ही वंशिका के चेहरे पर डर के चिन्ह नजर आने लगे। मैं समझ सकता था यह डर उसके मन में उभरे इस सोच के कारण उभरा है कि मैंने इन बातों का जिक्र अंशुमन से कर दिया तो क्या होगा? परोक्ष रूप से उसे यह धमकी देने के लिए ही मैंने अंशु से बात करने वाली बात कही थी। मुझे पहले ही से मालूम था यह धमकी कारगर हथियार का काम करेगी।

वही हुआ।

तभी तो वंशिका तुरंत पैंतरा बदलकर बोली–''अंशु को बीच में क्यों लाते हो? बात जब मेरे और तुम्हारे बीच हो रही है तो ...

''हमारी बाट टुम्हारी समझ में आ कहां रही हाय!'' मैंने उसकी बात काटकर कहा–''अंशु से टो हमें ये पूछना हाय कि ...

''आ रही है शेखू।'' उसने घबराहट के कारण मेरी बात पूरी नहीं होने दी–''बात मेरी समझ में आ रही है।''

''कौनसी बाट?''

''यही ... कि वह मुझ पर मरता है।'' वंशिका ने हथियार डाल दिए–''और यह बात मुझे आज ... तुम्हारे कहने से समझ में नहीं आई है बल्कि बहुत पहले से समझ रही हूं। औरत से बेहतर इस बात को कोई नहीं समझ सकता कि कौन मर्द उसे किस नजर से देखता है। अब तुम यह कहोगे ऐसा है तो मैं उसकी फैक्ट्री में नौकरी क्यों किए जा रही हूं? छोड़ क्यों नहीं देती उसे?''

''बिल्कुल कहूंगा।''

''हर औरत में कोई सेल्फ कान्फिडेंस भी होता है और ... वह मुझमें भी है।'' अब वह आत्मविश्वास पूर्वक कह रही थी–''मेरी तरह हर औरत जानती है सामने वाले की नीयत चाहे जैसी हो मगर वह तब तक मेरा कुछ नहीं बिगाड़ सकता जब तक मैं नहीं चाहूंगी। इसलिए, सामने वाला हम पर कैसी नीयत रखता है, क्या फर्क पड़ता है इससे! ये लंदन नहीं है शेखू ... इंडिया है। सच पूछो तो यहां के नब्बे परसेंट बॉस अपनी महिला कर्मचारियों पर वैसी नजर रखते हैं जैसी समीर मुझ पर रखता है। इसका मतलब तो यह हुआ कि हम औरतें कहीं काम ही न करें! नहीं। विकल्प यह नहीं है। विकल्प ये है कि हम अंदर से खुद को मजबूत रखें। वैसा होने पर कोई बॉस कुछ नहीं कर सकेगा। कुछ नहीं बिगाड़ सकेगा। जैसे समीर आज तक मेरा कुछ नहीं बिगाड़ पाया।''

''अंशु को बताया?''

''नहीं।''

''क्यों?''

''समीर के बारे में बताने पर अंशु मुझसे उसकी नौकरी छुड़वा देगा। कहीं और नौकरी करूंगी तो वहां का बॉस भी उसी नजर से देखेगा। मैं फिर अंशु को बताऊंगी। वह वहां से भी छुड़वा देगा। उसके बाद कहीं और करूंगी तो ...

''समझ गया ... समझ गया।'' मैं बोला।

''क्या समझ गए?''

''विकल्प नौकरी छोड़ना नहीं, खुद को बोल्ड बनाना हाय।''

''उम्मीद है तुम भी अंशु से जिक्र नहीं करोगे।'' यह थी वह बात जिस तक मुझे लाने के लिए उसने पूरा भाषण दे डाला था।

मैंने भी इस विषय का पटाक्षेप करने के इरादे से कहा–''अब टो स्टाम्प पेपर मंगा ही लो। उस पर लिखकर डे डेटा हूं।''

वह हंसी।

साफ नजर आ रहा था कि काफी देर बाद वह तनावमुक्त हुई थी। बोली–''शुरू में तो यह सोचकर मैं बौखला ही गई थी कि तुम चंद ही मिनटों में मेरे प्रति समीर के मनोभाव ताड़ गए इसलिए ...

''मुझ पर चढ़ डौड़ी थीं!''

''सॉरी।'' कहने के साथ उसने अपना हाथ मेज पर रखे मेरे हाथ पर रख दिया था। मैंने दोनों हाथों की तरफ देखा। फिर वंशिका के चेहरे की तरफ। उसके होठों पर मुस्कान थी। आंखों में शैंपेन डायमंड जैसी चमक। यह

सोचकर जिस्म में सनसनी दौड़ गई थी कि उसने ऐसा इसलिए किया है कि मैं अंशुमन से समीर का जिक्र न करूं या उसके जेहन पर मेरे पैसे का नशा सवार होने लगा था?

मैं कोई फैसला नहीं कर सका।

मौका देखकर वह बात छेड़ी जिसका जवाब मिले बगैर मेरे जेहन को चैन नहीं मिलने वाला था। बोला–"क्या हम जान सकटा हूं कि समीर ने अकेले में टुमसे क्या कहा?"

"वह मुझे मोबाइल पर आए मैसेज के बारे में बताना चाहता था लेकिन तुम्हारे सामने नहीं क्योंकि तुम पहले ही बिजनेस टॉक न करने की बात कह चुके थे।"

"ये टो कोई बात नहीं हुई!"

"यकीन मानो शेखू। बस इतनी ही बात थी। मैसेज के बाद वह नहीं रुक सकता था। मुझे भी नहीं बताता तो उसे लगा–उसके यूं अचानक जाने पर मैं पता नहीं क्या सोचूंगी! इसलिए मुझे कान्फिडेंस में लेना जरूरी समझा।"

मैं चुप भले ही रह गया मगर दिमाग यह मानने को तैयार नहीं था कि–'बात बस इतनी-सी थी।' मुझे बार-बार लग रहा था वह कुछ छुपा रही है। मगर क्या? यह जानने का मेरे पास कोई तरीका नहीं था इसलिए सिर को झटका देकर उस वक्त उस विचार को दिमाग से निकाल दिया लेकिन ...

काश!

न निकाला होता।

काश उसी वक्त मैंने उस सवाल का जवाब ढूंढने की कोशिश की होती! ऐसा किया होता तो आगे चलकर मुझे 'झटका' न लगा होता जो न सिर्फ लगा बल्कि जिसने मेरी मुकम्मल जिंदगी ही बदल डाली। बल्कि तबाह कर दी।

खैर, अपनी तबाही की दास्तान आगे बढ़ाता हूं–

वेटर ने हमारी सीट के करीब आकर कहा–"अरे सर, आपने तो कुछ खाया ही नहीं। सारा खाना ठंडा हो गया। मैं इसे गर्म करा देता हूं और ... मिस्टर समीर कहां चले गए?"

"गर्म कराने की जरूरत नहीं हाय।" मैंने कहा–"इसे उठा लो और इससे आधा फ्रेश खाना पैक करा डो।"

''पैक करा दो!'' वंशिका चिंहुकी–''मतलब?''

मेरे दिमाग में अपने प्लान के अगले स्टेप की तरफ बढ़ने की बात आ गई थी इसलिए बोला–''आराम से घर में बैठकर खाएंगे।''

''अरे! कमाल कर रहे हो तुम! इसमें ऐसी कोई बात नहीं है। अगर तुम्हें कोई ऐसी बिजनेस कॉल आई होती तो क्या तुम ...

''वो बाट नहीं हाय वंशि डार्लिंग।'' उससे कहने के बाद मैंने वेटर से वह करने के लिए कहा जो पहले ही कह चुका था।

हैरान-सी वंशिका वेटर को डोंगे उठाते देखती रही।

हैरान के अलावा उस वक्त वह मुझे थोड़ी चिंतित भी लगी थी। बल्कि अगर यह लिखूं कि मैंने उसके चेहरे पर हवाईयां उड़ती देखी थीं, तब भी गलत नहीं होगा।

अंततः पूछ ही बैठा मैं–''टुम्हें क्या हुआ डार्लिंग?''

''आं!'' वह यूं चौंकी जैसे कहीं खोई हुई थी।

''हमारे खाना पैक कराने पर टुम घबरा क्यों गई हो?''

''घ ... .घबरा गई हूं!'' वह हकलाई–''घबराऊंगी क्यों?''

''वही टो पूछ रहा हूं।''

''श ... शायद मैंने समीर को यहां बुलाकर ही गलती की।'' मैंने साफ महसूस किया कि वह खुद को नियंत्रित करने की कोशिश कर रही थी–''न वह आता न यह सब होता। अब जब तुम अंशु को यह सब बताओगे तो उसे अच्छा नहीं लगेगा।''

''मैं उस गढे के बच्चे को कुछ नहीं बटाऊंगा। बस!''

''बात उसे बताने की नहीं है। समीर के कारण ही तुम्हारा मूड उखड़ा है। उसे यहां होना ही नहीं चाहिए था।''

''वंशि डार्लिंग।'' मैं बहुत प्यार से बोला–''क्या ऐसा कोई टरीका हाय जिससे हम टुमको यकीन डिला सकें कि हमारा मूड समीर के कारण नहीं उखड़ा हाय?''

''और क्या कारण हो सकता है?''

''घर पहुंचने पर टुम्हें खुड पटा लग जाएगा।''

उसने चौंककर पूछा–''घर पहुंचने पर! मतलब?''

''खुड पटा नहीं लगेगा टो हम बटा डेंगे।''

बुरी तरह उलझ गई थी वह। बोली–''शेखू, मैं तुम्हारी पहेली जैसी बातों को समझ नहीं पा रही हूं।''

''समझ जाओगी ... घर पहुंचकर सब समझ जाओगी।''

वह बार-बार मेरे द्वारा घर पहुंचने की बात कहने से और ज्यादा चिंतित

नजर आने लगी बल्कि फिक्रमंद कहूं तो ज्यादा उचित शब्द होगा। अंततः मैंने कह ही दिया–''टुम टो घर चलने के नाम पर ऐसी आटंकिट हुई जा रही हो वंशि डार्लिंग जैसे हम घर नहीं बल्कि जेल जाने की बाट कर रहे हों।''

''नहीं-नहीं ... ऐसी तो कोई बात नहीं है। भला घर जाने से क्यों कतराऊंगी! घर तो जाना ही है मगर ... ।'' बात अधूरी छोड़कर वह मेरी तरफ देखती रह गई। अंदाज ऐसा था जैसे बहुत कुछ कहना चाहने के बावजूद कुछ न कह पा रही हो मगर बेचैनी और चिंता बराबर उसके चेहरे पर गर्दिश कर रही थी और मैं ठीक से उसका कारण नहीं समझ पा रहा था।

एकाएक वंशिका खड़ी हो गई।

''क्या हुआ?'' मैंने पूछा।

उसने कहा–''वॉशरूम होकर आती हूं।''

कहने के बाद मेरे जवाब का इंतजार करने के लिए वह रुकी नहीं बल्कि तेज कदमों के साथ लेडीज वॉशरूम की तरफ बढ़ गई।

एक बार फिर मेरी आंखें उसके मटकते हुए नितंबों पर थीं मगर इस बार, उन पर समीर का हाथ तो दूर, मेरी निगाहें उन तक को नहीं देख पाई थीं। हर आदमी के साथ कभी न कभी ऐसा जरूर होता है कि उसकी आंखें जिस चीज पर गड़ी नजर आती हैं, वास्तव में उसे देख नहीं रही होतीं और ऐसा तब होता है जब दिमाग कहीं और भटक रहा हो। मेरे साथ भी वैसा ही था। मेरी आंखें वंशिका के नितंबों को देखती नजर भले ही आ रही हों मगर देख नहीं रही थीं क्योंकि दिमाग की दीवारों पर बार-बार ये सवाल टक्कर मार रहा था कि–इसी वक्त वॉशरूम क्यों?

वह वॉशरूम ही गई है या कुछ और बात है?

फिर, दिमाग के ही किसी कौने ने कहा–दिमाग खराब हो गया है तेरा। बेवजह ऊटपटांग बातें सोचे जा रहा है। वॉशरूम में जाकर वह उसके अलावा और कर ही क्या सकती है जो वहां किया जाता है! तेरे मन का चोर तुझे जरूरत से ज्यादा शक्की बना रहा है। इस पर काबू रख वरना कभी अपने प्लान को परवान नहीं चढ़ा सकेगा।

लगा–दिमाग में अब जो विचार आ रहे हैं, वे ही दुरुस्त हैं।

वंशिका के वॉशरूम जाने के पीछे कोई राज नहीं है।

पैक्ड खाना और वॉशरूम से वंशिका लगभग साथ ही टेबल पर पहुंचे। उसे बैठने का मौका दिए बगैर मैं खड़ा हो गया।

अब मेरे दिमाग में सिर्फ एक ही बात थी।

प्लान के अगले स्टेप को अंजाम देने की बात।

चायना टाऊन के चौड़े गेट से निकलते वक्त अपनी कोहनी को वंशिका के वक्षस्थल से स्पर्श करा देना मेरे प्लान का ही हिस्सा था।

वैसा जान-बूझकर किया था मैंने मगर वंशिका ने कोई नोटिस ही नहीं लिया। जैसे पता ही न लगा हो कि मैंने क्या किया था।

मैं फैसला नहीं कर सका उसे सचमुच पता नहीं लगा था या एहसास हो जाने के बावजूद इग्नोर कर दिया था।

इसलिए, पार्किंग में पहुंचकर गाड़ी का गेट खोलते वक्त बहुत अपनत्व के साथ उसके कंधे पर हाथ रख दिया।

उसने चौंककर मेरी तरफ देखा।

मैं मर-मिटने वाले अंदाज में मुस्कराया।

उसने पूछा–''क्या हुआ शेखू?''

''टुम नाराज टो नहीं हो न!'' कहने के साथ मैंने अपने हाथ को उसकी नंगी पीठ पर सरका दिया था।

''नाराज! तुमसे!'' वह हौले से चौंकी–''क्यों होऊंगी?''

''डिनर पैक कराने के कारण।'' अब मैं सेक्सी अंदाज में उसकी पीठ सहलाने लगा था।

उसने बहुत ही विचित्र ... हां, जिन नजरों से उसने मुझे देखा था उन्हें मैं विचित्र ही कहूंगा और फिर, हौले से इतनी पीछे हटी कि मेरे हाथ की रेंज से बाहर निकल गई।

बोली–''नाराज नहीं, हैरान हूं।''

मैंने दाएं हाथ को मुट्ठी की शक्ल दी और हौले से उसके कपोल पर मारते हुए कहा–''घर पहुंचकर सारी हैरानी डूर कर डूंगा।''

वह मुस्कराकर रह गई और ... इस मुस्कराहट ने मुझे बताया कि शेखर का जादू ... बल्कि शेखर के पैसे का जादू चलने लगा था।

ऐसा न होता तो वह मुस्कराती नहीं, बल्कि नाराजगी प्रकट करती। ऐसा नहीं हो सकता उसे मेरी कोहनी द्वारा अपने वक्ष स्पर्श का पता न लगा हो। उसे तो यह भी पता लग गया होगा कि मैंने वैसा जानबूझकर किया था क्योंकि चायना टाऊन का एग्जिट गेट काफी चौड़ा था और हम दोनों बड़े आराम से बगैर आपस में भिड़े निकल सकते थे। उसके बाद, मेरा उसकी पीठ को सेक्सी अंदाज में सहलाना। उसके कपोल पर मेरी प्यार भरी मुट्ठी और उसके प्रति मेरी आंखों के भाव।

यकीनी तौर पर इस सबने उसे मेरे इरादे स्पष्ट रूप से समझा दिए होंगे

और ... इसके बाद भी वह मुस्कराई थी।

शक की कोई गुंजाइश नहीं रह गई थी।

सबकुछ स्पष्ट था।

आप समझ रहे हैं न!

बल्कि काफी पहले समझ गए होंगे कि शेखर मल्होत्रा का यह रूप मैंने धरा ही उसे फंसाने के लिए था।

उसे उसी की कमजोरी के जाल में फंसाने के लिए।

जो औरत पति द्वारा सारे सुख साधन और भरपूर प्यार दिया जाने के बावजूद एक बदसूरत परंतु धनवान आदमी की गोद में गिर सकती थी उसे अगर उससे भी धनवान आदमी लिफ्ट मारे तो ...

फंसना तो उसे था ही।

वही हो रहा था।

पर क्या सचमुच वही हो रहा था जो मैंने सोचा था?

जानने के लिए पढ़ते रहिए–

चायना टाऊन से आशा निकेतन स्थित अपने फ्लैट पर पहुंचने तक के रास्ते में मैंने ऐसा एक भी मौका नहीं गंवाया जब उसके जिस्म के किसी हिस्से को स्पर्श कर सकता होऊं और न किया हो। बल्कि ... ढूंढ-ढूंढकर ऐसे मौके निकाले। कई बार तो बगैर मौके के ही उसके किसी नाजुक अंग को छेड़ दिया।

उसकी प्रतिक्रिया ऐसी थी जैसे पता ही न हो मैं बार-बार क्या कर रहा था। मैं समझ सकता था यह प्रतिक्रिया बनावटी थी।

एक तरह से, मैं जो कर रहा था उसे करते रहने के लिए उसकी मौन स्वीकृति थी। मेरा हौसला बढ़ता चला गया और बढ़ते-बढ़ते इतना बढ़ा कि लिफ्ट में दाखिल होते वक्त बहुत प्यार से उसके नितंब पर अपनी हथेली की थपकी दे दी।

''क्या कर रहे हो शेखू!'' उसने बेहद नखरीले अंदाज में कहा था–''बहुत नॉटी हो तुम।''

''क्यों?'' मैंने शरारत की–''कुछ हुआ क्या?''

''अच्छा!'' उसने तिरछी नजरों से देखा–''होगा भी नहीं!''

''क्या हुआ?''

''धत्त्!'' कहने के साथ उसने अपनी नन्हीं-सी मुट्ठी से मेरे पेट में घूंसा मारा और फिर नजरें झुका लीं।

उस वक्त मैंने मन ही मन उसे हजारों-हजार गालियां दी थीं। ऐसी-ऐसी गालियां जो कभी किसी औरत को नहीं दी जानी चाहिए मगर खुद को जरा मेरी जगह रखकर देखिए।

वंशिका बिछने को तैयार थी।

जो शख्स अपनी आंखों से अपनी पत्नी को एक धनकुबेर शेखर मल्होत्रा के सामने बिछते देख रहा हो उसके दिल से ऐसी पत्नी के लिए गालियों के सैलाब के अलावा और फूट भी क्या सकता था!

फ्लैट में पहुंचते ही उसने कहा–''अब बताओ, अचानक खाना पैक कराकर यहां आने की क्या सूझी?''

मैंने कहा–''हकीकट ये हाय वंशि डार्लिंग कि डो पैग लिए बगैर हमें डिनर में मजा नहीं आटा।''

''ओह!'' वंशिका ने आंखें चौड़ा लीं–''ये बात थी!''

''जी। यही बाट थी।''

''तो पहले क्यों नहीं बताया? प्रोग्राम ही क्यों बनाया चायना टाऊन का? किसी फाइव स्टार में चलते जहां ...

''हमको क्या पटा था डार्लिंग कि चायना टाऊन में ड्रिंक नहीं की जा सकटी। पहली ही बार टो गया हम उढर।''

''लेकिन वहां जाकर तो पता लग गया था! तब कह देते।''

''समीर के कारण नहीं कहा।''

''इसलिए उसके जाते ही ...

''यस। अब टुम समझ गई हो और उस सवाल का जवाब भी मिल गया होगा जो बार-बार कर रही थीं।''

''बेकार ही इतना सस्पेंस बनाया तुमने ... आओ।'' कहती हुई वह मास्टर बैडरूम की तरफ बढ़ गई।

मन ही मन गालियां बड़बड़ाता मैं पीछे हो लिया।

उसने वह अल्मारी खोली जिसमें मैंने छोटा-सा बॉर बना रखा था। अल्मारी खोलने के बाद एक तरफ को हट गई थी ताकि मैं बगैर किसी बाधा के उसमें रखी बोतलों को देख सकूं मगर मैं जान बूझकर अपने जिस्म को उसके जिस्म से सटाए अल्मारी में रखी बोतलों को देखने का नाटक करता रहा।

व्हिस्की के नाम पर वहां ब्लंडर स्प्राइड, एरिस्टोक्रेट, मैकडावल, रायल स्टैग और सिग्नेचर आदि की बोतलें रखी थीं।

स्कॉच के नाम पर जॉनीवाकर स्वींग।

एक वोडका और कुछ बीयर की बोतलें।

वंशिका ने अपने जिस्म को थोड़ा परे सरका लिया था। मैंने मन ही मन सोचा–बेवजह नखरे दिखा रही है साली। लेकिन, बोतलों को देखकर बुरा-सा मुंह बनाते हुए कहा–''ये क्या कबाड़ भर रखा हाय अंशु ने! कोई ढंग की व्हिस्की, वाइन या स्कॉच नहीं हाय?''

''मतलब?'' वंशिका के मुंह से निकला।

''ये सब भी क्या पीने की चीजें हांय यार! न मार्टिनी रेड हाय, न गोल्ड लेबल। ब्लू लेबल से भी काम चल सकटा था। रेड वाइन, ग्लैन मैरेंजे सिंगल माल्ट या जैक डेनियल होटे टो बाट ही क्या थी!''

वंशिका पर कुछ कहते न बन पड़ा।

मैं बोला–''बुरा न मानो टो एक काम करें?''

''क्या?''

''हमारी अटेची में कुछ बोटलें पड़ी हांय। उनमें से पिएं टो ...

''इसमें बुरा मानने की क्या बात है शेखू! अगर तुम्हें इसमें से कोई भी ब्रांड पसंद नहीं है और तुम्हारे पास अपना ब्रांड है तो ...

''किसी के घर जाकर, उसका मेहमान होकर अपना व्हिस्की पीना थोड़ा ओकवर्ड लगटा हाय न, एटीकेट के खिलाफ।''

''मुझे कोई एतराज नहीं है।''

''ये हुई न बाट!'' मैंने यूं नारा लगाया जैसे बहुत खुश हो गया होऊं और उसी खुशी का नाटक करते हुए, इससे पहले कि वंशिका कुछ समझ पाए, दोनों हाथों से उसका चेहरा पकड़ा और दनाक से उसके होंठ चूम लिए। वह छटपटाती-सी रह गई जबकि मैं तेजी से दौड़कर न केवल मास्टर बैडरूम से निकल गया बल्कि ड्राइंगरूम से गुजरकर छोटे कमरे में जा पहुंचा।

उस वक्त मैं हौले-हौले कांप रहा था।

हरकत ही ऐसी करके आया था।

खुद को नियंत्रित करने में थोड़ा समय लगा और नियंत्रित होते ही अटेची खोली। उसमें से जैक डेनियल्स और मोहितो वोडका की बोतल निकाली। ड्राइंगरूम में पहुंचा।

वंशिका वहां नहीं थी। अब मुझे यही देखना था कि जो हरकत मैंने की थी उस पर वंशिका कैसे रियेक्ट करेगी।

''कहां हो डार्लिंग!'' बोतलों को सेंटर टेबल पर रखते हुए मैंने ऊंची आवाज में कहा–''कम।''

कहीं से कोई आवाज नहीं आई।

मैं सस्पेंस में फंस गया। कैसे रियेक्ट करने वाली थी वंशिका और फिर मुझे उसे कैसे संभालना था?

मास्टर बैडरूम की तरफ देखते हुए पुनः आवाज लगाने के लिए मुंह खोला ही था कि वह किचन का दरवाजा पार करके इधर ही आती नजर आई। आंखें ही नहीं, चेहरा भी झुका रखा था उसने।

एक हाथ में ड्राइफ्रूट्स की प्लेट थी, दूसरे में नमकीन की। बगैर एक शब्द भी कहे वह मेरे करीब से गुजरी और प्लेट्स को सेंटर टेबल पर रखने के बाद वापस जाने लगी।

मैंने कहा–"क्या हुआ डार्लिंग?"

बगैर कोई जवाब दिए वह पुनः किचन में चली गई थी। मेरी समझ में नहीं आ रहा था क्या करूं। किचन की तरफ बढ़ने का निश्चय किया ही था कि एक बार फिर वह इधर आती नजर आई। इस बार हाथों में ट्रे थी। ट्रे में एक गिलास। सोड़े की बोतलें और पानी से भरा जग। मेरे करीब से गुजरकर उसने उन्हें भी सेंटर टेबल पर रख दिया और जब इस बार भी खामोशी के साथ नजरें झुकाए किचन की तरफ जाने लगी तो मैंने हाथ बढ़ाकर उसकी कलाई पकड़ते हुए कहा–"बात क्या है वंशि?"

उसने एक झटके से चेहरा उठाकर मेरी तरफ देखा और मैंने देखा था–उसका तमतमाया हुआ चेहरा। बोली वह अब भी कुछ नहीं थी। बस कड़ी नजरों से घूरती भर रही।

सच कहूं तो उस वक्त मुझे उसकी नजरों से डर लगा था।

किसी तरह खुद पर काबू पाते हुए, लहजे में थोड़ी हैरत भरता बोला–"हुआ क्या हाय वंशि? कुछ बटाओ टो सही।"

"तुम्हें नहीं पता तुमने क्या किया है?" पत्थर-सा सख्त लहजा।

"नहीं टो।" मैं भोला बना–"क्या किया हाय हमने?"

"जैसे पता ही न हो!"

"कुछ बटाओ टो सही।"

वह सख्त लहजे में बोली–"तुमने मेरे होठ चूमे हैं।"

"अरे टो इसमें क्या हुआ? जब आडमी ज्याडा खुश होटा हाय टो सामने वाले का कुछ भी चूम लेटा हाय।"

"तुम्हारे लंदन में चूम लेते होंगे। इंडिया में पराई औरत के साथ की गई ऐसी हरकत को बदतमीजी कहते हैं।"

"वाकई!" मैंने इस तरह कहा जैसे अभी-अभी यह बात पता लगी हो। थोड़ा गैप देने के बाद बोला–"ऐसा हाय टो सॉरी।"

वंशिका के तेवर तब भी ढीले नहीं पड़े।

मैंने पुनः कहा–''आइ से, एक्सट्रीम ली सॉरी वंशि डार्लिंग।''

''ओके।'' वह धीरे से बोली–''फिर ऐसा मत करना।''

''नहीं करूंगा–प्रॉमिज।''

मैंने कहा ही इस तरीके से था कि वह धीरे से हंस दी।

यदि आप सच पूछें तो इतने सब के बावजूद मैं यह नहीं भांप सका था कि वंशिका ने जो किया वह खुद को लाजवंती दिखाने के लिए किया था अथवा सचमुच नाराज हुई थी।

थोड़ी देर में माहौल पूरी तरह सामान्य हो गया। हम आमने सामने के सोफों पर बैठ गए थे और मैंने सेंटर टेबल की तरफ देखते हुए कहा–''ये क्या? सिर्फ एक गिलास?''

''तुम दो गिलासों में पीते हो तो दूसरा भी ले आती हूं।''

''मजाक मट करो।'' मैंने कहा–''हम टुम्हारे गिलास की बाट कर रहा हूं। वह कहां हाय?''

''मैं?'' उसने इस तरह कहा जैसे मेरे मुंह से कोई अनहोनी बात सुन ली हो–''मैं पियूंगी?''

''व्हाई नॉट?''

एक बार फिर खिलखिलाई वह। बोली–''ये लंदन नहीं है शेखू साहब, इंडिया है। यहां लेडीज शराब नहीं पीतीं।''

''क्या बाट करटी हो?''

''सच्चाई बता रही हूं।''

''टो फिर ये किसके लिए हाय?'' कहने के साथ मैंने मोहितो वोडका की बोतल की तरफ इशारा किया था।

''तुम्हारे लिए।''

''इसे खासटौर पर लेडीज के लिए बनाया जाटा हाय।'' मैंने कहा–''जेंट्स नहीं पीटे।''

''लेकिन ...

''कोई बहाना नहीं चलेगा डार्लिंग।'' मैंने उसे बोलने का मौका नहीं दिया–''अंशु मुझे बटा चुका हाय कि कभी-कभी टुम डोनों साथ बैठकर ले लेते हो।''

''य ... ये भी! अंशु ने तुम्हें यह भी बता दिया?''

''यार उसी को कहटे हांय जो कुछ भी न छुपाए। इसलिए, अब जल्डी से डूसरा गिलास ले आओ। वैसे भी, ये चीज ही ऐसी हाय कि अकेले पीने में मजा नहीं आटा।''

''रहने दो शेखू। वो तो मैं ऐसे ही कभी-कभी, बस अंशु का दिल रखने के लिए ले लेती हूं।''

''टो आज हमारा डिल रखने के लिए ले लो।''

कुछ देर और इंकार करती रही वह मगर मुझे जब मानना ही नहीं था तो मानता क्यों!

हकीकत ये है कि पीने-पिलाने का वो जो आयोजन मैंने किया था, किया ही माहौल को हल्का बनाने के लिए था।

दो बातें चाहता था मैं। पहली यह कि वंशिका के दिल में उस वक्त शेखर मल्होत्रा के लिए जो भाव आ रहे थे उन्हें छुपा न पाए। जो कहना चाहे–खुलकर कह सके। और दूसरा यह कि जो कुछ मैं कहने वाला था, उससे अगर बात बिगड़े तो बाद में नशे में कही गई बातें कहकर पीछा छुड़ाया जा सके।

अपने दोनों उद्देश्यों को पूरा करने के लिए मुझे उसे पीने के लिए तैयार करना था और करके ही माना।

अंततः वह दूसरा गिलास लाने हेतु उठी कि मैंने कहा–''और ये पांच किलो की साड़ी कब तक इस नाजुक बदन पर लादे रहोगी! इसे भी बदल आना। घर में हो यार ... ईजी ड्रेस में रहो।''

वह मेरी तरफ मुस्कान उछालकर चली गई।

करीब दस मिनट बाद हाथ में गिलास लिए जब वह आई तो मैं देखता ही रह गया। एक बार फिर यही कहूंगा कि मेरी नजरों में वह इस दुनिया की सबसे खूबसूरत औरत थी मगर ...

थी घृणा की पात्र।

उसी अंजाम की हकदार जो मैंने उसका सोचा था।

ऐसी खूबसूरती किस काम की जिसे खनखनाते सिक्कों के बूते पर चाहे जो रौंद सके! जो उधर ही करवट लेकर उछल-कूद करने लगे जिधर से दौलत की बू आ रही हो!

उस पर नजर पड़ते ही एक बार फिर मुझे लगा कि वह शेखर मल्होत्रा का बिस्तर गर्म करने को तैयार है।

ऐसा उसके कपड़े देखकर लगा था।

जरा आप भी गौर फरमाएं–

हल्के गुलाबी कलर की, चौड़े गले की टी-शर्ट पहने हुए थी वह।

ठीक वक्षस्थल वाले स्थान पर लिखा था–'किस मी।'

उसे मैं ही उसके लिए खरीदकर लाया था लेकिन सिर्फ अपने सामने पहनने के लिए। इस बात की तो उस वक्त कल्पना भी नहीं की थी कि वह इस टी-शर्ट को एक दिन पूरे बिंदास अंदाज में किसी शेखर मल्होत्रा के सामने पहनेगी।

पानी भरे गुब्बारों की तरह कंपित होते उसके भारी उरोज चीख चीखकर बता रहे थे कि उन्हें इस वक्त ब्रा नसीब नहीं है।

जिस्म के निचले हिस्से पर एक कैब्री थी। सिर्फ घुटनों तक। उससे नीचे की टांगें नंगी थीं।

केले के तने जैसी चिकनी टांगें।

कैब्री के बैल्ट वाले हिस्से और टी-शर्ट के निचले हिस्से में इतना गैप था कि नाभि सहित पेट और कमर साफ नजर आ रही थी।

सामने वाले सोफे पर बैठने के साथ जब उसने थोड़ा झुककर गिलास सेंटर टेबल पर रखा तो मुझे उरोजों का ऊपरी हिस्सा साफ नजर आया बल्कि अगर यह कहूं तब भी गलत नहीं होगा कि उसने मुझे दिखाया क्योंकि पक्के तौर पर मेरा यह मानना है कि जब किसी मर्द को इस तरह के 'दर्शन' होते हैं तो खुद नहीं हो जाते बल्कि कराए जाते हैं। भले ही औरत खुद को चाहे जितनी बेखबर दिखाए लेकिन असल में वह जरा भी बेखबर नहीं होती। उसे अच्छी तरह मालूम होता है कि कब सामने वाले को क्या चमक रहा है। खुद को बेखबर दिखाकर सबकुछ दिखाना ही तो औरत की अदा होती है।

कहने का तात्पर्य यह कि उसने मुझे, अपने पति को नहीं बल्कि शेखर मल्होत्रा को जानबूझकर अपने उरोजों के दर्शन कराए थे और आप अच्छी तरह समझ सकते हैं एक पति के तौर पर उस वक्त मैंने कैसा महसूस किया होगा। गुस्से की ज्यादती के कारण पागल-सा हो गया मैं। दांत भिंच गए। जी चाहा, इसी वक्त उस कुतिया की गर्दन मरोड़ दूं लेकिन शेखर मल्होत्रा के रूप में ऐसी एक्टिंग करनी पड़ी जैसे उरोज दर्शन करके धन्य हो गया होऊं।

आंखों में विशेष चमक ले आया था मैं।

आप यह भी समझ सकते हैं कि उस वक्त मेरे लिए एक्टिंग करना कितना कठिन था मगर मैंने की। कहा–''हां, ये हुई न बाट! अब जाकर लगा हाय कि टुम अपने घर में हो।''

वह आकर्षक ढंग से मुस्कराई।

एक बार फिर ऐसी मुस्कान जिसने मेरे जेहन को सीधे-सीधे यह मैसेज पहुंचाया कि मेरी पत्नी शेखर मल्होत्रा नाम के धनकुबेर को सबकुछ अर्पण करने को तैयार है।

आप महसूस कर रहे होंगे कि मैंने उसे वंशि डार्लिंग की जगह केवल डार्लिंग कहना शुरू कर दिया था, ऐसा जानबूझकर किया था और इस बात पर उसने जरा भी ऐतराज दर्ज नहीं कराया था।

क्या इससे भी जाहिर नहीं था कि वह धीरे-धीरे उस जाल में जकड़ी जा रही थी जिसमें जकड़ने के लिए मैंने खुद को शेखर मल्होत्रा बनाया था! शेखर के रूप में मैं उसे अपने जाल में जकड़ी देखकर खुश था लेकिन पति के रूप में गुस्से और ग्लानि से भरा जा रहा था।

अगर मैं उसे शेखर मल्होत्रा के जाल में जकड़ी न पाता ... यानी देखता कि उस पर शेखर मल्होत्रा के धनी होने का कोई फर्क नहीं है बल्कि वह अंशुमन के लिए समर्पित है तो जरा कल्पना कीजिए मैं खुशियों के कितने चमकदार रथ पर सवार होता।

मगर।

ऐसा नसीब कहां था मेरा!

''डार्लिंग।'' मैंने उसकी नंगाई को नंगी करते हुए कहा–''जिस टरह इस वक्ट टुमने अपने जिस्म को पूरी टरह ढीला छोड़ डिया हाय उसी टरह डिलोडिमाग को भी ढीला छोड़ डो। टुम अपने घर में हो। डिमाग में कोई टेंशन मट रखो। इंज्वॉय करो।''

''वो काम ये करेगी।'' उसने मोहितो वोडका की बोतल की तरफ इशारा किया।

''गुड ... वैरीगुड।'' अंदर ही अंदर बुरी तरह सुलग रहा होने के बावजूद मैं मस्त लहजे में बोला–''ये हुई न बाट।''

उसके बाद पीने-पिलाने का दौर शुरू हुआ। साथ ही बातें भी होती जा रही थीं। मैंने उसे बताया कि दुनिया के सात मुल्कों में मेरे घर हैं। मेरा जब जहां रहने का मूड होता है, रहता हूं। स्विट्जरलैंड के घर की तो इतनी तारीफ की कि वह सपनों की दुनिया में खो गई।

मैंने उसे बताया था कि केवल और केवल कांच का बना वह घर चौबीस मंजिला है। कांच ऐसा कि घर के अंदर से बाहर का नजारा किया जा सकता है मगर बाहर से अंदर का कुछ नहीं दीखता।

उस घर के एक तरफ दृष्टि के अंतिम छोर तक नीला समुद्र है, दूसरी तरफ बर्फ से ढके पहाड़ों का अंतहीन सिलसिला, तीसरी तरफ हरा भरा जंगल तो चौथी तरफ शहर की अन्य इमारतें।

जितनी डींगें मार सकता था, मारीं।

दोनों की कोशिश एक ही थी। यह कि–खुद कम पिए, दूसरे को ज्यादा पिलाए। एक घंटे बाद मैंने महसूस किया कि स्कॉच असर दिखा रही है।

साथ ही महसूस किया, वंशिका के दिमाग पर भी वोडका का असर सवार होने लगा है।

दो घंटे बाद मैंने महसूस किया कि मोहितो वोडका अब पूरी तरह वंशिका के सिर पर सवार हो चुकी है। चेहरा लाल हो गया था उसका। जुबान लड़खड़ाने लगी थी।

आंखों में वो सुर्खी जो सामने वाले के दिल में उतर जाए।

मुझे लगा–असली बात कहने का मौका भी ठीक है और पूरी तरह माहौल भी बन गया है। सो, उसकी नशीली आंखों में झांकता बोला–''एक बाट कहूं वंशि, बुरा टो नहीं मानोगी?''

वह बेवजह हंसी। कहा–''क्या तुम्हें लगता है मैं तुम्हारी बात का बुरा मान सकती हूं?''

''हांय। मान सकटी हो।'' मैं नशे में तो था लेकिन उतना भी नहीं जितना दर्शा रहा था–''जो बाट कहना चाहटा हूं, उसका बुरा मान सकटी हो इसलिए सुनने से पहले वाडा करना होगा।''

''कैसा वादा?''

''कि टुम्हारा जवाब चाहे जो हो मगर बुरा नहीं मानोगी।''

''चलो। किया वादा।'' झूमते हुए उसने ऐसे अंदाज में कहा जैसे किसी शहंशाह ने जागीर लुटा दी हो–''बुरा नहीं मानूंगी। तुम्हें जो कहना है बिंदास कहो।''

जुबान मेरी भी लड़खड़ा रही थी–''फोन पर अंशु ने मुझसे एक सवाल किया था।''

''कौनसा सवाल?''

''कि मैंने अब टक शाडी क्यों नहीं की।''

''गुड। ये सवाल तो मैं भी करने वाली थी। अच्छा हुआ अंशु पहले ही कर चुका है। क्या जवाब दिया तुमने?''

''उसने नहीं बटाया?''

साफ झूठ बोल दिया उसने–''नहीं।''

''गढे का बच्चा नहीं, पूरा का पूरा गढा हाय साला।'' मैं कहता चला गया–''इटनी इंपोरटेंट बाट नहीं बटाई!''

''तुम बता दो न!''

''मैंने कहा–भले ही लंडन में रहटा हूं। सारी डुनिया घूमी हाय मैंने पर शाडी करूंगा टो इंडियन लड़की से करूंगा।''

वंशिका के मुंह से नशे की तरंग वाली हंसी फूटी। मेरी आंखों में झांकती हुई बोली वह–''कोई खास वजह?''

''डो वजह हांय। पहली ये कि मरटे हुए चाचा ने कहा था और चाची ने भी कि बेटा, शाडी इंडियन लड़की से ही बनाना और डूसरी ये कि मुझे इंडियन लड़की ही पसंड हाय। विडेशी लड़कियां साली गोरी टो होटी हांय पर सारे जिस्म और फेस पर इटने टिल होटे हांय कि लगटा हाय जैसे किसी ने अपने हाथों में ब्राउन कलर लगाकर पूरे जिस्म पर छींटे मार डिए हों।''

वंशिका ठहाके लगा-लगाकर हंसने लगी।

मैं उसकी तरफ यूं देखता रह गया जैसे समझ न पा रहा होऊं कि वह इतनी जोर से क्यों हंस रही है। जब उसके ठहाके कमजोर पड़े तो बोला–''हमने कोई लटीफा सुनाया क्या?''

''लतीफा ही तो था यह ... लतीफा ही तो था।'' कहने के बीच भी वह हंसे चली जा रही थी–''क्या एग्जांपिल दिया है! किसी ने अपने हाथों पर ब्राउन कलर लगाकर छींटे मार दिए हों।''

''कसम से, हम डुरूस्ट बोलटा हाय। वैसा फेस नहीं मांगटा।''

इस बार वंशिका ने मेरी नकल की–''टो कैसा फेस मांगटा?''

''जैसा टुम्हारा।''

वह और जोर से हंसी–''मतलब इंडियन!''

''इंडियन में भी ठीक वैसा जैसा टुम्हारा हाय। इसीलिए टो पूछा कि टुम्हारा कोई बहन हाय कि नहीं मगर टुमने ...

''मैंने कहा था मुझसे ही काम चलाना पड़ेगा।''

''हां। यही कहा था टुमने।'' नशे की उस अवस्था में भी मैंने पूर्व निर्धारित प्लान के मुताबिक खुद को सीरियस कर लिया–''टुमने शायड मजाक में कहा था। क्या ये बाट सीरियस नहीं हो सकटी?''

''सीरियस?''

''वंशिका।'' मैंने शायद पहली बार उसका पूरा नाम लिया और उस वक्त मेरा लहजा इतना संतुलित था कि कोई नहीं कह सकता था मैं जरा भी नशे में हूं–''अगर टुम हां कह डो टो हमें डुनिया की सबसे बड़ी खुशी मिल जाएगी। ऐसी खुशी जैसी पहले कभी नहीं मिली। हम टुम्हारे लिए डुल्हन का ऐसा लिबास टैयार कराएंगे, ऐसा लिबास कि वो पोटली वाले सारे शैंपेन डायमंड्स उसी लिबास में जड़वा डेंगे। गोल्डन नाइट पर टुम्हें स्विट्ज़रलैंड वाला मकान गिफ्ट करेंगे। सारी जिंडगी अपने सिर का टाज बनाकर रखेंगे टुम्हें।''

''संभालो शेखू ... संभालो खुद को।'' बहुत ही सेक्सी अंदाज में हंसी वह–''तुम्हें नशा हो गया है।''

''प्लीज। ऐसा मट समझो।'' मैंने अपने लहजे को हर तरफ से संतुलित

बनाए रखा–''इटनी नहीं पी हाय कि हमें पटा ही न हो कि हम क्या बोल रहे हांय। पूरे होशोहवाश में हांय हम। जब से टुम्हें डेखा हाय, टब से डिल में कुछ-कुछ हो रहा हाय। कुछ ऐसा जैसा पहले कभी नहीं हुआ। टभी से सोच रहे हांय कि टुम जैसा कोहिनूर डायमंड यहां कहां इस झोंपड़ी जैसे छोटे से मकान में पड़ा हाय। टुम टो किसी म्यूजियम में रखने काबिल हो। छोड़ो साले अंशु को। जब कुछ कमाटा ही नहीं हाय टो टुम्हें क्या सुख डे सकटा हाय! ये टो ऐसा लग रहा है जैसे, वो क्या कहटे हांय ... लंगूर की बगल में हूर।''

वह अब भी हंसे जा रही थी। बोली–''अब तुम मजाक कर रहे हो न मुझसे! उल्लू बना रहे हो न मुझे!''

''नहीं वंशिका।'' बहुत ही संजीदा आवाज में कहने के साथ मैं खड़ा हो गया। दिमाग में यह विचार चल रहा था कि जब तक वह मेरी बातों को मजाक समझती रहेगी तब तक मेरा प्लान परवान नहीं चढ़ेगा इसलिए संतुलित कदमों से उसकी तरफ बढ़ा। वह भी निरंतर मेरी ही तरफ देख रही थी और यूं ही देखते-देखते वह भी खड़ी हो गई। मैं उसके नजदीक पहुंच गया। बेहिचक दोनों हाथ उसके कंधों पर रखे और बोला–''मैं झूठ नहीं बोल रहा।''

अब ... वह भी थोड़ी सीरियस हुई। बोली–''कसम खाओ।''

''किसकी?''

''जिससे सबसे ज्यादा प्यार करते हो।''

''टुम्हारी कसम।'' मैंने उसके सिर पर हाथ रख दिया।

आंखों में आश्चर्य का सागर लिए वह मेरी तरफ देखती रह गई। उसकी मुद्रा ने मुझे बताया कि उसने मेरी बातों को सीरियस लेना शुरू कर दिया है। बहुत धीमी-सी और कांपती हुई आवाज निकली थी उसके गुलाबी होंठों के बीच से–''श ... शेखू।''

''हूं।'' मेरा लहजा मुहब्बत के नशे से सराबोर था।

''मैं शादीशुदा हूं।''

''इससे क्या फर्क पड़टा हाय!''

''मेरा पति तुम्हारा बचपन का दोस्त है।''

''डोस्टी बराबर की हैसियट वालों में होटी हाय वंशिका। हमने टो सोचा था वो भी कुछ बन गया होगा। यहां आकर पटा लगा वो टो हमारी किसी कंपनी के चपरासी से भी कम हैसियट रखटा हाय। ऐसी हैसियट वाले से भला हमारी डोस्टी कैसे हो सकटी हाय!''

''तब तो मैं भी तुम्हारी हैसियत की नहीं हुई फिर ...

''पट्नी की हैसियट पटि से बनटी हाय। टुम्हारी हैसियट भी कल वो होगी जो आज हमारी हाय।''

एकाएक मैंने वंशिका के चेहरे पर तमतमाए भाव देखे। ऐसा महसूस किया जैसे उसने दांत पीसे हों। फिर, एक झटके से उसने खुद को मेरे हाथों से दूर किया और अभी ठीक से कुछ समझ भी नहीं पाया था कि कमरे में जोरदार आवाज गूंजी–''चटाक्।''

यह वंशिका के उस चांटे की आवाज थी जो मेरे गाल पर पड़ा। सच कहता हूं–वह इतना जोरदार था कि आंखों के सामने रंग बिरंगे तारे नाच उठे और वे तारे अभी नाच ही रहे थे कि कानों में वंशिका की आवाज यूं पड़ी जैसे पिघला हुआ शीशा उंडेला जा रहा हो–''तुम हैसियत की बात कर रहे मिस्टर शेखर मल्होत्रा, हैसियत की! तुम्हारी अपनी क्या हैसियत है! यही ... कि अपने दोस्त की बीवी को बरगलाने की कोशिश कर रहे हो! उस दोस्त की बीवी को जिसे जब से पता लगा है कि तुम इंडिया में हो तब से तुमसे मिलने के लिए यूं पगलाया घूम रहा है जैसे मां बेटे से मिलने के लिए पगलाती है।''

'धड़ाम-धड़ाम' करके मैं कई बार आसमान से जमीन पर आकर गिरा। ये क्या सुन रहा था मैं! कौनसा रूप देख रहा था वंशिका का!

आंखें फाड़े मैं उसे देखता रह गया जो जख्मी शेरनी की मानिंद दहाड़े चली जा रही थी–''उस दोस्त की पत्नी को अपने साथ भगा ले जाने की बात कर रहे हो तुम जो मुझसे यह वादा लेकर दिल्ली गया है कि किसी भी तरह ... किसी भी तरह उसके आने तक तुम्हें रोके रखूं। कभी मेरे वक्षों पर कोहनी मारते हो, कभी कमर सहलाते हो, कभी नितंबों को थपथपाते हो। कभी खुश होने के बहाने होंठों को चूमते हो। क्या समझते हो तुम ... क्या समझते हो! क्या ये कि मैं तुम्हारे इरादे भांप नहीं गई थी! अरे औरत तो पहली नजर में ही भांप जाती है कि किसने उसे किस नजर से देखा है और तुम तो लगातार घूरे ही जा रहे हो। क्या सोचते हो तुम! किसलिए सहा मैंने वह सब! सिर्फ इसलिए मिस्टर शेखर मल्होत्रा क्योंकि मेरा पति मुझे हुक्म देकर गया था कि वापस लौटने तक मेरे दोस्त को रोके रखना है और तुम शायद यह समझे कि मैं तुम्हारी दौलत पर लट्टू हो गई हूं। मर मिटी हूं तुम्हारे अरबों-खरबोंपति होने पर। तुम यही गलतफहमी पाल बैठे थे न! इसी गलतफहमी के तहत तीन सौ करोड़ का लिबास पहनाने का सपना दिखा रहे थे न मुझे!''

कुछ समझ में नहीं आ रहा था मेरी। दिमाग का चक्का यूं जाम हो गया था जैसे लाइट चली जाने पर मशीनरी जाम हो जाती है। स्त्री

''धिक्कार है शेखर मल्होत्रा ... धिक्कार है तुम पर।'' अभी-भी उसका गुस्सा शांत नहीं हुआ था–''लंदन क्या चले गए, भारतीय स्त्री को ही भूल गए। अरे भारतीय स्त्रियां तुम्हारे लंदन में रहने वाली मेमों की तरह नहीं होतीं कि आज इसके साथ, कल उसके साथ। वहां रात को शादी होती है और सुबह तक तलाक हो जाता है। ये हिंदुस्तान है। यहां हुई शादी एक नहीं बल्कि सात जन्मों का बंधन होता है। यहां औरत की शादी एक ही बार होती है। एक मर्द से होती है और वो मर्द उसी दिन उसके लिए भगवान का दर्जा पा जाता है और ... अपने भगवान के ऊपर से मैं तुझ अकेले को नहीं बल्कि तेरे जैसे हजारों अरबों-खरबोंपति शेखर मल्होत्राओं को वारफेर करके किसी पंडित को दान में दे सकती हूं। स्विट्जरलैंड के जिस शीश महल के तू मुझे ख्वाब दिखा रहा था वो मेरे लिए नर्क है और ये दो कमरों का छोटा-सा घर, जिसे तूने झोंपड़ी कहा, मेरा स्वर्ग है। अपने संस्कारों के कारण मुझे पूरा विश्वास है कि जो सुख मैं यहां भोग रही हूं वो धरती पर कहीं और नहीं मिल सकता।''

थोड़ा होश आया तो मैं केवल इतना ही कह सका–''म ... मैंने तो पहले ही कहा था वंशि कि बुरा मत ...

''शटअप ... शटअप मिस्टर शेखर मल्होत्रा।'' मेरी बात पूरी होने से पहले ही वह मेरी तरफ उंगली उठाकर गुर्राई–''मेरा नाम मत ले देना अपनी गंदी जुबान से।''

हकबकाया-सा मैं उसकी तरफ देखता रह गया।

''अब एक ही सलाह है मेरी तुम्हें।'' उसके हर शब्द में हंटर जैसी फटकार थी–''यह कि सुबह होते ही हमेशा-हमेशा के लिए मुंबई से चले जाना। अगर अंशु आ गए तो मैं उन्हें तुम्हारा घिनौना चेहरा दिखाए बगैर नहीं रह सकूंगी और ... यकीन रखना, चाहे जितने पक्के दोस्त हों वे तुम्हारे, चाहे जितने दीवाने हों मगर जो तुमने किया है उसे सुनकर पागल हो जाएंगे और मुझे डर है इतने पागल न हो जाएं कि तुम्हारा खून ही कर डालें।''

कहने के बाद वह वहां एक सेकिंड के लिए भी नहीं रुकी। तेजी से, बल्कि दौड़ने जैसी अवस्था में मास्टर बैडरूम की तरफ गई और फिर वातावरण में 'भड़ाक्' की जोरदार आवाज गूंजी।

फिर, अंदर से चटकनी चढ़ने की आवाज।

मैं यूं खड़ा रह गया था जैसे वह आदमी रह जाता है जिसकी सारी जमापूंजी एक ही झटके में लुट गई हो।

दिमाग अभी-भी काम करने को तैयार नहीं था।

मेरी ऐसी हालत इसलिए थी क्योंकि जो हुआ था, स्वप्न में भी उसकी उम्मीद नहीं थी। मेरी हरकतों के जवाब में जो रियेक्शंस वंशि के थे, उनके बाद तो किसी भी कीमत पर नहीं मगर ... अब वह कह रही थी उसने जो कुछ सहा, अपने पति के हुक्म के कारण सहा।

शेखर मल्होत्रा नाम के जीव को पूरी तरह ठुकरा दिया था उसने।

इसका मतलब तो ये हुआ कि वह मेरे जाल में नहीं फंसी!

मेरा शेखर मल्होत्रा बनना बेकार हो गया।

अर्थात्–सारा प्लान चौपट।

अगर वह फंसी ही नहीं थी तो आगे के सारे रास्ते बंद थे क्योंकि सारा प्लान इसी पर तो डिपेंड था कि मैं उसे फंसा लूंगा।

फिर, दिमाग में बड़े प्रबल तरीके से विचार उठा–बहुत ही बड़ा मूर्ख और गधा है तू। अब भी अपने प्लान के बारे में सोचे जा रहा है! उस प्लान के बारे में जिसके परिणाम स्वरूप समीर और वंशिका का अंत निश्चित था। इस वक्त तो तुझे वंशिका के कहे पर ध्यान देना चाहिए बेवकूफ। उसने जो कहा, उसके बाद तो मारे खुशी के उछल पड़ना चाहिए तुझे। इस बात पर गर्व करना चाहिए कि वंशि जैसी पत्नी मिली। वह, जो शेखर मल्होत्रा जैसे धनकुबेर के बहकावे में जरा भी नहीं आई बल्कि जिसने चीख-चीखकर कहा कि वह उस जैसे हजारों शेखर मल्होत्राओं को अपने पति के सिर से वारफेर करके पंडितों को दान कर सकती है।

ऐसी पत्नी के तो तुझे पांव धो-धोकर पीने चाहिए।

जो कुछ हुआ था, प्लान फ्लाप हो जाने के कारण वह मुझे अपनी बहुत बड़ी शिकस्त लग रही थी मगर दिल ने कहा–ये तेरी शिकस्त नहीं है अंशुमन नाम के गधे।

जीत है।

शानदार जीत।

तुझे तो नाच उठना चाहिए। जश्न मनाना चाहिए।

दिल के किसी कौने ने कहा–सोच क्या रहा है अंशुमन! एक ही झटके में उतार फैंक गोविंद चांदना का ये मेकअप और खुद को वंशिका के सामने प्रकट करके बांहों में भर ले उसे।

इतना प्यार कर ... इतना प्यार कर उसे कि कभी किसी ने अपनी पत्नी को न किया हो। उसे उठाए-उठाए सारी दुनिया की सैर करा दे। कह दे कि–मुझसे ज्यादा कमीना आदमी इस पूरी कायनात में नहीं हो सकता क्योंकि मैंने तुम जैसी देवी पर शक किया और शेखर बनकर तुम्हें परखने चला आया।

पैरों में गिर जा उसके।

माफी मांग।

उन्हीं विचारों से प्रेरित मैं मास्टर बैडरूम के बंद दरवाजे की ओर बढ़ा लेकिन अभी उसके करीब नहीं पहुंचा था कि जेहन में विचार कौंधा–तो क्या वह बगैर ब्रा की टी-शर्ट और केब्री पहनकर भी मेरे सामने अपने पति के हुक्म के कारण ही आई थी?

शेखर को उरोज क्या अंशुमन के हुक्म के कारण दिखा रही थी?

मैं अटक गया।

ठिठक गया।

बात समझ में नहीं आई।

फिर, आंखों के सामने उस रात के दृश्य तैर गए जिस रात मैंने उसे समीर के साथ देखा था। उफ्फ! उन दृश्यों पर यकीन करूं या उन शब्दों पर जो उसने कुछ ही देर पहले कहे थे?

अगर वह वैसी होती जैसा भाषण कुछ देर पहले दिया था तो मेरी आंखों ने उसे समीर की बांहों में क्यों देखा होता? समीर से क्यों नहीं कह दिया उसने कि वह उस जैसे हजारों समीरों को अपने पति के सिर पर वारफेर करके पंडितों को दान दे सकती है?

उसका बिस्तर क्यों गर्म कर रही है?

उसका बिस्तर गर्म कर रही है तो शेखर मल्होत्रा में क्या बुराई नजर आई? कहीं वह यह तो नहीं सोच रही है कि–शेखर अंशुमन का बचपन का दोस्त है। उसने जो ये शादी का प्रस्ताव रखा है, सिर्फ उसे आजमाने के लिए रखा है।

अगर वह तैयार हो गई तो सबकुछ अंशुमन को बता देगा।

अपना विचार मुझे जंचने लगा और जितना सोचा जंचता चला गया। लगा–शायद अपना प्रस्ताव मैंने जल्दी रख दिया। उसका विश्वास जीते बगैर ऐसा नहीं करना चाहिए था।

इससे आगे का विचार था–तो शेखर मल्होत्रा को यह भाषण उसने यह सोचकर दिया कि शेखर इसके बारे में अंशुमन को बता देगा और यह सब सुनकर अंशुमन उसे देवी मानने लगेगा।

हां, ये ही कारण हो सकता है।

इसके अलावा दूसरा कोई कारण हो ही नहीं सकता।

जो औरत दौलत की खातिर अंशुमन को ठुकराकर समीर की बांहों में जा सकती है, उसे भला समीर को ठुकराकर शेखर मल्होत्रा के पहलू में चले जाने में क्या ऐतराज हो सकता है?

जितना सोचा, बात उतनी ही जमती चली गई।

मैंने अपने कदम मास्टर बैडरूम के बंद दरवाजे से वापस खींच लिए। छोटे रूम में पहुंचा और बैड पर ढेर हो गया।

सोने की कोशिश की लेकिन नींद नहीं आई।

जेहन में बराबर यही बात चकरा रही थी कि अब मेरे प्लान का क्या होगा? कारण भले ही चाहे जो हो लेकिन अगर वह शेखर के जाल में फंसेगी ही नहीं तो कुछ भी नहीं हो सकता।

एक कोशिश और करनी होगी।

उसे विश्वास दिलाना होगा कि मैं अंशुमन को कुछ भी बताने वाला नहीं हूं बल्कि सचमुच उससे शादी करनी चाहता हूं।

पर उसने तो सुबह ही चले जाने के लिए कहा है।

कब और कैसे यकीन दिलाऊंगा?

यही सोचते-सोचते जाने कब नींद आ गई।

आंख खुलते ही पहली नजर रिस्टवॉच पर डाली और यह देखते ही हड़बड़ाकर उठ खड़ा हुआ कि ग्यारह बज गए थे।

कुछ देर सोचता रहा बाथरूम में जाकर फ्रेश होऊं या ड्राइंगरूम में जाऊं? देखूं वह क्या कर रही है? किस तरह पेश आती है?

स्थिति को फेस करने का निश्चय करके मैंने दरवाजा खोला और ड्राइंगरूम में कदम रखा। किचन की तरफ से आ रही हलचल की आवाज से समझ गया कि वह वहां है।

मैं उस तरफ बढ़ा।

किचन के दरवाजे पर ठिठका।

मेरी तरफ उसकी पीठ थी। स्लेब के नजदीक खड़ी कुछ कर रही थी। इस वक्त वह नाइट गाऊन में थी।

उसे अपना आभास कराने हेतु मैंने कहा–''टी मिलेगी?''

उसने चौंककर, एक झटके से मेरी तरफ देखा और उसकी आंखों ने बताया–वह सोई नहीं है। मेरी तरफ देखते वक्त उनमें इस वक्त भी एक कड़ापन था।

बस एक बार घूरा मुझे फिर, बगैर कुछ कहे नजरें हटा लीं और फ्राइपेन गैस चूल्हे पर रख दिया।

मैं बोला–''टी में डूढ नहीं, सिर्फ पट्टी मांगटा। ब्लैक टी।''

वह कुछ नहीं बोली। बगैर मेरी तरफ देखे काम में लगी रही। मैं वहां से हटा और सोफे पर बैठकर एक सिगार सुलगा लिया।

सोचने की कोशिश कर रहा था कि वह सचमुच गुस्से में थी या नखरे दिखा रही थी। कुछ देर बाद ट्रे में चाय के कप-प्लेट रखे आई और उसे मेरे सामने सेंटर टेबल पर रखकर वापस जाने लगी।

''अकेले पीनी पड़ेगी?'' मैंने कहा।

वह तब भी कुछ नहीं बोली। बगैर नजरें मिलाए चली गई। इस बार वह मास्टर बैडरूम की तरफ गई थी।

मेरी समझ में नहीं आ रहा था कि बात कहां से, कैसे शुरू करूं और क्या कहूं इसलिए चुपचाप चाय पीता रहा। साथ ही, सिगार में कश लगाता रहा। चाय खत्म हो गई। खाली कप प्लेट में रखा ही था कि वह आ धमकी। जैसे उसी क्षण का इंतजार कर रही थी। उसने सनील की लाल पोटली गुस्से में सेंटर टेबल पर फैंकी थी।

मैंने नजर उठाकर देखा।

इस बार नजर नहीं चुराई उसने मगर, चेहरे पर वही पत्थर जैसी कठोरता थी। बोली–''चैक कर लो, पूरे हैं कि नहीं।''

यह संकेत था इस बात का कि मैं जा सकता हूं।

स्थिति को हैंडिल करना थोड़ा मुश्किल हो रहा था इसलिए, वातावरण को थोड़ा नार्मल करने की मंशा से हौले से मुस्कराते हुए कहा–''मुझे अच्छी टरह मालूम हांय पूरे होंगे।''

''कैसे मालूम है?'' लहजे में उस वक्त भी हंटर की-सी फटकार थी–''एक-एक डायमंड करोड़ों करोड़ रुपए का है। किसी का भी ईमान डोल सकता है।''

''पर टुम्हारा नहीं डोल सकटा।''

''कैसे मालूम?''

''बस मालूम।'' ये दो शब्द मैंने ऐसे अंदाज में कहे जैसे कोई बहुत बड़ी रहस्य की बात कही हो।

वह पुनः जाने के लिए मुड़ी।

मैं जल्दी से बोला–''वंशि।''

वह ठिठकी मगर मेरी तरफ देखा नहीं।

''क्या हम आराम से बैठकर बाट नहीं कर सकटे?''

''रात जरूरत से ज्यादा बातें हो चुकी हैं।''

''मानटे हांय। राट हमसे गलटी हुई। पर प्लीज ... इटनी नाराज मट हो। ठंडे डिमाग से हमारी बाट सुनो।''

''अब तुम यह कहोगे कि रात जो कहा, नशे में कह गए थे।''

''नहीं। हम यह नहीं कहेंगे।''

''और क्या कह सकते हो?''

''बैठो टो सही।''

''सुन रही हूं।'' वह खड़े-खड़े बोली–''कहो जो कहना है।''

मैं भी खड़ा होता हुआ बोला–''राट हमने जो कहा, वह सब नाटक था। टुम्हें आजमा रहे थे हम। हम डेखना चाहटे थे कि ...

''क्या देखना चाहते थे तुम?'' वह जख्मी नागिन की तरह मेरी तरफ पलटकर फुफकारी–''क्या देखना चाहते थे! यह कि पैसे में कितनी ताकत है! मैं लालच में अंधी होकर तुम्हारी गोद में गिरती हूं या नहीं! तुम्हारी दौलत के गंदे दरिया में बहती हूं या नहीं!''

''करेक्ट। यही डेखना चाहटे थे हम।''

''देख लिया?''

''खुली आंखों से।''

''क्या देखा?''

मैंने उसकी सभी आशाओं के विपरीत कहा–''कि टुम हमारे लिए एकडम परफेक्ट हो।''

''क ... क्या?'' वह इस तरह चौंकी जैसे सिर पर बम फटा हो।

''टुमने वही सुना जो हमने कहा।'' मैं उसके सामने पहुंचकर मजबूती से बोला–''और ये खेल हमने पहली बार नहीं खेला हाय। अनेक बार खेल चुके हांय। अलग-अलग डेशों में खेला हाय। अब पूछोगी कि हम यह खेल खेलटे सारी डुनिया में क्यों भटक रहे हांय!''

पर वंशिका ने पूछा नहीं।

वह इस तरह मेरी तरफ देखे चली जा रही थी जैसे मेरे सिर पर सींग उग आए हों जबकि मैं कहता चला गया–''चलो, नहीं पूछटीं टो न सही मगर हम बटाए बगैर नहीं रहेंगे। बाट ये हाय वंशि डार्लिंग कि हमें ऐसी लड़की की टलाश थी जो हमारी डौलट को नहीं, हमें प्यार करे। जिसकी नजर हमारी हैसियट पर नहीं हम पर हो इसलिए इसी टरह जाने किटनी लड़कियों को आजमा चुके हांय। सबने हमारे प्रपोजल को फौरन मान लिया। कई टो उसी वक्ट हमबिस्टर होने को टैयार हो गईं लेकिन कसम खाकर कहटे हांय आजटक हम किसी के साथ हम बिस्टर नहीं हुए क्योंकि हमारे प्रपोजल को मान लेने का मटलब था–इम्टहान में फेल हो जाना। पास टो उसे होना था जो इंकार कर डे–हमारे प्रपोजल को ठुकरा डे।''

हैरत की ज्यादती के कारण वंशिका का बुरा हाल हो गया। वह

अविश्वसनीय लहजे में बोली–''त ... तुम कहना क्या चाहते हो! क्या अब भी वही, जो रात कह रहे थे?''

''राट आजमाने के लिए कहा था। कबूल कर लेटीं टो फेल हो जाटीं मगर इस वक्ट सचमुच कह रहे हांय। इसलिए कह रहे हांय क्योंकि टुम वो पहली लड़की हो जो हमारे इम्टहान में पास हुई हो।''

''बड़े ढीट आदमी हो तुम! मैंने तो सोचा था रात के कहे पर माफी मांगोगे। यह कहोगे कि वह सब नशे में कह गया मगर तुम तो ... तुम तो अब भी यही! तुम कहीं पागल तो नहीं हो?''

''टुम्हारी राट वाली स्पीच के बाड हो गया।''

''होश में आओ मिस्टर शेखर मल्होत्रा ...

''टुम कुछ भी कहो मगर जो सच हाय, वह हम बटाकर रहेगा।'' मैं उसकी बात काटकर बोला–''और सच ये हाय कि अपनी पट्नी के लिए हमारी खोज टुम पर आकर खट्म हो गई हाय।''

वह आंखें फाड़े मेरी तरफ देखती रह गई। साफ नजर आ रहा था कि उस पर कुछ कहते नहीं बन पड़ रहा था।

मैं गर्म लोहे पर चोट करता चला गया–''कोई जबरडस्टी नहीं हाय वंशि। मुहब्बट में कोई जबरडस्टी कर भी नहीं सकटा। हमारे प्रपोजल को मानने न मानने के लिए टुम पूरी टरह आजाड हो। टुम कहोगी टो हम अभी कि अभी मुंबई से चले जाएंगे मगर टुम हमें अपने जजबाट बटाने से नहीं रोक सकटीं और वे ये हैं कि वह लड़की हमें बहुट मुश्किल से मिली हाय जिसने इस लाल पोटली की चमक में फंसकर खुड को हमारी गोड में नहीं गिरा डिया।''

वंशिका के चेहरे पर ऐसे भाव थे कि मुझे डर लगने लगा कि हैरत की ज्यादती के कारण कहीं उसे हार्ट अटेक न पड़ जाए। कुछ कहने के लिए उसने मुंह खोला ही था कि ...

कॉलबेल बजी।

दोनों की नजरें मेनगेट की तरफ घूम गईं।

वंशिका उसे खोलने के लिए बढ़ी और मैंने सेंटर टेबल से लाल पोटली उठाकर जेब में डाल ली।

आने वाला अनिरुद्ध था।

फुल ड्रेस में।

चेहरे पर चिंता की लकीरें।

हाथ में एक बड़ा-सा रजिस्टर।

न वंशिका उसका वैसा स्वागत कर सकी, न मैं, जैसा किया जाना चाहिए था। जिस अंदाज में उसने मेरी तरफ देखा था, एक बार फिर दिल में धुकड़-धुकड़ होने लगी।

उसके सोफासेट तक आने के बावजूद न उसने कुछ कहा, न हम दोनों में से किसी ने। शायद इसलिए उसने हमारे चेहरों को गौर से देखना शुरू कर दिया था।

फिर, भांप गया कि माहौल तनावपूर्ण है।

वंशिका की तरफ देखता बोला–''क्या बात है वंशि?''

''क ... कुछ नहीं।'' वंशिका थोड़ी सकपकाई।

''कुछ तो है।'' उसने मेरी तरफ देखते हुए कहा–''दोनों तनाव में नजर आ रहे हो।''

मेरे जेहन में यह सोचकर खलबली मचनी शुरू हो गई थी कि जो बातें उसके आने से चंद क्षण पहले मेरे और वंशिका के बीच चल रही थीं उनके बारे में अगर वंशिका ने उसे बता दिया तो क्या होगा? इसलिए जल्दी से बोला–''क्या बाट कर रहे हो साले साहब, हम टो मस्ट रहने वाले आडमी हांय। टनाव का क्या काम?''

''सब ठीक ठाक है न वंशि?'' जाने क्यों उसने ठोक-बजाकर तस्दीक कर लेनी जरूरी समझी।

''हां-हां।'' आवाज में अब भी थोड़ी बौखलाहट थी–''सब ठीक है। मैं तो यह सोच रही थी कि तुम इस वक्त!''

''ड्यूटी पर हूं।'' कहने के साथ जो उसने मेरी तरफ देखा तो मेरे तो जैसे प्राण ही अटक गए।

ड्यूटी पर है और मेरी तरफ देख रहा है–मतलब?

''ड्यूटी पर!'' वंशिका चौंकी–''यहां?''

''हां।'' एक बार फिर उसने मुझे घूरा–''बात ही कुछ ऐसी है।''

मेरे होश फाख्ता।

''बोलो न! क्या बात है?'' वंशिका ने पूछा।

''मैंने कई बार अंशुमन से बात करने की कोशिश की, बल्कि सुबह से ट्राई कर रहा हूं मगर फोन नहीं लग रहा।''

''काम के कारण बंद कर रखा होगा।''

''हां। स्विच ऑफ आ रहा है।''

''पर ऐसी क्या बात है जो तुम उनसे बात करने के लिए इतने बेचैन हो, साथ ही यह कह रहे हो कि ड्यूटी पर हो?''

''दिमाग घूमा हुआ है मेरा।''

''पर क्यों?''

अनिरुद्ध ने फिर मेरी तरफ देखा। मेरी हालत ऐसी हो गई थी कि उसे अपनी तरफ देखता पाकर ही ब्लडप्रेशर बढ़ने लगता था। इस बार अंदाज ऐसा था जैसे सोच रहा हो कि जो कुछ कहने वाला है उसे मेरे सामने कहे, न कहे। फिर बोला–''सोलह जौलाई की सुबह मैंने गुलबदन में छापा मारा था।''

मेरे जेहन से थ्री नॉट थ्री की गोलियां टकरानी शुरू हो गईं।

वंशिका के मुंह से निकला–''गुलबदन?''

''एक ऐसा होटल जो केवल नाम का होटल था, असल में वहां चकलाखाना चलाया जाता था।''

''तो?''

''उस रात अंशुमन कहां था?''

''कहां था–मतलब?''

''याद करके बताओ वंशि। ये बहुत जरूरी है। पंद्रह जौलाई की रात को अंशुमन कहां था?''

दिमाग पर थोड़ा-सा ही जोर देने के बाद वंशिका को याद आ गया। बोली–''पंद्रह जौलाई को तो वे दिल्ली गए थे।''

''नहीं गया।''

''मतलब?''

''वो वहीं था।''

''कहां?''

''होटल गुलबदन में।''

''य ... ये तुम क्या कह रहे हो अनि?'' वंशिका के पैरों तले से मानो जमीन सरक गई थी–''होश में तो हो?''

''हैरत तो मुझे भी है पर क्या करूं–हकीकत यही है।''

''क्या है हकीकत?'' एक ही झटके में वंशिका के चेहरे के सारे रंग उड़ गए थे–''क्या यह कि अंशु पंद्रह जौलाई की रात वहां थे? कैसे हो सकता है ऐसा? वे तो दिल्ली ... और फिर, तुमने कहा, वो चकलाखाना था! ऐसी जगह अंशु का क्या काम?''

''वही सोचकर तो दिमाग के धुर्रे उड़े जा रहे हैं।'' अनिरुद्ध ने कहा–''अंशुमन का ऐसी जगह क्या काम मगर ...

''मगर?''

''सबूत बेहद पुख्ता है।''

''सबूत?''

‘‘उस रात की, उसके मोबाइल की लोकेशन वहीं की मिली है। सर्विलांस झूठ नहीं बोल सकता। केवल एक ही बात हो सकती है।’’

‘‘क्या?’’

‘‘अंशुमन ने अपना मोबाइल किसी और को दे दिया हो और वह गुलबदन में ठहरा हो।’’

‘‘अंशु अपना मोबाइल कभी किसी को नहीं देते और फिर ... ।’’ जैसे कुछ याद आते ही वंशिका के होश उड़ गए। चेहरा हल्दी की मानिंद पीला पड़ गया था उसका। मुंह के बाकी शब्द मुंह में ही रह गए। अनिरुद्ध की तरफ यूं देखती रह गई थी वह जैसे अजनबी को देख रही हो और ... मेरी अवस्था भी उससे अलग नहीं थी बल्कि यदि यह कहूं तब भी गलत नहीं होगा कि उससे भी पतली थी।

इससे ज्यादा और क्या हो सकता था कि अनिरुद्ध पक्के तौर पर न केवल यह जान गया था कि मैं गुलबदन में था बल्कि इस बात को साबित भी कर सकता था।

हे भगवन! क्या होने वाला था मेरा?

मैंने खुद पर नियंत्रण पाने की पूरी कोशिश की थी लेकिन नहीं पा सका। अपने किसी भी मसाम को पसीना उगलने से नहीं रोक सका मैं। दिल ऐसे अंदाज में पसलियों पर सिर पटक रहा था जैसे मां जवान बेटे की लाश पर पटक रही हो।

वो तो अच्छा था उस वक्त अनिरुद्ध की आंखें सिर्फ और सिर्फ वंशिका पर जमी हुई थीं, मेरी तरफ देख लेता तो बुरी तरह चौंक पड़ता और मेरे पास इस सवाल का कोई जवाब नहीं था कि अंशुमन के बारे में वह सब सुनकर मेरी हालत वैसी क्यों हो गई थी।

‘‘क्या हुआ वंशि?’’ अनिरुद्ध ने उसी के चेहरे पर नजरें गड़ाए रखकर पूछा–‘‘क्या कहती-कहती रुक गईं तुम?’’

‘‘अंशु ने अपना मोबाइल किसी को नहीं दिया था।’’

‘‘कैसे कह सकती हो?’’

‘‘मैंने कई बार बात की थी। एक बार तो तब, जब वे एयरपोर्ट पहुंचे ही थे। मैंने पूछा फ्लाइट राइट टाइम है या नहीं। उन्होंने बताया चेकइन के लिए जा रहे हैं। फिर सारी रात फोन करती रही, चार-पांच बार तो किया ही होगा लेकिन स्विच ऑफ आ रहा था। परेशान होकर एसएमएस किया। कोई जवाब नहीं मिला लेकिन फिर सोलह की सुबह करीब पांच बजे फोन आया। कहने लगे प्लेन में स्विच आफ किया था, ऑन करना भूल गए। अब किया है तो मिस कॉल और एसएमएस देखा।’’

''लौटा कब?''

''बताया था कि नौ बजे की फ्लाइट है। ग्यारह तक मुंबई पहुंच जाएंगे। मैंने रिसीव करने एयरपोर्ट पहुंचने के लिए कहा लेकिन मना कर दिया। कहने लगे परेशान होने की जरूरत नहीं है। एयरपोर्ट से सीधे आफिस जाना है। टैक्सी से चले जाएंगे।''

''उस वक्त वह झूठ ... बल्कि सफेद झूठ बोल रहा था। मुझे अफसोस के साथ कहना पड़ रहा है कि अगर मोबाइल उसी पर था तो वह गुलबदन में था और ...

''और?''

''रही-सही कसर ये पूरी कर देगा।'' कहते हुए उसने रजिस्टर का एक खास पन्ना खोला था।

''य ... ये क्या है?'' वंशिका की हालत ऐसी थी जैसे अंशुमन की नहीं बल्कि खुद उसकी चोरी पकड़ी गई हो।

''गुलबदन का वह रजिस्टर जिसमें ठहरने वाले के हाथ से एंट्री कराई जाती है। खुद की पहचान छुपाने की मंशा रखने वाले लोग अक्सर इसमें गलत नाम-पता दर्ज कर देते हैं लेकिन हैंड राइटिंग को दुनिया का कोई आदमी नहीं छुपा सकता। जो पंद्रह की रात को वहां ठहरे थे, एक को छोड़कर बाकी सबकी तस्दीक कर चुका हूं। जिसकी करने आया हूं उसकी राइटिंग ये है।'' कहने के साथ उसने रजिस्टर वंशिका की आंखों के सामने फैला दिया–''जरा देखकर बताओ, ये अंशुमन की राइटिंग है या नहीं?''

राइटिंग पर नजर पड़ते ही वंशिका की आंखों में आतंक के साए नजर आने लगे। बहुत देर तक कुछ नहीं बोली वह। बस आंखें फाड़े राइटिंग को देखती रही।

''जवाब दो वंशि।''

''म ... मैं ठीक से नहीं कह सकती।''

''वंशि।'' अनिरुद्ध का लहजा बेहद सपाट था–''इस बात से कोई फायदा होने वाला नहीं है।''

''क ... किस बात से?''

''जो तुम करने की कोशिश कर रही हो।''

वंशिका झल्ला उठी। रो पड़ने को तैयार जैसी आवाज निकली थी उसके मुंह से–''क्या करने की कोशिश कर रही हूं मैं?''

''अंशुमन को बचाने की।''

''मैं ऐसी कोशिश क्यों करूंगी?'' वह चिल्लाई।

''क्योंकि वह तुम्हारा पति है।''

इस बार चाहकर भी वंशिका कुछ कह नहीं पाई। चेहरे पर खौफ और आंखों में आंसू लिए बस उसे देखती रही। वही बोला–''या तो स्पष्ट जवाब दो, नहीं तो मेरे पास और तरीके भी हैं।''

''किस बात के तरीके?''

''यह पता लगाने के कि राइटिंग अंशुमन की है या नहीं बल्कि अगर यह कहूं तो ज्यादा एक्यूरेट होगा कि जान तो मैं तुम्हारे जवाब से ही चुका हूं। पुष्टि करने की बात आएगी तो इस फ्लैट में बस हल्की-सी छानबीन करनी होगी मुझे। कहीं न कहीं से अंशुमन की राइटिंग का नमूना जरूर मिल जाएगा। उससे मिलाऊंगा और ...''

''हां-हां-हां।'' वंशिका चीख पड़ी–''उन्हीं की राइटिंग है ये पर यह बात साबित करके तुम कहना क्या चाहते हो? क्या ये कि वे चकलेखाने में जाते हैं! बाजारू औरतों के साथ सोते हैं! इतने घटिया आदमी हैं अंशुमन!''

अनिरुद्ध ने कुछ नहीं कहा।

भावुकता की ज्यादती के कारण वंशिका जहां खड़ी थी, वहीं सोफे के कौने पर बैठ गई और अपना चेहरा हाथों से ढककर फफक फफककर रोने लगी। कमरे का वातावरण बड़ा अजीब-सा हो गया था। अनिरुद्ध ने मेरी तरफ देखा। गनीमत थी उस वक्त तक मैं खुद को संभाल चुका था। इतना तो सिद्ध हो चुका था कि वह मुझे पहचान नहीं पाया था। पहचान गया होता तो इस वक्त तक तो मेरे हाथों में हथकड़ी डाल चुका होता। जो सवाल वंशिका से पूछे थे, उससे नहीं–मुझसे पूछे होते।

अनिरुद्ध वंशिका की तरफ बढ़ा। बड़े स्नेह से उसके सिर पर हाथ रखा और बोला–''वंशि, जो बात तुम्हें डरा रही है, जिस बात की आशंका से तुम रो रही हो, वही बात मुझे भी उतना ही परेशान किए हुए है क्योंकि तुम मेरी बहन हो लेकिन ... अंशुमन से बात किए बगैर हमें किसी अंतिम फैसले पर नहीं पहुंचना चाहिए। हो सकता है हमारी शंका गलत हो, वह किसी और कारण से वहां ठहरा हो। किसी खास वजह से तुमसे दिल्ली जाने वाला झूठ बोला हो।''

''क्या वजह हो सकती है?'' उसने आंसुओं से तर चेहरा उठाया।

''वह भी उससे बात किए बगैर पता नहीं लग सकती मगर यह समझ में नहीं आ रहा कि बात कैसे हो।''

''किसी समय उनका फोन आ सकता है।''

अब मुझे अपना बोलना जरूरी लगा। सो बोला–''पर टुमने टो कहा था वो आज आ जाएगा और उसने भी कहा था।''

''मेरा मतलब आ भी सकते हैं और ... किसी वजह से नहीं आ पाए

तो फोन जरूर आएगा। मेरी वजह से नहीं तो इसकी वजह से आएगा।'' उसने बहुत ही तीखी नजरों से मेरी तरफ देखा था–''इसे बेइंतहा प्यार जो करते हैं वे।''

''खैर।'' अनिरुद्ध बोला–''मैं केवल इतना कहना चाहता हूं कि अगर वह या उसका फोन आए तो इस बारे में बात मत करना।''

''क्यों?''

''मैं करूंगा। मेरा ही बात करना मुनासिब होगा।'' वह कहता चला गया–''और मैं भी यह बात फोन पर नहीं बल्कि उसके लौट आने पर करूंगा। फोन पर इस किस्म की बातों से वह डिस्टर्ब हो सकता है। इसका असर उसके काम पर पड़ेगा।''

वंशिका ने कुछ नहीं कहा, बस हिचकियां लेती रही।

कुछ देर तक अनिरुद्ध उसे समझाता रहा। वह तभी गया जब वंशिका काफी हद तक खुद को संभाल चुकी थी।

उसके जाते ही तमतमाए चेहरे वाली वंशिका ने मुझे इस तरह घूरा जैसे मैंने कोई गलती कर दी हो और दौड़ती हुई मास्टर बैडरूम की तरफ चली गई। दरवाजा 'भड़ाक्' की जोरदार आवाज के साथ बंद हुआ था। मैं सन्नाया-सा खड़ा रह गया।

मेरी समझ में नहीं आ रहा था नए हालात में क्या करूं? इतना तो तय था कि अब अंशुमन के रूप में अनिरुद्ध के सामने पड़ने का मतलब खुद की कमबख्ती बुलाना था।

मगर खुद को उसके सामने पड़ने से मैं कैसे रोक सकता था? और कब तक? अपनी प्लानिंग के मुताबिक भी, मुझे उसके सामने तो आना ही था पर प्लान अब परवान चढ़ेगा तो कैसे?

यहां तो मामला ही दूसरी तरफ घूम गया था।

फिर एकाएक लगने लगा कि ये जो कुछ भी हुआ है–गहराई से सोचा जाए तो मेरे प्लान के फेवर में ही हुआ है।

गुलबदन में ठहराने के कारण अंशुमन का जो करेक्टर वंशिका के सामने आया है, वह उससे भन्ना गई है और मैं शेखर मल्होत्रा के रूप में उसकी भन्नाहट का फायदा उठा सकता हूं।

''गुड।'' मैं बड़बड़ा उठा–''वैरी गुड।''

अनिरुद्ध को देने के लिए इस सवाल का जवाब भी वक्त आने पर सोच

लिया जाएगा कि मैं गुलबदन में क्यों ठहरा था। नहीं भी सूझा तो ज्यादा से ज्यादा यह साबित होगा मैं वहां किसी बाजारू औरत के साथ था। होता रहे! क्या फर्क पड़ता है? उन हालात में तो जरा भी फर्क नहीं पड़ेगा जिनके बाद मुझे अनिरुद्ध के सामने पड़ना है। तब तक तो वंशिका के दामन पर इससे बड़ा बल्कि बहुत बड़ा दाग लग चुका होगा।

अपनी ही सोचों में मस्त मैं कमरे में पहुंचा। चटकनी चढ़ाई। अटेची से मोबाइल निकाला। उसे ऑन किया और बाथरूम में घुस गया। उसे भी अंदर से बंद कर लिया मैंने।

उसी समय मोबाइल ने एक के बाद एक चार मैसेज उगले।

चारों वंशिका के थे और रात में उसके बाद किए गए थे जब वह गुस्से में अपने कमरे में चली गई थी।

तीन मैसेज में फौरन काल करने के लिए कहा गया था लेकिन चौथे में लिखा था–''अंशु, मैं बार-बार फोन और मैसेज कर रही हूं लेकिन तुम जवाब नहीं दे रहे। समझ सकती हूं काम में बिजी होने के कारण तुमने फोन बंद कर रखा है। मैसेज पढ़ते ही फोन करो। पूरी बात बताकर मैं तुम्हें परेशान नहीं करना चाहती मगर यह कहने से खुद को नहीं रोक पा रही हूं कि ये किस मुसीबत में फंसा गए तुम मुझे! तुम्हारा ये दोस्त बहुत बदतमीज है। बस यूं समझ लो कि इतना ज्यादा कि मैंने सुबह उसे यहां से जाने के लिए कह दिया है। ऐसा क्यों करना पड़ा, मिलने पर ही बता सकूंगी।''

मैंने पढ़ा और समझ गया कि अब वह मुझे वह सब बताकर खुद को सती-सावित्री साबित करेगी जो शेखर मल्होत्रा के रूप में कहा और किया था। कितनी चालाक औरत है ये!

मैंने भी हर बात का जवाब सोचने के बाद फोन मिलाया।

एंगेज जा रहा था।

किससे बात कर रही है?

दिमाग ने जवाब दिया–अपने यार के अलावा और किससे कर रही होगी! वह सब बता रही होगी जो अनिरुद्ध ने बताया था।

कोई भी कुछ करे। रिपोर्ट फौरन समीर को देने की बीमारी लग गई थी उसे। मैंने लाल बटन दबा दिया। सोचा था–कुछ देर बाद ट्राई करूंगा लेकिन वैसा करने की जरूरत नहीं पड़ी। उससे पहले ही वाइब्रेटर सजग हो उठा था।

मैंने देखा–कॉल उसी की थी।

रिसीव करता हुआ उद्वेलित स्वर में बोला–''क्या हुआ वंशि? क्यों परेशान हो तुम? ऐसा क्या हुआ जिसके कारण तुम्हें शेखर से सुबह ही चले जाने के लिए कहना पड़ा? क्या वह चला गया?''

''अभी यहीं है।'' ठंडा स्वर।

''ओह! थैंक्स गॉड।'' मैंने अपने मुंह से निकली राहत की सांस वंशिका के कानों तक पहुंचाई–''मैं तो डर ही गया था। खैर, अब बताओ–मेरे दोस्त को बदतमीज का खिताब क्यों दे डाला तुमने! ऐसा क्या कर दिया गधे ने?''

ठंडे लहजे में बस इतना ही पूछा गया–''कब आ रहे हो?''

''आज नहीं आ पाऊंगा वंशि।''

''अंशु ...

''प्लीज ... समझो बात को। काम अभी बाकी है।''

दूसरी तरफ खामोशी छा गई।

मैंने ही कहा–''मगर शेखर से सीधे-सीधे यह मत कहना। ऐसा कहोगी तो बिदक जाएगा। कहना–काम बस खत्म ही होने वाला है। शाम की फ्लाइट से आ सकता हूं। उसे ऐसे ही धीरे-धीरे करके रोकना पड़ेगा। मैं भी फोन पर यही कहूंगा। है कहां वो?''

''अपने कमरे में।''

''बात कराओ।''

''मुझसे तो कर लो।''

''ओह! हां। तुम उसकी किसी बदतमीजी के बारे में बताने वाली थीं।'' मैं हंसा–''बताओ। क्या हुआ?''

''कुछ नहीं।''

''बताओ तो सही। तुम तो बहुत नाराज लगती हो।''

''अनिरुद्ध आया था।'' उसने बात बदल दी।

''अनिरुद्ध! क्यों?''

खामोशी छा गई।

शायद वह कुछ कहना चाहती थी मगर फैसला नहीं कर पा रही थी कहे या न कहे और कहे तो क्या और कितना कहे?

मैं ही बोला–''चुप क्यों हो गईं वंशि?''

''मुझे तुमसे ऐसी उम्मीद नहीं थी।''

यह सोचकर दिल 'धक्क्-से' रह गया कि क्या वह अनिरुद्ध की इंस्ट्रेक्शंस के बावजूद गुलबदन के बारे में बात करने वाली थी! यदि ऐसा हो गया तो क्या जवाब है मेरे पास? कुछ नहीं। मगर स्वाभाविक रूप से जो पूछना चाहिए था, पूछना पड़ा–''कैसी उम्मीद नहीं थी मुझसे? ऐसा क्या कर दिया है मैंने?''

एक झटके में वह जैसे कहने पर आमादा हो गई–''तुमने इतनी घटिया हरकत की है कि अब शायद हम एक छत के नीचे ... खैर छोड़ो।'' उसने

खुद ही अपनी बात अधूरी छोड़कर टॉपिक चेंज कर दिया था–''मैं शेखर से बात कराती हूं।''

मैं समझ सकता था वह डबल माइंड थी। खुद को गुलबदन के बारे में बात करने से रोक भी नहीं पा रही थी और ... अनिरुद्ध के इंस्ट्रेक्शंस के कारण बताना भी नहीं चाहती थी।

जितना वंशिका ने कह दिया था, उसे सुनकर साधारण अवस्था में किसी भी पति को पूरी बात बताने के लिए जिद करनी चाहिए थी मगर क्योंकि जानता था, वैसी जिद मुझे ऐसे जंजाल में फंसा देगी जिससे निकलने का कोई रास्ता नहीं था। अतः बात को घुमाते हुए कहा–''शेखर की उस बदतमीजी के बारे में तो बताओ जिसके कारण तुम्हें उससे चले जाने के लिए कहना पड़ा।''

''वो रात की बात थी। सुबह उसने माफी मांग ली और मैंने उसे माफ भी कर दिया है।''

मैं समझ गया, वह बात को घुमाने की कोशिश कर रही है। यह भी मेरे फेवर में ही था मगर इस बात को भी बताने का जोर न डालने का मतलब खुद को शक के दायरे में फंसाना था अतः बोला–''फिर भी, बताओ तो सही रात उस गधे ने ऐसा क्या किया कि सुबह को माफी मांगनी पड़ी?''

''वही हुआ, उसकी हरकतों के कारण जिसकी मुझे पहले ही शंका थी और जिसका मैंने तुमसे जिक्र किया था लेकिन तुमने बात हंसी में उड़ा दी थी।'' वह कहती चली गई–''रात, पीने के बाद पट्ठे ने मुझे प्रपोज कर दिया।''

''प्रपोज कर दिया!'' मैं हंसा।

''तुम अब भी हंस रहे हो?''

''हंसू नहीं तो और क्या करूं? मजाक कर रहा होगा।''

''वह मजाक नहीं कर रहा था अंशु, सीरियस था। शादी तक का प्रस्ताव रख दिया उसने मेरे सामने।''

''वाह-वाह! वैरीगुड! तुमने क्या कहा?''

''इसी बात पर तो बिगड़ गई थी मैं। गुस्से में कहा कि सुबह होते ही यहां से चला जाए।''

''तुम भी गधी हो वंशि।'' मैं अब भी हंसा–''निरी गधी।''

''मतलब?''

''स्वीकार लेतीं। वह बहुत अमीर ...

एक ही झटके में उसका फ्रस्ट्रेशन निकल गया–''मैं तुम्हारी तरह नहीं हूं अंशु जो किसी भी जगह जाकर मुंह ...

वह खुद रुक गई।

मैं समझ गया वह क्या कहती-कहती रुक गई थी मगर उस बात को तूल न देकर पूर्ववतः हंसता हुआ बोला–''तुम तो बुरा मान गईं। मैं मजाक कर रहा था यार। खैर, सुबह को क्या बोला?''

''कहने लगा–माफ कर देना भाभी, रात पता नहीं नशे में क्या क्या कह गया।'' मैं समझ गया कि इस वक्त वह भी इस बात को तूल देने की मनःस्थिति में नहीं है–''उसे भाभी से किया गया देवर का एक मजाक समझकर भूल जाओ।''

''बड़ा बदमाश है साला, खबर लेता हूं। जरा बात कराओ।''

''होल्ड करो।'' इन शब्दों के बाद लाइन पर खामोशी छा गई।

मैं समझ गया अब वह मोबाइल लिए मेरे कमरे में आएगी। मैंने अपने मोबाइल को ऑन अवस्था में बाथरूम में ही छोड़ा और तेजी से दरवाजा खोलकर कमरे में कदम रखा।

वही क्षण था जब दरवाजे पर दस्तक दी गई।

मैं ऊंची आवाज में बाला–''कौन?''

''अंशु का फोन है।''

उसका सेंटेंस खत्म होते-होते मैंने न केवल दरवाजा खोल दिया था बल्कि उसे फोन पर कुछ कहने का मौका दिए बगैर मोबाइल भी छीन लिया था। शानदार एक्टिंग करता हुआ मैं बोला–''अब बस एक ही बाट बटा, कब आ रहा हाय?''

थोड़े गैप के बाद बोला–''ऐसी-टैसी टेरी। शाम की फ्लाइट से क्या मटलब! ऐसे टो आज का डिन भी निकल जाएगा। नहीं अंशु फौरन फ्लाइट पकड़ के आ जा। अभी की अभी।''

इस तरह, कुछ देर दूसरी तरफ मौजूद काल्पनिक अंशुमन से लड़ता रहा। फिर बोला–''क ... क्या? शाडी? वंशि भाभी से शाडी?'' मैं शिकायती अंदाज में सामने खड़ी वंशिका की तरफ देखता कहता चला गया–''नहीं यार वो टो मजाक की बाट थी। नशे की झोंक के अलावा वह और कुछ नहीं था। उसके लिए टो मैंने माफी भी मांग ली हाय। फिर भी इन्होंने टुझसे शिकायत कर डी।''

गैप के बाद–''ओके-ओके। जिटने कान खींचेगा खिंचवा लूंगा पहले टू आ टो सही और ये गुलबडन का क्या चक्कर हाय? कुछ डेर पहले टेरे सालगराम आए थे। उन्होंने कहा ...

मैं देख रहा था कि वंशिका इस बारे में बात न करने का इशारा कर रही थी इसलिए वाक्य अधूरा छोड़ दिया और फिर जैसे दूसरी तरफ से कही गई बात सुनकर उसका जवाब दिया–''कुछ नहीं यार, मेरी शाडी की बाट

कर रहे थे। गुलबडन शायड उस लड़की का नाम हाय जिससे शाडी कराना चाहटे हांय।''

इस तरह, अंटशंट बातें करने के बाद मैंने फोन काट दिया।

मैंने वंशिका का फोन लौटाते हुए कहा–''टो टुम मानी नहीं!''

''किस बारे में बात कर रहे हो?'' उसने पूछा।

''राट की बाटों के बारे में अंशु को बटा ही डिया।''

''शुक्र करो कि सुबह की बातों के बारे में नहीं बताया।'' उसने मुझे घूरने वाले अंदाज में देखते हुए कहा था–''बल्कि जो बताया, झूठ बताया। मैंने भी यही कहा कि तुमने रात की बातों के बारे में सुबह माफी मांग ली थी जबकि ऐसा कुछ भी नहीं है। तुम इतने ढीट हो कि अभी-भी उन्हीं बातों पर अड़े हुए हो।''

''क्या सच बोलना अपराढ हाय?''

''मतलब?''

''और टुम्हें झूठ बोलने वाला आडमी पसंड हाय?''

''क्या कहना चाहते हो?''

''केवल इटना कि हमने जो कहा सच कहा, वह कहा जो डिल में था ... बल्कि हाय। माफी मांगटे ... नशे की बाट करटे टो वो झूठ होटा। इसके बावजूड हमने टुम पर टो कोई प्रेशर नहीं डाला! ये टो नहीं कहा टुम्हें भी हमसे मुहब्बट करनी पड़ेगी! शाडी मनानी पड़ेगी! टुम भी बालिग हो, हम भी। डोनों अपना-अपना फैसला लेने के लिए आजाड हांय। हमने टुम्हें अपना फैसला सुनाया, टुमने हमें अपना। अब लड़ाई किस बाट की?''

''सच पूछो तो तुम्हारी इसी बात ने इंप्रेस किया है मुझे–तुम्हारी सच्चाई ने। अगर रात की बात को नशे या मजाक की बात कहते तो मैं समझ जाती कि तुम एक धूर्त आदमी हो और उस अवस्था में मैं तुम्हें एक मिनट भी अपने घर में नहीं रहने देती।''

''थैंक्स गॉड।'' मैं ऊपर देखता हुआ बोला।

''ब्रेकफास्ट का टाइम तो निकल चुका है।'' वह बोली–''लंच कहां लेना पसंद करोगे?''

मैं थोड़ा चौंका क्योंकि अब वह बिल्कुल सामान्य नजर आ रही थी। दुख, विषाद या अफसोस का एक भी लक्षण नहीं था उसके चेहरे पर। ऐसा बिल्कुल नजर नहीं आ रहा था जैसे उसे कुछ ही देर पहले अपने पति के गुलबदन के बारे में ठहरने का पता लगा हो।

जबकि जब अनिरुद्ध ने बताया था, उस वक्त तो ऐसा लगा था जैसे उस पर वज्र गिरा हो।

वह उस वक्त एक्टिंग कर रही थी या इस वक्त कर रही है?

मैं समझ नहीं सका।

शायद इसीलिए औरत को पहेली कहा जाता है।

वह कब, किस तरह का रंग बदल ले ऊपर वाला भी नहीं समझ सकता। फिर दिमाग में ख्याल आया–तू भी बेकार ही परेशान हो रहा है। जो खुद समीर की अंकशयनी बनी हुई है, उसे पति के बाजारू औरतों में मुंह मारने से क्या फर्क पड़ता है?

इसका मतलब यह उस वक्त एक्टिंग कर रही थी–अनिरुद्ध को दिखा रही थी कि अंशुमन के बारे में वह सब पता लगने पर उसके विश्वास को कितना बड़ा आघात पहुंचा है।

काश! उस वक्त मैं यह सब सोचकर संतुष्ट न हो गया होता बल्कि वंशिका में आए परिवर्तन के बारे में गहराई से सोचा होता तो आज मैं यूं ... अपने जीवन के अंतिम छोर पर न आ खड़ा होता।

मगर–होता वही है, जो राम रचि रखा।

इंसानी बुद्धि उसी अंदाज और दिशा में काम करने लगती है।

काफी देर तक भी जब मैं अपने विचारों में गुम रहा। एक तरह से यही भूल गया कि वंशिका ने मुझसे कुछ पूछा भी था तो उसने कहा–''तुमने मेरे सवाल का जवाब नहीं दिया।''

''क ... कौनसा सवाल?'' मैं थोड़ा हड़बड़ाया।

वह बोली–''कहां खो गए थे?''

''क ... कहीं नहीं।''

''मैंने पूछा था–लंच कहां लोगे?''

''कहीं भी।'' मैं संभला–''जहां तुम चाहो।''

''ताज चलें?''

''मैं नहा लूं?''

''आराम से।'' उसने रिस्टवॉच देखी–''अभी टाइम है।''

एक घंटे बाद मैं छैला बनकर क़मरे से बाहर निकला।

वंशिका पहले ही तैयार थी और ... लग ही नहीं रहा था वह मेरी ब्याहता है। टांगों से कसी हुई सफेद जींस और लाल रंग के टॉप में क्वांरी

कन्या-सी लग रही थी वह।

नन्हें पैरों में वुडलैंड शू।

टॉप का गला इतना खुला हुआ था कि बर्फ से ढके दोनों पर्वतों के बीच की घाटी साफ नजर आ रही थी।

आंखों पर गोगल्स चढ़ाकर जब वह मेरे साथ चली तो दिल में एक बार फिर हूक-सी उठी कि काश! वह एक वफादार बीवी होती!

ताज में लंच के बाद हम टहलते हुए गेटवे ऑफ इंडिया पर आ गए। दूसरे प्रेमी जोड़ों की तरह समुद्र की तरफ पैर लटकाए उसकी दीवार पर बैठे इधर-उधर की बातें करते रहे।

वहां से उठे तो मराठा मंदिर पहुंचे।

इंग्लिश मूवी देखी।

मूवी के नाम का हिंदी अर्थ था–''सबका हक बराबर है।''

वह एक ऐसी पत्नी की कहानी थी जो पति को टूटकर चाहती थी। ख्वाब तक में किसी और मर्द को नहीं आने देती थी जबकि एक लड़का उसे बराबर प्रपोज करता रहता था। फिर एक दिन उसे पता लगा पति ने उससे पहले भी किसी दूसरी औरत से शादी की हुई थी और उससे उसके दो बच्चे भी थे। वह टूट गई और ऐसी टूटी कि खुद को तबाह करने पर आमादा हो गई। सुसाइड करने तक की अवस्था में पहुंच गई वह और तब, अंत से पहले उसे एक पादरी मिला। उसने कहा कि जब उसने कोई गुनाह नहीं किया है तो खुद को सजा क्यों दे रही है? सबका हक बराबर है। हिम्मत करके उठो और अपनी एक नई दुनिया बसाओ। पादरी से प्रेरित होकर वह प्रपोज करने वाले के पास पहुंची। उससे बात की। फिर उसने अपने पहले पति से तलाक लिया और उससे शादी कर ली।

अंत में उन्हें हंसी खुशी रहते दिखाया गया था और केप्शन लिखा आया था–''सबका हक बराबर है।''

मूवी के दरम्यान जैसे-जैसे स्टोरी आगे बढ़ रही थी और वंशिका की वर्तमान अवस्था से कनेक्टिड प्रसंग आते थे, अंजाने में ही हम एक दूसरे की तरफ देखते पाए जाते थे।

थियेटर में अंधेरा था मगर उतना नहीं कि एक-दूसरे की आंखें न देख सकें। हां, उनमें मौजूद भाव नजर आने मुश्किल थे।

मूवी के बीच में से मैं ऐसा दिखाता हुआ थियेटर के बाहर गया जैसे टायलेट जा रहा होऊं। अपने मोबाइल से वंशिका का नंबर लगाकर पूछा–''शेखर कहां है?'' उसने बताया–''हम लोग फिल्म देखने आए हुए हैं और शेखर टायलेट गया है।''

मैंने कहा–''मौका अच्छा है, आए तो कह देना मेरा फोन आया था। आज नहीं कल आ पाऊंगा।''

उसके कुछ देर बाद मैं फिर वंशिका के बराबर वाली सीट पर था। उसने वही कहा जैसा मैंने निर्देश दिया था। शेखर मल्होत्रा के रूप में मैंने झल्लाकर कहा–''नहीं आटा टो मट आए। भाड़ में जाए साला। हम टो उसकी बीवी के साथ मौज कर रहा हूं … हाय न!'' कहने के साथ मैंने उसकी तरफ देखकर भंवें मटकाई थीं।

वह केवल मुस्कराकर रह गई।

रात के साढ़े नौ बजे मराठा मंदिर से निकले तो गाड़ी में बैठते हुए मैंने कहा–''अब किधर?''

''डिस्कोथेक चलें!'' वंशिका ने पूछा–''डिनर भी वहीं ले लेंगे।''

मैं बोला–''हम टो टुम्हारे हवाले हैं मैडम। जहां चाहो ले जाओ। टुम्हारे साथ जहन्नुम में भी चलेंगे।''

उसने गाड़ी आगे बढ़ा दी। मैंने पूछा–''मूवी कैसी लगी?''

''ठीक थी।'' उसका संक्षिप्त जवाब।

''ठीक … अच्छी … या बहुट अच्छी?''

''अच्छी थी।''

''हमको टो बहुट अच्छी लगी।'' मैंने एक सिगार सुलगाने के बाद कहा था–''सबका हक बराबर हाय।''

वह खामोशी से ड्राइविंग करती रही।

मैंने माहौल देखकर कहा–''एक बाट पूछ सकटा हूं?''

''पूछो।''

''ये गुलबडन का क्या चक्कर हाय?''

उसने मेरी तरफ ऐसे अंदाज में देखा जैसा मैंने कोई नाजायज टॉपिक छेड़ने की हिमाकत की हो और पुनः आंखें सड़क पर जमाती बोली–''अंशु के टॉपिक पर बातें न ही करें तो अच्छा है।''

एक तरह से चेप्टर क्लोज कर दिया था उसने।

मैंने भी उसके बाद इस टॉपिक पर बात नहीं की।

वह मुझे जुहू स्थित किंग डिस्कोथेक में ले गई थी। काफी महंगा था वह। कम से कम मैं तो अफोर्ड कर नहीं सकता था। जरूर वह उससे पहले वहां समीर के साथ आई होगी।

वहां हमने जमकर शराब पी। बल्कि अगर मैं हमने की जगह सिर्फ वंशिका लिखूं तो ज्यादा ठीक होगा क्योंकि मैंने जानबूझकर कम पी थी ताकि अपने लक्ष्य से न भटक जाऊं।

मगर … वंशिका ने खुलकर पी।

पैग पर पैग।

स्मोकिंग भी की।

वह खुद को फ्रस्ट्रेशन में दिखा रही थी।

'दिखा रही थी' शब्द मैंने इसलिए यूज किए हैं क्योंकि मेरी नजर में उसका फ्रस्ट्रेशन में जाने का कोई कारण ही नहीं था। जो औरत खुद ही पति के दोस्त का बिस्तर गर्म कर रही हो, उसे अगर पता लग भी जाए पति बाजारू औरतों में मुंह मारता फिर रहा है तो वह भला वास्तव में फ्रस्ट्रेशन में क्यों आएगी?

साफ जाहिर था कि वह मुझे यह दिखा रही थी कि अंशुमन की हरकत के कारण उसका दिल टूट गया है। उस क्षण तो मुझे ऐसा लगा जैसे उस मूवी में भी वह मुझे जानकर ले गई थी। उसकी स्टोरी पहले से मालूम थी उसे और ... अगर मैं सही सोच रहा था तो इसका मतलब तो यह हुआ कि–वह मेरी गोद में गिरने के लिए तैयार थी।

मेरी गोद में वह इस आवरण के साथ गिरना चाहती थी कि ऐसा उसने इसलिए किया क्योंकि उसका पति बेवफा निकला।

वह मेरे बिस्तर में आना भी चाहती थी और मेरी नजर में महान भी बनना चाहती थी। वाह-वाह!

अगर ऐसा हो रहा था तो मुझे क्या एतराज हो सकता था!

मैं तो चाहता ही यह था।

मेरी सोचों को उस वक्त और बल मिला जब नशे में धुत्त होकर वह फ्लोर पर मेरे जिस्म से लिपट-लिपटकर नाची।

नाची क्या थी! उछली-कूदी थी।

एक स्थिति तो ऐसी आई कि उसे अपने कपड़ों तक का होश नहीं रहा। ऐसी अवस्था में आ गई थी वह कि मुझे घृणा होने लगी। उस वक्त मैं उसके चाहे जिस नाजुक अंग को छेड़ सकता था। उसे पता तक नहीं लगता और लग भी जाता तो विरोध करने की हालत में नहीं थी लेकिन मेरी इच्छा ही नहीं हुई।

खाना भी बड़ी मुश्किल से खा पाई वह।

डिस्कोथेक से आशा निकेतन तक गाड़ी मैंने ड्राइव की थी। उसे लिफ्ट तक और फिर फ्लैट के अंदर तक ले जाने में मुझे सहारा देना पड़ा जबकि उसने कई बार यह कहकर खुद को छुड़ाया था कि 'मुझे किसी के सहारे की जरूरत नहीं है, अकेली जिंदगी गुजार लूंगी।' मगर जैसे ही छोड़ता, गिरने लगती थी।

मैं इस नतीजे पर पहुंच चुका था कि अब उससे काम की कोई बात नहीं

की जा सकती। होश में ही नहीं थी। अपने प्लान को अगले चरण में सुबह ही ले जाना पड़ेगा।

ड्राईंगरूम में पहुंचकर मैंने कहा–''आज टुमने जरूरट से ज्याडा ले ली हाय वंशि, अपने रूम में जाओ ... और सो जाओ।''

''नईं।'' उसने झूमते हुए कहा–''मुझे नींद नईं आ रही।''

''वंशि प्लीज।''

''और नईं पिलाओगे?'' उसने मिचमिचाती आंखों से मुझे देखा।

मैं हंसता हुआ बोला–''टुम और पिओगी?''

उसने जोर-जोर से 'हां' में गर्दन हिलाई और बोली–''तुम हंस क्यों रहे हो? मुझ पर हंस रहे हो क्या?''

''न ... नहीं।'' मैं थोड़ा सकपकाया था–''भला टुम पर कैसे हंस सकटा हूं मैं! पर अब और नहीं वंशि, खाने के बाड टो वैसे भी ठीक नहीं होटी। सुबह मिलेंगे। गुडनाइट।'' कहने के साथ मैंने बाजू पकड़ कर उसे मास्टर बैडरूम के दरवाजे तक पहुंचा दिया था।

झूमती हुई-सी वह मुझे देखती रही।

मैं छोटे रूम की तरफ बढ़ा ही था कि पीछे से उसकी पूरी तरह संतुलित आवाज आई–''शेखर।''

मैं फिरकनी की मानिंद पलटा।

पलटते ही बुरी तरह चौंक पड़ा क्योंकि वंशिका को मैंने पूरी तरह ठीकठाक खड़े पाया था।

मेरी आंखों में स्वतः ऐसे भाव उभर आए जैसे किसी इंसान को नहीं बल्कि दुनिया की सबसे आश्चर्यजनक वस्तु को देख रहा होऊं।

वह होठों पर बहुत ही प्यारी मुस्कान लिए मेरी तरफ देख रही थी। नशे में धुत्त होने की तो बात ही दूर, इस वक्त ऐसा लग रहा था जैसे उसने एक बूंद भी न पी हो।

''वंशि टुम ... ।'' मेरा हलक सूख गया।

वह बोली–''कल तुमने मुझे परखा था, आज मैंने तुम्हें।''

''मटलब?''

''कल तुम बहाने बना-बनाकर मेरे नाजुक अंगों से छेड़छाड़ कर रहे थे जबकि आज, तुम्हारी नजर में मैं होश में नहीं थी। पूरा मौका होने के बावजूद, मुझे सहारा देते वक्त कोशिश कर रहे थे हाथ ऐसी वैसी जगह टच न हो जाए।

इसका मतलब है कि–सुबह तुमने जो कुछ कहा, वह सच था। सिर्फ मेरा जिस्म हासिल करने के लिए नहीं कहा था वह सब।''

मैं सन्नाटे से में आया खड़ा रह गया था।

वह आगे बढ़ी। मेरी तरफ। बोली–''हैरान हो?''

''ट ... टुमने बिल्कुल नहीं पी?''

''पी। मगर उतनी नहीं जिसमें होश गंवा सकूं। तुम्हारी नजर बचाकर बगल में रखे गमले को पिलाती रही।''

''हमें आजमाने के लिए?''

''कल रात मैं तुम्हारे इम्तहान में पास हुई थी, आज तुमने मेरे इम्तहान में सेंट-परसेंट नंबर पाए हैं मगर ...

''मगर?''

''तुम इसलिए लड़कियों के इम्तहान लेते फिर रहे हो क्योंकि तुम्हें ऐसी पत्नी चाहिए जो दौलत से नहीं, तुमसे प्यार करती हो। मैंने इसलिए इम्तहान लिया क्योंकि मुझे ऐसा पति चाहिए था जो मेरे जिस्म से नहीं, मेरी रूह से प्यार करता हो लेकिन खुद मेरी ही समझ में नहीं आ रहा कि मैंने ऐसी बेवकूफी क्यों की? क्यों लिया इम्तहान? इसका मुझे क्या फायदा होगा? मेरी तो शादी हो चुकी है। यह काम तो मुझे शादी से पहले करना चाहिए था। कमान से तीर निकल जाने के बाद उसके बारे में सोचने से क्या फायदा?''

मैं खामोश खड़ा उसे देखता रहा।

''खैर।'' ठंडी सांस लेती वह खुद ही बोली–''मैं तो बगैर सोचे समझे, बगैर आदमी को आजमाए, कच्ची उम्र के जजबातों में बहकर शादी करने की बेवकूफी कर चुकी हूं मगर तुम ऐसी बेवकूफी मत करना। एक जीवन में आदमी को एक ही मौका मिलता है। मैं उसे गंवा चुकी हूं लेकिन तुम्हारे पास अभी पूरा मौका है। खूब अच्छी तरह ठोक-बजाकर शादी करना। भावनाओं में मत बहना।''

''मैं समझ नहीं पा रहा तुम क्या कह रही हो।''

''मेरी बेवकूफी के कारण मुझे वो नहीं मिला जो मैं चाहती थी, रूह की तो बात ही छोड़ दो। मुझे तो वह भी नहीं मिला जो मेरे जिस्म से प्यार करता, वो भी मिल जाता तो शायद संतोष कर लेती लेकिन दुआ करूंगी कि तुम्हें वो मिल जाए जो तुम्हें चाहिए।''

मैं हक्का-बक्का था।

''शेखू।'' मेरी आंखों में देखते हुए पुनः उसी ने कहा–''तुमने दो बातें पूछीं थीं मुझसे। पहली यह कि मूवी कैसी लगी और दूसरी गुलबदन होटल के बारे में। इतना तो समझ ही गए होगे कि अंशुमन ने पंद्रह जौलाई की रात किसी

बाजारू औरत के पहलू में गुजारी थी मगर ये पहली बार नहीं हुआ है।''

''क ... क्या मतलब?'' मैंने बौखलाकर पूछा।

''हमेशा से ऐसा ही है तुम्हारा दोस्त। बेहद कमीना। चौबीस घंटे गर्म गोश्त का भूखा। मैं अपनी आंखों में सारे जहां की हैरानियां लिए सुनता रहा– पहले पता लग जाता तो कभी उससे शादी नहीं करती ... बल्कि कोई भी लड़की नहीं कर सकती थी। शादी के एक महीने बाद ही मेरे सामने उसका असली चेहरा आना शुरू हो गया था। तब, जबकि उसने घर में काम करने के लिए आने वाली बाई की लड़की को भी नहीं छोड़ा।''

''य ... ये क्या कह रही हो टुम?''

''तुम्हारे दोस्त की हकीकत बता रही हूं शेखू, अपना दिल खोल रही हूं तुम्हारे सामने। वो दिल जो तुमसे पहले मैं कभी किसी के सामने न खोल सकी और अपने सामने भी खोलने का हौसला आज सुबह तुमने खुद दिया है। न तुमने वह सब कहा होता, न ही शायद इस वक्त मैं यह सब कह रही होती। भले ही सारे जीवन घुट-घुटकर मरना पड़ता।'' वह हरामजादी कहती चली गई और मैं सुनने के अलावा कुछ न कर सका। पूरी तरह काल्पनिक कहानी सुना रही थी वह–''मैं उस वक्त घर में नहीं थी जब उसने बाई की बेटी को दबोचा। बेचारी खूब चीखी-चिल्लाई, छटपटाई मगर वो दरिंदा भला कैसे मानता! उस पर तो वासना का भूत सवार हो चुका था। मासूम लड़की भला कैसे खुद को बचाती! मुंह काला करके ही माना उसके साथ। अचानक मैं आ गई। उस वक्त वह बेचारी घुटनों में मुंह छुपाए रो रही थी। रोते-रोते उसने मुझे सबकुछ बताया और पुलिस में कंपलेंट करने की बात करने लगी। मैं बदनामी के डर से बहुत डर गई। क्या कहेंगे लोग! इसलिए, उसे पचास हजार रुपए दिए। उसके सामने गिड़गिड़ाई, तब जाकर मानी।''

''पर टुमने ऐसा क्यों किया?'' मन ही मन मैं उसे गंदी-गंदी गालियां देता बोला–''खुड ही उसे लेकर पुलिस स्टेशन क्यों नहीं चली गई! क्यों नहीं पकड़वा डिया अंशुमन को?''

''इज्जत की खातिर शेखू–इज्जत की खातिर।'' इस वक्त उसके चेहरे को देखकर कोई नहीं कह सकता था कि वह झूठ बोल रही थी–''मैंने तो कुछ भी नहीं किया, हिंदुस्तानी औरत अपने पति की इज्जत बचाने के लिए इससे भी ज्यादा जाने क्या-क्या कर जाती है मगर जानते हो उसके जाने के बाद अंशुमन ने क्या किया?''

''क्या किया?'' मैंने धड़कते दिल से पूछा।

''जैसा कि स्वाभाविक था, मैं उसे इस बात को लेकर लताड़ने लगी कि उसने वैसा क्यों किया। जवाब में उसने मुझे गंदी-गंदी गालियां देनी शुरू कर दीं। मारना-

पीटना शुरू कर दिया। पहले तो हाथ-पैरों से मारा। फिर हाकी से पीटने लगा।''

''अरे! ऐसा जालिम हाय वो?''

''तुम्हारी सोचों से कहीं ज्यादा।'' मैं अपनी आंखों से देख रहा था और कानों से सुन रहा था कि औरत कितनी गिर सकती थी। वह कहती चली गई– ''वो तो पहली घटना थी जो मेरे सामने आई। उसके बाद अनेक घटनाएं घटीं। कभी आफिस में साथ करने वाली लड़की के साथ, कभी किसी कालगर्ल के साथ। शुरू में विरोध किया लेकिन फिर पिटाई के डर से वह भी करना छोड़ दिया। अब तो मैंने यह सोचकर खुद को पूरी तरह हालात के हवाले कर दिया था कि जो हो रहा है मेरी किस्मत में यही लिखा था लेकिन ...

''लेकिन?''

''आज हद हो गई। अनिरुद्ध को पता लग गया है कि वह कैसा है। पता नहीं उसके लौटने पर क्या होगा!''

''पर उस वक्त टो टुम ऐसे रियेक्ट कर रही थीं जैसे पहली बार पटा लग रहा हो कि अंशुमन वैसा हाय?''

''अनिरुद्ध के सामने और क्या करती! क्या ये कह देती कि मुझे पहले ही से उसकी करतूतों के बारे में पता है!''

मैं समझ चुका था वह मुझे किस फेर में लेना चाहती थी। और वही कहा जो वह कहलवाना चाहती थी–''मैं सोच भी नहीं सकटा था कि अंशु ऐसा होगा।''

''वह इससे भी ज्यादा नीच, कमीना, जलील और कुत्ता है।'' वह नफरत से मुंह सिकोड़कर बोली–''उसके लिए जो भी शब्द यूज किया जाए कम होगा। तुम्हें क्या-क्या बताऊं शेखू कि वह मेरे साथ क्या-क्या करता है। इंकार करती हूं तो बैल्ट से चमड़ी उधेड़ देता है। वह दरिंदा है ... दरिंदा। उसने कभी मुझे कोई सुख नहीं दिया।''

''इसके बावजूड टुम उसके साथ हो!'' मैंने आश्चर्य प्रकट किया क्योंकि वह यही चाहती थी–''उसकी वफाडार हो। इटनी ज्याडा कि राट टुमने मुझसे कहा कि ...

''क्या करती शेखू ... क्या करती मैं!'' उसकी आंखों में आंसू नजर आने लगे थे–''मैं एक हिंदुस्तानी औरत हूं और हिंदुस्तानी औरत की शादी एक बार जिससे हो जाती है ...

''भाड़ में गया कल्चर। इसका मटलब टो ये हाय कि हिंडुस्टानी औरट होना एक कलंक हाय। मैं टो कहटा हूं ऐसे गंडे आडमी की पुलिस कंपलेंट कर डेनी चाहिए। जेल भिजवा डेना चाहिए।''

''नहीं शेखू। मैं ऐसा नहीं कर सकती।''

''टो फिर क्या करोगी? सारी जिंदगी इसी टरह ...

''क्या कर सकती हूं! मजबूरी है शेखू।'' उसके मुंह से रोने की आवाज निकलने लगी–''तुम भी क्या कर सकते हो!''

मैंने ऐसी मुद्रा बना ली जैसे कुछ सोच रहा होऊं। इस बीच वह मेरे बेहद नजदीक आकर खड़ी हो गई थी।

इतनी करीब कि मैं उसकी गर्म सांसों को अपने गले पर महसूस कर सकता था। बोला–''हम एक मूवी देखकर आए हैं।''

''मैंने ये जो कुछ भी कहा, उसके पीछे वो मूवी भी है।''

''मटलब?''

''मुझे ठीक से नहीं पता।''

जो चाहता था, वह खुद-ब-खुद हो रहा था।

जो प्रपोजल एक बार और खुद मुझे रखना था, वह रख रही थी बल्कि रख चुकी थी। एक बार फिर मैं समीर के सिद्धांत को कसौटी पर खरा उतरते देख रहा था। वह समीर की गोद से उतरकर शेखर मल्होत्रा के पहलू में समाने को तैयार थी क्योंकि शेखर मल्होत्रा उससे कई-कई गुना पैसेवाला था। मुझे लगा–तैयार तो वह पिछली रात भी थी। बल्कि यह सोचकर अंदर ही अंदर बल्लियों उछल रही होगी कि इतना बड़ा धनकुबेर मेरा दीवाना हो गया है मगर शायद यकीन नहीं कर पाई थी या नखरे दिखा रही थी।

मैं बड़बड़ा उठा–'मुझे पता है कुतिया कि इस वक्त तू मेरे मुंह से क्या कहलवाना चाहती है। तू वो कहलवाना चाहती है जो खुद कहने के लिए मरी जा रही है और मैं कहूंगा। सब कुछ जानने के बावजूद मैं वह सब इसलिए कहूंगा क्योंकि मैंने तो शेखर मल्होत्रा वाला यह प्रपंच रचा ही वह कहने के लिए है।' सो बोला–''एक ही संदेश था उस मूवी का–यह कि सबका हक बराबर हाय। सिर्फ मर्द को ही यह अधिकार नहीं हाय कि ...

''दिमाग तो यही कहता है शेखू मगर ... ।'' गैप देकर उसने मेरी आंखों में झांका–''दिल डरता है।''

''किस बाट से?''

''पता नहीं क्या होगा!''

''वही होगा जो उस मूवी का एंड था।''

अब, उसने सीधा सवाल किया–''रात तुमने जो कुछ कहा था, वह मजाक तो नहीं था?''

''मजाक होटा टो सुबह को उन बाटों को डोहराटा नहीं।''

''लगता तो मुझे भी ऐसा ही है मगर ...

''मगर?''

''क्या तुम उन बातों को एक बार फिर दोहरा सकते हो?''

''एक बार क्यों, मैं टो हजार बार डोहरा सकटा हूं।'' मैं कच्ची उम्र के दीवाने प्रेमी की तरह बोला–''सारी जिंडगी कहटा रह सकटा हूं कि मेरी खोज टुम पर आकर खट्म हुई है और अब टो ...

''अब तो?'' वह मेरे और नजदीक सरक आई थी।

''इटना सब जानने के बाड टो मैं टुम्हें यहां उस डरिंडे के चंगुल में फंसी छोड़कर जा ही नहीं सकटा।'' कहने के साथ मैंने उस नागिन का आंसुओं से तर चेहरा अपने हाथों में भर लिया था–''टुम कहोगी टब भी नहीं। अगर राजी से मेरे साथ नहीं चलोगी टो जबरडस्टी ले जाऊंगा। टुम्हें निकालकर ले जाना ही अब मेरा मकसड हाय।''

''कहां?'' उसने मेरी आंखों में झांका–''कहां ले जाओगे मुझे?''

''स्विट्जरलैंड वाले घर में।''

''मुझे उतना बड़ा घर नहीं चाहिए शेखू। दौलत नहीं चाहिए मुझे।'' उस शातिर औरत ने कहा–''मुझे बस मेरी रूह को प्यार करने वाला चाहिए। दुनिया के चाहे जिस हिस्से में ले जाओ, छोटी सी झोंपड़ी में रख लो मगर उस राक्षस की कैद से निकाल लो।''

''निकाल लूंगा वंशि, ये मेरा वाडा हाय।''

एक ही झटके में वह मुझसे लिपट गई और ... मेरे सीने में चेहरा छुपाकर फूट-फूटकर रो पड़ी।

मैं दांत पीस उठा।

जी चाहा–इसी वक्त उसके बाल पकडूं। एक जोरदार झटका देकर चेहरा अपने चेहरे के सामने लाऊं और अपने चेहरे से शेखर मल्होत्रा वाला नकाब उतार दूं। तब देखूं उसकी क्या हालत होती है मगर नहीं ... इस खेल को अगर मुझे किसी ऐसे ही स्पॉट पर खत्म करना होता तो उस वक्त से अच्छा कौनसा वक्त था जब वह समीर के साथ मेरे बैड पर थी।

जरा सोचिए–उस वक्त मेरी क्या हालत हुई होगी जब उसने खुद मेरे होठों को चुसकना शुरू कर दिया।

मेरी ब्याहता, एक अजनबी के होंठ केवल इसलिए चुसक रही थी क्योंकि वह अरबों-खरबोंपति था।

और ... बात होंठ चुसकने पर ही कहां खत्म हो गई!

उसे परखने के लिए मैं गोद में उठाकर मास्टर बैडरूम में ही नहीं बल्कि बैड पर ले गया।

कौनसी हरकत थी जो मैंने नहीं की!

'ये नहीं ... वो नहीं' कहती हुई वह नखरे भी दिखाती रही, सबकुछ

कराती भी रही और होठों से सेक्सी सिसकारियां निकालती हुई मुझे उकसाती भी रही। पक्की खिलाड़ी थी वह। इतनी पक्की कि उसे मालूम था–मर्द को कहां रोकना है। कहां रोकने पर वह और ज्यादा बेचैन हो उठेगा और साथ ही मर्द के दिलोदिमाग में उसकी 'देवी' वाली छवि बन जाएगी। मुझे वहां पहुंचाकर उसने खुद को मुझसे अलग करते हुए कहा था–''नहीं शेखू। ये शादी के बाद।''

मैं ही कहां चाहता था वह सब! मगर उस वक्त तो मुझे वासना की बाढ़ में बह रहे मर्द की एक्टिंग करनी थी। सो की। लेकिन उसे देवी साबित होना था–हुई।

अंततः मैंने कहा–''अगर मैं इससे आगे नहीं बढ़ सकटा टो डूसरे कमरे में जाना होगा क्योंकि टुम्हारे साथ एक ही बैड पर रहकर टो कोई मर्ड काबू में रह नहीं सकटा।''

कमीनी इस तरह हंसी थी जैसे मैंने उसकी तारीफ की हो।

उसके बाद यूं मास्टर बैडरूम से निकला जैसे वह दुनिया का सबसे कठिन काम था। छोटे बैडरूम में पहुंचा ही था कि उसके मोबाइल की बैल बजने की आवाज आई।

दिमाग में विचार कौंधा–'रात के इस वक्त तो समीर का ही फोन हो सकता है। सुनना चाहिए वह क्या बात करती है।'

तेजी से लेकिन दबे पांव ड्राइंगरूम में पहुंचा। उसी तरह मास्टर बैडरूम के ढुके हुए दरवाजे के नजदीक।

वह फुसफुसाने वाले अंदाज में बात कर रही थी–''गई कहां थी समीर! उसे लंच कराने ताज में ले गई थी। कुछ देर गेटवे ऑफ इंडिया पर बैठे रहे, फिर मराठा मंदिर में मूवी देखने चले गए। टाइम तो गुजारना ही था न!''

शायद दूसरी तरफ से कुछ कहा जा रहा था।

''पागल हो क्या?'' पुनः उसी की आवाज उभरी–''नहीं, ऐसा आदमी नहीं है वो और वैसे भी, मैं उसके बचपन के दोस्त की बीवी हूं। मेरे बारे में ऐसी-वैसी हरकत के बारे में तो वह सोच भी नहीं सकता। तुम निश्चिंत रहो, शेखर एक शरीफ आदमी है।''

फिर कुछ कहा गया।

''डिनर! डिनर तो हमने ओबरॉय में किया।'' वह साफ झूठ बोल गई थी–''बस। उसके बाद लौट आए।''

कुछ देर और वह उसी फुसफुसाते अंदाज में बात करती रही।

उसके बाद फोन काट दिया।

मैं जिस तरह दबे पांव आया था उसी तरह लौट गया।

उस रात वंशिका से मेरी घृणा पराकाष्ठा पर थी। अपने बारे में शेखर मल्होत्रा से कहा गया उसका एक-एक शब्द कानों में पिघले शीशे की तरह उतर रहा था।

मेरी यह धारणा प्रबल से प्रबलतर होती चली गई कि वह उससे भी ज्यादा बुरे अंजाम की हकदार थी जो मैंने उसके लिए सोचा था।

सारी रात अपने प्लान को परवान चढ़ाने के मंसूबे बनाते गुजर गई। सुबह के जाने किस वक्त आंख लगीं और जब खुलीं तो तब खुलीं जब महसूस किया किसी ने मेरे होठों को चूमा है।

हड़बड़ाकर उठा तो कानों में किसी की खिलखिलाहट पड़ी।

किसी की क्या, उसी की थी।

आकाश से उतरी अप्सरा-सी लग रही थी कमबख्त। तैयार ही मुझ पर बिजलियां गिराने के लिए हुई थी।

मेरी घृणा बढ़ती चली गई मगर ...

उसे भी यह लगे कि मैं अपने जीवन के सबसे खुशगवार पलों से गुजर रहा हूं इसलिए उस जिस्म को बांहों में भरा जिससे सबसे ज्यादा नफरत करता था।

उसे अपने ऊपर गिराया। चूमा। चाटा। लिपटाया।

वह भी पूरे जोश में साथ देती रही और जब उसकी नजर में मैं पुनः उत्तेजित होने लगा तो अलग होती बोली–"मत भूलो शेखू कि आज अंशु आने वाला है। किसी भी समय फोन आ सकता है।"

"मैं उससे पहले ही टुम्हें ले उड़ूंगा।"

"कहां ले जाओगे?"

"मैंने राट ही सोच लिया है–टोकियो चलेंगे।"

"टोकियो?"

"क्यों? बुरी जगह है क्या?"

"मजाक मत करो शेखू। यूं खड़े पांव टोकियो जाना क्या मजाक बात है!" वह बोली–"टिकट। वीजा?"

"टिकिट टो फौरन मिलटा हाय। हां, वीजा में थोड़ी डिक्कट आ सकटा हाय मगर इंडिया में आने के बाड हमको सब पटा लग गया हाय। इढर की ये खूबी हाय कि जो काम हजार रुपए में होटा हाय उसके लिए एक लाख रुपया खर्च करो, फौरन से पहले होटा हाय। पासपोर्ट टो हाय टुम्हारे पास?"

"है।"

"ले आओ।"

''ले आऊं!'' वह हैरान रह गई थी–''तुम आज ही टोकियो जाने का इंतजाम कर दोगे!''

''इंडिया का बाकी बिजनेस कैंसिल। वो आज आने वाला हाय टो आज ही करना पड़ेगा और उसके आने से पहले करना पड़ेगा।''

''नहीं हो पाया तो?''

''टोकियो का नहीं होगा टो बैंगलूरू का होगा, चेन्नई का होगा। डोमेस्टिक में टो कोई डिक्कट ही नहीं हाय। वहां से टोकियो के लिए निकल जाएंगे लेकिन जब वो यहां आएगा, हम उससे पहले ही उड़ चुके होंगे। उसे टो पटा भी नहीं लगेगा हम किढर गया।''

वह खामोशी के साथ मुझे देखती रही।

''डेख क्या रही हो?'' मैं बोला–''पासपोर्ट लेकर आओ।''

''फ्रेश तो हो लो। नहा-धो तो लो।''

''ओके। टब टक टुम ब्रेकफास्ट टैयार करो।''

''वीजा के लिए तो मुझे भी चलना पड़ेगा न!''

''बाट टुम्हारा समझ में क्यों नहीं आटा! बोला टो हाय कि इंडिया में रुपया डो और चाहे जो काम चाहे जैसे करा लो। फिर भी, जरूरट पड़ा टो हम फोन करके टुम्हें उढर ही बुला लेगा।''

''ठीक है।'' उसे कहना पड़ा मगर फिर तुरंत ही चेहरे पर बारह बजाती बोली–''लेकिन शेखू ...

''अब क्या हुआ?'' मैंने पूछा।

''मुझे डर लग रहा है।''

एक बार फिर इच्छा हुई कि कह दूं–'तुझे डर-वर कुछ नहीं लग रहा साली, लड्डू फूट रहे हैं मन में। आंखों के सामने एफिल टावर और शैंपेन डायमंड्स की पोशाक घूमने लगे हैं।' मगर आप जानते हैं, वह सब मैं कहने वाला नहीं था। कहा वही, जो कहना चाहिए था–''जरा भी मट डरो वंशि, हम टुम्हारे साथ हूं।''

कुछ देर और नाटक करती रही वह। फिर ब्रेकफास्ट बनाने चली गई। पैंतालिस मिनट के अंदर मैं फ्रेश हुआ, नहाया और तैयार होकर ड्राइंगरूम में पहुंच गया।

ब्रेकफास्ट किया।

उसका पासपोर्ट डायनिंग टेबल पर ही रखा था। उसे उठाया तथा थोड़ी और चोंचलेबाजियों के बाद फ्लैट से निकल गया।

उसकी परमीशन से वरना की चाबी ले आया था मैं। उसे ड्राइव करता आशा निकेतन से दूर निकल आया।

गाड़ी एक पब्लिक टेलीफोन बूथ के करीब रोकी। उसके अंदर गया। अब मुझे समीर को फोन करना था।

⅄

दो रिंग के बाद कॉल रिसीव की गई।

समीर की आवाज पहचानते ही मैंने अपनी आवाज बदलकर कहा–"आपका शुभचिंतक बोल रहा हूं समीर साहब।"

एक पल के लिए लाइन पर सन्नाटा छा गया। फिर समीर की बहुत ही कड़क और रूखी आवाज उभरी–"कौन हो तुम?"

"आपके कान में कोई नुक्स है क्या?" मैं बोला–"इस कान में नुक्स है तो मोबाइल को दूसरे कान से लगा लीजिए। मैंने ये फरमाया कि आपका शुभचिंतक बोल रहा हूं।"

"मैंने नाम पूछा है।"

"नाम में क्या रखा है जनाब! वैसे भी, शेक्सपीयर जैसे महान साहित्यकार का कहना था गुलाब का नाम अगर गुलाब की जगह कुछ और होता तो क्या उससे खूश्बू नहीं आती!"

"नाम बता रहे हो या मैं फोन काट दूं?"

"ऐसा गजब मत करना जनाब, अच्छा चलो बता ही देती हूं।" एकाएक मैंने अपनी आवाज नारी स्वर में तब्दील कर ली–"वंशिका बोल रही हूं मैं–वंशिका सिन्हा।"

"व ... वंशिका?"

"आपकी माशूका।"

झल्लाकर कहा गया–"क्या बक रहे हो?"

"मैं जो बक रहा हूं, वो तुम समझ चुके हो।" मैं सपाट लहजे में कहता चला गया–"तुम समझ चुके हो मिस्टर समीर मैं तुम्हारे और मिसेज अंशुमन सिन्हा के नाजायज ताल्लुकातों से वाकिफ हूं। मेरा पेशा ही ये है, लोगों के ताल्लुकात मालूम करना और फिर उनके सबूत जुटाकर रोजी-रोटी चलाना लेकिन बगैर सबूत के कोई मुझे कुछ नहीं देता। सुबूतों की तलाश में वंशिका के चारों तरफ परिक्रमा कर रहा था कि ऐसी बात पता लगी जिसने मेरी ही खोपड़ी घुमाकर रख दी। घुमाकर क्या रख दी, सच पूछो तो खोपड़ी का भिन्नास उड़ा पड़ा है। तुम्हें पता लगेगा तो तुम्हारी खोपड़ी के तो परखच्चे ही उड़ जाएंगे। ठीक इस तरह जैसे ऐके सैंतालिस से उड़ा दिए गए हों।"

समीर ने अब भी पूरे कड़क लहजे में कहा था–''मेरी समझ में नहीं आ रहा तुम कौन हो और क्या बके चले जा रहे हो।''

''समझ में तो आ चुका है समीर साहब, पर एक्सेप्ट नहीं कर पा रहे हो। हज्म नहीं कर पा रहे हो कि ये राज किसी और को कैसे मालूम हो सकता है।'' मैं पूरे फ्लो में कहता चला जा रहा था–''मगर मेरा कहना ये है कि जितनी जल्दी हज्म कर लोगे उतने फायदे में रहोगे। चिड़िया खेत चुगकर उड़ गई तो पछताने के अलावा कोई चारा नहीं रह जाएगा।''

''क्या कहना चाहते हो?''

''ये हुआ काम का सवाल।'' मैं बोला–''तुम्हें मालूम है, अंशुमन के घर उसका लंदन वाला दोस्त आया हुआ है। नाम शेखर मल्होत्रा है। कल रात चायना टाऊन में तुम उससे मिले भी हो। अंह ... हं ... ज्यादा हैरान होने की जरूरत नहीं है। मैं भी तुम्हारी आसपास वाली ही किसी सीट पर विराजमान था। और विराजमान इसलिए था क्योंकि पहले ही फरमा चुका हूं–सबूत की तलाश में वंशिका दीदी के आसपास मंडराने के अलावा आजकल मेरे पास कोई काम नहीं है। तो बात शेखर मल्होत्रा की चल रही थी। जरूरत से कुछ ज्यादा ही अमीर है कमबख्त। अमीर तो तुम भी हो मगर वह तुमसे कुछ ज्यादा ही पैसेवाला है।''

''तो?''

''तो ये हुजूर कि जो हुआ है उस पर तुम्हें ज्यादा हैरान नहीं होना चाहिए। पैसा तो बहरहाल पैसा ही है उसी के बूते पर तुमने वंशिका दीदी को अंशुमन के बिस्तर से खींचकर अपने बिस्तर पर बिछाया, उसी के बूते पर शेखर मल्होत्रा ने उसे तुम्हारे बिस्तर से निकालकर अपने बिस्तर में खींच लिया है।''

''क्या बक रहे हो?'' समीर के हलक से दहाड़ निकली।

अब मजा आया था मुझे। हर शब्द को चबाता कहता चला गया–''वही हुजूर, जो अपने चक्षुओं से देखा।''

''क्या देखा है तुमने?''

''कल लंच से लेकर डिनर तक के और उसके बाद के सीन देखे हैं। लंच ताज में किया। फिर प्रेमी जोड़े की तरह गेटवे ऑफ इंडिया की दीवार पर बैठे बतियाते रहे। उसके बाद मराठा मंदिर में पिक्चर देखी और फिर चले गए–जुहू स्थित किंग डिस्कोथेक में।''

''किंग डिस्कोथेक में?'' मुझे मालूम था समीर यहां चौंकेगा क्योंकि उसे ओबरॉय के बारे में मालूम था।

''दोनों ने जमकर पी। रात के बारह बजे तक पीते रहे। वंशिका दीदी कुछ

ज्यादा ही टुन्न हो गई थीं। तभी तो वापसी में शेखर साहब को न केवल ड्राइविंग करनी पड़ी बल्कि एक तरह से गोद में उठाकर उन्हें फ्लैट में ले जाना पड़ा।''

''उसके बाद?''

''मेरी लेटेस्ट इंफारमेशन के मुताबिक शेखर मल्होत्रा साहब वंशिका दीदी के इतने दीवाने हो गए हैं कि उन्हें अपने साथ टोकियो ले जाने के लिए मरे जा रहे हैं।''

''और वंशिका जाने को तैयार है?''

''लाहौलविला कूबत! भला क्यों नहीं होंगी! कौन लड़की इतने बड़े धनकुबेर की शरीके-हयात बनना नहीं चाहेगी!''

''तुम झूठ बोल रहे हो।''

''काला कव्वा काटे मुझे।''

दूसरी तरफ ऐसा सन्नाटा पसर गया जैसे कहने के लिए कुछ सूझ न रहा हो। उस वक्त मैं न केवल समीर की अवस्था की कल्पना कर सकता था बल्कि उसे एंज्वॉय भी कर रहा था। बोला–''ठीक तो हो समीर साहब! अटेक-वटेक तो नहीं पड़ गया!''

''मुझे यह सब क्यों बता रहे हो तुम?''

''ये ल्लो! तुमने तो सारी बात की धेला ही कर दी।'' मैं खास लहजे में बोला–''बताया तो था हुजूर, मेरी कोशिश तुम्हें दूध देने वाली गाय में तब्दील करने की थी। सुबूतों की तलाश में वंशिका दीदी के चारों तरफ मंडरा रहा था कि ये धमाकेदार ...

''तुम्हें क्या फर्क पड़ता है! जो मुझसे चाहते थे शेखर मल्होत्रा से झटक लो बल्कि तुमने तो खुद ही कहा कि वह मुझसे बहुत ज्यादा मोटी मुर्गी है। कई गुना ज्यादा माल मिलेगा उससे।''

''मिलता ... जरूर मिलता, पर वो साला तो चिड़िया को ही लेकर टोकियो उड़ने वाला है। अब जूस निकालने के लिए मैं तो टोकियो जाने से रहा परवरदिगार।''

''इसलिए चाहते हो कि मैं उन्हें रोकूं!''

''समझने के लिए कोटि-कोटि धन्यवाद।''

''ताकि तुम सारी जिंदगी मुझे ब्लैकमेल करते रहो?''

''इस बार थैंक्यू।''

''मैं इस झमेले में क्यों पड़ूं?'' इस बार चालाकी के साथ कहा गया था–''क्यों अपनी गर्दन तुम्हारे हाथ में दूं?''

''एक सैयाद तुम्हारी माशूका को लेकर भाग रहा है यार। उसे रोकना तुम्हारा फर्ज है। एक भी फिल्म नहीं देखते क्या?''

''बकौल तुम्हारे, मैं वंशिका को भोग चुका हूं। उससे ज्यादा काम की वह मेरे लिए है भी नहीं। मुझे ब्लैकमेल करने निकले हो तो इतना तो जानते ही होगे कि मैं गोश्त खाता हूं हड्‌डी गले में नहीं लटकाता। शेखर को शौक है तो लटकाए। हड्‌डी भी ऐसी जिसे मैंने दाना डाला तो उसे चुगने लगी और बकौल तुम्हारे शेखर ने चारा डाला तो उसे चरने लगी। अगर वह उसके साथ भाग रही है तो भाग जाए–मेरा तो पीछा छूटेगा।''

उसके इस रुख ने मेरे पसीने छुड़ा दिए थे।

अगर वह सच बोल रहा था तो मेरा सारा प्लान धराशायी हो चुका था क्योंकि वह तो टिका ही इस बात पर था कि सौतिया डाह से घिरा वह मेरी इंफारमेशन के बाद इसकी सत्यता को जांचने की कोशिश करेगा। मगर उस वक्त मैंने अपनी निराशा या हताशा को फोन पर जाहिर नहीं होने दिया। पूरी मजबूती से बोला–''यदि तुम्हारे सोचने का अंदाज ऐसा है तो मैं तुम्हें सलाम बजाता हूं हुजूर क्योंकि तुम जैसे महान लोग मैंने कम ही देखे हैं।''

''और मेरा पाला तुम जैसे गधे से पहले कभी नहीं पड़ा।'' उसने व्यंगात्मक लहजे में कहा था–''यह बात तुमने सोच कैसे ली कि मैं बगैर किसी सबूत के तुम्हारी बकवास पर यकीन कर लूंगा?''

''सबूत चाहिए तो वीजा आफिस पहुंचो।''

''वहां क्या है?''

''वंशिका दीदी के पासपोर्ट के साथ शेखर मल्होत्रा वीजा आफिस की तरफ निकल चुका है। मकसद है–टोकियो जाने के लिए वंशिका दीदी का वीजा तैयार कराना।''

''मेरी बला से भाड़ में जाए।'' कहने के साथ दूसरी तरफ से कनेक्शन काट दिया गया और मैं रिसीवर हाथ में लिए खड़ा रह गया था। कान में गूंज रही थी उससे निकलने वाली ''किर्र ... र ... र।''

वैसी ही ''किर्र ... र ... र।'' उस वक्त मेरे दिमाग में भी गूंज रही थी। मुझे पहले ही सोच लेना चाहिए था कि इस स्पॉट पर समीर ने ये रुख अख्तियार किया तो जवाब में मुझे क्या करना है।

हालांकि इंकार के बावजूद मुझे यकीन नहीं आ रहा था कि इतनी बड़ी बात पता लगने के बाद वह खामोश बैठा रह सकता है।

कुछ न कुछ तो जरूर करेगा।

कहीं न कहीं तो उसके सीने में 'आग' जरूर लगी होगी।

शक का कीड़ा मैं उसके दिल में रोप चुका था और अब उससे फसल निकलनी ही चाहिए थी।

फिर दिमाग में ख्याल कौंधा–ऐसा भी तो हो सकता है यह सब उसने 'ब्लैकमेलर' पर हॉवी होने के लिए कहा हो। असल में वह आग पूरी तरह लगी हो जिसे लगाने के लिए मैंने यह फोन किया था। समीर भी कम शातिर नहीं है।

हमेशा से ही वह कहता कुछ और है ... करता कुछ और है।

मैंने जितना सोचा, बात उतनी ही जमती चली गई और मेरी पक्की धारणा बन गई कि–चाहकर भी वह चुप नहीं बैठ सकेगा।

अपनी मांद से निकलेगा जरूर।

यही मैं चाहता था।

सो, रिसीवर हुक पर लटकाया। बूथ से बाहर आया और गाड़ी इंटरनेशनल एयरपोर्ट की तरफ दौड़ा दी।

वहां पहुंचकर मैं एयरइंडिया की विंडो पर पहुंचा।

टोकियो के दो टिकट लिए।

एक शेखर मल्होत्रा के नाम का था, दूसरा वंशिका सिन्हा के नाम का। इतना काम करके मैं वहां से निकल गया। अब मेरा रुख वीजा आफिस की तरफ था। समीर को मैं इतना टाइम दे चुका था कि यदि वह वीजा आफिस पहुंचना चाहे तो पहुंच जाए।

वीजा आफिस पहुंचा। समीर की तलाश में मेरी निगाहें अपने चारों तरफ थीं। दिल यह सोच-सोचकर धड़क रहा था कि अगर वह नहीं आया तो मुझे अपने प्लान में क्या चेंज करना होगा।

मगर, ऊपरवाले ने उस उलझन में ज्यादा देर नहीं फंसाए रखा। पंद्रह मिनट बाद ही समीर नजर आ गया था। मेरे अंदर से राहत की सांस फूटी। वह चारों तरफ खोजी नजरें दौड़ा रहा था। मैं समझ गया वह मुझे ही तलाश रहा है। मैंने उधर से नजरें हटा लीं ताकि वह न देख सके कि मैंने उसे देख लिया है।

हरामी! चालाक साला!

कह रहा था–वह शेखर मल्होत्रा के साथ भाग रही है तो भाग जाए, मुझे क्या फर्क पड़ता है?

फर्क नहीं पड़ता तो यहां क्या ऐसी-तैसी कराने आया है?

मैं ये सोचकर मुस्कराया कि मैं भी कुछ ज्यादा ही जल्दी उद्वेलित हो जाता हूं। सोचना चाहिए था कि उसने जो कहा, कहना आसान था मगर करना एक तरह से नामुमकिन।

किसी को मालूम हो उसकी माशूका किसी और के साथ भाग रही है

और वह आफिस में बैठा अपना काम करता रहे, यह जानने की कोशिश न करे कि कहां, क्या, कैसे हो रहा है।

ये हो ही नहीं सकता।

खुद को उसे दिखाता मैं जीएम के केबिन की तरफ बढ़ गया।

चपरासी की मुट्ठी पांच सौ के नोट से गर्म करके जीएम के केबिन में जा घुसा। वहां मैंने वंशिका के वीजा के बारे में कोई बात नहीं की। बस अपने ही बारे में बातें करता रहा।

दस मिनट गुजारकर खड़ा हो गया।

जैसे ही बाहर निकला, नजर समीर पर पड़ी।

न उसने मुझसे बचने की कोशिश की, न ही मैंने।

बल्कि मैं तो इस तरह लपकता हुआ बोला जैसे वह मेरा कोई सगे वाला हो–''अरे, मिस्टर समीर! टुम इढर?''

''तुम यहां क्या कर रहे हो?''

करीब पहुंचकर मैंने हाथ बढ़ाया और इस तरह वंशिका का पासपोर्ट जमीन पर गिरा दिया जैसे हड़बड़ी में गिर गया हो।

फिर 'सॉरी-सॉरी' कहते हुए झुककर उसे उठा लिया।

उठाया भी ऐसे अंदाज में कि वह न केवल वंशिका का नाम पढ़ ले बल्कि फोटो भी देख ले। प्रदर्शित ऐसा किया जैसे उसे छुपाने की कोशिश कर रहा होऊं। सीधा होता मैं अपने होठों पर खिसियानी हंसी ले आया था। बोला–''मैं टो आपको इढर डेखकर कुछ ज्याडा ही उट्साहिट हो गया लगटा हूं।''

वह मुझे घूर रहा था।

कुछ नहीं बोला।

बस घूरता ही रहा।

मैंने पलटकर अपने पीछे देखा। उधर किसी को न पाकर वापस उसकी तरफ देखता बोला–''उढर टो कोई भी नहीं हाय। इसका मटलब टुम हमीं को घूरटा हाय। मगर क्यों? टुम हमको इस टरह क्यों घूरटा हाय मिस्टर समीर?''

उसने संभलकर सवाल किया–''आप क्यों आए थे यहां?''

''यूं ही।'' मैंने सकपकाने की एक्टिंग की–''अपने वीजा के बारे में बाट करने। वो एक्सपायर होने वाला हाय न!''

''वंशिका का पासपोर्ट आपके पास क्या कर रहा है?''

''ये ... अच्छा वो!'' मैं इस तरह हड़बड़ाया जैसे आदमी चोरी पकड़ी जाने पर हड़बड़ाता है–''नहीं ... कोई खास बाट नहीं। वो क्या हाय कि जब हम घर से निकला और अपना पासपोर्ट उठाया टो वंशि भाभी का पासपोर्ट

भी साथ ही उठ गया। डायनिंग टेबल पर डोनों साथ में रखा था न! गलटी से आ गया।''

उसने बहुत ही गहरी नजरों से मेरी आंखों में देखते हुए कहा था–''एक बात बताऊं मिस्टर शेखर!''

''बटाओ।''

''वंशिका पर अंशुमन से ज्यादा मेरा हक है।''

मैं 'हो-हो' करके हंसने के बाद बोला–''ओह! टुम टो मजाक करटा हाय मिस्टर समीर।''

''मैं मजाक नहीं कर रहा हूं।'' वह गुर्राया-सा था।

''भला एक शाडीशुडा औरट पर उसके हसबेंड से ज्याडा किसका हक हो सकटा हाय!''

''मेरा है।'' उसने एक-एक शब्द चबाया।

''कैसे भला?''

वह बात बदलकर बोला–''वो मेरी फैक्ट्री की सीइओ है। वो नहीं रही तो मुझे बिजनेस में काफी लॉस हो जाएगा।''

मैं फिर 'हो-हो' करके हंसने के बाद बोला–''ओह, टो इस एंगिल से बाट कही आपने! हम टो चक्कर में ही आ गया। आपने सस्पेंस भी खूब अच्छे से बनाया मिस्टर समीर मगर ...

''बोलिए।''

''रहेगी नहीं मटलब! रहेगी क्यों नहीं वह?''

''बस यूं ही, बताया है आपको।'' उसने बात टाली।

''बाट कुछ समझ में नहीं आई। खैर, टुम इढर क्या करटा?''

''कुछ खास नहीं।'' उसने जीएम के कक्ष पर लगी नेमप्लेट पढ़ते हुए कहा–''मिस्टर एन के धींगड़ा मेरे बचपन के दोस्त हैं। वैसे ही जैसे अंशुमन तुम्हारा। उनसे मिलने चला आया था।''

''वैरीगुड ... वैरीगुड।''

''उनसे कोई काम हो तो बताओ, मैं कह दूंगा।''

''नहीं-नहीं। जो काम था, वो हो गया।'' एक बार फिर मैंने बौखलाने की एक्टिंग की थी।

''तो ओके। मैं जरा धींगड़ा से मिल लूं!'' कहने के साथ उसने मेरी तरफ हाथ बढ़ा दिया था।

मैंने हाथ मिलाते वक्त हड़बड़ी में होने का नाटक किया। उसके बाद वह धींगड़ा के केबिन की तरफ और मैं बाहर की तरफ बढ़ गया था। मैं समझ सकता था धींगड़ा से उसकी कोई जान पहचान नहीं थी, मुझे डराने के लिए

वैसा कहा था मगर मैंने सोचा–अब तू मुझे क्या डराएगा बच्चे, अब तो तुम दोनों को मेरी शतरंजी चाल पर ठुमके लगा-लगाकर दिखाने हैं।

मैं बाहर आया। पार्किंग से गाड़ी निकाली। समीर की तलाश में उड़ती-सी नजर घुमाई मगर वह नजर नहीं आया। कहीं से छुपा देख भी रहा हो तो मुझ पर कोई फर्क पड़ने वाला नहीं था। निश्चिंत होकर सड़क पर आया और हर तरफ से संतुष्ट होने के बाद जेब से मोबाइल निकालकर वंशिका को फोन लगाया।

संबंध स्थापित होते ही वंशिका की आवाज उभरी–''हां अंशु।''

''कहां है शेखर?'' मैंने पूछा।

''अपने किसी पर्सनल काम से गया है।'' उसने बताया।

''पर्सनल काम! मुंबई में उसे कौनसा पर्सनल काम है?''

''होगा कुछ। मैंने पूछा नहीं। थोड़ी देर तो दिमाग को रेस्ट लेने दो अंशु। तुम्हारा ये दोस्त एकदम चाटू है। एक मिनट के लिए भी चुप नहीं रहता। बस चबड़-चबड़ बोलता ही रहता है।''

मैं हंसा। बोला–''फिर कोई बदतमीजी की क्या?''

''नहीं। बदतमीजी तो नहीं की।''

''कल मूवी के बाद कहां गए?'' मैंने पूछा।

''किसी खास जगह नहीं।'' उसने मुझे भी वही बताया जो समीर से कहा था–''ओबरॉय में डिनर किया और आ गए।''

''तुम भी यार ... किसी डिस्कोथेक-विस्कोथेक में ले जातीं। लंदन के लोगों को ऐसी ही जगह जाने का शौक होता है।''

''मैंने कहा था, उसने मना कर दिया।''

''श्योर?''

''श्योर।''

''बोर तो नहीं हो रहा वो?''

''मेरे ख्याल से तो नहीं। तुम बताओ–कब आओगे?''

मैं मरे से लहजे में बोला–''आज भी नहीं आ पाऊंगा वंशि।''

''ये क्या कर रहे हो अंशु!'' वह झल्लाई–''अब तो वह बिल्कुल बिदक जाएगा। मैं नहीं संभाल सकूंगी उसे।''

मैंने सोचा–खुश हो गई होगी साली। बल्लियों उछल रही होगी मगर कहा–''संभालना तो पड़ेगा ही वंशि, क्या करूं। काम ही पूरा होकर नहीं

दे रहा पर आज रात जरूर निपटा लूंगा। तुम्हें उसे रोककर रखना है। ज्यादा उखड़े तो मुझसे बात करा देना।''

''ठीक है।'' उसने इस तरह कहकर फोन काटा जैसे गुस्से में काटा हो, नाराज हो गई हो मुझसे जबकि मन ही मन सोच रही होगी–खतरा टल गया।

फ्लैट में दाखिल होते वक्त मेरे चेहरे पर हवाईयां उड़ी हुई थीं।

मुझे देखकर कोई भी आसानी से कह सकता था कि भूतों की पूरी सेना से पीछा छुड़ाकर पहुंचा हूं वहां।

मुझ पर नजर पड़ते ही वंशिका ने वही सवाल किया जो मैं चाहता था कि वह करे–''क्या हुआ शेखू, तुम इस कदर घबराए हुए क्यों हो? सब ठीक तो है न!''

मैंने पासपोर्ट और टिकिट्स सेंटर टेबल पर फैंकने वाले अंदाज में डाले और सोफे पर गिरता-सा बोला–''वन गिलास वाटर।''

वह लगभग दौड़ती हुई किचन में गई और मेरे लिए पानी लेकर आई। मैंने एक ही सांस में गिलास खाली करके मेज पर पटकते हुए कहा–''वीजा आफिस में समीर मिला था।''

''स ... समीर?'' उसके हलक से चीख-सी निकल गई–''वीजा आफिस में क्या कर रहा था वह?''

''जीएम उसका डोस्त हाय।''

''फिर?''

''उसे डेखकर हम बहुट घबरा गया था। घबराहट में ये गिर भी गए।'' कहने के साथ मैंने मेज पर पड़े पासपोर्ट की तरफ इशारा किया–''हालांकि काफी टेजी से उठाए मगर उसने टुम्हारा पासपोर्ट डेख ही लिया। बहुट टीखे अंडाज में घूरा था उसने हमें और फिर पूछा वंशिका का पासपोर्ट हमारे पास क्या कर रहा हाय। हमने कहा भूल से आ गया लेकिन मैं जानटा हूं उसने यकीन नहीं किया। उसे लगा हम झूठ बोलटा हाय।''

''ऐसा क्यों लगा उसे?''

''हमको नहीं मालूम?''

''इसका मतलब तुम्हारे पास मेरा पासपोर्ट देखकर उसे ये लग रहा है कि मैं तुम्हारे साथ ... नहीं, ऐसा नहीं हो सकता।'' वह दिमाग का उपयोग करती बोली–''ये तो कुछ ज्यादा ही दूर की कौड़ी है। सिर्फ पासपोर्ट देखकर कोई इस नतीजे पर नहीं पहुंच सकता। तुम बेवजह घबरा रहे हो शेखू।''

बात तो ठीक थी उसकी। सिर्फ पासपोर्ट देखकर कोई इतने बड़े नतीजे पर नहीं पहुंच सकता था। उसे क्या पता समीर के इतने बड़े नतीजे पर पहुंचने का कारण ब्लैकमेलर का फोन था। पासपोर्ट ने तो सिर्फ ब्लैकमेलर के कथन की पुष्टि की थी।

''हम बेवजह नहीं घबरा रहा हूं।'' मैंने कहा–''घबरा उन बाटों के कारण रहा हूं जो पासपोर्ट डेखने के बाड उसने कीं।''

''क्या कह रहा था?''

''बोल रहा था वंशि पर अंशु से ज्यादा मेरा हक हाय।''

''क ... क्या?'' इस बार तो जैसे उसके पैरों तले से जमीन ही खिसक गई–''ऐसा कहा उसने!''

मैं मन ही मन यह सोचकर झूम उठा कि उसके पैरों से जमीन इस विचार ने सरकाई है कि समीर ने कहीं शेखर को उसके और अपने संबंधों के बारे में तो नहीं बता दिया?

उसे दहशत से गुजरने का पूरा मौका देने के बाद मैं कहता चला गया–''हां, ऐसा कहा उसने। कहने लगा ...

घबराकर वंशिका ने मेरी बात काटी–''उसकी किसी बात पर यकीन मत करना शेखू, महाझूठा है वो।''

''अच्छा!'' मैंने आश्चर्य प्रकट किया।

''तुम तो जानते ही हो, बल्कि कुछ ही पलों में समझ गए थे कि मुझ पर उसकी बुरी नजर है।'' वह उससे डरी हुई कहती चली गई जो नहीं हुआ था–''ऐसा आदमी मुझे बदनाम करने के लिए कुछ भी कह सकता है। समझते हो न!''

''समझटा हूं ... सबकुछ समझटा हूं मैं।''

''अब बताओ–क्या कह रहा था?''

''जब हमने कहा, बाट कुछ समझ में नहीं आई मिस्टर शेखर, एक औरट पर भला उसके पटि से ज्याडा हक किसका हो सकटा हाय टो जानटी हो क्या बोला?''

''क्या बोला?'' उसकी सांस अटकी हुई थी।

''कहने लगा–वो मेरी फैक्ट्री की सीइओ हाय। वो नहीं रही टो मुझे बहुट लॉस हो जाएगा।''

''ओह!'' बड़ी मुश्किल से उसके चेहरे से खौफ के बादल छटे।

''पर हमको पूरा यकीन हाय कि असल बाट यह नहीं हाय।''

''मतलब?'' वंशिका का चेहरा पुनः फक्क्।

''हम डावे से कह सकटा हूं कि असल में वह कुछ और कहना चाहटा था मगर किसी वजह से अंट में बाट को घुमा गया।''

‘‘त ... तुम्हारे ख्याल से क्या बात थी?’’ उसने वीरान आंखों से मेरी तरफ देखा था।

मैं कुछ देर चुप रहा बल्कि यह कहूं तो ज्यादा मुनासिब होगा कि जानबूझकर उसकी आतंकित स्थिति का लुत्फ उठाता रहा। जितना सता सकता था, उतना सताने के बाद बोला–‘‘छोड़ो उस बाट को। हमें इस बाट पर ध्यान डेना चाहिए कि उसने कहा–वंशि नहीं रहेगी टो लॉस हो जाएगा। मटलब साफ हाय–वो समझ गया हाय कि टुम मेरे साथ जा रही हो। नहीं रहेगी टो टभी बोलेगा न!’’

वह चुप रह गई। बात उसकी समझ में नहीं आ रही थी।

मैंने कहा–‘‘अब टो सवाल ये हाय कि इस हालट में टुम्हारे ख्याल से वह क्या कर सकटा हाय?’’

‘‘मेरी तो कुछ समझ में नहीं आ रहा।’’

‘‘अंशुमन को बटाने की कोशिश कर सकटा हाय वह ... अरे हां। अंशुमन का फोन आया?’’

‘‘आया था।’’

‘‘कब आ रहा हाय?’’

‘‘आज नहीं आ पाएगा।’’

‘‘चलो। अच्छा हाय। एक टेंशन टो डूर हुआ।’’

‘‘पर समीर का क्या करें?’’

‘‘वही बोल रहा था हम। वह अंशुमन को खबर करने के बारे में सोच सकटा हाय।’’

‘‘नहीं कर सकता। जब हम ही अंशुमन से संपर्क स्थापित नहीं कर सकते तो वह कैसे कर लेगा?’’

‘‘और क्या कर सकटा?’’

‘‘वही तो नहीं समझ पा रही।’’

‘‘जिस टरीके से उसने बाटें कीं उससे टो लगटा हाय कि वह हमें किसी कीमट पर इंडिया से नहीं निकलने डेगा।’’

‘‘तो क्या करें?’’

‘‘मुहब्बट के रास्टे में बाढाएं टो आटी ही हांय।’’ एकाएक मैंने अपने चेहरे पर दृढ़ता काबिज कर ली–‘‘लेकिन मुहब्बट करने वाले उनसे घबराकर अपने कडम पीछे नहीं हटाटे। हम भी नहीं हटाएंगे। मुकाबला करेंगे। जैसे भी होगा, कल हमें निकल जाना हाय।’’

‘‘पर कैसे निकलेंगे शेखू–कैसे?’’

‘‘मैं एक एजेंट से बाट पक्की कर आया हूं। कल सुबह डस बजे टुम्हारा वीजा हमारे हाथ में होगा।’’

''मैं वीजा की नहीं, समीर की बात कर रही हूं।'' वंशिका कहती चली गई–''अगर वो सच है जो तुम्हें लगा तो ...

''उसके रोके टो हम रुकने से रहे।'' मैंने दांत पीसते हुए कहा था–''भले ही साले की हट्‌या करनी पड़े।''

''हत्या?'' वंशिका के हलक से चीख निकल गई।

''अंशुमन ने बताया था उसके पास लाइसेंसी रिवाल्वर हाय।''

वंशिका कुछ बोल नहीं सकी। चेहरे पर सारे संसार का आश्चर्य समेटे, आंखों को गोल किए वह मेरी तरफ बस देखती रही।

''टुमको क्या हुआ?'' मैंने पूछा।

''न ... नहीं शेखू।'' उसने अपना चेहरा मेरे सीने में छुपा लिया और लिपटकर रोती हुई बोली–''हम ये नहीं कर सकते।''

''हमने अंशुमन के रिवाल्वर के बारे में पूछा।''

''हां है। लेकिन ...

''कहां हाय?''

''अंदर लॉकर में जहां डायमंड्स रखे थे।''

''गोलियां और साइलेंसर भी होगा?''

मैंने साफ देखा कि उसने मुंह से आवाज निकालने की कोशिश की मगर निकाल न सकी। तब उसने 'हां' में गर्दन हिलाई।

''ले आओ।'' मैंने कहा।

''न ... नहीं।''

''क्यों नहीं?''

''य ... ये बहुत खतरनाक ख्याल है शेखू।'' उस वक्त उसके देवता तक कूच किए हुए थे–''हम ऐसा नहीं कर सकते।''

''इसका मटलब टुम हमसे मुहब्बट नहीं करटा।''

''इसका ये मतलब कैसे हुआ?''

''हुआ।'' मैं दृढ़तापूर्वक बोला–''इसलिए हुआ क्योंकि प्यार करने वाले अपने डिलबर को पाने के लिए कुछ भी कर सकटा हाय, कुछ भी। जैसे हम–अब हम टुम्हारे बगैर नहीं रह सकटा। भले ही उसके लिए चाहे जो करना पड़े। मर्डर भी।''

मेरी नजर में, जो धनकुबेर उसके लिए इतना पागल हो चुका था कि मर्डर तक करने को तैयार था, उसकी नजर में पीछे वह भी नहीं रहना चाहती थी इसलिए बोली–''रह तो अब तुम्हारे बगैर मैं भी नहीं सकती शेखू।''

''टो रास्टे में आने वाली बाढाओं से क्यों डरटी हो?''

''क्या हम उसे चकमा देकर नहीं ...

मैं उसकी अधूरी बात का पूरा मतलब समझता हुआ कहता चला गया– ''पहली कोशिश यही होगी। मर्डर टो टब की बाट हाय जब और कोई रास्टा ही न बचे।''

''हमें ऐसी ही कोशिश करनी चाहिए।''

''बटाओ। क्या हो सकटा हाय?''

''क्या ऐसा नहीं हो सकता हम आज ही बल्कि अभी ही इंडिया के किसी और शहर के लिए निकल जाएं। बाद में वहां से ...

एक बार फिर मैंने उसकी बात काटकर कहा–''डिल्ली से टोकियो के टिकट हो चुके हांय। इनको भी गोली मारें टो, टुम्हारा वीजा टो कल ही मिलेगा।''

कोई जवाब नहीं था उस पर।

होता भी कैसे! मैंने छोड़ा ही नहीं था क्योंकि मुझे तो उसे लाना ही वहां था, जहां लाने के बारे में काफी पहले सोच चुका था।

''जाना टो हमें डिल्ली से ही होगा और कल से पहले जा भी नहीं सकटे।'' मैं अपने प्लान के पेंच कसता हुआ बोला–''और उटना डरने की जरूरट भी नहीं हाय जिटना डर रही हो।''

''डरूं कैसे नहीं, हम टोकियो की जगह जेल पहुंच सकते हैं।''

''बिल्कुल नहीं। जेल जाने का मेरा कोई प्रोग्राम नहीं हाय। किसी को उसके मर्डर की खबर मिलने से पहले ही हम टोकियो के लिए उड़ चुके होंगे बल्कि हमारे उड़ने के बाड भी किसी को पटा नहीं लगेगा कि उसका मर्डर हमने किया हाय।''

''कैसे? कैसे होगा ऐसा?''

''पहली बाट टो ये कि हम उसकी लाश को ऐसी जगह ठिकाने लगा डेंगे कि किसी को मिलेगी ही नहीं और मिल भी जाएगी टो यह पटा नहीं लगेगा कि उसे किसने मारा। कोई सबूट ही नहीं छोड़ेंगे।''

''ऐसा लगता है जैसे तुम पूरा प्लान बना चुके हो।''

''नहीं-नहीं। ऐसा नहीं हाय।'' मैं सचमुच बौखला गया क्योंकि जरूरत से कुछ ज्यादा ही बोल गया था जिससे वंशिका को लगा कि मैं प्लान बनाए बैठा हूं। बात को संभालता बोला–''मेरा मटलब टो ये था कि ऐसा कोई प्लान बना लेंगे।''

''सॉरी शेखू। मैं ऐसे किसी प्लान पर काम नहीं कर सकती।'' वंशिका ने कहा और फिर दौड़ती हुई मास्टर बैडरूम की तरफ चली गई। 'धाड़' की आवाज के साथ दरवाजा बंद हुआ।

साथ ही, चटकनी चढ़ने की आवाज भी आई।

कुछ देर मैं खामोशी के साथ खड़ा रहा फिर दरवाजे पर पहुंचा। उसे पीटा। आवाजें दीं। खोलने को कहा लेकिन उसने नहीं खोला।

रोने की आवाज आती रही।

मेरे अंतर्मन ने कहा–'अभी वह दरवाजा नहीं खोलेगी। मर्डर के नाम पर छक्के छूट गए हैं उसके। और ... स्वाभाविक रूप से ऐसा होना भी था। मर्डर जैसा काम करने के लिए कोई यूं ही तैयार नहीं हो जाता। ऐसे प्रस्ताव पर आदमी 'शॉक्ड' रह जाता है।

मगर मुझे उसे वहीं लाना था। समीर के मर्डर के लिए तैयार करना था उसे और मैं जानता था उसे तैयार होना पड़ेगा।

लॉलीपाप ही ऐसा डाला था उसके सामने।

शेखर मल्होत्रा नाम के धनकुबेर को अब वह किसी भी कीमत पर अपने हाथ से नहीं निकलने देने वाली थी।

अभी तो बात गर्म है।

ठंडे दिमाग से सोचेगी और समझेगी कि समीर का मर्डर किए बगैर वह धनकुबेर को नहीं पा सकेगी तो तैयार होना पड़ेगा।

दूसरी तरफ–मन ही मन एक और डर सता रहा होगा उसे।

यह कि–कहीं समीर शेखर को अपने और उसके संबंधों के बारे में न बता दे। उस अवस्था में धनकुबेर उसके हाथ से निकल सकता था। जब इन दोनों बातों पर विचार करेगी तो खुद-ब-खुद तैयार हो जाएगी। बल्कि एक ही नतीजे पर पहुंचेगी।

इस पर कि–समीर का अंत जरूरी है।

पूरी तरह संतुष्ट मैं वापस लौटा। सोफे पर बैठा। एक सिगार सुलगाया और सोफे की पुश्त से सिर टिकाकर लेट गया।

अब बस वक्त गुजारना ही मेरा मकसद था।

एकाएक जेहन में ख्याल आया–क्या वह हमेशा की तरह समीर से बात करेगी? फिर खुद ही यह सोचकर मुस्करा उठा–अब क्या बात करेगी वह! समीर को बताने के लिए अब उसके पास है ही क्या? यह तो बताने से रही कि वह शेखर के साथ टोकियो जाना चाहती है–चली जाए या नहीं? अब तो अगर समीर खुद भी बात करनी चाहेगा तो वह कतराएगी।

हां, समीर उसे फोन कर सकता है।

यह पुष्टि तो उसे करनी ही चाहिए कि, जैसा कि ब्लैकमेलर ने कहा है, उसके और शेखर के बीच कुछ चल भी रहा है या नहीं।

चल रहा है तो कितना? क्या वह सचमुच उसके साथ टोकियो भागने की तैयारी कर रही है?

इन सवालों के जवाब तो उसका जेहन जरूर मांग रहा होगा।

फिर फोन क्यों नहीं आया अभी तक?

यह सब सोचते-सोचते जाने कितना टाइम गुजर गया। सिगार का अंतिम सिरा ऐश्ट्रे में डाला। हल्की झपकी भी आ गई थी मुझे। शायद इसलिए क्योंकि दो रातों से ठीक से सो नहीं पाया था। उठा तो हड़बड़ाकर उठा क्योंकि मास्टर बैडरूम से वंशिका के मोबाइल की बैल की आवाज आ रही थी।

तुरंत चौकस हो गया मैं। दबे पांव मास्टर बैडरूम के बंद दरवाजे के नजदीक पहुंचा। बैल तब भी बज रही थी। वह बंद हुई तो वंशिका की आवाज सुनाई दी–''हां समीर, बोल रही हूं।''

''...।'' दूसरी तरफ से जाने क्या कहा गया।

वंशिका सामान्य स्वर में बोली–''बताया तो था, ओबरॉय में।''

''...।''

''क्या बात कर रहे हो समीर! किंग डिस्कोथेक में जाती तो तुम्हें बताती क्यों नहीं! झूठ क्यों बोलती! ये बात किसने कही तुमसे?''

''...।''

''कैसी बातें कर रहे हो! किसने कान भर दिए तुम्हारे! मैं भला इतनी क्यों पियूंगी कि शेखर को मुझे उठाकर ले जाना पड़े?''

''...।''

''जुबान संभालकर बात करो समीर।'' इस बार उसका लहजा कड़ा हो गया–''कहने से पहले सोचो कि तुम क्या कह रहे हो।''

''...।''

''मैं उसके साथ ... !'' एकाएक वंशिका की भड़की हुई आवाज सुनाई दी–''दिमाग खराब हो गया है तुम्हारा। पागल हो गए हो। मुझे तो कुछ ही देर पहले शेखर ने वो सब बताया जो तुमने उससे कहा। मैं खुद तुम्हें फोन लगाने वाली थी। क्या बकवास की है तुमने उससे! उसके पास मेरा पासपोर्ट क्या देख लिया, पता नहीं क्या-क्या सोच लिया तुम्हारे गंदे दिमाग ने। मैं टोकियो क्यों जाऊंगी उसके साथ? मेरे बारे में ऐसी गंदी बातें तुम सोच भी कैसे सकते हो?''

दूसरी तरफ से फिर कुछ कहा गया।

और इस बार तो वंशिका जैसे आपे से बाहर ही हो गई। हलक फाड़कर चिल्लाई थी वह–''अरे ... अरे! ये क्या बके चले जा रहे हो तुम! मैं सोच भी नहीं सकती थी कि तुम इतने गंदे, इतने घटिया हो सकते

हो। ये बात तुम्हारे दिमाग में कैसे आई! और ... और क्या समझते हो तुम! तुम इतनी घटिया बात कहोगे और शेखर यकीन भी कर लेगा! इतना घिनौना आरोप लगाओगे और ... भाड़ में जाओ। चाहे जो करो तुम। तुम्हारी इस दो टके की बकवास पर न शेखर को यकीन आने वाला है, न अंशु को।''

मैं समझ गया कि वही हो रहा था जो मेरे ख्याल से होना चाहिए था। अब मुझे उनकी बातें सुनने की जरूरत नहीं थी इसलिए वहां से हटा। आराम से सोफे पर लेटा और उसी तरह आंखें बंद कर लीं जैसे बैल की आवाज सुनने से पहले थीं।

कामयाबी के कारण मेरे होठों पर मुस्कान थी। उस वक्त मैं ठीक से मुस्करा भी नहीं पाया था कि 'भड़ाक्' की जोरदार आवाज के साथ दरवाजा खुला और ज्वालमुखी की मानिंद धधकती वंशिका ड्राइंगरूम में आती हुई दहाड़ी–''शेखर ... शेखर।''

मैं हड़बड़ाने का नाटक करता बोला–''क ... क्या हुआ?''

''समीर पागल हो गया है।'' वह चिल्लाई–''दिमाग खराब हो गया है उसका। तुमने ठीक कहा था, वह हमें रोकने की कोशिश जरूर करेगा मगर ऐसी कोशिश–मैं सोच भी नहीं सकती थी।''

''क ... क्या किया उसने?''

''मैं प्यार से समझाने की कोशिश कर रही थी कि पासपोर्ट गलती से तुम्हारे साथ चला गया था। इसका यह मतलब नहीं है कि मैं भी तुम्हारे साथ टोकियो जा रही हूं मगर ...

वह अटक गई।

मैंने पूछा–''क्या हुआ?''

उसके माथे पर सोचने की कोशिश वाले बल पड़ गए थे–''उसे टोकियो वाली बात कैसे पता लगी?''

''ह ... हमें क्या पटा?'' मैंने बौखलाकर दिखाया।

''मैं अब भी कहूंगी–हालांकि तो पासपोर्ट देखकर उसका इस नतीजे पर पहुंच जाना ही बहुत दूर की कौड़ी है कि मैं भी तुम्हारे साथ जा रही हूं लेकिन कहां ... हम कहां जा रहे हैं, इस बात का पता तो पासपोर्ट देखकर किसी भी तरह नहीं लग सकता। इसका तो एक ही मतलब है। यह कि–यह बात उसे किसी ने बताई है।''

''कौन बटा सकटा हाय? हम डोनो के अलावा टो हमारा प्रोग्राम किसी को पटा ही नहीं हाय।''

''कोई तो है जिसने उसे ऐसी-ऐसी बातें बताईं जिनका उसे पता होना आश्चर्य की बात है।'' वंशिका कहती चली गई–''उसे यह भी पता है कि रात हमने ओबरॉय में डिनर नहीं लिया बल्कि जुहू स्थित किंग डिस्कोथेक में गए थे। वहां पी थी। मैं टुन्न हो गई थी। तुम मुझे सहारा देकर फ्लैट में ले गए।''

''हड्ड हो गई। ये सब किसने बटा डिया उसे?''

''यही तो सोचने वाली बात है।''

हमारे बीच सन्नाटा छा गया क्योंकि कहने के लिए दोनों में से किसी के पास कुछ नहीं रह गया था।

''चलो वह टो सोच लेंगे।'' काफी देर बाद मैंने पूछा–''पर अब क्या कह रहा है जो टुम इटनी उट्टेजिट हो रही हो?''

''वह कुछ भी सुनने को तैयार नहीं है। वही बकवास किए जा रहा है जो तुमसे की थी। मैंने डांटा तो ...

''टो?''

''उफ्फ्! ऐसी घिनौनी बात कह दी उसने तो जैसी ... माई गॉड। इतनी गंदी बात कोई सोच भी कैसे सकता है! पर सोच सकता है। समीर ने साबित कर दिया कि उस जैसे गंदे दिमाग का आदमी कुछ भी सोच सकता है। कोई सीमा नहीं होती ऐसे लोगों की।''

''बताओ टो सही–कहा क्या उसने?''

''कहता है–जिसके साथ तुम टोकियो भागने की तैयारी कर रही हो उससे कहूंगा कि तुमसे पहले वंशिका के संबंध मुझसे हैं। तब देखूंगा वह तुम्हें कैसे टोकियो ले जाएगा।''

मन ही मन मैं वंशिका के त्रिया-चरित्र की 'वाह-वाह' कर उठा। समीर ने जब उसके और अपने संबंधों का भेद मुझ पर खोलने की धमकी दी तो खुद को कितने शानदार तरीके से कवर कर रही थी!

जी तो चाहा कह दूं–मान गया देवी जी ... मान गया तुम्हें।

मगर कहा वही, जो कहना था। बल्कि कहने से पहले उसे अपने होठों पर रेंगती ऐसी मुस्कान दिखाई जैसे मैंने कोई बचकानी बात सुनी हो। उसके बाद बोला–''उसने यह भी सोच लिया कि वह कहेगा और ... हम यकीन कर लूंगा!''

''सोचा तो यही होगा उसने तभी तो ...

''गधा हाय साला।'' मैंने उसकी बात काटी–''सबमें उटना ही डिमाग

समझटा हाय जितना खुद में हाय। हमें टो पहले ही डाउट था कि वह ये हथकंडा भी इस्टेमाल कर सकटा हाय। हिंट टो उसने वीजा आफिस में ही डे डिया था। यह कहकर कि वंशि पर अंशुमन से ज्याडा मेरा हक हाय। हमने बटाया ही था टुम्हें। अंट में बाट को घुमा डिया। सोचा होगा–पहले यह बाट वंशिका से कहकर डेखूं। शायड वो डर जाए। टुम्हें डरा रहा था वो।''

''पर मैं डरने वाली नहीं हूं शेखू। सांच को कैसी आंच! मैं उससे कहूंगी–अगर मेरे उससे संबंध थे तो सबूत पेश करे।''

''कुछ कहने की जरूरट नहीं हाय मेरी वंशि।'' मैंने आगे बढ़कर उसे बांहों में भर लिया–''गंडे लोग उल्टे-सीढे सबूट भी टैयार कर लेटे हांय। पर हमें टुम पर पूरा भरोसा हाय। यडि टुम ऐसी होटीं टो पिछली से पिछली राट हमारे प्रपोजल को ठुकरा नहीं डेटीं।''

एक बार फिर वह मेरे सीने से लगकर रोने लगी थी। उसे यकीन हो गया था कि वह मेरी आंखों पर अपने विश्वास की पट्टी बांध चुकी है। होता भी क्यों नहीं! यकीन दिलाने वाला मैं जो था।

यह मौका मुझे सही लगा, इसलिए बोला–''वह मानेगा नहीं। एक चाल पिटने पर कोई डूसरी चाल चलेगा।''

''अब मैं समझ गई हूं कि वह कुछ भी कर सकता है।''

''टो टुम भी सब कुछ करने के लिए टैयार हो जाओ।''

एक बार फिर उसके चेहरे पर आतंक गर्दिश करने लगा था। बोली–''सब कुछ से क्या तुम्हारा मतलब उसके मर्डर से है?''

''वह सबसे लास्ट की बाट हाय। जब कोई रास्टा ही न बचे। हमें मजबूर ही कर डे वह। टब हमें खुड को उसके मर्डर के लिए भी टैयार कर लेना चाहिए। ऐसे आडमी का और क्या इलाज हाय!''

इस बार वह चुप रह गई।

उसकी चुप्पी इस बात का सबूत थी कि अब वह समीर का मर्डर करने के लिए तैयार थी और अपनी फुल कामयाबी पर मैं अंदर ही अंदर झूम-झूम उठ रहा था।

एक बार फिर मैं टेलीफोन बूथ में खड़ा कह रह था–''सलाम बजा लाता हूं हुजूरेआला।''

''बड़े बेशर्म आदमी हो।'' समीर की गुर्राहट उभरी–''मैंने कहा था मुझे इससे कोई फर्क नहीं पड़ता कि ...

''तुमने झूठ बोला था श्रीमान ज़ी।'' मैंने उसकी बात पूरी नहीं होने दी– ''उल्लू बनाया था मुझे। फर्क नहीं पड़ता होता तो वीजा आफिस क्यों गए होते? क्यों मिले होते शेखर साहब से?''

''त ... तुम जानते हो?'' वह सकपकाया।

''अंतर्यामी नहीं हूं जनाब, पर अपने काम का पक्का हूं। मुझे तब तक कोई फूटी कौड़ी भी देने को तैयार नहीं होता जब तक मेरे पास पूरी इंफारमेशन नहीं होती। इसलिए रखनी पड़ती है–जुटानी पड़ती है और उसके लिए मेहनत करनी पड़ती है जो कि मैं पूरी ईमानदारी से करता हूं। तभी तो मालूम है कि तुम शेखर साहब से ठीक उस वक्त मिले थे जब वे जीएम साहब के केबिन से निकल रहे थे और तुमने उनके पास वंशिका दीदी का पासपोर्ट भी देख लिया था। कहें तो वे बातें भी फरमाऊं जो तुम्हारे और उनके बीच हुई थीं!''

''कहां थे उस वक्त?''

''जहां से तुम दोनों के दिलों की धड़कन सुन सकता था।''

समीर चुप।

शायद यह याद करने की कोशिश कर रहा था कि उस वक्त वहां हम दोनों के अलावा और कौन था।

उसे ज्यादा सोचने का मौका न देते हुए मैंने कहा–''वैसे ये बात तो माननी पड़ेगी कि जीएम साहब को बचपन का दोस्त बताकर तुमने शेखर साहब के पित्ते ढीले कर दिए थे।''

दूसरी तरफ खामोशी छाई रही।

मैं चालू रहा–''जीएम साहब से निराश होने के बाद वंशिका दीदी के वीजा के लिए शेखर साहब एक एजेंट से मिले थे। जो काम बड़े-बड़े अफसर नहीं कर पाते उसे एजेंट लोग कर देते हैं। उसने कल सुबह दस बजे वीजा देने का वादा किया है। उधर शेखर साहब अपना और दीदी का टिकट भी ख़रीद चुके हैं। दोपहर तीन बजे की फ्लाइट है। वो उड़ गई तो ...

''तुम ये ऊपर-ऊपर की बातें बता-बताकर सामने वाले को हैरान-परेशान करते रहते हो।'' समीर ने मेरी बात काटकर झल्लाए हुए लहजे में कहा– ''कोई सबूत भी है तुम्हारे पास?''

''किस बात का सबूत?''

''वंशिका और शेखर के संबंधों का।'' समीर ने सपाट लहजे में कहा– ''अगर है तो वो मुझे दो, मैं तुम्हें मुंहमांगी कीमत दूंगा।''

''मैं जानता था हुज़ूर, अच्छी तरह जानता था अंत में तुम यही कहोगे।'' मैं उसे बोलने का कोई भी मौका दिए बगैर कहता चला गया–''इसलिए बराबर सबूत जुटाने की कोशिश कर रहा था। पर क्या करूं, सबूत फ्लैट में

घुसे बगैर मिल नहीं सकता और किसी के फ्लैट में घुसना आसान नहीं होता। काफी मशक्कत के बाद उस टू रूम फ्लैट में घुसने का एक ही रास्ता खोज पाया–सर्विसलेन की तरफ खुलने वाली दोनों कमरों की खिड़कियां। उन तक पहुंचने के लिए रेनवाटर पाइप मौजूद हैं। उन पर चढ़ना जरा भी मुश्किल नहीं था। गले में वीडियो कैमरा लटकाए कल रात चढ़ा भी। बड़े वाले रूम की खिड़की को तो खैर इसलिए छेड़ना बेकार था क्योंकि वंशिका दीदी और शेखर साहब उसी में थे। उसमें घुसता तो वे दबोच ...

''फिर बकवास करने लगे तुम। मेरी इंफारमेशन के मुताबिक शेखर मल्होत्रा को छोटे कमरे में ठहराया गया है।''

''ठहराया जरूर गया था जनाब मगर उसमें बस एक ही रात सोए। अगली रात यानी कल की रात से पहले शराब के नशे में उनके बीच ऐसा गठजोड़ हो गया कि दो कमरों की तो बात ही छोड़ दीजिए, दो बिस्तरों तक की जरूरत नहीं रही उन्हें। यही सोचकर तो छोटे वाले रूम की खिड़की तक पहुंचा था कि उसके जरिए बगैर कोई खतरा उठाए फ्लैट में दाखिल हो जाऊंगा लेकिन ...

''लेकिन?''

''मुकद्दर इतना खराब निकला कि खिड़की अंदर से बंद थी और वह मेरे लाख प्रयत्न करने पर भी नहीं खुली।''

''मुझे लगता है तुम्हें फालतू बोलने की बीमारी है!'' एक बार फिर उखड़े हुए लहजे में कहा गया–''मैंने सबूत की बात की और तुमने पूरी रामायण सुना दी। सीधी बात कहो न कि तुम्हारे पास कोई सबूत नहीं है!''

''दुर्भाग्य से नहीं है। होता तो मुंहमांगी ...

''तो फोन रखो।'' झल्लाकर समीर ने बहुत ही रूखे और कड़े लहजे में कहा–''और आइंदा मेरा भेजा खराब करने की हिमाकत मत करना। तुमने दो बार फोन किया है मुझे और मैंने दोनों बार नोट किया है कि तुम काम की कोई बात नहीं बताते। सिर्फ बकवास करते हो।'' कहने के तुरंत बाद कनेक्शन काट दिया गया।

मेरे होठों पर मुस्कान उभर आई।

कामयाबी से लबरेज मुस्कान।

उस वक्त मैं किसी से भी शर्त लगाकर कह सकता था कि आने वाली रात को समीर फ्लैट में आएगा।

ऐसा भला कैसे हो सकता था कि महबूब के जेहन में यह शक डाला जाए कि उसकी माशूका किसी और का बिस्तर ही गर्म नहीं कर रही बल्कि उसके साथ भागने की भी पूरी तैयारी में है और वह पुष्टि करने की,

उसे रंगे हाथों पकड़ने की कोशिश न करे।

रास्ता मैं उसे बता ही चुका था।

मैं और वंशिका मास्टर बैडरूम में पड़े बैड पर चढ़े हुए थे। जैसे ही उसने पेंटिंग हटाई मैंने सपाट दीवार को घूरते हुए कहा–''इढर! इढर किढर लॉकर हाय। हमको टो नजर नहीं आटा।''

वंशिका के गुलाबी होठों पर ऐसी मुस्कान उभरी जैसे लॉकर उसी ने बनवाया हो। उसने एक खास स्थान पर हाथ फेरा तो कुछ ही देर में एक रुपए के सिक्के जितने व्यास का, बहुत ही बारीक स्पॉत का गोल टुकड़ा अपने स्थान से हट गया।

उस पर वैसा ही पेंट था जैसा कमरे में हुआ, हुआ था।

हटने से पहले जरा भी आभास नहीं होता था कि वहां वैसा कुछ है। अब वहां बहुत छोटा-सा की-होल नजर आ रहा था।

वंशिका ने दूसरे हाथ में मौजूद चाबी होल में डाली और तीन बार बाएं से दाएं घुमाई, फिर चाबी को ही अपनी तरफ खींचा।

चाबी की-होल में ही फंसी रही और उसी के साथ बैंक लॉकर जैसा बक्सा दीवार से बाहर खिंच आया।

मैं क्योंकि वंशिका से सटा उसकी बगल में ही खड़ा था इसलिए लॉकर में मौजूद सामान को आराम से देख सकता था। उसमें मेरे कुछ जरूरी कागजात और वंशिका के गहनों के अलावा रिवाल्वर भी था। एक डिब्बी में साइलेंसर, छः गोलियां और रिवाल्वर की सफाई करने वाला सामान। हाथ बढ़ाकर मैंने अपने मतलब की चीजें उठा लीं। जिस वक्त रिवाल्वर पर साइलेंसर फिट कर रहा था उस वक्त वंशिका ने गहनों की ओर इशारा करके पूछा–''इन्हें भी निकाल लें?''

उनमें समीर का दिया हुआ नेक्लेस भी था। मैंने कहा–''ज्याडा से ज्याडा पचास लाख के होंगे।''

''चालीस-पैंतालिस के।'' उसने कहा।

गोलियां चेम्बर में डालते वक्त मैंने बुरा-सा मुंह बनाते हुए कहा था–''पड़े रहने डो। अंशुमन के काम आएंगे।''

उस वक्त वह लॉकर बंद करने के बाद पेंटिंग को यथास्थान लटका रही थी जब मैंने चेंबर बंद करते हुए कहा–''पर ये बाट टो माननी पड़ेगी कि लॉकर बहुट ही बेहटरीन टरीके से बना हुआ हाय। सीबीआई वाले भी टलाशी लें टो नजर नहीं आ सकटा।''

''उस कूढ़मगज को इतनी अक्ल कहां!'' कमीनी बोली–''इसे तो शादी के बाद मैंने ही इस घर में आकर बनवाया है।''

''मानटा हूं, डिमाग हाय टुममें।'' मैंने उसके घृणास्पद होठों को चूमा–''मैं हमेशा से ऐसी ही पट्नी चाहटा था।''

वह सेक्सी अंदाज में खिलखिलाने के बाद बोली–''पर मैं अभी तक भी तुम्हें ठीक से नहीं समझ पाई हूं शेखू।''

''व्हाई?''

''बता जो नहीं रहे हो कि क्या करने वाले हो।''

''आओ।'' कहने के साथ मैं उसे छोटे कमरे में ले आया।

उसने पूछा–''यहां क्या है?''

मैंने सर्विसलेन में खुलने वाली खिड़की की अंदर से बंद रहने वाली चटकनी गिराई ही थी कि ...

वंशिका ने पूछा–''अरे, ये क्या कर रहे हो?''

''इस रास्टे से आज राट समीर आने वाला हाय।''

''क ... क्या?'' उसके हलक से चीख-सी निकल गई।

मैं बोला–''उसे रास्टा खुला मिलना चाहिए न! कोई डिक्कट पेश नहीं आनी चाहिए उसे।''

''य ... ये तुम क्या पागलों जैसी बातें कर रहे हो शेखू!'' आश्चर्य के मारे वंशिका का बुरा हाल था–''दिमाग तो ठीक है तुम्हारा!''

मुस्कराकर मैंने इतना ही कहा–''ठीक से भी ज्याडा बेहटर।''

''क ... क्या बात कर रहे हो! वह क्यों आएगा?''

''यह डेखने कि उसकी महबूबा के शेखर मल्होट्रा से टाल्लुकाट हांय या नहीं। वह उसके साथ टोकियो भागने वाली हाय या नहीं।'' मैं कहता चला गया–''हो सकटा हाय ऐसा भी कोई इंटजाम करके आए जिससे हमें टोकियो जाने से रोक सके।''

''क ... कमाल की बातें कर रहे हो तुम।'' हैरत की ज्यादती के कारण वंशिका का दिमाग फटा जा रहा था–''तुम्हें कैसे पता वह आएगा और इसी रास्ते से आएगा?''

''बुलाया जो हाय हमने।''

''तुमने?''

''पर उसे नहीं मालूम कि बुलाने वाले हम हांय।''

''शेखू ये क्या पहेलियां बुझा रहे हो तुम?'' वह मेरी तरफ यूं देख रही थी जैसे मेरे सिर पर सींग नजर आ रहे हों–''साफ-साफ क्यों नहीं बता रहे कि चक्कर क्या है?''

''हमने आवाज बडली और एक ब्लैकमेलर बनके फोन किया उसे। कहा–टुम्हारे डोस्ट अंशुमन की बीवी शेखर मल्होट्रा के इश्क में गिरफ्टार हो गई हाय। कल वह टीन बजे की फ्लाइट से टोकियो के लिए उड़ जाएगी। उसे यकीन नहीं आया। सबूट मांगने लगा। हमने कहा–सबूट टो हमारे पास नहीं हाय पर हकीकट जानना चाहे टो राट के वक्ट सर्विसलेन में खुलने वाली खिड़की के रास्टे से फ्लैट में पहुंच जाए और जो डेखना चाहे अपनी आंखों से डेख ले।''

''हैं! तुमने उसे सच्चाई बता दी?''

''हांय।''

''पर क्यों?''

''उसीलिए जो होने वाला हाय। अब टुम्हीं बोलो, सच्चाई जानने उसे इस रास्टे से आना पड़ेगा कि नहीं?''

वंशिका के चेहरे पर सारे संसार के आश्चर्य की मीटिंग हो रही थी। मेरी तरफ ऐसी नजरों से देख रही थी जैसे दुनिया के आश्चर्यों में से एक होऊं। वह अपनी सात पुश्तों का जोर लगाने के बाद कह सकी थी–''मतलब तुमने खुद आफत बुलाई है?''

''टाकि वो कर सकें, जो सोचा हाय।''

''म ... मर्डर?'' वंशिका तब भी हकलाई थी।

मैंने बहलाया–''हमारा प्रोग्राम उसे कैड कर डेने का हाय।''

''मतलब?''

''डेखो।'' मैं समझाने लगा–''वह इस खिड़की से आएगा। उसकी पहली कोशिश यह जानना होगी कि हम कहां हांय और क्या कर रहे हांय। इसका उसके पास केवल एक ही टरीका होगा। इस रूम के गेट में जो की-होल हाय, उससे हॉल में डेखना। जब वह डेखेगा टो हम हॉल में होंगे फिर उसके डेखटे-डेखटे मास्टर बैडरूम में चले जाएंगे। जैसे ही उसे एहसास होगा ड्राइंगरूम में जाने में कोई खटरा नहीं हाय टो वह डरवाजा खोलकर वहां पहुंच जाएगा।''

''इसका मतलब ये दरवाजा भी खुला रखोगे?''

''रखना पड़ेगा। घर में आए मेहमान का अनाडर भी टो नहीं कर सकटे! उसे डरवाजे खुले मिलने चाहिएं।''

सस्पेंस में फंसी वंशिका ने पूछा–''उसके बाद?''

''ड्राइंगरूम से होटा हुआ समीर मास्टर बैडरूम के डरवाजे की टरफ बढ़ेगा। उस वक्ट वो डरवाजा भिड़ा हुआ होगा अर्थाट बगैर नजदीक जाए अंडर का सीन नहीं डेखा जा सकेगा। उसे डेखने के लिए वह आहिस्टा-आहिस्टा, डबे पांव डरवाजे की टरफ बढ़ेगा टाकि हम उसके कडमों की

आवाज न सुन सकें। बढ़ेगा कि नहीं?''

''स ... स्वाभाविक तो यही है।''

''इसमें उसे टाइम लगेगा। इटने टाइम में हम मास्टर बैडरूम वाली खिड़की से सर्विसलेन की टरफ निकलकर इसी खिड़की से इसी रूम में आ जाऊंगा। फिर ड्राइंगरूम में। उस वक्ट वह मास्टर बैडरूम में झांकने की कोशिश कर रहा होगा जबकि हम पीछे से उसके सिर पर पहुंच जाऊंगा।''

वंशिका की आंखों में ऐसे भाव तैर रहे थे जैसे जो कुछ मैं कह रहा था, उसे साक्षात् होते देख रही हो। बोली–''जब ये सब हो रहा होगा, मैं कहां होऊंगी?''

''मास्टर बैडरूम में।''

''उसके पीछे पहुंचकर तुम क्या करोगे?''

''रिवाल्वर की नाल पसलियों से सटाकर एकडम से चौंका डूंगा उसे। कड़क आवाज में कहूंगा कि मुंह से जरा भी आवाज निकाली टो गोली मार डूंगा। मेरी गारंटी हाय कि वह अपने मुंह से चूं-चां टक की आवाज नहीं निकाल सकेगा। जान का रिश्क कोई नहीं लेटा।''

''उसके बाद?''

''उसके बाड क्या–काम खट्म। उसे बांढकर छोटे कमरे में डाल डेंगे। मुंह में कुछ ठूंस डेंगे टाकि चाहकर भी आवाज न निकाल सके। उसे उसी हालट में छोड़कर टोकियो के लिए उड़ जाएंगे।''

''वह उसी हालत में यहीं पड़ा रहेगा?''

''कहो टो साथ ले चलटे हांय!'' मैं हंसा।

''मजाक मत करो शेखू।''

''मजाक टो टुम कर रही हो। ये भी कोई सवाल हुआ! अरे सारी जिंडगी यहां थोड़ी बंढा पड़ा रहेगा वह। कोई न कोई टो खोलेगा ही और भी कोई नहीं टो अंशुमन आएगा। हमारे उड़ने के बाड कुछ भी होटा रहे, हमारे ठेंगे से।''

वह चुपचाप मेरी तरफ देखती रही।

''क्या टुम अब भी खुश नहीं हो! हमने ऐसा प्लान बना लिया हाय कि मर्डर की जरूरट नहीं पड़ेगी और हमारा काम हो जाएगा।''

''लेकिन मेरी समझ में यह बात नहीं आई शेखू कि उसे खुद ही सबकुछ सच-सच बताकर तुमने यहां बुलाने का रिस्क क्यों लिया! जब कुछ करता, तब देख लेते। हो सकता है, कुछ करता ही नहीं।''

''उसके टेवर बटा रहे थे, करटा टो जरूर और ... जब करटा टो पटा नहीं किन हालाट में कहां क्या करटा। उन हालाट में हम मामले को संभाल

भी पाटे या नहीं। फॉर एग्जांपिल–वह एयरपोर्ट पर पहुंच कर ही हमारी जान को कोई फजीटा कर डेटा। उस वक्ट उटनी भीड़ के बीच हम क्या कर सकटे थे! उससे बेहटर टो क्या ये नहीं हाय कि जो करना हाय, सारे हालाट को अपने काबू में रखकर करें!''

बात उसकी समझ में आने वाली थी, आ गई। फिर भी शंकित लहजे में बोली–''लेकिन रिस्क तो इसमें भी कम नहीं है। मान लो तुम मास्टर बैडरूम की खिड़की से निकलकर ठीक टाइम पर उसके पीछे नहीं पहुंच सके या वह रिवाल्वर देखकर नहीं डरा। हाथापाई पर उतर आया या हम उसे कैद नहीं कर सके।''

''उस हालट में अपने मर्डर का जिम्मेडार वह खुड होगा।''

एक बार फिर वंशिका मेरी तरफ देखती रह गई थी।

मैंने प्यार से उसके कंधे पर हाथ रखते हुए कहा–''ये जो प्लान हमने सोचा नहीं बल्कि अब टो अमल में लाना भी शुरू कर डिया हाय, सबसे बेहटरीन और आसान हाय। इससे ज्याडा आसानी के साथ हम उस पर किसी भी टरह काबू नहीं पा सकटे थे।''

''हमें कैसे पता लगेगा कि वह छोटे कमरे में आ चुका है?''

''गुड। गुड क्वेश्चन उठाया हाय टुमने।'' उसे उत्साहित करने के लिए मैंने तारीफ की–''अब लगा कि टुममें भी डिमाग हाय।''

''कुछ सोचा है?''

''राट के वक्ट खिड़की के अंडर से बाहर डेखा जा सकटा हाय पर बाहर से अंडर नहीं डेखा जा सकटा क्योंकि भले ही चाहे जिटनी अंढेरी राट हो, अंडर के मुकाबले बाहर कम अंढेरा होटा हाय। हम मास्टर बैडरूम की लाइट आफ करके खिड़की से झांकटे रहेंगे। जैसे ही वह पाइप पर चढ़टा नजर आएगा, एक्शन शुरू कर डेंगे।''

वंशिका के चेहरे पर मौन स्वीकृति नजर आई।

मुझे अब भी याद है, उस वक्त रात के बारह बजकर ठीक आठ मिनट हुए थे जब एक साया रेनवाटर पाइप पर चढ़ता नजर आया।

''व ... वो आ गया।'' वंशिका की आवाज कांप रही थी।

उत्तेजित मैं भी था।

मुंह से बस इतना ही निकल सका–''देख रहा हूं।''

हम मास्टर बैडरूम की बंद खिड़की के कांच के इस तरफ से बाहर का दृश्य देख रहे थे।

सांसें तक रुकी हुई थीं हमारी।

सन्नाटा ऐसा कि एक-दूसरे के धड़कते दिलों तक की आवाज बेहद स्पष्ट सुन सकते थे। हालांकि वह हमसे काफी दूर और बंद विंडो के पार था इसके बावजूद डर रहे थे कि वह हमारी धड़कनें न सुन ले। मेरे कंधे पर रखे हुए वंशिका के हाथ की पकड़ अंजाने में सख्त ... और सख्त होती जा रही थी।

छोटे कमरे की विंडो के नजदीक पहुंचकर साया रुका।

एक हाथ से उसने बंद पल्लों को धकेलने की कोशिश की मगर वे नहीं खुले। हम तो जानते ही थे–अंदर की तरफ से चटकनी खुली हुई है। वह जरा-सा जोर लगाकर धक्का देगा तो पल्ले खुल जाएंगे मगर उसने वैसा करने की जगह जेब में हाथ डाला।

कुछ निकाला।

इतनी रोशनी नहीं थी कि हम उस निकाली हुई वस्तु को देख सकते। पर इतना जरूर देखा कि वह उस वस्तु से बंद पल्लों के कांच पर कुछ करने लगा। वंशिका फुसफुसाई–''क्या कर रहा है वह?''

मैं भी, यह जानते-बूझते कि थोड़ा जोर से भी बोलूंगा तो आवाज उस तक नहीं पहुंचेगी। फुसफुसाया–''मालूम नहीं।''

''वह पल्लों को जोर से क्यों नहीं धकेल रहा!''

उसने कांच का टुकड़ा पल्ले से अलग करके विंडो की छजली पर रख दिया। मेरे मुंह से निकला–''ओह! मैं समझ गया।''

''क ... क्या समझ गए?''

''ब्लैकमेलर के रूप में मैंने उससे कहा था कि मैंने भी उस रास्टे से घुसने की कोशिश की थी मगर विंडो अंडर से बंड थी। उसका इंटजाम करके आया हाय। उसने कांच काटने वाले औजार से कांच काटा हाय। देखो, अब वह कटे हुए हिस्से से हाथ डालकर चटकनी खोलने की कोशिश कर रहा हाय।''

''चटकनी तो उसे खुली मिलेगी।''

''इससे कोई फर्क नहीं पड़टा।''

''पल्ले खोल लिए हैं उसने।'' कहते वक्त उत्तेजना के कारण वंशिका की आवाज ही नहीं, पूरा जिस्म सूखे पत्ते की मानिंद कांप रहा था। मैंने उसके कंधे पर हाथ रखकर हौसला देने वाले अंदाज में कहा–''खुड को संभालो डार्लिंग, इटना घबराओगी टो आगे की एक्टिंग कैसे पार पाओगी!''

''म ... मैं नहीं कर सकूंगी।'' उसका बुरा हाल था।

''अब यूं हौसला टोड़ लेने का टाइम नहीं हाय। डेखो, वो विंडो के अंडर जा रहा हाय। आओ।'' कहते हुए मैंने उसका हाथ पकड़ा और मास्टर बैडरूम के दरवाजे की तरफ बढ़ गया।

मैं समझ सकता था वह बगल वाले कमरे में है अतः बहुत धीमे स्वर में वंशिका से कहा–''उम्मीड हाय टुम्हें वो सब याड होगा जो हमें करना हाय और सबकुछ परफैक्ट टरीके से करोगी। नहीं कर सकीं टो याड रखना, हम टोकियो नहीं पहुंच सकेंगे। जरा-सी गलटी हमें जेल पहुंचा डेगी।''

उसका जवाब सुने बगैर मैं खींचकर उसे ड्राइंगरूम में ले गया था। सेंटर टेबल का दृश्य मेरी प्लानिंग के मुताबिक पहले ही ऐसा था जैसे हम वहां काफी देर से बैठे पी रहे हों।

स्कॉच और मोहितो वोडका की खुली बोतलें।

आधे-पौने भरे गिलास।

नमकीन और ड्राइफ्रूट की प्लेटें। कुछ नमकीन मेज पर बिखरा हुआ। तेजी से लपककर हम सोफे पर वहां बैठ गए जहां का दृश्य छोटे कमरे के की-होल से झांकने पर साफ नजर आता था।

एक-दूसरे से पूरी तरह सटकर बैठे थे हम।

दोनों ने पलक झपकते ही अपने-अपने गिलास उठा लिए। मैंने अपना एक हाथ वंशिका की गर्दन के पीछे से घुमाकर उसके वक्ष के आसपास झूलने के लिए छोड़ दिया था।

एक घूंट भरा। वंशिका ने भी।

समीर की आंख चमक तो नहीं रही थी। वैसे भी हममें से कोई की-होल की तरफ नहीं देख रहा था मगर मैं समझ जरूर सकता था इस वक्त वह वहीं होगी और हमें देख रहा होगा।

मेरे समझाए मुताबिक वंशिका ने ठीक समय पर प्लेट से एक काजू उठाकर मेरे मुंह में डाला और जैसा कि मुझे करना था, हौले से वंशिका की उंगली में काट लिया।

''आऊच!'' कहकर वंशिका ने उंगली मेरे दांतों से निकाली।

मैं ठहाका लगाकर हंस पड़ा। वंशिका भी खिलखिलाई और मैं चकित रह गया। उसकी वह खिलखिलाहट पूरी तरह स्वाभाविक थी। कहीं से भी बनावटी पन नहीं छलका था उसमें और आश्चर्य जनक रूप से उस वक्त उसके जिस्म में कोई कंपन भी नहीं था।

अर्थात् मेरी उम्मीद से ज्यादा बेहतर एक्टिंग कर रही थी वह।

मन ही मन कह उठा–''वाकई तू जरूरत से ज्यादा कमीनी है।''

प्लानिंग के मुताबिक मैंने अपना गिलास वंशिका के होठों से लगाया, वंशिका ने अपना मेरे होठों से।

उसी समय वंशिका की साड़ी का पल्लू वक्षस्थल से सरककर उसकी गोद में गिर गया। मुझे नहीं पता वैसा वंशिका ने जानकर किया था या खुद

हो गया था मगर हुआ ये कि पर्वतों की तरह खड़े उसके वक्ष अब ब्लाऊज के आवरण में रह गए।

ब्लाऊज इतने झीने कपड़े का था कि उसके पार ब्रॉ और जहां ब्रॉ नहीं थे वहां से वक्ष नजर आने लगे।

मैं महसूस कर सकता था इस वक्त समीर भी उन्हें साफ देख रहा होगा। बहुत बड़ी शरारत सूझी मुझे। वक्ष के नजदीक झूल रहे अपने हाथ से मैंने वक्ष को पकड़ा और दबा दिया।

''ऊई!'' वह उछल पड़ी–''क्या करते हो?''

''क्यों?'' मैं जैसे नशे में हंसा–''मजा नहीं आया?''

वह सेक्सी अंदाज में हंसी। बोली–''ये भी कोई जगह है?''

''क्यों? हम डोनों के अलावा और कौन हाय यहां?''

''फिर भी।'' उसने झूमते हुए कहा–''ये सब ड्राइंगरूम में नहीं होता। पीने पर ध्यान दो।''

''गिलास से टो पी चुके डार्लिंग। ये आखरी पैग हाय। ऐ ... ये लो।'' कहने के साथ मैंने गिलास मुंह से लगाया और खाली करने के बाद मेज पर पटकता-सा बोला–''खटम। अब टो आंखों से पिला डो। इस साली में टो नशा ही नहीं होटा।''

वंशिका ने खिलखिलाकर कहा–''चलें!''

''खाली टो कर लो।'' मैंने उसके गिलास की तरफ इशारा किया।

''पहले ही बहुत हो चुकी है।'' कहने के साथ उसने जिस अंदाज में एक चौथाई भरा गिलास मेज पर रखा, वह बता रहा था कि वाकई वह कम से कम तीन पैग पी चुकी है।

''आओ चलें।'' उसे सहारा देकर खड़ा करने के साथ मैं खुद भी खड़ा हो गया। घुमाकर उसके जिस्म का पिछला हिस्सा की-होल की तरफ किया। मेरे एक्सपीरिएंस के मुताबिक इस वक्त की-होल से देखने वाले के लिए वंशिका के नितंब हाईलाइट थे और मैंने ठीक उस तरीके से उन्हें पकड़कर वंशिका को ऊपर उठाया जैसे समीर को करते देखा था और घृणित होठों पर चुंबन जड़ दिया।

कहिए–कैसा लगा मेरा रिवेंज!

समीर को मैंने ठीक वही दृश्य दिखाया था।

उसके बाद मैंने वंशिका को गोद में उठा लिया। ड्राइंगरूम में ही नहीं, मुकम्मल फ्लैट में मेरी हंसी और वंशिका की खिलखिलाहटें गूंजती रहीं। मैं जानता था वे आवाजें समीर के कानों में पिघला हुआ शीशा बनकर उतर रही होंगी।

मेरा लक्ष्य भी तो वैसा ही करना था।

की-होल की रेंज से बाहर निकलते ही जैसे हम दोनों एक साथ नशे की दुनिया से बाहर आ गए हों। मैंने उसे अपनी गोद से उतारा। लपकते हुए दोनों मास्टर बैडरूम में पहुंचे। उसके दरवाजे को जान बूझकर इस तरह ढुकाया कि दरार रह जाए ताकि समीर की इच्छा उसमें से झांककर अंदर का दृश्य देखने की हो।

मैं विंडो की तरफ लपका और वंशिका ने बैड की दराज के टॉप पर रखा टेपरिकार्डर ऑन कर दिया।

उधर मैंने रेनवाटर पाइप पर हाथ जमाकर विंडो पार की इधर कमरे में औरत-मर्द की सेक्सुअल आवाजें गूंजने लगीं।

वे टेप से निकल रही थीं।

छोटे कमरे की विंडो खुली पड़ी थी। उसे पार करके उस कमरे में पहुंचने में मुझे एक मिनट से ज्यादा नहीं लगा।

उस कमरे और ड्राइंगरूम के बीच का थोड़ा खुला हुआ दरवाजा बता रहा था कि समीर उसे पार कर चुका है।

समझ सकता था इस वक्त वह मास्टर बैडरूम के दरवाजे की तरफ बढ़ रहा होगा। जेब से रिवाल्वर निकाला। उसे हाथ में दबाया और फुर्ती से दरवाजे की तरफ लपका।

दरवाजा पार करके ड्राइंगरूम में।

ठीक वैसा ही दृश्य था जैसे की मैंने कल्पना की थी।

उसकी पीठ थी मेरी तरफ। दबे पांव वह मास्टर बैडरूम के भिड़े हुए दरवाजे की तरफ बढ़ रहा था। मैं कोई भी आहट पैदा किए बगैर उसके पीछे पहुंच गया। बेहद करीब और फिर जानबूझकर पैरों से ऐसी आवाज पैदा की जो उसके कानों तक पहुंच सके।

ठीक वही हुआ जो मैं चाहता था, जैसा सोचा था।

बुरी तरह चौंककर वह फिरकनी की मानिंद मेरी तरफ घूमा और चेहरे पर आश्चर्य का जलजला नजर आया।

यह बात अभी उसकी समझ में आई भी नहीं थी कि जिसे उसने उस कमरे में जाते देखा था जिसकी तरफ बढ़ रहा था, वह पीछे कैसे पहुंच गया कि मेरे हलक से गुर्राहट निकली–''जरा भी हरकट की तो भेजे में गोली उटार डूंगा।''

मैं क्योंकि उसके बेहद नजदीक था। इतना नजदीक कि हाथ बढ़ाता तो मुझे छू सकता था इसलिए उसे मौका ठीक लगा और बहुत तेजी से टांग चलाई। सच पूछो तो मैं भी ऐसा ही कुछ चाहता था। इसीलिए तो उसके इतने करीब पहुंचकर आवाज पैदा की थी।

उसका बूट मेरे रिवाल्वर वाले हाथ से टकराया।

मैंने जान-बूझकर रिवाल्वर को हाथ से निकल जाने दिया।

अपनी तरफ से उसने मुझे कोई भी मौका दिए बगैर जम्प लगा दी और ... एक-दूसरे से गुथे हम फर्श पर बिछे कार्पेट पर जा गिरे।

दूर तक लुढ़कते चले गए। सोफे से टकराकर रुके।

वंशिका ड्राइंगरूम में आ चुकी थी।

हम एक-दूसरे से गुत्थम-गुत्था थे। उस दृश्य को देखकर वंशिका के चेहरे पर वैसे ही भाव थे जैसे मेरे हिसाब से उस वक्त होने चाहिए थे। बुरी तरह घबराई हुई थी वह। पूरी तरह भयभीत और क्या करूं, क्या न करूं वाले असमंजस में फंसी हुई।

बौखलाई हुई हिरनी जैसी हालत थी उस वक्त उसकी।

कभी मैं ऊपर, कभी समीर।

सेंटर टेबल गिर चुकी थी। उस पर मौजूद सामान कार्पेट पर बिखर चुका था। मैं समीर का मुकाबला करता जरूर नजर आ रहा था मगर हकीकत ये है कि पूरी क्षमताओं से नहीं कर रहा था जबकि समीर उस वक्त पूरे जुनून में था। इसी का नतीजा था कि वह कार्पेट पर पड़े मेरे जिस्म पर चढ़ बैठा।

उसके दोनों हाथ मेरी गर्दन पर पहुंच चुके थे। गला घुटना शुरू हुआ ही था कि मैं जोर से चीखा–''रिवाल्वर उठाओ वंशि।''

वंशिका हकबकाई-सी खड़ी रही। उसने वह नहीं किया जो मैंने कहा था जबकि समीर के हाथों की पकड़ मेरे गले पर बढ़ती चली गई। मेरे मुंह से घेंट फटने जैसी चीखें निकलने लगीं।

खुद को अपनी जीत के नजदीक समझता समीर दांतों पर दांत जमाकर गुर्राया–''उसे भी देखूंगा हरामजादे, पर पहले तुझे ठिकाने लगाना जरूरी है। तूने दो ही दिन में ऐसा जादू चलाया कि ...

''शेखू को छोड़ दो समीर।'' उत्तेजना के कारण बुरी तरह कांपती वंशिका ने चीखकर उसकी बात पूरी होने से रोकी।

मेरा चेहरा लाल होने लगा था।

''मैं जानता हूं कुतिया, इसकी दौलत ने तेरा दिमाग खराब कर दिया है।'' अपने हाथ मेरी गर्दन पर जमाए समीर उसकी तरफ देखकर दहाड़ा था–''जो कुछ तूने मेरी आंखों को दिखाया है उसका पूरा हिसाब देना होगा।''

उपरोक्त वाक्य कहते वक्त समीर की पूरी तवज्जो वंशिका की तरफ थी। मैं चाहता तो आसानी से फायदा उठाकर खुद को पकड़ से मुक्त कर सकता था मगर तभी न, जब चाहता!

ऐसा चाहता ही कब था मैं?

मैंने तो घेंटवा फाड़ घुटी-घुटी चीखों के साथ जीभ बाहर निकाल ली थी। आंखों को भी पलकों से कुदाने की चेष्टा कर रहा था। इसमें शक नहीं कि मुझे सांस लेने में दिक्कत हो रही थी मगर हालत उतनी बुरी नहीं थी जितनी दिखा रहा था।

मैंने इस कदर छटपटाना शुरू कर दिया था जैसे अंतिम सांसें ले रहा होऊं। उसी छटपटाहट के साथ आंखों में ऐसे भाव भरकर वंशिका की तरफ देखा जैसे मदद मांग रहा होऊं।

वह अब भी हकबकाई-सी खड़ी थी।

जैसे समझ न पा रही हो क्या करूं।

एक बार और उसने चिल्लाकर समीर से मुझे छोड़ देने के लिए कहा मगर इस बार समीर ने उसकी तरफ देखा तक नहीं।

उसकी पूरी तवज्जो मेरा गला दबाने पर थी।

उसी का नतीजा था कि मेरी हालत सचमुच वैसी होने लगी जैसी कुछ देर पहले दिखा रहा था।

एकाएक वंशिका झपटी। कार्पेट पर पड़ा रिवाल्वर उठाया और तब वह हुआ जो मैं चाहता था। जिसके लिए यह सारा खेल खेल रहा था। रिवाल्वर समीर पर तानते हुए उसने दांत भींचकर कांपती आवाज में कहा था–''उसे छोड़ो समीर वरना गोली मार दूंगी।''

पर समीर को तो जैसे उसकी आवाज ही सुनाई नहीं दी। उसका पूरा ध्यान मुझ पर था। और वह वंशिका पर ध्यान न दे पाए, पूरा ध्यान मुझी पर रहे, इस उद्देश्य से मैंने अपना घुटना उसकी पीठ पर मारा। मेरी गर्दन पर उसके हाथों की पकड़ और सख्त हो गई। वंशिका समीर को बार-बार, लगातार चेतावनी दिए जा रही थी मगर सिर्फ चेतावनी ही दिए जा रही थी वह, गोली नहीं चला रही थी जबकि मुझे लगने लगा था कि अब अगर मैंने समीर को अपने जिस्म से दूर नहीं उछाला तो वंशिका के गोली चलाने से पहले मेरा ही कल्याण हो जाएगा।

अब सचमुच मुझे सांस लेने में दिक्कत हो रही थी।

पलकों से कूदने को तैयार-सी अपनी आंखों से मैं रिवाल्वर हाथ में लिए बुरी तरह कांपती वंशिका को देख रहा था। उस क्षण लगा कि वंशिका वह नहीं कर पाएगी जो मैं चाहता था। मुझे ही करना होगा। उसके इंतजार में रहा तो मैं ही नहीं रहूंगा और ... अपने हाथ का मुक्का समीर के चेहरे पर मारने ही वाला था कि ...

''सुन हरामजादे! कान खोलकर सुन!'' दांतों पर दांत जमाए समीर कहता चला गया–''जिसे तू टोकियो ले जाकर अपनी बीवी बनाने के

लिए दीवाना हुआ जा रहा है, वो इतनी गंदी कुतिया है कि किसी की नहीं हो सकती। तुझसे ज्यादा पैसे वाला मिलेगा तो उसके साथ भाग जाएगी। अंशुमन को छोड़कर वह मेरी दौलत के ढेर पर आ बैठी। तेरी दौलत का ढेर ऊंचा लगा तो मुझे छोड़कर ...

पिट्ट!

साइलेंसर के कारण बस इतनी ही आवाज हुई थी।

शब्दों के बीच समीर के हलक से हिचकी-सी निकली। गोली पीठ में लगी थी। वहां से खून का फव्वारा उछला।

मेरी गर्दन पर उसके हाथों की पकड़ कमजोर पड़ी लेकिन फिर उसने अपनी सारी शक्तियां समेटकर हाथों में इकट्ठी कीं।

बोला–''वो हरामजादी चाहती है तुझे हकीकत पता न ...

पिट्ट!

एक और आवाज।

खून के फव्वारे के साथ समीर के हलक से चीख निकली और मेरी गर्दन पर उसकी पकड़ ढीली पड़ती चली गई।

मैंने उसे धकेला। एक और चीख के साथ उसका सिर सेंटर टेबल के कौने से टकराया। लहराया वह। पहले पेट के बल कालीन पर गिरा। फिर छटपटाया और अंततः पीठ के बल ऐसा गिरा कि जिस्म के हर अंग की हरकत खत्म हो गई।

मैं तेजी से खड़ा हुआ था।

वंशिका यूं खड़ी थी जैसे हाथ में रिवाल्वर लिए कोई मूर्ति खड़ी हो। नाल पर लगे साइलेंसर से अब भी धुवां निकल रहा था।

एक बार फिर मैंने कार्पेट पर पड़े समीर की तरफ देखा। उसमें कोई हरकत नहीं थी। फटी-फटी आंखें जैसे लेंटर को घूर रही थीं।

फिर, रिवाल्वर वंशिका के हाथ से निकला और कार्पेट पर गिर गया। वह फटी-फटी आंखों से समीर की लाश को देख रही थी।

चेहरे पर जलजले के से भाव थे।

मुझे लगा–उसकी चेतना वापस नहीं लाई गई तो डिप्रेशन में चली जाएगी इसलिए, लपककर नजदीक पहुंचा और उसके दोनों कंधे पकड़कर झंझोड़ता हुआ बोला–''वंशि ... वंशि।''

''व ... वो मर गया?'' वंशिका के पूछने का अंदाज पागलों जैसा था–''क्या वो मर गया शेखू?''

''वंशि ... वंशि।'' मैंने उसे जोर से झंझोड़ा–''होश में आओ।''

''बताओ न! समीर मर गया क्या? मैंने ही मारा है न उसे!''

''नहीं। उसे टुमने नहीं मारा। वो खुड अपनी मौट का जिम्मेदार हाय। हमने टो उसे कैड करने का प्रोग्राम बनाया था। वो साला, टुमने गोली नहीं चलाई होटी टो वो हमें मार डालटा।''

फिर, वंशिका जहां खड़ी थी कटे वृक्ष की मानिंद वहीं गिर गई और घुटनों में चेहरा छुपाकर फूट-फूटकर रो पड़ी।

मैं समझ गया–अब वह डिप्रेशन में पहुंचने वाली नहीं है क्योंकि रोना शुरू कर दिया था। अब तो हंडरेट परसेंट कामयाबी के कारण मेरे होठों पर मुस्कान दौड़ी। माशूक का कत्ल मैंने उसकी माशूका के हाथों से ही जो करा दिया था।

समीर की लाश उसी के बनाए कार्पेट पर पड़ी थी।

यही तो था ... यही तो था मेरा प्लान। मगर नहीं, अभी मेरा प्लान पूरा नहीं हुआ था। क्लाइमेक्स तो अभी बाकी था।

वंशिका बड़ी मुश्किल से शांत हुई। तब, जब मैंने उसे रोने का पूरा मौका देने के बाद कहा–''जो हो चुका, हो चुका वंशि। अब वो वापस नहीं आएगा लेकिन आगे कुछ बुरा न हो, सबकुछ ठीक हो जाए, हम ऐसा चाहटे हांय टो डिमाग से काम लेना होगा।''

उसने आंसुओं से तर चेहरा मेरी तरफ उठाया। होंठ फड़फड़ाकर रह गए। कोई आवाज नहीं निकल सकी उनसे। रोने के कारण सुर्ख और सूज चुकी आंखों में सवालिया निशान था।

उसकी वह हालत देखकर मुझे सुकून मिला। वैसा ही सुकून जैसा भूखे को भरपेट भोजन मिलने के बाद मिलता है।

परमसंतुष्टि।

मन ने कहा–यही हालत होनी चाहिए थी इस हरामजादी की।

बल्कि इससे भी बदतर।

'होगी।' मैंने अपने मन से कहा–'देखता तो रह तू। इसकी तो वो हालत कर दूंगा जैसी पहले कभी किसी औरत की नहीं हुई होगी। इसका अंजाम किसी भी पत्नी को अपने पति से बेवफाई करने से पहले लाख बार सोचने पर मजबूर कर देगा।'

अपने मनोभावों के ठीक विपरीत मैंने उसकी गंदी आंखों में गिजबिजाते सवालों के जवाब में कहा–''वंशि, सबसे पहले टो अपने डिमाग से यह निकालो कि टुमने कोई हट्या की हाय। टुमने आट्म रक्षा के लिए गोली

चलाई थी। नहीं चलाटीं टो ये हमें मार डालटा। इसके लिए टो कानून भी परमीशन डेटा हाय।''

वह मुझसे लिपटकर फिर रोने लगी।

मैं उसके सिर पर इस तरह सांत्वना का हाथ फेरता रहा जैसे ईद पर हलाल होने वाले बकरे के सिर पर हलाल करने से पहले फेरा जाता है। जब रोना हिचकियों में बदला तो बोला–''लाश यहीं, इसी टरह पड़ी रही टो हम फंस जाएंगे। वही होगा जिसका टुम्हें डर था। यानिकि हम टोकियो की जगह जेल पहुंच जाएंगे।''

एक बार फिर उसने चेहरा उठाकर मेरी तरफ देखा।

मैंने कहा–''इसे यहां से हटाना होगा।''

''क ... कैसे?'' वह बड़ी मुश्किल से कह पाई।

''चिंता मट करो। सब मैं करूंगा। टुम्हें बस मेरी थोड़ी-सी हैल्प करनी होगी। करोगी न!''

उसने स्वीकृति में गर्दन हिलाई।

'करेगी क्यों नहीं कलंकनी, सबकुछ करेगी तू।' ऐसा सोचते हुए मैंने कहा–''गॉड जो करटा हाय, अच्छे के लिए करटा हाय। किटना अच्छा हाय कि यहां पहले ही से कार्पेट बिछा हाय। इसका जिटना भी खून हाय, सब कार्पेट पर गिरा हाय। फर्श साफ करने की जेहमट नहीं उठानी पड़ेगी और खून ऐसी चीज हाय कि चाहे जिटना साफ कर लो, कहीं न कहीं रह ही जाटा हाय। हम इसकी लाश को कार्पेट सहिट खींचकर छोटे रूम में ले जाएंगे।''

''व ... वहीं क्या छुपी रहेगी?''

''पागल हुई हो क्या? भूल गई! हमने क्या कहा था! हम लाश को ऐसी जगह ठिकाने लगा डेंगे कि कभी किसी को मिलेगी ही नहीं और मिल भी गई टो कभी कोई नहीं जान सकेगा कि हट्या टुमने की हाय। क्योंकि इस फ्लैट में ऐसा कोई निशान नहीं मिलेगा।''

''कहां ठिकाने लगाओगे इसे?''

''वो बाड में सोचेंगे। पहले इसे खींचकर छोटे कमरे में पहुंचवाओ टो। हिम्मट से काम लो वरना हम फंस जाएंगे।''

फिर हमने सारा फर्नीचर कार्पेट के ऊपर से हटाया।

अब बस लाश ही कार्पेट पर थी। रिवाल्वर मेरे कहने से वंशिका ने उठाकर डायनिंग टेबल पर रख दिया था।

लाश को कार्पेट में रोल किया। उस रोल को खींचकर छोटे कमरे में पहुंचाने में हम पसीने-पसीने हो गए थे।

हांफते हुए मैंने कहा–''अब इसे सर्विसलेन में उटारना होगा।''

''इतने भारी कार्पेट को कैसे ...

''वो बाड में सोचेंगे। सबसे पहले हम मेनगेट से पार्किंग में जाटा हूं। वहां से अपनी गाड़ी लेजाकर वहां खड़ी करटा हूं जहां सर्विसलेन खुलटी हाय टाकि लाश को सीढे उसमें रखा जा सके।''

''म ... मैं यहां अकेली नहीं रह सकती।'' वह घिघियाई।

''लाश क्या खड़ी होकर किसी का गला डबा सकटी हाय!''

''नहीं शेखू। लाश के साथ मैं ...

''ओके। ये लो ... कर डिया डरवाजा बंड।'' कहने के साथ मैंने छोटे कमरे का दरवाजा ड्राइंगरूम की तरफ से बंद कर दिया–''अब टुम हमारे आने से पहले अंडर नहीं जाओगी। हम गाड़ी सर्विसलेन के मुहाने पर सेट करके फटाफट आटा हूं। टब टक टुम इस कमरे का फर्नीचर सेट कर डो। टूटे हुए कांच आडि हटा डो। किसी को नहीं लगना चाहिए यहां कुछ हुआ था।''

कहने के बाद मैं फ्लैट से बाहर निकल गया था।

जैसा कि उससे कहकर आया था, पार्किंग की तरफ तो आंख उठाकर देखने तक की जेहमत नहीं उठाई मैंने।

तेजी से चलता सर्विसलेन के मुहाने पर पहुंचा। वहां समीर की गाड़ी खड़ी देखकर ठिठका।

वह अंधेरे फुटपाथ पर खड़ी थी।

एक साइड दीवार से लगभग चिपकी हुई थी।

यानी एक तरह से छुपाकर इस तरह खड़ी की गई थी कि किसी दूसरी गाड़ी को गुजरने में दिक्कत पेश न आए।

उसे देखकर मेरे दिमाग में कोई ख्याल आया और उस ख्याल वश होठों पर मुस्कान दौड़ गई।

सर्विसलेन में घुसा।

रेनवाटर पाइप पर चढ़ता सीधा छोटे कमरे में।

वहीं, जहां कार्पेट में लिपटी लाश पड़ी थी।

दरवाजा ड्राइंगरूम की तरफ से बंद था।

वहां से फर्नीचर सरकने की आवाज आ रही थी। जाहिर था कि वंशिका वही कर रही थी जो मैं समझाकर आया था।

एक बार फिर मेरे होठों पर मुस्कान दौड़ गई।

कार्पेट में हाथ डालकर समीर की जेबें टटोलीं।

सामान तो काफी कुछ था।

नोटों से ठसाठस भरा पर्स भी था लेकिन मैंने गाड़ी की चाबी और मोबाइल के अलावा किसी चीज को नहीं छेड़ा।

गाड़ी की चाबी अपनी जेब में सरका ली थी और मोबाइल आफ करके वापस समीर की जेब में रख दिया था।

उसके बाद।

कमरे में खास कुछ नहीं किया मैंने। जो करना था, उसकी पूरी तैयारी पहले ही कर चुका था। किया सिर्फ ये कि अपनी अटेची उठाई। कंधे पर लादी और सर्विसलेन में उतरता चला गया।

अब मेरी कोई भी चीज, ऐसी कोई भी चीज फ्लैट में नहीं थी जो यह साबित कर सकती कि शेखर मल्होत्रा नाम का शख्स वहां कभी आया भी था। ऐसी हर चीज अटेची में थी और अटेची के साथ मैं समीर की गाड़ी में पहुंच गया।

उसे ड्राइव करता–बैंड स्टेंड।

बड़े-बड़े काले पत्थरों से माथा टकराकर जोर-जोर से गर्ज रही समुद्र की लहरों के अलावा वहां कोई और आवाज नहीं थी।

मैं ऐसे पत्थरों के बीच पहुंचा जो सड़क से नजर नहीं आते थे।

अटेची खोली।

अपने जिस्म पर मौजूद गोविंद चांदना का संपूर्ण मेकअप ही नहीं उतारा बल्कि शेखर मल्होत्रा वाले कपड़े भी उतार दिए। मालाएं और अंगूठियां आदि भी उतार दीं। अंशुमन वाले कपड़े पहने और फिर अटेची से निकालकर शेखर मल्होत्रा का हर सामान बड़े-बड़े पत्थरों के बीच एक स्थान पर ढेर की शक्ल में रख लिया।

उनके ऊपर व्हिस्की की बोतलें खाली कीं।

और फिर उस ढेर में आग लगा दी। व्हिस्की के कारण 'भक्क्' की आवाज के साथ सबकुछ जलने लगा। आप समझ ही गए होंगे कि अब मैं सिर्फ और सिर्फ अंशुमन सिन्हा था।

शेखर मल्होत्रा के अस्तित्व को हमेशा के लिए खत्म कर रहा था। काल्पनिक करेक्टर के अस्तित्व को साबित करने वाली हर चीज को आग में भस्म होते मैं अपनी आंखों से देख रहा था।

काश, उस वक्त मुझे पता होता कि शेखर मल्होत्रा नाम का जो काल्पनिक किरदार मैंने खड़ा किया था, वह कभी खत्म होने वाला नहीं था बल्कि मेरे लिए बबालेजान बनने वाला था।

मगर बात फिर वही है–इंसान को कहां पता होता है भविष्य में क्या होने वाला है। पता हो तो वैसी मूर्खताएं करे ही क्यों जैसी मैं उस वक्त कर रहा था।

जो कुछ उस वक्त कर रहा था उसे अपनी सबसे बड़ी होशियारी समझ रहा था जबकि भविष्य में वही सबसे बड़ी मूर्खता साबित होने वाली थी। बस

पढ़ते रहिए–मुझे पूरा यकीन है कि जितना तगड़ा झटका मुझे लगने वाला था, उतना ही आपको भी लगेगा।

आपके दिमाग के परखच्चे भी ठीक उसी तरह उड़ जाएंगे जैसे अगले ही दिन मेरे उड़े थे।

मेरे देखते ही देखते शेखर मल्होत्रा से संबंधित हर चीज राख में तब्दील हो गई। इतने पर भी चैन नहीं पड़ा मुझे। हाथों से उठा उठाकर राख और खाली बोतलें अटेची में डालीं तथा समुद्र से पानी लाकर उस स्थान को इस तरह धो दिया कि कोई माई का लाल यह साबित नहीं कर सकता था कि वहां कुछ जलाया गया है।

फिर मैंने छोटे-छोटे पत्थर उठाकर अटेची में डालने शुरू कर दिए और तभी रुका जब अटेची पत्थरों से ठसाठस भर गई।

चेन भी मुश्किल से बंद हुई।

जब उठाई तो इतनी भारी हो गई थी कि ठीक से उठ भी नहीं रही थी। हैंडिल टूटने का खतरा हो गया लेकिन किसी तरह उसे लिए उस घाट पर पहुंचा जहां दस-पंद्रह छोटी-छोटी नावें रस्सी के जरिए बड़े-बड़े पत्थरों से बंधी समुद्र की लहरों पर हिचकोले खा रही थीं। वे, वे नावें थीं जिन पर दिन के समय मछुआरे बैंड स्टेंड पर आने वाले सैलानियों को समुद्र की सैर कराते थे।

मैंने चारों तरफ देखा–दूर-दूर तक कोई नहीं था।

अटेची एक नाव में रखी। वह रस्सी खोली जिसका दूसरा सिरा पत्थर से बंधा था और फिर चप्पू की मदद से नाव को उधर ले चला जिधर से लहरें दौड़-दौड़कर किनारे की तरफ आ रही थीं।

गर्जते, उफनते और कान के पर्दों को फाड़ देने जैसे चिंघाड़ते समुद्री शोर के बीच वह नाव एक तिनके जैसी थी।

मुझे कुछ ज्यादा ही मेहनत करनी पड़ रही थी क्योंकि नाव को लहरों के विरुद्ध समुद्र की तरफ ले जा रहा था।

लहरें दूर-दूर से दौड़कर आतीं, नाव की बाडी से टकरातीं और उसे झंझोड़कर मुझे भिगोती हुई दूसरी तरफ निकल जातीं।

जबरदस्त संघर्ष करना पड़ रहा था मुझे लेकिन किया।

करीब एक घंटे तक चप्पू चलाता रहा। जब विश्वास हो गया किनारे से काफी दूर निकल आया हूं तो अटेची उठाकर समुद्र में डाल दी। वह भारी ही इतनी थी कि गुड़ुप की आवाज के साथ तुरंत गुम हो गई। इसीलिए तो पत्थर भरे थे उसमें।

वापसी का सफर उतना कठिन नहीं था क्योंकि किनारे की तरफ बढ़ने में अब लहरें भी मेरी मदद कर रही थीं।

वापस पहुंचने में केवल तीस मिनट लगे।

नाव में रस्सी बांधने के बाद जब मैंने गर्जते-दहाड़ते समुद्र की तरफ देखा तो खुद ही नहीं बता सकता था कि अटेची को मैंने कहां जल-समाधि दी थी।

वहां से ड्राइव करता जुहू पहुंचा और वहां, एक फुटपाथ पर खड़ी करके उसका पीछा छोड़ दिया।

चाबी इग्नीशियन में ही छोड़ दी थी।

वहीं खड़े-खड़े मेरे मन में विचार कौंधा–मेरे वापस न पहुंचने पर वंशिका की क्या हालत हो रही होगी!

कैसी फड़फड़ा रही होगी वह इस वक्त!

क्या-क्या आ रहा होगा दिमाग में!

अगले दिन, मैंने दोपहर के ग्यारह बजे एक टेलीफोन बूथ से सौ नंबर पर फोन लगाया और रिसीवर उठाया जाते ही नितांत नई आवाज में घबराता-सा बोला–''ए ... एक खबर देनी चाहता हूं।''

''कौन बोल रहे हो?'' पूछा गया।

''न ... मैं किसी लफड़े में नहीं पड़ना चाहता।''

''नाम बताओ–तुम किसी लफड़े में नहीं पड़ोगे।''

''न ... नहीं बता सकता।''

कुछ देर खामोशी छाई रही, फिर कहा गया–''अच्छा बोलो।''

''म ... मेरे एक दोस्त का नाम समीर है। उसका एक और दोस्त है–अंशुमन सिन्हा। उसकी बीवी जिसका नाम वंशिका है, समीर की फैक्ट्री में काम करती है।''

''तो?''

''उनके बीच अफेयर हो गया।''

''हो जाता है। अक्सर हो जाता है ऐसा।'' हंसकर मस्ती वाले मूड में कहा गया–''लड़का-लड़की जब साथ काम करते हैं तो ऐसा हो ही जाता है और बॉस के साथ तो खासतौर पर। लेकिन इसमें पुलिस क्या कर सकती है भाई?''

''प ... पूरी बात तो सुनिए मेरी।''

मजा लेने वाले अंदाज में कहा गया–''सुनाइए।''

''वंशिका का पति–मतलब अंशुमन सिन्हा साफ्टवेयर इंजीनियर है। उसी काम से वह दिल्ली गया हुआ है। वंशिका अपने फ्लैट पर अकेली थी इसलिए पिछली रात उसने समीर को बुला लिया।''

''पति की गैरहाजरी में यार को बुलाया ही जाता है। इसमें भी पुलिस कुछ नहीं कर सकती। दोनों बालिग हैं।''

''स ... सुनिए तो सही।'' मैं कहता चला गया–''दोस्त होने के नाते समीर ने मुझे ये बात बताई और कहा कि मैं उसके साथ चलूं।''

''अबे! सामूहिक बलात्कार का मामला है क्या?''

''नहीं-नहीं।'' मैंने घबराकर कहा–''ऐसा कोई मामला नहीं है। फ्लैट की तो बात ही छोड़ दीजिए, मैं तो इमारत के अंदर भी नहीं गया। असल में समीर ने मुझसे कहा था कि मैं उसे इमारत के बाहर छोड़कर उसकी गाड़ी वापस ले जाऊं क्योंकि वह अपनी गाड़ी आशा निकेतन के आसपास पार्क करनी नहीं चाहता था।''

''आशा निकेतन?''

''उस बिल्डिंग का नाम है जहां वंशिका रहती है।''

''ओह। अच्छा। फिर?''

''पिछली रात मैंने उसे करीब बारह बजे आशा निकेतन के बाहर छोड़ा था। उसने मुझसे दो बजे आने के लिए कहा था। कहा था कि दो ही बजे वह इमारत से बाहर निकलेगा और मुझे मेरे घर छोड़ता हुआ अपने घर चला जाएगा।''

''इतना डरता था तो अपनी गाड़ी से गया ही क्यों? मुंबई में टैक्सियों की कमी है क्या?''

''आप समझ क्यों नहीं रहे!'' दूसरी तरफ वाला खुद ज्यादा बोलता था, सामने वाले की कम सुनता था–''समीर टैक्सी में चलने वाला आदमी नहीं है।''

''ओह! इतने स्टेंडर्ड वाला है?''

''हां। आप सुनिए तो सही।''

''सुन तो रहा हूं यार, बोल।''

''दो की जगह पौने दो बजे ही गाड़ी लेकर पहुंच गया था मैं वहां लेकिन समीर बाहर नहीं आया। मैं इंतजार करता रहा। बार-बार फोन लगाता रहा। आफ आ रहा था। अभी तक भी ऑफ ही आ रहा है। सारी रात इंतजार करता रहा मैं। आप समझ सकते हैं मेरी क्या हालत हो गई होगी।''

''तुम भी गधे हो यार, जाकर फ्लैट में ही देख लेते।''

''बताया तो है आपको, मैं किसी लफड़े में पड़ना नहीं चाहता।''

''इसमें लफड़े वाली क्या बात थी?''

''ज्यों-ज्यों टाइम गुजर रहा था, त्यों-त्यों लफड़ा तो नजर आने ही लगा

था मुझे। मुझे लगने लगा था जरूर कोई गड़बड़ हो गई है। सुबह के नौ बजे तक वहीं खड़ा रहा। वो नहीं आया। फिर उसके घर फोन किया पर अपना नाम नहीं बताया। अंकल-आंटी चिंतित थे क्योंकि वह पूरी रात घर नहीं पहुंचा। मैं बुरी तरह घबरा गया हूं। अपना नाम सामने लाऊंगा तो मम्मी-पापा मारते-मारते खाल में भूसा भर देंगे इसलिए समीर की गाड़ी जुहू पर खड़ी कर दी है।''

''और समीर?''

''उसी के लिए तो फोन किया है। दिल डर रहा है कहीं उसके साथ कोई अनहोनी न हो गई हो। प्लीज वंशिका के फ्लैट में दिखवा लीजिए उसे। आशा निकेतन विले पार्ले वेस्ट में है। फ्लैट नंबर तीन सौ तीन। हे भगवान, मेरे दोस्त को कुछ हो न गया हो।''

''पर इस तरह हम ...

इस बार मैंने उसकी सुने बगैर रिसीवर हुक पर लटका दिया और बूथ से बाहर निकल आया क्योंकि मेरी बात पूरी हो चुकी थी। जानता था कि अब पुलिस फ्लैट पर जरूर पहुंचेगी।

यही मेरा मकसद था।

क्या बताऊं आपको!

मुझे तो शब्द ही नहीं मिल रहे।

जरा आप ही कल्पना कीजिए कि जब मैंने अपने फ्लैट की घंटी बजाई होगी। कई बार बजाने के बाद वंशिका ने दरवाजा खोलकर अंशुमन सिन्हा को सामने खड़े पाया होगा तो उस वक्त उसके चेहरे पर कैसे भाव आए होंगे! उन भावों को साक्षात् देखने के बावजूद मैं उन्हें शब्दों में व्यक्त नहीं कर सकता।

मुझे देखकर ऐसी खड़ी रह गई थी वह जैसे किसी पहुंचे हुए संत के श्रापवश तत्काल पत्थर की शिला में तब्दील हो गई हो।

पुतलियां स्थिर।

पलकें तक नहीं झपक पाई थीं।

जैसे नींद में हो–ख्वाब देख रही हो।

ख्वाब भी स्तब्ध कर देने वाला।

मेरा दावा है उसका गुलाबी चेहरा उस वक्त इस कदर सफेद था कि खून निकालने की कोशिश की जाती तो एक बूंद बरामद नहीं होती। हवाईयों

का कब्जा था उस पर। बाल बिखरे हुए। मुझे ऐसा लगा जैसे सामने लाश खड़ी हो।

''हैल्लो डार्लिंग।'' मैंने अपना हाथ उसकी खुली हुई आंखों के सामने ऊपर-नीचे करते हुए कहा।

मगर उनमें हलचल नहीं हुई।

अब ... मुझे चौंकने की एक्टिंग करनी पड़ी–''क्या हुआ वंशि?''

वंशि को होश हो तो हिले-डुले या बोले भी।

फिर मैंने वह किया जो स्वाभाविक रूप से करना चाहिए था। दोनों हाथ बढ़ाकर उसके कंधे पकड़े और अधीर स्वर में झंझोड़ता बोला–''क्या हुआ वंशि, क्या मैं तुम्हें नजर नहीं आ रहा?''

''आं!'' वह जैसे गहरी नींद से जागी।

''बात तो बताओ।''

फिर वह एक झटके के साथ मुझसे लिपट गई और यूं दहाड़ें मार मारकर रोने लगी जैसे वर्षों से मां से बिछुड़ा बच्चा उससे लिपट कर रोने लगा हो। मैं समझ सकता था उसकी यह हालत सारी रात लाश के साथ फ्लैट में अकेली रहने के कारण हुई थी। उससे भी ज्यादा इस कारण कि शेखर मल्होत्रा लौटकर नहीं आया था। वो क्यों नहीं आया? इतना बड़ा कांड करके कहां चला गया? जैसे सैकड़ों सवालों ने रात में उसके जेहन का भुर्ता बना दिया होगा।

एक बार को तो सहानुभूति हुई उससे।

मैंने उसे बहुत कड़ी सजा दी थी।

लेकिन उसके नितंबों पर समीर के हाथों का ख्याल आते ही दिलोदिमाग घृणा से भर गया और मेरे अंदर बैठा कोई कह उठा कि ये इससे भी कड़ी सजा की हकदार थी।

बहुत देर तक रोती रही वह।

मैं उसे यूं ही लिए-लिए फ्लैट में दाखिल हुआ।

जब थोड़ी सामान्य हुई तो पूछा–''बात क्या है वंशि? शेखर कहां है? मैं तो तुम दोनों को सरप्राइज देने के लिए बगैर फोन किए अचानक आया था। इस आपाधापी में अटेची भी गुम हो गई मेरी। कुछ बताओ तो सही, हुआ क्या है?''

वह तब भी रोती रही।

''खुद ही देख लेता हूं।'' कहने के बाद मैं छोटे कमरे के दरवाजे की तरफ बढ़ा जो कि ड्राइंगरूम की तरफ से उसी तरह बंद था जैसा छोड़ गया था। मेरा उस तरफ बढ़ना था कि वंशिका के जिस्म में जैसे बिजली दौड़ गई।

बहुत ही तेजी से लपककर मेरे और दरवाजे के बीच खड़ी होती बोली–''व ... वह यहां नहीं है।''

उसकी हालत देखकर मुझे मजा आया।

बहुत मजा आया।

लेकिन बोला–''नहीं है! मतलब?''

''ग ... गया ... वो गया।'' वह बुरी तरह हकला रही थी।

मैंने चौंककर पूछा–''कहां गया?''

''ल ... लंदन। वापस लंदन गया।''

''अरे! क्यों? तुमने जाने क्यों दिया?''

''म ... मैं क्या करती!'' वंशिका की हालत शेरों के झुंड से घिरी हिरनी जैसी थी–''उसकी कॉल आई थी। कॉल के बाद कहने लगा एमरजेंसी है, मुझे जाना पड़ेगा।''

''कॉल कैसे आ गई? उसके पास तो मोबाइल ही नहीं था!''

''म ... मेरे फोन पर आई न!''

''तुम्हारे फोन पर?''

''उ ... उसने सबको मेरा नंबर दे दिया था।''

मैंने भी पूरी तरह उसकी 'कीच' निकालने की ठान ली थी अतः बोला–''मुझे तो कुछ गड़बड़ लग रही है। इतनी घबरा क्यों रही हो? और मुझे इस कमरे में क्यों नहीं जाने दे रहीं?''

''व ... वहां वो ... कोई है ही नहीं न! तो जाकर क्या करोगे?'' मुर्दे की मानिंद निस्तेज नजर आ रहा था उसका चेहरा।

''फिर भी।'' अब मैंने उसके जेहन पर सीधे-सीधे हथोड़े की चोट की–''मैं देखना चाहता हूं।''

''क ... क्या देखना चाहते हो?''

''कि तुम मुझे कमरे में क्यों नहीं जाने दे रहीं।''

अब ... कहने के लिए उसके पास कुछ नहीं था। बस यूं देखती रह गई जैसे अचानक गूंगी और अंधी हो गई हो।

मैंने कहा–''हटो बीच से।''

''न ... नहीं।''

''अरे!''

''रहने दो अंशु।'' आवाज दहशत में डूबी हुई थी।

''पर क्यों?''

उसे कहना ही पड़ा–''इ ... इसमें समीर है।''

''समीर?'' मैंने चौंककर दिखाया।

''ब ... बल्कि उसकी लाश।''

''ल ... लाश?'' मेरे सिर पर मानो हिमालय पर्वत गिरा–''समीर की लाश? क्या बक रही हो तुम?''

वह फिर फूट-फूटकर रो पड़ी और रोती हुई ही बोली–''हां अंशु, समीर की लाश ही है इसमें। शेखर ने उसे मार दिया।''

''श ... शेखर ने मार दिया! ये क्या कह रही हो तुम?'' मैं जैसे पागल हुआ जा रहा था–''शेखर भला समीर को क्यों मारेगा? कैसे हुआ ये सब? पूरी बात बताओ मुझे।''

वह सिर्फ रोती रही और ... मैं उस कहानी को सुनने के लिए बेचैन था जो वह हरामजादी अब गढ़ने वाली थी इसलिए दोनों हाथ उसके कंधे पर रखे और झंझोड़ता हुआ चिल्लाया–''बताओ।''

''गलती मेरी ही थी।'' वह रोती हुई बोली–''मैंने ही समीर को बुलाया था। सोचा था–शेखर को कंपनी मिलेगी। शुरू में उनके बीच खूब पटी मगर पीते-पीते जाने क्या हुआ कि दोनों उत्तेजित हो गए–झगड़ा करने लगे। मैंने बीच-बचाव करने की कोशिश की पर कामयाब नहीं हो सकी। झगड़ा इतना बढ़ गया कि शेखर ने समीर को गोली मार दी।''

''गोली मार दी?'' मैंने आंखें गोल कर ली थीं।

''मैं तो बुरी तरह घबरा ही गई थी। समीर जब लाश बनकर गिरा तो एक ही झटके में शेखर का नशा भी काफूर हो गया लेकिन तब हो क्या सकता था! फिर शेखर ने कहा कि अगर लाश यहां से बरामद हुई तो हम दोनों ही हत्यारे साबित होंगे। बचने का एक ही तरीका है। यह कि–लाश को कहीं और ले जाकर ठिकाने लगा दिया जाए। फ्लैट की स्थिति ऐसी कर दी जाए जैसे कुछ हुआ ही न हो।''

''तुमने क्या कहा?''

''मुझे उसकी बात ठीक लगी। यह भी सोचा अगर तुम होते तब भी अपने बचपन के दोस्त का ही साथ देते। उसे किसी हालत में हत्या के इल्जाम में नहीं फंसने देते। तब हमने कार्पेट सहित लाश घसीटकर छोटे कमरे में डाली और ...

''और?''

''उसने कहा था लाश को विंडो से सर्विसलेन में उतारेंगे। वहां से वह उसे गाड़ी में डालकर ले जाएगा। किसी ऐसे स्थान पर डाल देगा जहां से कभी किसी को न मिले। मुझसे यह कहकर गया था वह कि गाड़ी को सर्विसलेन के मुहाने पर लगाने जा रहा है ताकि लाश को सर्विसलेन से सीधा गाड़ी में रख सके लेकिन ... .

''लेकिन?''

''तब से वह लौटा ही नहीं अंशु।'' एक बार फिर वह फफक फफककर रो पड़ी थी–''करीब एक बजे गया था वह। मुश्किल से पंद्रह मिनट में गाड़ी को सर्विसलेन के मुहाने पर लगाकर आ जाना चाहिए था मगर नहीं आया। मैंने कई बार बाल्कनी में निकलकर देखा। गाड़ी पार्किंग में ही खड़ी है। किसी ने हाथ तक नहीं लगाया है उसे। मैं सारी रात ... सारी रात लाश के साथ इस फ्लैट में अकेली रही अंशु। इंतजार करती रही शेखर का। सोचो–क्या हालत हुई होगी मेरी! इस एक रात में कितनी बार मरी होऊंगी मैं! पता नहीं शेखर ने मुझसे कौनसे जन्म का बदला लिया है।''

मैं इस तरह खड़ा था जैसे 'शॉक्ड' रह गया होऊं।

''अच्छा हुआ अंशु तुम आ गए। तुम न आते तो मैं पागल ही हो जाती।'' वह कहे चली जा रही थी–''मेरी समझ में कुछ नहीं आ रहा था क्या करूं। अब तुम्हीं देखो क्या किया जाना चाहिए।''

''मुझसे छुपाने की कोशिश क्यों कर रही थीं?''

''मुझे नहीं पता मैं क्या कर रही थी? क्यों कर रही थी? मेरी कुछ समझ में ही नहीं आ रहा था अंशु। मुझे यही समझ नहीं आ रहा था कि क्या करना चाहिए, क्या नहीं।''

कुछ देर यूं खड़ा रहा जैसे खुद भी सोचने की कोशिश कर रहा होऊं कि क्या किया जाना चाहिए। इतना तो जानता ही था कि जो बीज बोए हैं उनके परिणामस्वरूप कुछ देर बाद यहां पुलिस पहुंचने वाली होगी। यह भी तय था कि वंशिका पुलिस को भी वही कहानी सुनाएगी जो मुझे सुनाई है और ... मैं यह भी जानता था कि वह किसी भी तरह शेखर का अस्तित्व साबित नहीं कर सकेगी और जब उसका अस्तित्व ही साबित नहीं होगा तो ये कहानी भी साबित नहीं होगी। अर्थात् उसका लदान हो चुका था।

तो यह था मेरा प्लान–माशूका के हाथों माशूक की हत्या और माशूक की हत्या के इल्जाम में माशूका को फांसी।

दोनो खत्म। खेल खत्म।

मगर नहीं, खेल खत्म कहां हुआ था!

खेल तो अभी शुरू हुआ था।

यह बात मुझे छोटे कमरे का दरवाजा खोलते ही पता लग गई बल्कि फ्यूज उड़ गया मेरे दिमाग का।

जेहन के हर हिस्से में अंधेरा ... अंधेरा और सिर्फ अंधेरा छा गया।

इस बार जब मैंने ड्राइंगरूम की तरफ से बंद दरवाजे के डंडाले तक हाथ पहुंचाने के लिए वंशिका को एक तरफ हटाया तो उसने जरा भी विरोध नहीं किया। बस दहशत नाचती रही थी उसके चेहरे पर। मैं तो अंदर के सीन से

पूरी तरह वाकिफ ही था मगर गलत वाकिफ था मैं। कमरे का दृश्य वैसा बिल्कुल नहीं था जैसा मैं शेखर मल्होत्रा के रूप में छोड़ गया था।

लाश तो लाश ... कार्पेट तक का पता नहीं था।

भरपूर चेष्टाओं के बावजूद मैं अपने हलक से निकलने वाली चीख को नहीं रोक सका। आंखों में उतर आने वाले हैरत के सागर को नहीं रोक सका। चेहरे पर चक्रवात की तरह चकराती हवाईयों को नहीं रोक सका और न ही दिमाग में छाए अंधेरे के बीच गर्दिश कर रहे असंख्य जुगनुओं को रोक सका।

पल के हजारवें हिस्से में मेरे दिमाग में अरबों सवाल चकरा गए थे जो कार्पेट और लाश दरवाजा खोलते ही नजर आ जानी चाहिए थी, उसे देखने के लिए मैं झपटने के-से अंदाज में कमरे में दाखिल हुआ। मगर लाश कहीं होती तो दीखती भी।

वंशिका ने तो मारे खौफ के कमरे के अंदर देखा ही नहीं था।

हां, मेरी चीख के कारण जरूर वह मेरी तरफ पलटी और उसी समय कमरे में नजर पड़ी। उसका हलक चीख पड़ने के लिए खुला जरूर था मगर वैसी आवाज तक खारिज नहीं हो सकी जैसी चूहे के मुंह से होती है। आंखों में दहशत। चेहरे पर ऐसे भाव जैसे कमरे के फर्श पर खुद अपनी लाश को देख रही हो।

मैं उसकी तरफ घूमा।

मुंह से निकला–''तुम तो कह रही थी यहां लाश है?''

''थी।'' वह जैसे नींद में बड़बडाई–''यहीं थी।''

मैं पागलों की मानिंद दहाड़ उठा–''कहां है?''

''म ... मुझे नहीं पता।''

''दिमाग खराब मत करो वंशिका।'' मैं उसे झंझोड़ता हुआ चिल्लाया–''लाश अपने आप चलकर गायब नहीं हो सकती।''

''व ... वही तो मैं सोच रही हूं।''

''क्या सोच रही हो तुम?''

''लाश कहां गई!''

''बकवास मत करो। तुमने कहा था वो कार्पेट में लिपटी ...

सेंटेंस पूरा नहीं हो सका।

डोरबैल बजी थी।

दोनों ने हड़बड़ाकर मेनगेट की तरफ देखा। किसी की समझ में कुछ नहीं आ रहा था। हालत तो वंशिका की भी खराब थी मगर आप समझ सकते हैं कि–मेरी उससे कई गुना ज्यादा खराब थी।

मेरी तो कुछ समझ में ही नहीं आ रहा था कि ये हो क्या गया?

अगर लाश ही नहीं थी तो मेरे प्लान का क्या होगा? कैसे समीर की हत्या में फंसेगी वंशिका?

लेकिन, लाश गई तो गई कहां?

ये तो पक्का है कि उसे किसी ने गायब किया है लेकिन किसने? क्यों? और कैसे? कार्पेट सहित लाश गायब करना मजाक नहीं था। मेरे दिमाग में यही सब घुमड़ रहा था कि ...

कालबैल फिर बजी।

जेहन में नया सवाल कौंधा–''कौन हो सकता है?''

जवाब नदारद।

वंशिका का बाजू पकड़कर मैं कमरे से निकला।

दरवाजा उसी तरह बंद किया जैसे मेरे खोलने से पहले था और दांत भींचे फुसफुसाकर वंशिका से कहा–''चाहे जो हो जाए, किसी से लाश-वाश का जिक्र नहीं करना है।''

''जब यहां है ही नहीं तो ...

''चेहरे को ठीक करो। बारह बजे हुए हैं इस पर।'' काश उस वक्त मैं अपना चेहरा भी देख सकता–''आने वाले को पता नहीं लगना चाहिए कि हमारी अंदरूनी हालत क्या है।''

वंशिका के मुंह से बोल न फूट सका।

तभी, तीसरी बार बैल बजी और जितना हो सकता था, मैं खुद को नियंत्रित करके दरवाजे की तरफ बढ़ा।

अब ... दरवाजा खुलने के कुछ देर बाद मेरी इस स्टोरी का सबसे बड़ा विस्फोट होने वाला था। वह विस्फोट जिसका मैं जिक्र करता आ रहा हूं। वह विस्फोट जिसने मेरे दिमाग के परखच्चे इस तरह उड़ा दिए थे जैसे आरडीएक्स जिस्मों के उड़ा देता है।

तो दिल थाम लीजिए, तैयार हो जाइए–

आने वाला अनिरुद्ध था।

''अरे साले साहब!'' मैंने सामान्य स्वर में कहने की कोशिश की थी–''तुम इस ... ।'' मगर, मुंह से इतने ही शब्द निकलकर रह गए। क्योंकि उसके पीछे एक सब-इंस्पेक्टर और दो कांस्टेबल खड़े थे। अनिरुद्ध सहित वे सभी पूरी वर्दी में थे।

वह चेहरे और आंखों में अपनापन लिए नहीं बल्कि पुलिसिया कड़कपन लिए मेरी तरफ देख रहा था।

दिमाग में ख्याल कौंधा–'ओह! तो मेरे द्वारा बोए गए बीज से निकली फसल के रूप में ये आया है! समीर की हत्या के आरोप में ये गिरफ्तार करेगा वंशिका को। इसके दिमाग में इस वक्त वह सब होगा जो मैंने समीर का दोस्त बनकर फोन पर कहा था। इसे इस वक्त मालूम है कि समीर और वंशिका के अवैध संबंध हैं। मगर जब लाश ही नहीं है तो ये वंशिका को कैसे गिरफ्तार करेगा?'

हे भगवान!

ये क्या गड़बड़ हो गई थी मेरे प्लान में?

मैंने कहने की कोशिश की–''क्या हुआ साले साहब ...

''मैं इस वक्त किसी का भाई या किसी का साला नहीं हूं।'' वह बेहद कड़े और सपाट लहजे में बोला था–''ड्यूटी पर हूं।''

''ड्यूटी पर?'' मैंने चौंककर दिखाया–''यहां?''

उसने अपनी बैल्ट से हथकड़ी निकालते हुए कहा–''मैं तुम्हें शेखर मल्होत्रा की हत्या के इल्जाम में अरेस्ट करता हूं।''

''क ... क्या?'' मैंने जैसे कुछ गलत सुन लिया था–''किसकी हत्या के इल्जाम में?''

''शेखर मल्होत्रा की।'' उसने यही कहा था।

यह था वह विस्फोट जिसने मेरे दिमाग के परखच्चे उड़ा दिए। मुंह से निकला–''क ... कौन शेखर मल्होत्रा?''

उसने व्यंगपूर्वक कहा था–''जैसे जानते ही न हो!''

''म ... मुझे तुम्हारा दिमाग हिल गया मालूम पड़ रहा है साले साहब।'' इन शब्दों के साथ मैंने वंशिका की तरफ देखा था–उस वंशिका की तरफ जो आंखों में सारे संसार का आश्चर्य समेटे मेरी तरफ देख रही थी। शायद वह यह सोच रही थी कि इसलिए नहीं लौटा शेखर मल्होत्रा। मैंने उसकी हत्या कर दी थी। बौखलाकर एक बार मैंने अनिरुद्ध से कहा–''या तुम्हें कोई गलतफहमी हो ...

''पहले ही कह चुका हूं।'' अनिरुद्ध का लहजा बर्फ की मानिंद सर्द था–''इस वक्त मैं किसी का भाई या साला नहीं हूं और मुझे कोई गलतफहमी होने का तो सवाल ही नहीं उठता।''

मैं बार-बार अपने दिमाग को पकड़कर खोपड़ी में फिट करने की कोशिश कर रहा था जबकि वह जालिम अंतरिक्ष में परवाज करने के लिए मरा जा रहा था। बड़ी मुश्किल से कह सका–''मेरी समझ में नहीं आ रहा अनि तुम किस शेखर मल्होत्रा की बात ...

''वो शेखर मल्होत्रा जो तुम्हारा बचपन का दोस्त था। जिसे उस वक्त

उसके चाचा-चाची लंदन ले गए थे जब वह महज आठ साल का था। इतने सालों बाद वह इंडिया आया था। तुमने जरूरी काम होने का बहाना बनाया और यहां से दिल्ली जाने के लिए कहकर निकल गए। वंशिका को उसे रिसीव करने और रोके रखने का काम सौंपा। वंशिका के साथ मैंने खुद उसे रिसीव किया था।''

''वो सब तो ठीक है लेकिन ...

''यानी याद आ गया वह कौन था!''

''मैं उसकी हत्या क्यों करूंगा?''

कहने से पहले उसने एक नजर वंशिका की तरफ देखा। चेहरे पर ऐसे भाव उभरे जैसे जो कुछ कहने वाला था, उसे कहते जोर पड़ रहा था लेकिन फिर एक गहरी सांस लेने के बाद बोला–''क्योंकि तुम्हारी बीवी और शेखर के बीच अवैध संबंध कायम हो गए थे।''

''क ... क्या?'' मेरे होश फाख्ता।

''इतना ही नहीं, तुम्हारी बीवी उसके साथ टोकियो भागने को तैयार थी। तुम, जो कि दिल्ली नहीं गए बल्कि छुपकर इन पर नजर रखे हुए थे, भला वह सब कैसे बरदाश्त कर पाते! इसलिए पिछली रात दो बजे उसकी हत्या कर दी।''

मेरी ऊपर की सांस ऊपर, नीचे की नीचे।

जिस्म को काटो तो खून नहीं।

''कहां?'' मुंह से निकला–''कहां हत्या कर दी मैंने उसकी?''

''बैंड स्टेंड पर।''

''बैंड स्टेंड? वहां क्या करने गया था वह?''

''यह तो वही जाने लेकिन मेरे पास चश्मदीद गवाह है। वहां रहने वाले एक मछुआरे ने तुम्हें न सिर्फ शेखर को गोली मारते देखा है बल्कि तुम दोनों के बीच होने वाली बातें भी सुनी हैं। तभी तो मुझे सारी स्टोरी मालूम है और तुम तक पहुंचा।''

अनिरुद्ध की तरफ मैं यूं देखता रह गया था जैसे उसके सिर पर सींग नजर आ रहे हों जबकि मेरी बगल से गुजरकर वह वंशिका के सामने जाकर खड़ा हो गया था। बोला–''आप बोलिए मिसेज अंशु क्या मैंने कुछ गलत कहा?''

वंशिका के हलक में तो मानो जुबान ही नहीं थी।

''जवाब दीजिए मेरे सवाल का।'' अनिरुद्ध ने बहुत कड़े स्वर में डांटा था–''क्या ये सच नहीं है कि तुम शेखर मल्होत्रा की दौलत की दीवानी हो गई थीं! क्या ये सच नहीं है कि दो ही रातों में तुमने उसे इतना दीवाना बना लिया था कि वह तुम्हें साथ लेकर टोकियो जाने का पूरा प्रोग्राम बना चुका था!''

अब तो रो भी नहीं पा रही थी वंशिका। आंसू सूख चुके थे। यूं देख रही थी अनिरुद्ध की तरफ जैसे कुछ देख ही न रही हो।

''जवाब दो मिसेज अंशुमन सिन्हा।'' वह गुर्राया था–''मैंने झूठ कहा या सच? तुम्हारे और उसके संबंध बन गए थे या नहीं?''

वंशिका ने चेहरा झुका लिया था।

अंशुमन ने पूरी बेरहमी के साथ उसकी ठुड्डी पकड़कर झटके से चेहरा ऊपर उठाते हुए कहा–''पुलिस के सवालों का जवाब गर्दन नीची करके नहीं दिया जाता मिसेज अंशुमन, मुंह से बोलकर दिया जाता है। बताओ–आज तीन बजे की फ्लाइट से तुम शेखर के साथ टोकियो जाने वाली थीं या नहीं?''

''ह ... हां।'' डरी हुई वह बड़ी मुश्किल से धीमे स्वर में कह सकी।

''हां क्या? साफ बोलो कि जाने वाली थीं।''

''ज ... जाने वाली थी।'' वह थरथर कांप रही थी।

''सामाजिक रूप से तुमने बहुत ही घटिया और घिनौना जुर्म किया है मिसेज अंशुमन सिन्हा लेकिन अफसोस ... कानून की नजर में मुजरिम नहीं हो क्योंकि शेखर के कत्ल में शामिल नहीं थीं तुम।''

एकाएक मैंने अनिरुद्ध की तरफ पलटते हुए कहा–''पता नहीं अनि तुम क्या-क्या बके चले जा रहे हो! ऐसे ही किसी को किसी का हत्यारा कैसे कह सकते हो तुम? जिसका कत्ल हुआ कह रहे हो उसकी लाश भी तो होनी चाहिए।''

''करूंगा।'' अनिरुद्ध ने दांत भींचकर कहा–''मैं तुम्हारी सारी ख्वाहिशें पूरी करूंगा मिस्टर अंशुमन सिन्हा।''

''म ... मतलब?''

''लाश भी दिखाऊंगा उसकी।''

''क ... किसकी?''

''उसी की जिसका तुमने कत्ल किया है।''

''य ... यानी शेखर मल्होत्रा की?''

''हां। मैंने बैंड स्टेंड से उसकी लाश भी बरामद कर ली है।''

''श ... शेखर? तुमने शेखर मल्होत्रा की लाश बरामद कर ली है!'' मेरे मुंह से ऐसा लहजा निकला था जैसे उसने साक्षात् भगवान को अपनी जेब में होने का दावा किया हो।

''देखना चाहते हो?''

''त ... तुम मुझे उसकी लाश दिखा दोगे?''

''आओ मेरे साथ।'' कहते हुए उसने अपना मजबूत हाथ इतनी जोर से मेरी गुद्दी पर मारा कि मैं लड़खड़ा गया।

▲

और फिर, वह मुझे मोर्चरी में ले गया। अन्य कई लाशों के बीच पड़ी शेखर मल्होत्रा की लाश भी दिखा दी।

वह लाश जिसे देखकर मेरी स्थिति पागलों जैसी हो गई क्योंकि लाश उसी गेटअप की थी जो मैंने बनाया था।

गोविंद चांदना द्वारा बनाया गया वही चेहरा, वे ही बाल। सब कुछ वही। इस हद तक कि मुझे यह शक होने लगा कि मैंने वो सब नष्ट किया भी था या नहीं!

छाती में लगी दो गोलियों के निशान साफ नजर आ रहे थे।

आंखें फाड़े मैं उस लाश को इस तरह देख रहा था जैसे दुनिया के सबसे बड़े आश्चर्य को देख रहा होऊं।

सच भी तो यही था।

दुनिया के सबसे बड़े आश्चर्य को ही तो देख रहा था मैं।

दिमाग में अंधड़ चल रहा था।

कोई बात समझ में आने को तैयार नहीं थी कि क्या, कैसे हो गया? जिसे मैंने ही पैदा किया और मैंने ही हमेशा के लिए गारत कर दिया था, वह मेरे सामने लाश बना कैसे पड़ा हो सकता था?

और ... मजे की बात ये कि अनिरुद्ध मुझे उसका हत्यारा बता रहा था। मतलब अपना हत्यारा मैं खुद था!

अनिरुद्ध ने लाश की जेब में हाथ डाला। हाथ वापस आया तो उसमें शेखर और वंशिका के नाम के टोकियो के एयर टिकिट्स तथा पासपोर्ट थे। अनिरुद्ध ने उन्हें मुझे दिखाते हुए कहा–''ये साबित करते हैं कि ये और वंशिका आज तीन बजे की फ्लाइट से टोकियो जाने वाले थे और यही बात इसकी मौत का कारण बनी। तुमने इसे इसके इरादों में सफल होने से पहले ही ...

''नहीं ... ये नहीं हो सकता।'' उसकी बात पूरी होने से पहले ही मैं हलक फाड़कर चिल्ला उठा था–''शेखर मल्होत्रा नाम का दुनिया में कभी कोई आदमी था ही नहीं। ये दाढ़ी, ये मूंछ, ये बाल बल्कि ये सारा चेहरा ही नकली है।'' कहने के साथ मैंने लाश के बाल पकड़कर खींचने की कोशिश की लेकिन आश्चर्य ...

लाश की पूरी खोपड़ी साथ उठ आई थी। बाल और फेसमास्क अलग नहीं हो पाए थे। हैरत की पराकाष्ठा से गुजर रहे मैंने बाल छोड़ दिए जबकि अनिरुद्ध ने जहरीली मुस्कान के साथ कहा–''फिर कोशिश करो, शायद कामयाब हो जाओ।''

''कैसे हो सकता है ऐसा?'' मैं आर्तनाद कर उठा–''कैसे हो सकता है? नहीं अनिरुद्ध, ये नहीं हो सकता।''

''क्या नहीं हो सकता?''

''दुनिया में इस हुलिए का, शेखर मल्होत्रा नाम का आदमी।''

''क्या बार-बार पागलों जैसी बातें किए जा रहे हो? तुम अच्छी तरह जानते हो शेखर तुम्हारे बचपन का दोस्त था। खुद तुमने इसे इस हालत तक पहुंचाया है। यह कहो तो बात समझ में आती है कि तुमने इसकी हत्या नहीं की क्योंकि पकड़ा जाने पर हर मुजरिम ऐसा ही कहता है। मगर यह क्या बात हुई कि ये था ही नहीं।''

''क्योंकि वह मैं था अनिरुद्ध–खुद मैं था वह।''

''मतलब?'' अब चौंकने की बारी अनिरुद्ध की थी।

''वह मैं ही था जो इस गेटअप में शेखर मल्होत्रा बना। बचपन का ऐसा कोई दोस्त नहीं था मेरा जो लंदन चला गया हो। वो सब झूठ था। खुद मेरे द्वारा गढ़ी गई एक नितांत काल्पनिक स्टोरी। और फिर मैंने खुद ही खुद को शेखर मल्होत्रा बनाया। वो भी मैं ही था जिसे तुमने एयरपोर्ट पर रिसीव किया था।''

जिस क्षण मैं ये सब कह रहा था, उस क्षण अनिरुद्ध मुझे ऐसी नजरों से देख रहा था जैसे पागलखाने में चिल्ला रहे किसी पागल को देख रहा हो और सच पूछो तो जिस कदर मैं चीख रहा था, खुद मुझे ही लगने लगा था कि मैं कहीं पागल ही तो नहीं हो गया हूं! जब मैंने चीखना बंद किया और भभकते चेहरे के साथ अनिरुद्ध की तरफ देख रहा था तो उसने कहा–''तो वो तुम थे?''

''हां।''

''फिर ये कौन है?''

मैं दहाड़ा–''मुझे नहीं पता।''

''टोकियो के ये दो टिकट तुमने खरीदे थे?'' उसने पूछा–''ये पासपोर्ट तुम्हारा ही है? और ये ... वंशिका का पासपोर्ट?''

''ये सब मेरे पास थे और इन सबको जलाकर खाक कर दिया था मैंने।'' मैं चिल्लाए जा रहा था–''इनकी तो मैं राख भी ...

अनिरुद्ध ने सवाल किया–''तो ये सब पूरी तरह महफूज कैसे हैं और इसकी जेब में कहां से आए?''

''मुझे नहीं पता अनिरुद्ध। सचमुच मुझे नहीं पता कि ये सब क्या है? कैसे हो गया? मैंने तो पूरी तरह शेखर का अस्तित्व ...

''कोई तुम्हारी बकवास पर यकीन करेगा?''

''खुद मुझे ही विश्वास नहीं हो रहा है।''

''किस्सा खत्म।''

''मतलब?''

''कत्ल के इल्जाम से बचने की कोशिश सब करते हैं। उससे बचने के लिए फाल्स स्टोरी भी गढ़ी जाती है। मगर वो स्टोरी ऐसी होती है कि सब लोग न सही लेकिन कुछ लोग विश्वास जरूर कर सकें। तभी तो कोर्ट में केस लड़ा जा सकता है। मेरा मशवरा ये है कि अपने बचाव की स्टोरी खुद तैयार मत करो क्योंकि तुम एक ऐसी स्टोरी सुना रहे हो जिस पर तुम्हें खुद ही यकीन नहीं आ रहा। खुद को बचाना चाहते हो तो किसी अच्छे वकील से बात करो। वह शायद तुम्हारे बचाव की कोई ऐसी स्टोरी तैयार कर सके जिससे कम से कम केस तो लड़ा ही जा सके। वैसे मेरा दावा है, होगा उससे भी कुछ नहीं। शेखर की हत्या के इल्जाम में मैं तुम्हें फांसी कराकर रहूंगा। मेरे पास गवाह भी है और सबूत भी। गवाह के बारे में तो बता ही चुका हूं। अब इसे देखो–ये है वो रिवाल्वर जिससे तुमने इसकी हत्या की।'' कहने के साथ उसने अपनी जेब से निकालकर रूमाल में लिपटा जो रिवाल्वर दिखाया उसे देखते ही मेरे छक्के छूट गए क्योंकि वह मेरा ही लाइसेंसी रिवाल्वर था।

''य ... यह तो मेरा ही है।''

''मैं भी तो यही कह रहा हूं। बारूद की गंध इसमें से अभी तक आ रही है। शेखर की लाश में इसी से निकली गोलियां हैं और इस पर तुम्हारी उंगलियों के निशान भी अभी तक महफूज हैं।''

''हो ही नहीं सकते।'' मैं दहाड़ा–''सबसे अंत में इसे वंशिका ने यूज किया था। उसी की उंगलियों के निशान होंगे।''

''जांच में पता लग जाएगा।''

''कहां से मिला यह तुम्हें?''

''वहीं से, जहां इसकी हत्या करने के बाद फैंक आए थे।''

''कहां फैंक आया था?''

''बैंड स्टेंड के पत्थरों के बीच।''

मैं उसकी तरफ देखता रह गया।

मुंह से आवाज नहीं निकल पा रही थी।

फिर, एक बार पुनः पागलों की मानिंद चीखा–''गजब हो जाएगा अनिरुद्ध। अगर तुमने मुझे हत्यारा सिद्ध कर दिया तो गजब हो जाएगा क्योंकि एक आदमी अपनी ही हत्या के इल्जाम में फांसी पर चढ़ जाएगा। पहले शायद ऐसा कभी नहीं हुआ।''

''मैं कुछ नहीं करूंगा अंशु।'' अनिरुद्ध कहता चला गया–''जो करेंगे

सबूत और गवाह करेंगे लेकिन ...

''लेकिन?''

''अभी-अभी तुमने बहुत इंट्रेस्टिंग बात कही। यह कि सबसे अंत में इस रिवाल्वर को वंशिका ने यूज किया था। जरा फरमाओ, इसका क्या यूज किया था उसने?''

जो वास्तव में हुआ था, उसे बताने का मतलब था–वंशिका के साथ समीर की हत्या के इल्जाम में खुद को भी फंसा लेना और न बताने का परिणाम तो सामने था ही–अपनी ही हत्या के इल्जाम में फांसी पर चढ़ जाना। उस वक्त मैं कहानी में थोड़ा-सा हेरफेर करके खुद को समीर की हत्या के इल्जाम से बचा सकता था मगर शेखर मल्होत्रा की हत्या के इल्जाम से बचाना नामुमकिन नजर आ रहा था इसलिए एक ठंडी सांस लेने के बाद बोला–''वंशिका ने इससे समीर की हत्या की है।''

''समीर की हत्या?'' अंशुमन चौंका।

मैंने सबकुछ बताने का फैसला करते हुए कहा–''अभी तक तुमने मुझसे यह भी नहीं पूछा कि मैं शेखर मल्होत्रा क्यों बना था।''

''बताओ।'' उसने इस तरह पूछा जैसे मेरी खिल्ली उड़ा रहा हो।

मैंने समीर और वंशिका के संबंधों के बारे में बता दिया। यह भी कि मैंने किस तरह दिल्ली जाने का बहाना करके उन्हें साथ देख लिया था। यहां से मैं अपनी स्टोरी चेंज करता हुआ बोला–''तब मैंने समीर को सबक सिखाने के लिए शेखर मल्होत्रा का रूप धारण किया और वंशिका को अपने धनकुबेर होने के भ्रम में फंसाया। मुझे बहुत दुख के साथ कहना पड़ रहा है कि करेक्टर की बहुत ही गिरी हुई है वंशिका। जिस तरह वह मेरे मुकाबले समीर की अमीरी से प्रभावित होकर उसकी हो गई थी उसी तरह समीर को छोड़कर शेखर मल्होत्रा के प्रभाव में आ गई और यहां तक आ गई कि उसके साथ टोकियो भागने को तैयार थी। लेकिन शेखर के रूप में मेरा उद्‌देश्य क्योंकि समीर की आंखों को वंशिका को उससे बड़े धनकुबेर की बांहों में दिखाना था इसलिए अज्ञात ब्लैकमेलर बनकर उसे फोन किया। फ्लैट पर बुलाया। कसम खाकर कहता हूं–उसकी हत्या का मेरा कोई इरादा नहीं था। मैंने सोचा था वह रिवाल्वर से डर जाएगा मगर नहीं डरा। उसने विरोध किया। गड़बड़ हो गई। फाइटिंग के बीच वह मुझे शेखर समझकर अपने और वंशिका के संबंधों के बारे में बताने लगा। वंशिका डर गई कि ऐसा हो गया तो वह शेखर मल्होत्रा की नजरों से गिर जाएगी। वह कभी उसे टोकियो नहीं ले जाएगा। उसे जब अपने सभी सपने बिखरते नजर आए तो ... इससे पहले कि समीर मुझे कुछ बता पाता, उसे गोली मार दी। मैं बुरी तरह घबरा गया क्योंकि वो

हो गया था जैसा मैंने सोचा ही नहीं था। उस वक्त मैंने दिमाग से काम लिया। वंशिका को बहलाया कि हम समीर की लाश को ऐसी जगह ठिकाने लगा देंगे जहां से कभी किसी को नहीं मिलेगी। उसे तो तैयार होना ही था। फौरन हो गई। फिर मैं वहां से गाड़ी लाने का बहाना करके निकल आया। बैंड स्टेंड पर जाकर ऐसी हर चीज आग और समुद्र के हवाले कर दी जो ये साबित कर सकती थी कि मैं शेखर मल्होत्रा बना था।''

''यानी अब तुम खुद भी चाहो तो साबित नहीं कर सकते कि तुम्हीं शेखर मल्होत्रा बने थे?''

''सच्चाई यही है।''

''तब तो तुम और भी बुरी तरह फंस गए।''

''मतलब?''

''जो स्टोरी तुमने सुनाई, मैं कैसे मान लूं कि वह सच है?''

''सच न मानने का कारण ही क्या है?''

''कारण भी बताता हूं।'' अनिरुद्ध ने कहा–''आओ मेरे साथ।''

थाने में समीर को देखते ही मेरी आंखों के सामने आतिशबाजी का नजारा चकरा उठा–ऐसी आतिशबाजी का नजारा जैसे किसी शरारती बच्चे ने लाखों के पटाखों में एकसाथ आग लगा दी हो।

''य ... ये कैसे हो सकता है? तू जिंदा कैसे हो सकता है समीर?'' पागलों की मानिंद चिल्लाता हुआ मैं समीर पर झपटा था। किसी के भी कुछ समझने से पहले मेरे दोनों हाथ उसके गिरेबान पर पहुंच गए। दहाड़े चला जा रहा था मैं–''तू तो मेरी आंखों के सामने मरा था–मुझसे फाइट करते-करते मरा था। खुद वंशिका ने गोली मारी थी तुझे। हम दोनों ने तेरी लाश को तेरे ही बनाए हुए कार्पेट में लपेट कर छोटे कमरे में रखा था।''

''ये आप क्या कह रहे हैं बड़े भैया?'' समीर खुद को छुड़ाने की कोशिश करता बोला–''मेरी समझ में कुछ नहीं आ रहा।''

''तेरी समझ में नहीं आ रहा कमीने! तेरी समझ में ...

वाक्य अधूरा रह गया क्योंकि उससे पहले ही अनिरुद्ध ने मुझे पकड़कर उससे अलग कर दिया था। साथ ही कड़क लहजे में कहा था–''होश में बात करो मिस्टर अंशुमन, ये पुलिस थाना है और यहां तुम मेरे बहनोई नहीं हो। मेरी दी हुई ढील का अनुचित फायदा उठाने की कोशिश की तो हवालात में डाल दूंगा।''

‘‘समझने की कोशिश करो अनि, ये ...

‘‘शटअप ... आई से शटअप।’’

मैं गड़बड़ाकर रह गया। अनिरुद्ध ने कहा–‘‘फिलहाल मुझे समीर से बात करनी है, तुम बीच में बोले तो अच्छा नहीं होगा।’’

क्या बोलता मैं!

अनिरुद्ध ने समीर से वह कहा जो मैंने बताया था। सुनते-सुनते आश्चर्य की ज्यादती के कारण समीर का बुरा हाल हो गया। ऐसा लग रहा था जैसे उसे नितांत काल्पनिक स्टोरी सुनाई जा रही हो और अनिरुद्ध के चुप होने पर समीर ने कहा–‘‘य ... ये क्या कह रहे हो अनिरुद्ध! पिछली रात बारह बजे मैं बड़े भैया के फ्लैट पर गया! वह भी चोरों की तरह रेनवाटर पाइप पर चढ़कर! और वहां वंशिका ने मुझे गोलियां मार दीं–हत्या कर दी मेरी! ये सब क्या बकवास है! मेरी तो कुछ समझ में नहीं आ रहा।’’

‘‘सीधी बात का सीधा जवाब दो मिस्टर समीर।’’ अनिरुद्ध ने उससे भी पुलिसिया अंदाज में पूछा था–‘‘क्या पिछली रात तुम नहीं गए अंशुमन के फ्लैट पर? वहां ये सब नहीं हुआ?’’

‘‘तुम्हारा मतलब मेरे मर्डर से है?’’

‘‘सारी बात सुन चुके हो।’’

‘‘नहीं हुआ।’’

‘‘सबूत?’’

‘‘इससे बड़ा क्या होगा कि मैं तुम्हारे सामने जिंदा बैठा हूं!’’

‘‘कोई और सबूत?’’

‘‘सारी रात मैं अपने घर ही पर था। कहीं गया ही नहीं। मेरे मदर, फादर से पूछ सकते हो।’’

अनिरुद्ध ने मुझसे मुखातिब होते हुए कहा–‘‘मेरे ख्याल से अब तुम्हारी समझ में आ गया होगा मिस्टर अंशुमन कि मैं तुम्हारी स्टोरी पर यकीन क्यों नहीं कर सकता।’’

‘‘ओह ... ओह!’’ मेरे जेहन में विस्फोट से होने लगे–‘‘ये तो कोई षड्यंत्र है अनिरुद्ध। ये तो कोई साजिश है–बहुत ही गहरी साजिश। इसका मतलब तो ये हुआ कि पिछली रात मेरे फ्लैट में जो कुछ हुआ, वह हुआ ही नहीं था सिर्फ मुझे दिखाया गया था। वंशिका के हाथ में दबे रिवाल्वर से गोलियां चलीं जरूर थीं मगर समीर मारा नहीं गया था। वे गोलियां नकली थीं। इसका मरना भी नकली था। वो खून भी नकली था। इससे तो जाहिर है ये सारी साजिश वंशिका और समीर ने मिलकर रची थी। सब इन्हीं का खेल है अनिरुद्ध। इससे पूछो कि ये सब इन्होंने कैसे किया।’’

''तुम अब भी गलत हो।'' अनिरुद्ध ने एक और अणुबम फोड़ा था–''इस खेल में मैं भी शामिल हूं।''

''त ... तुम?'' मेरे दिमाग का जर्रा-जर्रा बिखर गया।

वंशिका की आवाज–''अनि भैया को मैंने शामिल किया था।''

हैरत का पर्यायवाची बना मेरा चेहरा दरवाजे की तरफ घूमा। वह अभी-अभी थाने के अंदर दाखिल हुई थी। कुछ कहने के लिए मुंह खोला ही था कि समीर बोला–''तुम चायना टाऊन में उसी क्षण पकड़े गए थे बड़े भैया जिस क्षण पुखराज की अंगूठी उतारकर मुझे दी। तुम्हारी उंगली में वैसा कोई निशान नहीं था जैसा हर उस उंगली में पड़ जाता है जिसमें कुछ समय से अंगूठी हो। इस बात ने मुझे चौंका दिया था। पर यह नहीं जान पाया था कि वह तुम्हीं हो। बस इतना इल्म हुआ था कि शेखर मल्होत्रा उतना अमीर नहीं है जितना दिखाने की कोशिश कर रहा है। मन की शंका और उसका कारण अकेले में वंशिका भाभी को बताया तो ये घबरा गईं। समझ में नहीं आ रहा था कि शेखर खुद को धनकुबेर क्यों दिखा रहा है। तय हुआ कि भाभी तुम्हें डिनर में उलझाए रखेगी और मैं इस बीच फ्लैट में जाकर तुम्हारा सामान चैक करूंगा। तुम जानते हो कि फ्लैट की दो चाबियां हैं। दोनों भाभी के पास थीं। एक मुझे दे दी। मेरे जाने पर तुम्हें शक न हो इसलिए तुम्हारे बाथरूम से आने से पहले ही मोबाइल में वह मैसेज कंपोज कर लिया जो तुम्हें दिखाया गया था।''

समीर के चुप होते ही वंशिका बोली–''इसीलिए, जब तुमने डिनर पैक कराकर घर चलने की बात कही तो यह सोचकर मेरे होश उड़ गए कि अभी समीर फ्लैट में ही होगा। मैं वॉशरूम गई। समीर से बात की। तब तक समीर अटेची खंगालकर जान चुका था शेखर मल्होत्रा कोई और नहीं, तुम हो। याद करो–चायना टाऊन जाने से पहले तुमने अटेची का नंबर लॉक लगाना जरूरी नहीं समझा था। हमारी समझ में नहीं आ रहा था तुम शेखर क्यों बने हुए हो।''

''ये हरकत अनिरुद्ध के राखी बंधवाने से पहले की होती तो मैं ये सोचता बड़े भैया कि तुम्हें वंशिका और अनिरुद्ध पर जो शक था उसकी पुष्टि करने के लिए यह खेल, खेल रहे हो।'' समीर कहता चला गया–''मगर राखी के बाद ...

वंशिका की तरफ बड़ी ही घृणित नजरों से देखता हुआ मैं समीर की बात काटकर बोला–''इसका मतलब जब मैंने तेरे सामने शादी का प्रस्ताव रखा तब तू जानती थी कि वह मैं हूं। इसलिए वह भाषण दिया था मुझे। इसलिए कहा था कि तू हजारों शेखर मल्होत्राओं को अपने पति के सिर से वारफेर करके ...

''हां बड़े भैया ... हां। ये सच है।'' समीर ने कहा—''वैसा करने की सलाह मैंने ही दी थी भाभी को, ताकि तुम्हारे दिमाग से यह वहम निकल जाए कि तुम्हारी पत्नी वैसी औरतों में से है जैसियों का जिक्र मेरी और तुम्हारी वार्ता में हुआ था। हमें उम्मीद थी तुम उसी समय मेकअप उतारकर भाभी को बांहों में भर लोगे और इन्हें इतना प्यार करोगे जितना पहले कभी किसी पति ने अपनी पत्नी को न किया हो लेकिन तुमने वैसा कुछ नहीं किया इसलिए हम यह सोचने पर मजबूर हो गए कि आखिर तुम हो किस चक्कर में! सुबह भी जब तुमने वही बातें दोहराईं तो लगा कि अभी संतुष्ट नहीं हुए हो। तभी अनिरुद्ध पहुंच गया ...

बहुत कुछ समझ चुका मैं दांत भींचकर कह उठा—''और जब अनिरुद्ध ने यह सिद्ध किया कि पंद्रह जौलाई को मैं दिल्ली नहीं गया बल्कि मुंबई में ही था, गुलबदन में ठहरा था तो तुम दोनों के पैरों तले से धरती सरक गई। यह समझते ही तुम्हारे होश उड़ गए कि उस रात मेरे फ्लैट में तुमने जो रंगेरलियां मनाई थीं, वे मैंने देख ली थीं।''

मेरी इस बात पर तीनों की नजरें मिलीं। नजरों ही नजरों में मैंने उनके बीच होती कोई बात महसूस की मगर समझ नहीं सका उन्होंने क्या बात की थी। समझने की अवस्था में भी नहीं था मैं।

गुर्राकर कहा—''सांप क्यों सूंघ गया! अब बोलो, तुम समझ गए थे या नहीं कि मैंने तुम्हें देख लिया था?''

''हां। समझ गए थे।'' समीर ही बोला—''मगर यह नहीं समझ पा रहे थे तुम शेखर मल्होत्रा के रूप में क्या करना चाहते थे! किस रूप में, किस तरह का बदला लेना चाहते थे हमसे। उसे समझने के लिए वंशिका भाभी ने तुम्हारा वह प्रपोजल स्वीकार कर लिया जिसे पिछली रात रिजेक्ट कर दिया था। तुमने भाभी से टोकियो चलने की बात कही। पासपोर्ट लेकर एयरपोर्ट गए। टिकट लिए। ब्लैकमेलर बनकर मुझे फोन किया। वीजा आफिस पहुंचे। वहां जानबूझकर मुझे भाभी का पासपोर्ट दिखाया। मैं और भाभी बराबर मोबाइल पर संपर्क में थे। तुम्हारी हर हरकत हमारी नजर में थी, इसके बावजूद नहीं समझ पा रहे थे तुम करना क्या चाह रहे हो। उसी को जानने के लिए तुम्हारे जाल में फंसे होने का नाटक करते रहे और उस वक्त तो होश ही उड़ गए जब तुमने भाभी से मेरे मर्डर की बात कही। तब जाकर समझ में आया कि तुम भाभी के हाथों मेरी हत्या कराकर इन्हें फंसाना चाहते हो।''

सन्नाए-से दिमाग से मैं सुनता रहा।

वंशिका बोली—''जब यह बात समझ में आई कि जिसे हम खेल समझ रहे थे वह खेल नहीं था बल्कि तुम्हारे दिमाग में बेहद खतरनाक प्लान को

अंजाम देने का दृढ़ निश्चय था तो मैं घबरा गई। मास्टर बैडरूम के बाथरूम में जाकर अनिरुद्ध को सबकुछ बताया। अनिरुद्ध भी हैरान रह गया। मैं क्योंकि ज्यादा डिटेल में बात नहीं कर सकती थी, अतः अनिरुद्ध को समीर से मिलने के लिए कहा। दूसरा फोन समीर को किया। इसे भी तुम्हारे खतरनाक इरादे के बारे में बताया। यह भी कहा कि मैंने सबकुछ अनिरुद्ध को बता दिया है। उससे मिले और पूछे कि अब हमें क्या करना चाहिए।''

''यह कल्पना तो मैंने भी नहीं की थी बड़े भैया कि तुम्हारे इरादे इतने खतरनाक हो सकते हैं।'' समीर बोला–''भाभी की बातें सुनकर मेरी रूह कांप गई। अतः तुरंत अनिरुद्ध से मिला और पूछा कि इन हालात में हमें क्या करना चाहिए।''

''समीर ने मुझे सबकुछ बताया।'' अनिरुद्ध बोला–''तुम्हारी खतरनाक योजना को सुनकर तो मेरे भी रोंगटे खड़े हो गए। जेहन में तुम्हारा चेन्नई जाना कौंध गया। गोविंद चांदना और अहमद पठानिया आज तक अपनी चालाकियों के कारण पकड़े भले ही न गए हों लेकिन उनके हुनर से हिंदुस्तान भर की पुलिस वाकिफ है। मैं समझ गया कि खुद को तुमने उन्हीं की मदद से शेखर मल्होत्रा बनाया है। मेरे दिमाग में उसी समय तुम्हें सबक सिखाने वाली स्कीम बन गई थी। उसी के तहत वंशिका को फोन करके कहा कि थोड़ी एक्टिंग के बाद समीर की हत्या के लिए तैयार हो जाए। फिर जो, जैसे हुआ–शायद उसकी डिटेल बताने की जरूरत नहीं है क्योंकि समझ सकते हो–जब सामने वाले का पूरा प्लान पता हो तो उसके ऊपर अपना प्लान बैठाना कितना आसान होता है।''

''ल ... लेकिन शेखर मल्होत्रा की लाश, वे टिकट और ...

''जब तक फ्लाइट में सीटें हैं, तब तक टिकट लिए जा सकते हैं। मैंने लिए और ... बगैर वर्दी के चेन्नई पहुंचा। समीर के पैसों से गोविंद चांदना से शेखर मल्होत्रा वाला फेस बनवाया। उसने फौरन तैयार कर दिया क्योंकि उस फेस की डाई तो पहले ही बनी हुई थी।''

''ऐसे फेस कैसे दे दिया उसने तुम्हें?'' मैं कह उठा–''एक ही फेस वह दो आदमियों को कैसे दे सकता है!''

''एक ही फेस वह हजार आदमियों को भी दे सकता है। उसे सिर्फ पैसों से मतलब है। उसने तो मुझे यह तक नहीं बताया कि जो फेस मैंने खरीदा था वही पहले भी कोई खरीदकर ले जा चुका है। फर्क सिर्फ इतना था कि तुमने टेंपरेरी फेस लिया, मैंने परमानेंट लेकर एक लावारिस लाश के चेहरे पर यूज किया क्योंकि जानता था तुम उसे नोंचने की कोशिश जरूर करोगे।''

''फिर तो पासपोर्ट भी ...

''अहमद पठानिया से मैंने दो पासपोर्ट बनवाए। एक वंशिका के नाम का, दूसरा शेखर मल्होत्रा के नाम का। उसने भी मुझसे यह नहीं कहा कि इसी नाम का पासपोर्ट पहले भी कोई ले जा चुका है। वे प्रोफेशनल लोग हैं। इससे कोई मतलब नहीं है उन्हें कि कौन उनसे लिए गए माल का क्या इस्तेमाल कर रहा है। उन्हें बस पैसे चाहिए।''

''इन दोनों के बारे में तो खैर क्या कहूं!'' समीर और वंशिका पर मेरी आंखों ने लावा उगला था–''पर तुमसे ऐसी उम्मीद नहीं थी अनिरुद्ध! तुम्हें तो कानून और सच्चाई का प्रहरी समझा था मैंने। तुमने इनका साथ दिया! इन महा पापियों का! सच्चाई पता लगने पर तुम्हें तो मेरा साथ देना चाहिए था। क्या ये उसी सजा के ... बल्कि उससे भी बड़ी सजा के हकदार नहीं हैं जो मैंने इनके लिए मुकर्रर की थी! अनिरुद्ध, क्या ये गंदे और घिनौने लोग समाज में जीने लायक हैं! इन दोनों ने मेरे विश्वास को धोखा दिया। एक बड़े भैया-बड़े भैया रटता ठगता रहा, दूसरी से जरा पूछो तो सही मैंने क्या कमी छोड़ी थी! इतने घिनौने और नीच हैं ये कि मां-बेटे के पवित्र रिश्ते की आड़ में ... उफ्फ्। मुझे तो कहने में भी घिन्न आती है। तुम इनका साथ कैसे दे सके अनिरुद्ध ... कैसे दे सके इनका साथ?''

एकाएक वंशिका बहुत दिन से सोए पड़े ज्वालामुखी की मानिंद फट पड़ी–''विश्वास की बात करते हो तुम! विश्वास की बात! कब और क्या विश्वास किया तुमने मुझ पर! तुम तो मुझे वैश्या से भी गिरी हुई समझते रहे। कभी अनिरुद्ध के साथ शक ... कभी समीर के साथ। अरे जब तुमने मुझ पर कभी विश्वास ही नहीं किया अंशुमन सिन्हा–तो मैं विश्वासघात कैसे करती?''

''अब भी!'' मैं दहाड़ा–''तुम अब भी कह सकती हो कि ...

''हां ... हां ... हां बड़े भैया।'' समीर हिस्टीरियाई अंदाज में चीखा था–''हम अब भी कह सकते हैं कि हमारे बीच मां-बेटे जैसा पवित्र रिश्ता है। वंशिका भाभी गंगाजल जितनी पवित्र हैं। अगर गंदगी कहीं है तो वो आपके दिमाग में भरी पड़ी है।''

''सुन रहे हो अनिरुद्ध! सुन रहे हो! इन्होंने तो ...

''अनिरुद्ध क्या बताएगा बड़े भैया! मुझसे बात करो–मुझसे।'' बुरी तरह भावुक हुए समीर ने दहाड़ते हुए कहा था–''अपनी आंखों पर भरोसा किया था न तुमने! अरे तुम्हारी आंखों ने तो मेरा मर्डर होते भी देखा था। क्या वह हुआ था? उसी तरह, जो तुम्हारी आंखों ने पंद्रह जौलाई की रात को देखा, वह भी कभी नहीं हुआ था।''

''तुम अब भी मुझे धोखा देने की कोशिश कर रहे हो ...

''अरे जो खुद ही को धोखा दे रहा हो उसे कोई और धोखा देकर करेगा भी क्या!'' इस बार वंशिका चिल्लाई थी–''उस रात की सच्चाई जानना चाहते हो तो लो ... जानो।'' कहने के साथ वंशिका दरवाजे की तरफ घूमकर दहाड़ी–''अंजलि।''

अगले पल अंजलि अंदर आती नजर आई। सिर झुकाए हुए थी वह। तन पर वही साड़ी ... वही, जो मैंने उस रात देखी थी।

दूध से सफेद रंग की साड़ी पर सुर्ख गुलाब के फूल।

मैं आंखें फाड़े देखता रह गया।

कानों में जैसे-जैसे समीर के शब्द जा रहे थे वैसे ही वैसे मेरी फटी हुई आंखों का आकार बढ़ता चला जा रहा था।

वह कह रहा था–''मेरी बांहों में उस रात इसे देखा था तुमने। ये मुझसे मिलने को तैयार थी मगर किसी होटल में नहीं। भाभी ने जब बताया तुम एक रात के लिए दिल्ली जा रहे हो तो मैंने इन्हें ये कहकर पटाया कि मैं अपनी गर्लफ्रेंड से मिलना चाहता हूं। ये नाइट शो चली जाएं। हम बारह बजे फ्लैट से चले जाएंगे। हालांकि भाभी आराम से नहीं पटीं लेकिन पट गईं और इस शर्त पर पटीं कि बातों से आगे हम कुछ नहीं करेंगे। मगर हम जानते थे कि ये मूवी के बीच से यह देखने आने वाली तो थीं नहीं कि हम क्या कर रहे थे।''

मेरे जेहन से जैसे लगातार हैंडग्रेनेड टकरा रहे थे।

आवाजें गूंज रही थीं–धड़ाम् ... धड़ाम् ... धड़ाम्!

''भाभी तुम्हें इस बारे में बताना चाहती थीं लेकिन तुमने मौका ही नहीं दिया।'' समीर कहता चला जा रहा था–''तुम तो शक के ऐसे घोड़े पर सवार हो चुके थे कि उसके अलावा कुछ जानना ही नहीं चाहते थे जो दिमाग में भर चुका था। अनिरुद्ध और भाभी को लेकर जो बातें तुमने मुझसे की थीं वे मैं भाभी को बता चुका था। उस रिश्ते के तहत नहीं जिसका शक तुम्हें हम पर था बल्कि उस रिश्ते के तहत जो हमारे बीच वास्तव में था। उन्हें जानने के बाद ये तुमसे बहुत नाराज थीं। मैंने ही समझाया था कि–नहीं भाभी, छोटी सी बात को इतना बड़ा मत बनाओ। बड़े भैया के दिमाग में भरा शक ही तो निकालना है! निकाल देंगे। सामान्य बात है ये। हो जाता है। पर तुम सामान्य आदमी नहीं थे बड़े भैया। तुम तो अपने दिमाग में भरी गंदगी से घिरे ऐसे आदमी थे जो उनके बारे में कुछ भी अच्छा नहीं सोच सकता था जिनसे प्यार करने का दावा करता था।''

''नहीं समीर, अब मैं इस आदमी के साथ नहीं रह सकती।'' मेरे कानों में पड़ने वाली यह आवाज वंशिका की थी–''जहां विश्वास न हो वहां प्यार हो

ही नहीं सकता और जो किसी से प्यार नहीं कर सकता उसके साथ जिंदगी नहीं गुजारी जा सकती।''

अनिरुद्ध ने कुछ कहा, समीर ने कुछ कहा और फिर वंशिका पुनः कुछ कहने लगी। मेरे कानों में उनकी आवाजें तो आ रही थीं मगर शब्द समझ में नहीं आ रहे थे।

बस 'घुन्न-घुन्न'-सी हो रही थी।

दिमाग में सन्नाटा-सा छाता चला गया।

आंखों के सामने जो भी था, वह भंवर की मानिंद घूमने लगा। अपने जिस्म को चकराते हुए महसूस किया था मैंने।

कानों में किसी की आवाज पड़ी–''अरे देखो, अंशुमन को क्या हुआ।'' फिर 'धड़ाम्' की आवाज सुनाई दी।

मेरे फर्श पर गिरने की आवाज थी वह।

दिमाग पर अंधेरा ... अंधेरा ... और सिर्फ अंधेरा छाता चला गया।

दिमाग पर छाया अंधेरा तो छंट गया मगर वो अंधेरा कैसे छंटता जिसने मेरी जिंदगी में पैर पसार दिए थे।

तीन ही आदमी थे मेरी जिंदगी में–तीनों पर शक किया। शक भी इस हद तक कि दो की तो हत्या ही करने पर आमादा हो गया और वे ... वे इतने महान थे कि उन्होंने मुझे क्षमा कर दिया।

हमेशा कठोर सच्चाई कहने वाले समीर ने मेरे होश में आने पर कहा था– ''भूल जाओ बड़े भैया, दिल से मत लगाओ इस बात को। इंसान आखिर इंसान है। हो जाती हैं गलतियां। सबकुछ भूलकर आगे बढ़ो। जियो जिंदगी को–ये बहुत खूबसूरत है।''

वंशिका ने मेरे गले में बांहें डालकर कहा था–''याद है न अंशु, एक दिन मैंने कहा था शक भी प्यार की कोख से ही जन्म लेता है। तुमने मुझे पर शक किया, इससे जाहिर है तुम मुझसे बेइंतहा प्यार करते हो। तुम्हारी कसम–मुझे तुमसे कोई शिकायत नहीं है। मैंने तुम्हें क्षमा कर दिया है।''

मगर मैं ... मैं खुद को कैसे क्षमा करता!

यह मेरे अख्तियार में नहीं था।

दूसरों से तो कई बार घृणा हुई होगी आपको मगर, खुद से हुई है कभी! हालांकि मैं इतना बड़ा पापी हूं कि भगवान भी मेरी दुआ नहीं सुनेगा लेकिन फिर भी करता हूं कि–कभी किसी को खुद से घृणा न हो क्योंकि–खुद से

घृणा होने के बाद एक-एक सांस लेना मुश्किल हो जाता है। अपनी सांसों से ऐसी दुर्गन्ध आने लगती है जैसी सड़े हुए जिस्म से आती है।

तीनों मना करते रहे मगर मैंने नौकरी से इस्तीफा दे दिया। मेरा मन बहलाने के लिए वे कभी कहीं जाने का प्रोग्राम बनाते थे, कभी कहीं जाने का लेकिन घर से निकलने का मन ही नहीं करता था।

घर की तो बात ही छोड़ दीजिए, छोटे कमरे से निकलने का मन नहीं करता था मेरा। मेरी दुनिया बस वहीं सिमटकर रह गई थी। वंशिका के साथ सोना तो दूर–मास्टर बैडरूम तक में नहीं जाता था। कैसे उस देवी को बांहों में भरता जो सिर्फ और सिर्फ मेरे लिए समर्पित थी, जो सचमुच हजारों समीर और शेखर मल्होत्राओं को मेरे सिर से वारफेर करके पंडितों को दान कर सकती थी और ... जिसे हत्या के इल्जाम में फंसाने में मैंने कोई कसर नहीं छोड़ी थी।

मुझे पिघलाने के लिए वही मेरे होठों को चूम ले तो चूम ले, खुद मैं कभी उसके जिस्म को हाथ लगाने की हिम्मत पैदा न कर सका।

मैंने उसी छोटे-से कमरे में बंद होकर अपनी ये जलालत से भरी स्टोरी लिखी है। ये छपे। आप पढ़ें। ऐसा इसलिए चाहता हूं ताकि आपको सबक मिले कि–जिससे प्यार करते हैं, भूलकर भी उस पर शक न करें। आंखों से देख लें तब भी नहीं–क्योंकि मैंने आंखों से ही तो देखा था जो बाद में इतना बड़ा झूठ निकला।

अगर आदमी का कोई सबसे बड़ा शत्रु है तो वो है–शक।

दूर रहें इससे।

बस–अब विदा।

उपन्यास का अंत पढ़कर दिमाग सन्नाता रह गया मेरा। उस वक्त मैं सोच भी नहीं सकता था कि अंशुमन के लिखे उपन्यास का अंत भले ही हो गया हो लेकिन उसकी कहानी का अंत नहीं हुआ था। अभी तो उसी की स्टोरी से संबंधित एक ऐसा राजफाश होना बाकी था जिससे मेरे दिमाग की जड़ें हिल जाने वाली थीं।

एक ऐसा रहस्य–जो अगर अंशुमन को पता लग जाता तो इस उपन्यास का अंत कुछ और ही होता।

पर वो बाद की बात थी।

इस वक्त तो मैं यह सोच रहा था–क्या वाकई अंशुमन का गुनाह इतना

बड़ा था कि उसने अपने लिए यह सजा चुनी!

दिमाग कोई ठोस जवाब नहीं दे सका।

आंखों के सामने ऑडिटोरियम के दृश्य चकरा उठे।

अंशुमन की सुसाइड के बाद कोहराम-सा मच गया था वहां। वहीं मैंने वंशिका, समीर और अनिरुद्ध की शक्लें देखीं।

बस शक्लें ही देख सका। उनसे बात नहीं हो पाई थी। वंशिका वहीं थी जो अगली पंक्ति के सोफे से उठकर चिल्लाई थी।

लाश के चेहरे को अपने दोनों हाथों में भरकर इस कदर रोई थी वह कि हर शख्स की आंखें नम हो गईं।

उस वक्त तो मेरा भी कलेजा हिल गया जब अपनी कलाईयां अंशुमन की लाश पर पटक-पटककर चूड़ियां तोड़ती वंशिका ने चीख चीखकर कहा था–"क्यों? क्यों छोड़ गए मुझे? मैंने तो तुम्हें माफ कर दिया था। पर तुमने सजा दे दी मुझे ... क्यों दी ये सजा? क्यों?"

अनिरुद्ध और समीर उसे संभालने और दिलासा देने की कोशिश कर रहे थे। जो खुद रो रहे थे वे भला वंशिका को क्या दिलासा देते!

फिर वही सब हुआ जो ऐसी घटना के बाद होता है।

पुलिस का आगमन। पंचनामा भरा जाना। लोगों के बयान और लाश को पोस्टमार्टम के लिए ले जाया जाना।

मैंने रिस्टवॉच में टाइम देखा। सुबह के पांच बज रहे थे। मैंने आंखें बंद कर लीं। कुछ देर तक दिमाग में सवाल चकराते रहे फिर, शून्य में पहुंच गया। आहिस्ता से झंझोड़कर जब शगुन ने मुझे उठाया तो दोपहर के ग्यारह बज रहे थे।

हम एक बजे आशा निकेतन पहुंचे।

बिल्डिंग के प्रांगण में एक दरी बिछी हुई थी। एक तरफ कुछ मर्द बैठे थे, दूसरी तरफ औरतें। समीर और अनिरुद्ध भी उन्हीं में थे। मैं और शगुन समीर के करीब बैठ गए।

पता लगा–पोस्टमार्टम से पांच बजे बॉडी मिलने वाली है।

कुछ देर बाद मैंने जब समीर से वंशिका के बारे में पूछा तो उसने केवल एक ही शब्द कहा–"ऊपर।"

"क्या मैं उससे मिल सकता हूं।" मेरा दूसरा सवाल।

उसने मुंह से नहीं, आंखों से 'हां' कहा।

मैं शगुन से वहीं रुकने को कहकर लिफ्ट की तरफ बढ़ गया।

तीन सौ तीन का दरवाजा ढुका हुआ था। उसे धकेलकर मैं ड्राइंगरूम में पहुंचा। कोई नहीं था वहां। सारे फ्लैट में बड़ी अजीब सी खामोशी थी। मैंने

धीरे से आवाज दी–''वंशिका।''

कहीं से कोई जवाब नहीं।

इस नाम को बार-बार पुकारता मैं ड्राइंगरूम पार कर गया। कई बार पुकारने पर भी जब कहीं से कोई आवाज नहीं उभरी तो दिल की धड़कनें तेज होने लगी थीं। जेहन में तरह-तरह की शंकाओं भरे सवाल चकराने लगे थे। उन्हीं सबके साथ मैंने उस रूम का ढुका हुआ दरवाजा धकेला जिसे अंशुमन ने अपने उपन्यास में मास्टर बैडरूम कहा था और ऐसा करते ही ...

मेरा दिल 'धक्क'-से रह गया जैसे धड़कना ही भूल गया हो। चीखने के लिए मुंह खुला जरूर था मगर खुला का खुला रह गया। कोई आवाज नहीं निकल सकी उससे। दिमाग में चिंगारियां-सी नाच गई। आंखें पथरा गई थीं क्योंकि उनके सामने दृश्य ही ऐसा था।

वंशिका बैड के ठीक ऊपर पंखे के साथ लटकी हुई थी। गर्दन खिंची हुई। आंखें और जीभ बाहर। चेहरा सफेद।

जीवन का कोई लक्षण नहीं था।

चीखता हुआ मैं वापस भागने के लिए मुड़ने ही वाला था कि नजर बैड पर, लाश के ठीक नीचे पड़े एक रजिस्टर पर अटक गई।

रजिस्टर के खुले हुए पेज पर कुछ लिखा था।

एक बॉलपेन भी पड़ा था वहां।

कदम स्वतः उस तरफ उठ गए। रजिस्टर उठाया और फिर उस पर लिखी इबारत को पढ़ता चला गया।

वंशिका का सुसाइड नोट था वह।

सुसाइड नोट क्या था, पिटारा था आश्चर्य का। एक ऐसी स्टोरी का दस्तावेज जिसे पढ़ने के बाद किसी भी आदमी की आंखें आश्चर्य से फैले बगैर नहीं रह सकती थीं। दिल में घृणा का सैलाब उमड़ना लाजमी था और दिमाग का यह सोचकर हैरान रह जाना जरूरी कि–क्या एक शख्स इतना बड़ा ... इतना बड़ा शातिर भी हो सकता है? दिमाग की सभी सीमाओं से ऊपर था वह।

जो कुछ मैंने पढ़ा, उस पर विश्वास नहीं हुआ। इसलिए, दोबारा पढ़ा। ठीक से पढ़ा। एक-एक शब्द को ध्यान से पढ़ा मगर पढ़ता तो वही जो लिखा था। उत्तेजना के कारण उस वक्त मेरा सारा जिस्म कांप रहा था। दिमाग में इतना शोर था जैसे उस पर बिछी पटरियों से राजधानी एक्सप्रेस गुजर रही हो।

खुद पर काबू पाने में टाइम लग गया मुझे।

थोड़ा नियंत्रित हुआ तो सोचा क्या करना चाहिए?

चारों तरफ नजर दौड़ाई। बैड ही पर पड़ा वंशिका का मोबाइल नजर आया। उसे उठाया। डायरेक्ट्री से अनिरुद्ध का नंबर निकाला। ग्रीन बटन दबाया। कुछ देर रिंग जाती रही। कॉल रिसीव की जाते ही मैं बोला– "वेदप्रकाश शर्मा बोल रहा हूं अनिरुद्ध, कोई जरूरी बात है। फौरन ऊपर आओ।"

बस ... इतना कहने के बाद मैंने फोन काट दिया था।

मुश्किल से दो मिनट बाद अनिरुद्ध फ्लैट में आया।

वंशिका की लाश को देखकर उसकी भी वही हालत हुई जो मेरी हुई थी बल्कि मुझसे भी बदतर।

उसे नियंत्रित करने में मुझे पांच मिनट लग गए और जब वह नियंत्रित हो गया तो रजिस्टर उसकी तरफ बढ़ाया।

वह रजिस्टर, जिसमें लिखा था–

अनिरुद्ध भैया।

क्या तुम सोच सकते हो कि मैं एक चरित्रहीन, पतित, नीच और इतनी गिरी हुई औरत हूं जिसके लिए माकूल गाली शब्दों के इतिहास में नहीं बनी! क्या तुम सोच सकते हो कि समीर की दौलत के फेर में पड़कर मैं सचमुच उसकी अंकशयनी बन गई थी! क्या तुम सोच सकते हो कि मैंने वाकई अपने पति से बेवफाई की थी! क्या तुम सोच सकते हो कि पंद्रह जौलाई की रात को अंशुमन ने जो कुछ देखा वह पूरी तरह सच था!

अगर नहीं सोच सकते तो तुम गलत हो।

हकीकत यही है कि तुमसे जब मुझे पता लगा कि पंद्रह जौलाई को अंशुमन मुंबई में ही था तो यह बात फौरन समझ में आ गई कि उसने हमें देख लिया था। उस वक्त मेरी जो हालत हुई थी उसे अंशु अपने उपन्यास में बयान कर चुका है। यह बात जब मैंने समीर को बताई तो उसके भी होश उड़ गए मगर वह इतना शातिर है कि जटिल से जटिल हालात में से भी बचाव का रास्ता निकाल लेता है। केवल दस लाख रुपए में उसने अंजलि को तुम्हारे सामने यह बयान देने के लिए तैयार कर लिया कि उस रात हमारे फ्लैट में समीर के साथ वह थी। इस तरह उसने तुम्हारे दिमाग में यह ठूंस दिया कि अंशुमन ने उस रात उसे अंजलि के साथ देखा था जबकि समझ यह रहा है कि वह मैं यानी वंशिका थी और अब वह

इसीलिए शेखर मल्होत्रा बनकर वंशिका के हाथों मेरा मर्डर कराने की स्कीम पर काम कर रहा है। समीर की साजिश के फेर में आए तुम्हारी नजर में अंशु एक घटिया ही नहीं बल्कि खतरनाक आदमी बन गया। अपनी नजर में अंशु को सबक सिखाने के लिए तुमने हमारी मदद की और थाने में हम अंशु तक की नजर में यह सिद्ध करने में कामयाब हो गए कि उसने जो देखा वह गलत था।

पूरी तरह समीर के मोहपाश में बंधी मैं भी उस सबसे खुश थी जो समीर ने किया था। अब मैं अंशु से पीछा छुड़ाकर समीर से शादी करना चाहती थी। जब मैंने समीर से कहा इससे बढ़िया मौका नहीं हो सकता। इस वक्त मैं तलाक चाहूंगी तो खुद को गुनाहगार समझ रहा अंशु फौरन तलाक के कागजों पर साइन कर देगा तो समीर बोला–''बेवकूफी की बातें मत करो, उसके जिंदा रहते हम शादी नहीं कर सकते। ऐसा उसकी मौत के बाद ही हो सकता है।'' मैंने हैरानी के साथ पूछा–''तो क्या तुम उसका मर्डर करोगे?'' उसके चेहरे पर बहुत ही धूर्त मुस्कान उभरी थी। उसने कहा था–''बात तो ठीक है तुम्हारी, मैं उसका मर्डर ही करूंगा लेकिन वह मर्डर ऐसे तरीके से होगा कि दुनिया की कोई ताकत उसे मर्डर नहीं कह सकेगी।'' जब मैंने पूछा ऐसा कैसे होगा तो बोला–''हम दोनों उसे माफ कर देंगे।'' मैं बौखला गई। मुंह से निकला–''ऐसा कैसे होगा? इस तरह तो ... ।'' उसने मेरी बात काटकर कहा–''हो सकता है इस वक्त मेरी बात तुम्हारी समझ में न आए लेकिन वक्त समझा देगा। जिस मनःस्थिति में हमने अंशुमन को ला दिया है उसमें फंसे व्यक्ति पर अगर वे लोग गुस्सा करें, बुरा-भला कहें या गालियां दें जिनकी नजर में वह खुद को गुनाहगार समझ रहा है तो उसके अवचेतन मस्तिष्क में यह संदेश पहुंच जाता है कि जो गुनाह उसने किया था उसकी उसे सजा मिल गई है। इससे उसे सुकून हासिल हो जाता है–शांति मिल जाती है। इसके ठीक विपरीत ऐसी मनःस्थिति में फंसे शख्स के लिए माफी सबसे बड़ी सजा है। संबंधित लोग उसे माफ कर दें तो वह अपने प्रति और ज्यादा क्षोभ, ग्लानि तथा घृणा से भर जाता है। यह क्षोभ,ग्लानि और घृणा वक्त के साथ बढ़ती चली जाती है और एक दिन ऐसा आता है जब उस सबसे पीछा छुड़ाने के लिए सुसाइड कर लेता है। अंशुमन को हमें उसी स्थिति में ला देना है। तुम देखना–अगर तुम वही सब करती रहीं जो मैं कहूं तो एक दिन वह सुसाइड कर लेगा और तब ... तब बोलो–उसे कौन हमारे द्वारा की गई हत्या कह सकेगा! हाथ उसके अपने होंगे वंशि, अपने हाथों से खुद को गोली मारेगा वह पर असल में कत्ल हमने किया होगा–ऐसा कत्ल जिसे दुनिया का कोई कानून हमारे द्वारा किया गया कत्ल साबित नहीं कर सकेगा।''

उस वक्त उसकी बात पर मुझे विश्वास भले ही न हुआ हो पर करती वही रही जो समीर कहता रहा और आज ... आज वह सब सच हो गया। सचमुच हमने इस तरीके से अंशुमन की हत्या कर दी थी जिसे कोई हत्या नहीं कह सकता था।

सब सुसाइड ही समझ रहे थे उसे।

अपने प्लान की कामयाबी के बाद जब हम एकांत में मिले तो समीर बहुत खुश था। खुश तो मैं भी थी लेकिन उस वक्त एक ही झटके में सारी खुशी काफूर हो गई जब समीर ने कहा–''शादी की बात तो भूल ही जाओ वंशि, यह बेवकूफी यदि हमने पांच साल बाद भी की तो कोई और कुछ समझे या न समझे मगर अनिरुद्ध जरूर समझ जाएगा कि हमारे संबंध पहले से थे और हमने अंशु को ही नहीं उसे भी मूर्ख बना दिया था। अकेले उसी का यह समझ जाना हम दोनों को जेल की सलाखों के पीछे पहुंचा देगा क्योंकि हो सकता है उस अवस्था में वह अंजलि के मुंह से हकीकत उगलवा ले।''

उसकी यह बात सुनकर मुझ पर बिजली-सी गिर पड़ी। मुंह से निकला–''इसका मतलब तो ये है कि हम कभी शादी कर ही नहीं सकेंगे।'' समीर ने कहा–''शादी करने की जरूरत ही क्या है! हम ऐसे ही अपने संबंध बनाए रख सकते हैं। मैं सारी जिंदगी तुम्हें कोई कमी नहीं होने दूंगा।'' मेरे तो सारे सपने एक ही झटके में बिखर चुके थे। आपे से बाहर होकर चिल्ला उठी मैं–''इसका मतलब तो ये हुआ कि सारी जिंदगी तुम मुझे अपनी रखैल बनाकर रखोगे! शादी किसी और से करोगे!'' उसने मुझे बहलाने-फुसलाने की कोशिश की मगर मुझे तो उसका असली चेहरा नजर आने लगा था, इसलिए भड़क गई। एक सीमा के बाद वह भी भड़क गया। झगड़ा बढ़ता चला गया और गुस्से में उसने कहा–''यह बात तुमने सोच कैसे ली कि तुम जैसे गिरे हुए चरित्र की लड़की से मैं शादी कर सकता हूं! क्या मैं जानता नहीं हूं कि जब तक तुम्हें मालूम नहीं था कि शेखर मल्होत्रा अंशुमन ही है, तब तक तुम उस पर लट्टू हुई पड़ी थीं। उस पर नहीं उसके धनकुबेर होने पर। जो पहले पति की नहीं हुई, मेरी दौलत के फेर में आकर मेरी हो गई, वह दूसरे पति की क्या होगी! मैं आज भी जानता हूं कि जिस दिन तुम्हें मुझसे ज्यादा धनवान मर्द मिल जाएगा उस दिन उसके साथ भाग ही नहीं जाओगी बल्कि जरूरत पड़ेगी तो उसके साथ मिलकर मेरी हत्या भी कर दोगी।''

वह कहता जा रहा था और मैं आंखें फाड़े उसकी तरफ देखे जा रही

थी। जब वह चुप हुआ तो मैंने कहा–''अगर तुम मुझसे शादी नहीं करोगे तो मैं सबको हकीकत बता दूंगी।'' वह बहुत जोर से ठहाका लगाकर हंसा था। कहने लगा–''मैं इन गीदड़ भभकियों में आने वाला नहीं हूं वंशि रानी, अच्छी तरह जानता हूं कि तुम कितनी बहादुर हो। तुम किसी हालत में किसी को हकीकत नहीं बता सकतीं क्योंकि जो सजा मुझे मिलेगी वो ही तुम्हें भी मिलेगी और मर्द होने के कारण मैं तो शायद उस सजा को झेल जाऊं लेकिन औरत होने के कारण तुम नहीं झेल पाओगी। सोचकर तो देखो, उस वक्त समाज तुम्हें कैसी शानदार नजरों से देखेगा जब खुद बताओगी कि तुमने मुझसे मिलकर अपने पति की हत्या की है।''

मैं उसकी तरफ देखती रह गई। कहने के लिए मेरे पास जैसे कुछ बचा ही नहीं था और वह यह कहता हुआ चला गया–''आइंदा मुझे धमकी देने की कोशिश मत करना।''

मैं ठगी-सी खड़ी रह गई थी।

अंशु जैसे प्यार करने वाले पति से दगा करके क्या मिला मुझे? हर तरफ अंधेरा ही अंधेरा था। अपना भविष्य मुझे साफ नजर आ रहा था और जो नजर आ रहा था–वह मुझे कबूल नहीं था।

और सच ... जिंदा रहते यह हकीकत बताने की मुझमें हिम्मत नहीं थी इसलिए मरने का फैसला किया और जब ये फैसला किया तो दिमाग में ख्याल कौंधा–समीर ने एक बार फिर वही कर दिया है जो अंशुमन के साथ किया। इस बार उसकी शिकार मैं हूं। खुद को खत्म करने वाले हाथ मेरे ही होंगे लेकिन हत्यारा वो होगा। जब ये ख्याल आया तो सोचा–क्यों करूं मैं आत्महत्या? क्यों उसके प्लान को परवान चढ़ने दूं? नहीं मरती मैं बल्कि उसे मारूंगी मगर कैसे? रिवाल्वर तो अंशुमन की मौत के बाद से पुलिस कस्टेडी में है। दूसरे किसी तरीके से मैं समीर को नहीं मार सकती।

जिंदा रहते हकीकत बता नहीं सकती और तुम्हें हकीकत नहीं बताऊंगी तो समीर का कभी कुछ नहीं बिगड़ेगा। वह हमेशा मुझे अपनी रखैल बनाकर रखेगा। नहीं ... मैं ऐसा नहीं होने दूंगी। समीर को उसके किए की सजा मिलनी ही चाहिए। इसके लिए मेरा मरना जरूरी है और अंशु के बाद अब इस दुनिया में काम भी क्या है मेरा?

अनिरुद्ध, मैंने तुम्हें सारी सच्चाई बता दी है। मैंने सुना है किसी भी व्यक्ति के मृत्युपूर्व बयान के बाद अदालत को किसी और गवाह और सबूत की जरूरत नहीं रह जाती।

मैं तुम्हारी भी गुनाहगार हूं मेरे भैया, मुझे अपनी क्षमा रूपी सजा कभी मत देना। हमेशा घृणा से याद करना मुझे लेकिन अगर सच्चे दिल से बहन

बनाया था तो मेरी अंतिम इच्छा जरूर पूरी कर देना और वह ये है कि–मेरे और अंशुमन के हत्यारे को किसी हालत में फांसी से कम सजा न मिल पाए। बस–अब विदा।

तुम्हारी बहन
वंशिका

समाप्त